鲁迅著译编年全集

王世家 止庵 编

人民出版社

鲁迅著译编年全集

拾壹

目　　录

一九二九　乙

六月

致许广平 …… 3
致李霁野 …… 7
致孙用 …… 8
论文集《二十年间》第三版序 …… [俄国]蒲力汗诺夫 9
致李霁野 …… 20
爱尔兰文学之回顾* …… [日本]野口米次郎 21
表现主义的诸相* …… [日本]山岸光宣 29
致陈君涵 …… 36
致陈君涵 …… 38
致李霁野 …… 38
通讯(复张逢汉) …… 39
致章廷谦 …… 39
致白莽 …… 40
致许寿裳 …… 42

七月

致李霁野 …… 45
致章廷谦 …… 48

“皇汉医学” …… 50
《吾国征俄战史之一页》 …… 52
叶永蓁作《小小十年》小引 …… 53
致李霁野 …… 56

八月

致韦丛芜 …… 58
《奔流》编校后记（十一） …… 59
致李小峰 …… 61
《文艺与批评》译者附记 …… 63
艺术是怎样地发生的 …… [苏联]卢那卡尔斯基 67
今日的艺术与明日的艺术 …… [苏联]卢那卡尔斯基 73
苏维埃国家与艺术 …… [苏联]卢那卡尔斯基 92
关于马克斯主义文艺批评之任务的提要 …… [苏联]卢那卡尔斯基 123
为批评家的卢那卡尔斯基 …… [日本]尾濑敬止 137
致章廷谦 …… 142
柔石作《二月》小引 …… 144
致李霁野 …… 145
关于《子见南子》 …… 146
致章廷谦 …… 162
人性的天才——迦尔洵 …… [俄国]Lvov－Rogachevski 164

九月

《小彼得》译本序 …… 174
青湖记游（遗稿） …… [俄国]尼古拉·确木努易 178
致谢敦南 …… 183
致李霁野 …… 183

放浪者伊利沙辟台* …………………… [西班牙]P. 巴罗哈 184

十月

苦蓬 ………………………………… [苏联]B. 毕力涅克 195
致李霁野 ……………………………………………… 207
论艺术 ……………………………… [俄国]蒲力汗诺夫 209
原始民族的艺术 …………………… [俄国]蒲力汗诺夫 248
再论原始民族的艺术 ……………… [俄国]蒲力汗诺夫 265
致韦丛芜 ……………………………………………… 288
致李霁野 ……………………………………………… 289
致江绍原 ……………………………………………… 290
致章廷谦 ……………………………………………… 291
致李霁野 ……………………………………………… 293

十一月

致章廷谦 ……………………………………………… 295
致孙用 ………………………………………………… 296
致陈君涵 ……………………………………………… 297
致汪馥泉 ……………………………………………… 298
致李霁野 ……………………………………………… 299
致韦丛芜 ……………………………………………… 299
符拉迪弥尔·理定自传(并著作目录)…………………… 300
致孙用 ………………………………………………… 302
《奔流》编校后记(十二) ……………………………… 303
致孙用 ………………………………………………… 308
致王余杞 ……………………………………………… 308
洞窟 ……………………………… [苏联]E. 札弥亚丁 309

十二月

恶魔 …………………………………………… [苏联]高尔基 322
契诃夫与新时代* ……………… [俄国]Lvov—Rogachevski 334
我和《语丝》的始终 …………………………………………… 344
书帐 …………………………………………………………… 353

本年

岸呀 柳呀 ………………………………… [日本]蕗谷虹儿 362

一九二九　乙

六月

一日

日记 晴。上午寄小峰信。寄广平信。张我军来，未见。得广平信，五月二十七日发。霁野来。范文澜来。第二师范学院学生二人来。钱稻孙来，未见。下午寄徐旭生信。第一师范学院学生二人来。乔大壮来。得广平信，上月二十九日发。得真吾信，亦二十九日所发。

致 许广平

小莲蓬而小刺猬：

现在是三十日之夜一点钟，我快要睡了，下午已寄出一信，但我还想讲几句话，所以再写一点。

前几天，董秋芳给我一信，说他先前的事，要我查考鉴察。我那有这些工夫来查考他的事状呢，置之不答。下午从西山回，他却等在客厅中，并且知道他还先向母亲房里乱攻，空气甚为紧张。我立即出而大骂之，他竟毫不反抗，反说非常甘心。我看他未免太无刚骨，然而他自说其实是勇士，独对于我，却不反抗。我说我却愿意人对我来反抗。他却道正因如此，所以佩服而不反抗者也。我也为之好笑，乃笑而送出之。大约此后当不再来缠绕了罢。

晚上来了两个人，一个是为孙祥偈翻电报之台，一个是帮我校《唐宋传奇集》之魏，同吃晚饭，谈得很畅快。和上午之纵谈于西山，都是近来快事。他们对于北平学界现状，俱颇不满。我想，此地之先前和“正人君子”战斗之诸公，倘不自己小心，怕就也要变成“正人君子”了。各种劳劳，从我看来，很可不必。我自从到北平后，觉得非常自在，于他们一切言动，甚为漠然；即下午之面斥董公，事后也毫不气忿，因叹在寂寞之世界里，虽欲得一可以对垒之敌人，亦不易也。

小刺猬，我们之相处，实有深因，它们以它们自己的心，来相窥探猜测，那里会明白呢。我到这里一看，更确知我们之并不渺小。

这两星期以来，我一点也不颓唐，但此刻遥想小刺猬之采办布帛之类，豫为小小白象经营，实是乖得可怜，这种性质，真是怎么好呢。我应该快到上海，去管住她。

（三十日夜一点半。）

小刺猬，三十一日早晨，被母亲叫醒，睡眠时间少了一点，所以晚上九点钟便睡去，一觉醒来，此刻已是三点钟了。冲了一碗茶，坐在桌前，遥想小刺猬大约是躺着，但不知是睡着还是醒着。五月三十一这天，没有什么事。但下午有三个日本人来看我所藏的关于佛教石刻拓本，颇诧异于收集之多，力劝我作目录。这自然也是我所能为之一，我以外，大约别人也未必做的了，然而我此刻也并无此意。晚间，宋紫佩已为我购得车票，是三日午后二时开，他在报馆中，知道车还可以坐，至多，不过误点（迟到）而已。所以我定于三日启行，有一星期，就可以面谈了，此信发后，拟不再寄信，倘在南京停留，自然当从那里再发一封。

（六月一日黎明前三点）

哥姑：

写了以上的几行信以后，又写了几封给人的回信，天也亮起来了，还有一篇讲演稿要改，此刻大约不能睡了，再来写几句。

我自从到此以后，综计各种感受，似乎我与新文学和旧学问各方面，凡我所着手的，便给别人一种威吓——有些旧朋友自然除外——所以所得到的非攻击排斥便是“敬而远之”。这种情形，使我更加大胆阔步，然而也使我不复专于一业，一事无成。而且又使小刺猬常常担心，“眼泪往肚子里流”。所以我也对于自己的坏脾气，常常痛心；但有时也觉得惟其如此，所以我配获得我的小莲蓬兼小刺猬。此后仍当四面八方地闹呢，还是暂且静静，作一部冷静的专门的书呢，倒是一个问题。好在我们就要见面了，那时再谈。

我的有莲子的小莲蓬，你不要以为我在这里时时如此彻夜呆想，我是并不如此的。这回不过因为睡够了，又有些高兴，所以随便谈谈。吃了午饭以后，大约还要睡觉。加以行期在即，自然也忙些。小米（小刺猬吃的），傍子面（同上），果脯等，昨天都已买齐了。

这信封的下端，是因为加添这一张，我自己拆过的。

[signature] 六月一日晨五时。

二日

日记 星期。晴。上午往第二师范院演讲一小时。午后沈兼士来。下午昙。往韩云浦宅交皮袍一件。晚往第一师范院演讲一小时。夜金九经，水野清一来。陆晶清来。吕云章来。风。

三日

日记 昙。上午寄第一师范学院国文学会信。午后林卓凤来还泉二。携行李赴津浦车站登车，卓凤，紫佩，淑卿相送。金九经，魏建功，张目寒，常维钧，李霁野，台静农皆来送。九经赠《改造》一本，维钧赠《宋明通俗小说流传表》一本。二时发北平。

四日

日记 晴。在车中。

五日

日记 晴。晨七时抵浦口，即渡江改乘沪宁车，九时发南京。下午四时抵上海，即回寓。收编辑费三百，三月分。收季志仁代购之法文书籍二包并信。晚寄淑卿信。夜浴。

六日

日记 昙。上午收抱经堂书目一本。下午往内山书店。夜雪峰来。

七日

日记 晴。午后往内山书店买『美術叢書』二本，杂书一本，『世界美術全集』(25)一本，共泉十二元五角。托真吾买来 *Desert* 一本，一元五角。夜同方仁，贤桢，三弟及广平往东海电影院观电影。

八日

日记 昙。午后寄小峰信。下午达夫来。夜雨。同方仁，真吾，贤桢，三弟及广平往北京大戏院观《古城末日记》影片，时晏呼摩托车回。

九日

日记 星期。小雨。上午得侍桁信。下午往内山书店。

十日

日记 晴，热。下午得小峰信并杂志，书籍等，又版税泉二百，即复。夜同贤桢，三弟及广平往上海大戏院观《北极探险记》影片。

十一日

日记 昙。午后同广平往内山书店买『鑑賞画選』一帖八十枚，五元八角。将周阆风信转寄达夫。复周阆风，季小波，胡弦等信。夜寄霁野信。寄淑卿信。真吾昨夜失窃，来假泉卅。

致 李霁野

霁野兄：

在车站上别后，五日午后便到上海，毫无阻滞。会见维钧，建功，九经，静农，目寒，丛芜，素园诸兄时，乞转告为荷。

在北平时，因怕上海书店不肯用三色版，所以未将 Lunacharsky 画像携来。到此后说起，他们说是愿意用的。所以可否仍请代借，挂号寄来，但须用硬纸板夹住，以免折皱。朝华社说，已将出版物寄上了。

迅上　六月十一日

十二日

日记　晴。上午复叶永蓁信。午后访友松，见赠《曼侬》及《茶花女》各一本，转送广平。往内山书店买『露西亜現代文豪傑作集』之二 六各一本，共泉二元四角。

十三日

日记　昙。上午以《世界小说集》等分寄矛尘，钦文，季巿，淑卿。得淑卿信，九日发，附侍桁函。午得友松信。午后寄季市信。下午托广平送友松信，即得复。得叶永蓁信。

十四日

日记　小雨。夜雪峰来。友松来。

十五日

日记　晴。上午收教育部编译费三百，是四月分。午后汪静之来，未见。雨。下午叶永蓁来。夜同方仁，广平出街饮冰酪。大雨。

十六日

日记　星期。雨。午后友松来。下午复白莽信。复孙用信。寄叶永蓁信。寄淑卿信。往内山书店买书三种六本，共泉七元三角。夜代广平付朝华社出版费一百。濯足。服阿斯丕林一粒。

致孙用

孙用先生：

蒙寄译稿四篇，其中散文两篇，我以为是很好的，拟登《奔流》上。惟译诗则因海涅诗现在已多有从原文直接翻译者，PETÖFI诗又不全，故奉还，希察收为幸。

鲁迅　启上　六月十六日

十七日

日记　雨。上午得钦文信。下午寄季志仁信。

十八日

日记　晴。上午得叶永蓁信。得友松信。午后往内山书店晤今关天彭。

十九日

日记　昙。上午得叶永蓁信。得内山信，即转寄达夫。发寄钦文信：寄雾野信。寄小峰信并锌版。午后得友松信，即复。下午往内山书店买ダンクウルの『歌麿』一本，五元七角。买草花两盆共五角。晚友松来，并赠绘画明信片一帖五十枚。

论文集《二十年间》第三版序

［俄国］蒲力汗诺夫

当我的论文集《二十年间》的新版出世之际，这回决计要在那前面加上几条注意书了。

或一批评家——不但倾向不好而已，且是极不注意的批评家，竟将实在可惊的文学的规范，归在我身上了。他决定地说，我所承认者，只是承认社会底环境有影响于个人的发达的文艺家，而将不承认这影响的文艺家，加以否定。要将我解释得比这更不行是不能的了。

我所抱的见解，是社会底意识，由社会底存在而被决定。凡在支持这种见解的人，则分明是一切"观念形态"——以及艺术和所谓美文学——乃是表现所与的社会，或——倘我们以分了阶级的社会为问题之际，则——所与的社会阶级的努力和心情的。凡在支持这样见解的人，将所与的艺术作品，开手加以评量的文艺批评，就也分明应该首先第一，剖明在这作品中，所表现者，正是社会底（或阶级底）意识的怎样的方面。黑格尔学派的批评家——观念论者——这里面，连在那发达和这相应了的时期的我们的最天才底的培林斯基(Belinski)也包括在内——说，"哲学底批评的任务，是将借艺术家而被表现于那作品中的思想，从艺术的言语，译成哲学的言语，从形象的言语，译成论理学的言语。"但作为唯物论底世界观的同人的我，却要这样说，"批评家的第一的任务，是将所与的艺术作品的思想，从艺术的言语，译成社会的言语，以发见可以称为所与的文学现象的社会学底等价的东西。”我的这见解，在我的文学底论文里说明，已经不止一次了，但看起来，这见解，竟好像引我们的批评家于迷误似的。

这富于奇智的汉子，竟以为倘如我的意见，文艺批评的第一的任务，既在决定由作者所运用的文学现象的社会学底等价，则我所赞赏，是将在我觉得愉快的社会底努力，表现于那作品中的作家，而将不愉快的这些事的表现者，加以否定。就这事本身而论，就已经愚蠢，因为在真实的批评家，问题是并不在“笑”了“哭”了那些事情里，而在理解之中的。然而现在我所作为问题的“作者”，却将问题更加单纯化了。他所述说，是所与的作家，那作品能否确证我关于社会环境的意义的见解，我便据以分为赞赏或非难。[①] 于是就生出可笑的漫画来，假使这对于我国的——可惜还不独我国——文学史家，不成为极有兴味的“历史底记录”，那就恐怕是连谈讲的价值也没有的。

G·I·乌斯班斯基(Uspenski)在《难医的汉子》这一篇短篇里，将一个苦于暴饮，向医生访求着医治这病的药，“譬如连身体的角角落落”也都达到的药的教士，作为唯物论的决定底反对者，证明着物质和精神的决非一物。“你瞧，——这汉子讲道理道，——连《俄国的言语》报上，也没有说这是一体的……倘若这样，那么，拿一段木棒来——这是脊骨，缠上绳子——是神经，再加上些什么——选出去做土地争议裁定官罢，只要给带上缀着红带子的帽，就好了……”

这教士，留下了无数的子孙，他是马克斯的一切“批评家”的先祖。我们的“作者”，一定也属于这苗裔里面的。然而应该说真话，——教士还没有“狭隘”到他的子孙一般。他“连”依据了《俄国

---

① 他竟连从我的文学底论文里，引一条例子来确证自己的言论的事，也忘掉了。然而这是自然明白的。

的言语》报，也并无偏见地，承认了脊骨不是木棒，神经不是绳子。而我的人慈大悲的批判者，却要将神经和绳子，木棒和脊骨的等观的坚强的确信，归之于我。岂但我们的批评家而已呢？反对者们也将和这相类的愚昧，十分认真地归给了我们。——其实是，虽现今也还在归给，没有歇——要确信这事，只要想起社会革命党和主观主义者们对于马克斯主义所加的反驳，就够了。不独此也，——虽在西欧的马克斯批判——例如有名的培仑斯坦因先生——上，也还将那有判断的教士所未必加于唯物论的关于"神经"和"绳子"的意见，归之"正统底"马克斯主义，这事，是可以无须什么夸张地来说的。我真不知道，我们可能遇到一个时代，会从和这种"批评家"交矛的满足，得到解放。但我想，这时代是要来的，我以为这的到来，当在社会底变革，除去了或种哲学底以及其他的偏见的社会底原因之后。然而现在，却还很要常常听我们的"批评家"的认真的忠告，说是将缠着绳子，用了缀着红带的帽子装饰起来的木棒，推举出去做"土地争议的裁定官"，是不行的罢。没有法，只好和果戈理（Gogol）一同大叫道，"诸位，生活在这世间，是多么无聊呵！"

也许有人要说，着手于艺术作品的社会学底等价之决定的批评家，是容易将那方法来恶用的。这我知道。然而不能恶用的方法，有在那里呢？这是没有的，也不会有。又将说罢，——所与的方法愈是切实的，则由拙劣地驾驭这方法的人们所犯的那恶用，就愈不堪。然而这事，成为反对切实的方法的理由么？人们往往将火恶用，但人类倘不回到文化底发达的最低阶段去，却不能拒绝其使用。

在我国，现在是将"有产者底"或"小市民底"这形容词，非常恶用着了。那事例之多，竟至于使我读着 *Russkie Vedmosti* 第九十四号的漫谈（Feuilleton）的 I 先生的下几行，未尝没有同感。——

> "现在的文学，在要发见一种手段，只留下于那支持者并无危险的东西，而决定底地将一切解体，破坏。这即包藏于'有产者底'或'小市民底'这言语之中。只要将这言语，抛在或一社

会活动家或文学作品上，便作为杀死，解体，绝灭最强的有机体的毒，作用起来。‘有产者底’这句话里，含有无论用了怎样狡狯的中伤，论争底才能的怎样的展开，也都不能斗争的论据。这好像是不能证明它没有对准必要之处，未常命中适当之处的日本的下濑火药似的东西。触着它也好，不触着也好，而它已经将那些东西破坏了。

“对于这可怕的判决，唯一的充足的回答，是向着和这相应的致命底的爆裂弹的飞来之处，抛过同样的东西去。对于将‘有产者底’这句话，抛给你们了的处所，就送以‘小市民底’这句话罢。那么，你们将在敌阵里面，看见刚才在你们自己这边那样的败灭了，为什么呢，因为防御这爆裂弹，是怎样的城墙，怎样的壕堑，也不会有的。”

在或一意义上，I先生是对的。但仅在或一意义上，是对的而已。作为分明看透了或种现象，却并不来取解决那社会底意义之劳者，是对的。但是，倘若I先生要懂得这意思，那很容易，就只要从他刚才所说上述的形容词的恶用之可怕的事，便懂得了。兑什思沛兰德先生说得不错（《基雅夫意向》，一九〇八年，一三二号）——

全世界是——据梭罗古勃，是“有产者”。

据陀勃罗文，则是“犹太人”。

那是如此的。然而为什么从陀勃罗文（Dubrovin）先生看来，全世界是“犹太人”呢？将这奇怪的心理学底光差的社会学底等价，加以决定，是做不到的么？对于这问题，恐怕大家都未必能说“做得到”，大家也未必毫无困难，决定这等价的罢。那么，梭罗古勃（Sologub）先生的心理学底光差，怎样呢？决定那社会学底等价，是可能的么？我还是以为可能的。

例如——看罢。近时陀勃罗文先生的机关杂志说过——“社会主义所约给我们的饱满的有产者底幸福，并不使我们满足”（据《基雅夫意向》一九〇八年，一三二号所引用）云。

总之,陀勃罗文先生对于自己的反对者们,现在是不但非难其犹太性,而且也非难其小市民性了。然而陀勃罗文先生是并非将可怕的有产者性的"下濑火药",亲自制造了的,他是从别人,例如,从由他看来,全世界都是"有产者"的梭罗古勃先生,或从并不反对甚至将有产者性之罪归于造化的伊凡诺夫·拉士谟涅克(Ivanov-Razumnik)先生,所接来的现成品。但这些人们,也并未自己制造了这可怕的"下濑火药"。他们从几个马克斯的批判者,将这接受过来,而这些批判者们,则继承之于法兰西的罗曼派。谁都知道,法兰西的罗曼派们,是雄健地反抗了"有产者"和"有产者性"的。但到现在看起来,凡在知道法兰西文学史的人们,就明白那反抗了"有产者"和"有产者性"的罗曼派本身,即彻骨地为有产者精神所长养。所以对于"有产者"的他们的攻击和对于"有产者性"的他们的嫌恶,不过是有产阶级内的家庭争执。台阿斐尔·戈兼(Théophile Gautier),是"有产者"的无可解救的敌人,然而虽然如此,他对于一八七一年五月的有产阶级对无产阶级的胜利,却以渴血似的狂喜来欢迎了。只要看这事,便知道对于"有产者"在嚷嚷着的一切人们,并不是对于有产者底社会组织的反对者。如果是这样的,那么,要知道可怕的"下濑火药"的本质,就也没有像I先生所设想之难。是有"反小市民性",又有"反小市民性"的。有一种"反小市民性",是和资产阶级的榨取大众(群集)的事,虽然还容易和解,但到终局,和由这榨取而生的有产者底性质的缺点,却无论怎样,总不能和解。还有一种"反小市民性"——那不消说,对于有产者底性质的坏的方面,是并不掩起眼睛来的,但分明知道,这只有靠着除去相关的生产关系的方法,才能够除去。要明白这两种"反小市民性"的任何之一,都应该在文学上发见那反映,而且其实已经发见的事,是容易的。凡明白了这事的人,就毫不为难地知道"下濑火药"的本质了。

他将要说罢,——有"下濑火药",又有"下濑火药",其一,是有产者愿意脱离由有产者底社会关系而生的缺点,于是他从对于由他所榨取的大众的劳动，希望维持政权的人们所团结的阵营里，跑了过来。这些“下濑火药”，在效用上，就像仅足惊吓苍蝇的蝇扑。然而还有别的“下濑火药”，那是从反抗“人类对人类的”一切榨取的人们的阵营里跑来的。这些人们，比第一种的人们诚实得多。那数目之中，不但陀勃罗文之徒而已，连台阿斐尔·戈兼之辈，也不在内。现代俄国的“小市民性”的反对者们的最大多数，也知他们毫没有什么共通之处。例如茹珂夫斯基（Zhukovski）先生似的人，也不属于此，据他的意见，戈理基（Maxim Gorki）——“是从头顶起，到脚尖止，是小市民。”在戈理基，是有许多缺点的。可以用了完全的意识，称他为空想家。但能够说他是小市民者，却只有陀勃罗文先生似的，将社会主义和小市民性，混为一谈的人。I 先生说，“戈理基先生常在非难别人，说是小市民性。别人也在这样地非难他。一切都很合适的。这恐怕是孩子的游戏罢。”他说这话的时候，是大错的。一种文学，其中“玩弄”着“小市民”呀，“小市民性”呀那样的诚实的概念，却可以说是一切都很合适的么？凡是对于文学的问题，抱着诚实的态度的人们，可以不来努力，使这游戏有一结束的么？然而要将孩子用着诚实的概念的游戏，加以结束，则倘不能决定这游戏的社会学底等价，换了话说，就是剖明那引它出来的社会底心情，就不行。但这事，倘不是在“社会底意识，由社会底存在而被决定”这一个不可争的命题上，就是我所努力要将自己的批评论文的基础，放在那里的思想上，两手牢牢地抓着的人，是办不到的。

一切的“反小市民”，决不能僭用无产阶级的观念者这名称。这事，在西欧知道文学底潮流的历史的一切人们，是很明白的。但可惜在我国，凡有兴味于社会问题的人们，却远不知道这历史。于是 I 先生所指摘的有害的游戏的可能，就被造成了。并不很古的时候，说起来，就只在两三天以前，在我国，自己的魂灵里除了对于小市民的罗曼底的——即 Par Excellence（几乎全体）地小市民底的——憎恶之外，一无所有的人们，都将身子裹在“无产阶级的观念者”的外套里面了。这种人们的不少的数目，即形成于新闻《新生活》的协力者之中。其中之一的闵斯基（Minski）先生，在上述的新闻停刊了几个月之后，夸张地指摘着一个事实，说是我们的颓废派诗人，大半投入我们的解放运动的极左底潮流里了，而艺术上的写实主义的拥护者，倾向这潮流的却少得远。事实，是未曾正确地指摘到的。而且对于闵斯基先生所要证明的，事实却毫没有证明着。在法兰西，自己彻骨为小市民底精神所育养的"小市民性"的反对者的许多人——例如波特莱尔（Baudelaire）——，就很神往于一八四八年的运动，但这事，于那运动刚要失败，而他们便转过脸去，是不来妨碍的。以强有力的"超人"自居的这种的人们，实际上却极端地孱弱。而且也如孱弱的一切人们一样，神往于自然力那一边。然而他们的出现，则并非作为力的新要素，倒是代表着否定底要素，要运动之力不减少，还是和他们分离了，却较为有效的。而在我国，和这些人们曾经协力的劳动者利益的拥护者们，是将许多罪戾，接收在自己的魂灵里了。

但是，回到文艺批评的任务去罢。我说过，——黑格尔学派的批评家——观念论者，以为将艺术作品的思想，从艺术的言语，译成哲学的言语，是自己的义务。然而他们很知道，他们的工作，是很不以遂行了这义务为限的。上述的翻译，据他们的意思，不过是哲学底批评历程的第一段。这历程的第二段，在他们，——如培林斯基所曾写出——是在"将艺术底创造的思想，指示其具体底显现，追求之于形象之中，而且发见其各部分中的全体底的和单一的东西。"这意思，就是说，在艺术作品的思想的评价之后，应该继以那艺术底价值的分析。哲学不但并没有除去美学而已，反而努力于为他寻路，为他发见坚固的基础了。关于唯物论底批评，也应该说一样的话。一面努力于发见所与的文学现象的社会学底等价，而这批评，倘不懂得问题不该仅限于这等价的发见，以及社会学并非在美学前面关起门来，倒是将门开放的事，那就是背叛了自己的本性的东西。忠实的唯物论底批评的第二段的行动——恰如在批评家——观念论者那里也是如此一样——自然应该是正在审查的作品的美学底价值的评价。假使批评家——唯物论者,以他已经发见了所与的作品的社会学底等价为理由,而拒绝这样的评价,则不过曝露了他对于自己要据此立说的那见地,并无理解。一切所与的时代的艺术底创作的特殊性,是常被发见于里面所表现的社会底心情和那最紧密的因果关系之中的。一切所与的时代的社会底心情,则由那时代所特有的社会关系而被决定。这事,艺术和文学的一切的历史,显示得比什么都了然。惟这个,就是当决定一切所与的时代的文学作品的社会学底等价时,假使批评家从那艺术底价值的评价转过脸去,那么,这决定,便将止剩下不完全的,从而不确实的东西的原因。用了别的话来说,就是,唯物论底批评的第一段,不但不除去第二段的必要而已,倒是引起作为那必要的补充的第二段来。

再说一回,唯物论底批评的方法的恶用,是仅凭了不会有不能恶用的方法这一个简单的理由,就不能成为反对这方法的口实的。

在我的书籍《关于对历史的一元论底见解发达的问题》里,我反驳着密哈罗夫斯基(Michalovski),下面似的写着,——

> “彻底底地坚持着一个原则,而说明历史底历程——这是困难的工作。然而你说这是怎么一回事么?凡科学,只要这不是‘主观底’科学,就大抵并非容易的工作,——惟在那里面,则以惊人的容易,说明一切的问题。我们的问题,既然到了那里了,我们就告诉密哈罗夫斯基先生罢,——在关于观念形态之发达的问题上,倘不统御着或种特别的才能,即艺术底感觉,则虽是‘弦’[①]的最超等的通人,也往往成为无力。心理,是和经济相适应的。然而这适应,是复杂的历程,要通晓那全行程,描出

① 在对于我们的论争底论文之一里,密哈罗夫斯基将社会的经济底构成,名之为“经济弦”。

他如何施行，给自己和别人，都易于明白，就往往必须艺术家的才能。例如巴尔札克（Balzac），于说明和他同时代的社会的种种阶级的心理，作了大大的贡献了。我们从伊孛生（Ibsen），也可以学得许多。但惟独从他而已么？我们和岁月一同，在一方面——理解'弦'的运动的'铁则'，同时在别方面——期待着能够理解，并且表示出在那'弦'上，就因了那运动，而'活的衣裳'怎样地成长起来的艺术家的出现罢。"①

我现在也还这样想：倘要懂得我当时所名为观念形态的活衣裳者，则往往以艺术家的才能——或者至少是感觉——为必要。加以这样的感觉，当我们着手于艺术作品的社会学底等价的决定之际，也是有益的。这样的决定，也是极其困难，极其复杂的工作。我们——例如关于这事，我在上面引用了的I先生的漫谈，在登在*Russkie Vedmosti*杂志上的那论文集《文学底颓废》中也就是——往往遇见显示着愿做这事的一切人们，却不适于这困难的工作的批评底判断。在这里，也是被召者虽多，而入选者却少的。我现在所言，并非为了唯物论底方法的辩明，——我已经说过，所与的方法的恶用的可能，还未曾给人以审判这方法本身的权利，——是为了对于那拥护者，警告其谬误而说的。在战术的问题上，在我国，已由了自以为总有些马克斯的继承者的权利的人们，做了许多谬误了。这样的谬误，倘施之于文艺批评的领域内，是非常可惜的。但要去掉这个，却除了马克斯主义的根本问题的新的研究之外，没有另外的方法。这研究，现在在我国这两三年的事件的影响之下，当正在开始着手于理论底"价值"的"再评价"之际，尤为有益。瞿提（Geothe）就已经说过，一切反动底时代，是倾于主观主义的。我们现在正在经过着渐倾于这主观主义的时代之一，而且我们恐怕还至于要看见主义的真实的筵宴的罢。在现在，我们就已经看见这领域内的多少事

① 第二版，彼得堡，一九〇五年，一九二至一九三页。

情了，——调尔珂夫（Tyurkov）先生的神秘底无政府主义，卢那卡尔斯基（Lunacharski）先生的“创神主义”，阿尔志跋绥夫（Artsybaschev）先生的色情狂主义，——这些一切，就都是同一毛病的各样的，然而分明的症候。将已经传染了这病的人们，是毫不想去医治了，但我要从还是健康的人们起，给以警戒。主观主义的霉菌，在马克斯学说的健康的氛围气里，极迅速地灭亡。所以马克斯主义，是防这毛病的最好的豫防手段，然而要马克斯主义能用作这样的手段，则必须不单是滥用马克斯主义底术语，而真实地理解他。卢那卡尔斯基先生，现在为止，倘若我没有错误，则是自以为马克斯主义者的。然而他完全没有获得马克斯主义的学说，就单是始终反复了马克斯主义底术语，正因为这缘故，他就走到了那最滑稽的“创神主义”了。

> 他的例子，在别人是教训……

卢那卡尔斯基先生是在一直先前，就有了现在的病的萌芽的。那最初的症候，是他对于亚筏那留斯的哲学的心醉，以及要借这哲学，来给马克斯主义“立定基础”的希望。在懂得事理的人们，当那时候，就已经明白这马克斯的“立定基础”，正不过证明着卢那卡尔斯基先生自己的无基础。所以卢那卡尔斯基先生的病的新症候，对于这样的人们，是不能使谁吃惊，使谁丧气的。懂得事理的人，在无论怎样的主观主义之前，都不会丧气。但在我国，懂得事理的人们，能很多么？唉唉，他们是很少！而且正因为他们少，所以我们，用了培林斯基的话来说，就不得不和那些与蛙儿们交战，虽当最好之际，也只值愉快的嘲笑那一流的非文学底的人们来争吵了。而且正因为在我国，懂得事理的人们少，所以像戈理基先生的《忏悔》那样的可悲的文学底现象，这才成为可能，——那当然，大约要使这极大才能的人的一切真实的崇拜者，抱着不安，而这样地发问的，——“他的歌，莫非实在唱完了么？”

我对于这质问，还不能敢于给以肯定底的回答——也很不愿意给。我只在这里说几句话，就是在那《忏悔》里，戈理基先生是站在较他为早的果戈理，陀斯妥夫斯基，托尔斯泰似的巨人所滑了下去的斜面之上了。他能够坠落而站住么？他能够敢于弃掉这危险的斜面么？我不知道。但我知道得很明白——要弃掉这斜面，惟在由他的马克斯主义的根本底获得的条件之下，这才可能。

我的这些话，大约要将动机，给与关于我的“一面性”的许多有些奇智的谐谑的罢。我对于新出的谐谑，赠之以拍掌。但我将继续站在自己的立场上的罢。惟有马克斯主义，可以医治戈理基先生。而这我的固执，将要因了记起那“用挫折了的东西去医治去”这一句格言，而更加容易得到理解。戈理基先生，不是已经自以为马克斯主义者了么？他在那长篇《母亲》之中，不是已经作为马克斯底见解的宣传者而出发了么？然而这小说本身，却证明了——戈理基先生于作为这样的思想的宣传者的脚色，全不相宜，为什么呢，因为他全没有理解马克斯的见解。《忏悔》，则成了这全无理解的新的，而且恐怕是更加明白的证据了。于是我要说——假使戈理基要宣传马克斯主义，就豫先去取理解这主义之劳罢。理解马克斯主义的事，大抵是有益，并且也愉快的。而且对于戈理基先生，将给以一种买不到的利益，就是，明白了在艺术家，即以用形象的言语来说话为主的人，那宣传家，即以用论理底言语来说话为主的人的职务，是怎样地只有一点点相宜而已的。戈理基先生确信了这个的时候，他大约便将得救了……

Georg Valentinovitch Plekhanov(1857—1918)是俄国社会主义的先进，社会主义劳动党的同人，日俄战事起，党遂分裂为多数少数两派，他即成了少数派的指导者，对抗列宁，终于死在失意和嘲笑里了。但他的著作，则至于称为科学底社会主义的宝库，无论为仇为友，读者很多。在治文艺的人尤当注意的，是他又是用马克斯主义的锄锹，掘通了文艺领域的第一个。

这一篇是从日本藏原惟人所译的《阶级社会的艺术》里重

译出来的，虽然长不到一万字，内容却充实而明白。如开首述对于唯物论底文艺批评的见解及其任务；次述这方法虽然或被恶用，但不能作为反对的理由；中间据西欧文艺历史，说明憎恶小资产阶级的人们，最大多数仍是彻骨的小资产阶级，决不能僭用“无产阶级的观念者”这名称；临末说要宣传主义，必须豫先懂得这主义，而文艺家，适合于宣传家的职务之处却很少：都是简明切要，尤合于绍介给现在的中国的。

评论蒲力汗诺夫的书，日本新近译有一本雅各武莱夫的著作；中国则先有一篇很好的瓦勒夫松的短论，译附在《苏俄的文艺论战》中。

一九二九年六月十九夜，译者附记。

原载 1929 年 7 月 15 日《春潮》月刊第 1 卷第 7 期。

初收 1930 年 7 月上海光华书店版“科学的艺术论丛书”之一《艺术论》。

译者附记未收集。

致 李霁野

霁野兄：

到上海后曾寄一函，想早到。

今天朝华社中人来说，南洋有一可靠之文具店，要他们代办未名社书籍。计：我所译著的，每种一百本，此外的书籍，每种十本。如有存书，希即寄给合记收，并附代售章程一份。款子是靠得住的。

到这里后，依然忙碌不堪。北大讲稿，至今没有寄来。

听说现在又有一些人在组织什么，骨子是拥护五色旗的军阀之流。狂飙社人们之北上，我疑心和此事有关。长虹和培良大闹，争做首领，可见大概是有了一宗款子了（大约目下还不至于）。希留心他们的暗算。

迅　上　六月十九夜

二十日

日记　昙。午后冢本善隆来看拓本。下午以译稿寄友松。晚内山延饮于陶乐春，同席长谷川本吉，绢笠佐一郎，横山宪三，今关天彭，王植三共七人，天彭君见赠『日本流寓之明末名士』一本。

爱尔兰文学之回顾*

[日本]野口米次郎

倘是开了的花，时候一到，就要凋零的罢。我在文学上，也看见这伤心的自然的法则。二十几年前始在英诗界的太空，大大地横画了彩虹的所谓爱尔兰文学运动，现在也消泯无迹了。昨年（译者案：1923）Yeats得了诺贝尔奖金，但这事，在我的耳朵里，却响作吊唁他们一派的文学运动的挽歌。A. E.（George Russell）和Yeats一同，被推举为爱尔兰自由国的最高顾问的事，说起来，也不过是一座墓碣。他们的文学底事业，是天命尽矣；然而他们的工作，则一定将和法兰西的象征运动一同，在世界文学史上占有永远的篇幅。我现在就要来寻究其遗踪。时节是万籁无声的冬季。我的书斋里的火是冷冷的。挂在书斋里的Yeats的肖像也岑寂。遥想于他，转多伤心之感了。

我不能将爱尔兰和印度分开了来设想。那都是受着英国的铁槌底的统治，在那下面不能动弹的国度。他们两国民，是所谓亡国之民，只好成为极端的乐天家，或则悲观论者。就爱尔兰文学看来，A. E. 代表前者，Yeats 是属于后者的。我在这里，只要文学底地来讲一讲爱尔兰，印度的事情，则以俟异日。

读者首先必须知道在爱尔兰人，是没有国语，没有历史，加以没有国家这一个根本底事实，还必须知道爱尔兰的青年(二十几年前的青年，在现在，是也入了斑白的老境了)，……他们是抱着三个的决心，文学底地觉醒了的。三个的决心云者，是什么呢？第一，是没有国语的他们，就从近便的英文，来造出适于自己的目的的表现的样式。第二，是回到过去的诗歌去，认精神底王国之存在。第三，是他们在从新发见了的文学底遗产上，放下自己的新文学的根柢去。这些三个的决心，精神底地，是极其悲壮的。于是这文学运动，便负着如火的热烈的爱国心的背景，而取了惊人地美丽的攻击的态度了。

所谓爱尔兰文学运动者，是袭击的文学。在国内，是用了文学底新教之力，以破坏传统底地主宰着国民之心的正教派底文化，在国外，是使人认知爱尔兰之存在的爱国底行为。世间的轻率的人，每将这爱尔兰文学运动和同时兴起的英国的新诗运动相并论，但这二者，出发之点是两样的。决不是可以混同的事。除了都是出现于同时代的运动以外，毫无什么关系。英国的新诗运动，是觉醒于新的诗的音律，以自觉之力，发见了前人未发见的诗境，而要从限制自己，有时且腐化自己的维多利亚女皇朝文学的恶影响，救出自己来。一言以蔽之，则英国的新诗运动，主点是在对于凡俗主义的自己防御。即使这运动(倘若可以称为运动)也有攻击的矛头之所向，那也不过是为“自己防御”而发的。将这和爱尔兰文学运动相比较，是那因之而起的精神，全然不同。我的朋友而现居印度的诗人 James Cousins，这样地说着，“宗教底地，称为基督新教徒，文学底地，则称为异端者，也称为抗议者的 Protestant 的工作，即始于 Protest 之点。我的文学底工作，也从这里出发的。我二十三岁的时候，在伦敦的

Crystal Palace 偶然看见了冷骂爱尔兰人的滑稽画。我愤怒了，我于是回国，决心于反对英格兰人之前，先应该向自己的国人作文学底挑战。我写了一篇叫作《你们应该爱 Protestant 的神而憎一切加特力教徒》的文章。自己是为爱国心所燃烧了，但这之前，却不得不嫌恶本国人。被认为直接关系于所谓爱尔兰文学运动的三十人的几乎全部，不妨说，都是新教徒。而且所以起了这新运动的动机，也不妨说，三十人大略都一样。就是，是反爱尔兰，是新教徒的少数者的工作。”

数年以前，在日本，“归万叶去”[①]这句话，被听取为有着意义的宣言。究竟有多少歌人，能够在古代的诗歌精神中，发见了真实的灵感呢？归于古代的事，不但在日本人为必要，无论那一国的新文学，都必须知道古代的人民的文化和天才，和近代的时代精神有怎样的关系，而从这处所，来培养真生命的。爱尔兰的青年诗人，将文学的出发点放在这里，正是聪明的事。英国的新诗运动，也以自然的行为，而是认了这一点的时候，英国的诗坛和爱尔兰的新文学，便有了密接的关系了。Yeats 之称赞 Blake，Francis Thompson 之于 Shelley 发见了新意义，都是出于自然的事，而在英国诗坛，也如上述的 Blake 和 Shelley 一样，同时研究起 Vaughan 和 Herbert 来。所以，以出发的精神而论，英格兰爱尔兰两国的新文学，是不同的，但也该注意之点，是渐渐携手，同来主张英语诗的复活底生命了。然而无论到那里，爱尔兰人总和英格兰人是先天底地不同的魂的所有者。他们不像英国人那样，要以文学来救人类的灵魂。英国的诗人，即使怎样地取了无关于宗教的态度，也总有被拘之处。不能像爱尔兰的青年诗人一般，天真地，宿命底地，以美为宗教。也不能将美和爱国心相联系，而来歌吟。英国人一到歌咏爱国心的时候，他

① 《万叶集》二十卷，是日本古代诗歌代表作的选集，内含长短歌四千余首，作者五百余人。——译者。

们总是不自然的，理论底的。过去不远，英国的 Tennyson，也曾和宗教底疑惑争斗了。Browning 虽然超绝了宗教底疑惑，却被拘于自己的信仰。和他们相反，爱尔兰的文学者，是不疑宗教，至于令人以为是无宗教似的。简短地说，是他们漠不关心于宗教。更真实地说，是他们虽然是宗教底，而不为此所囚的不可思议的人民。委实不疑宗教，所以他们是自然的。漠不关心于宗教，所以他们是天真的。虽然是宗教底而决不为此所囚，所以他们是宿命底的。

我听到过这样的事情，在爱尔兰的山中，会有失少孩子的事，当此之际，警官便先拾枯枝，点起火来，做成篝火，于是口诵誓辞，而后从事于搜索失掉的孩子。从这一个琐话来推想，也就可以明白爱尔兰人是怎样地迷信底了。然而又从这迷信无害于他们的信仰之点来一想，即又知道爱尔兰人的心理状态，是特别的，就是矛盾。这矛盾，总紧钉着无论怎样的爱尔兰人。从 Bernard Shaw 起，到在美国乡下做使女的无名的姑娘止，都带着矛盾的性质。从信仰上的矛盾而论，我想，日本人是也不下于爱尔兰人的。近代的日本人，恰如近代的爱尔兰人一样，是无宗教的罢，但日本人的大多数，又如爱尔兰人的大多数一样，是宗教底。日本人大多数的宗教底信仰，并不为各种迷信所削弱，换了话来说，就是信仰迷信，两皆有力的。更进一步说，也就是日本人的个性，是无论怎样的宗教底信仰或迷信，均不能加以伤害的不可思议的人民。假使这一点可以说伟大，那就应该说，爱尔兰人也如日本人一般的伟大。从虽是别国的文学，而在日本，爱尔兰文学的被理解却很易，共鸣者也很多这地方看来，岂不是就因为日本人和爱尔兰人，性质上有什么相通之处之所致么？至少，有着矛盾的国民性这一点，他们两国民是相类似的。倘以为文学底地，日本不及爱尔兰，那就只在日本没有 Shaw 和 Yeats 这一点上。这是遗憾的，但我尤以为遗憾者，还有一件事。这非他……是日本人的心理状态，不如爱尔兰人的深。爱尔兰人，至少，是爱尔兰的青年文学者，他们的生命，是不仅受五官所主宰的。

他们住在五官以上的大的精神底世界中，还觉醒于大的生命里。概念底地说，则他们是认识了永远性的存在，他们的眼，无论何时，何地，都能将外部和内部，合一起来，而看见内面底精神，从外面底物质产生出来的那秘密。他们的诗歌，可以说，是出于永远性的认识的。这爱尔兰人的特质，从古代以来，就显现在他们的哲学上，诗歌上。这特质，外面底地，是广的，但内面底地，却含蓄，因而是梦想底的。外面底地，是平面底，而在内面底地，却有着立体底的深。

在爱尔兰，有两种的诗人。其一，是外面底地运用爱国心以作诗，而主张国民主义。和这相反，别的诗人，则想如 Yeats 的仙女模样，披轻纱的衣裳，以柔足在云间经行。前者主张地上的乐国，必须是爱尔兰，而后者则想在那理想境中发见天国。他们两人，是如此不同的，然而在爱尔兰人，却将他们两面都看得很自然，毫不以为奇怪。先前已经说过，是矛盾的人们，所以在别国人是不可能的事物，在他们，是可能的。也可以说，他们的特质，是在使矛盾不仅以矛盾终。他们将矛盾和矛盾结合，使成自然……这是他们的有趣之处。我自己是看重这特质，个人底地，也将他们作为朋友的。而且非个人底地，是对于爱尔兰有非常的兴味的。其实，在他们，固然有无责任的不可靠的处所，但除他们之外，却再也寻不出那么愉快的人们了。

就从上文所叙的国民性，产生了所谓爱尔兰文学。历史底地来一想，爱尔兰的文化，是经数世纪，和诗的精神相联系的。恰如日本古代的万叶人，是诗歌的人一样，爱尔兰人也是诗的人。据爱尔兰人所记的话，则王是诗人，戴着歌的王冠；法律是诗人所作，历史也是诗人所写的。千年以前，在爱尔兰要做国民军之一人，相传倘不是约有诗集十二本的姓名，便不能做。英国人还没有知道诗的平仄是怎样的东西的时候，爱尔兰人却已有二百种以上的诗形了。在英国，百年以前，Wordsworth 才发见了自然之为何物，而爱尔兰人则已发见之于千年以前。到十九世纪，英国乃强迫他们，令用英语为一般国语，但他们的真精神，却回到他们的古代精神去，成了他们的爱国热猛烈地燃烧起来的结果了。

Cousins说，"所谓文学运动者，并非复活运动。在爱尔兰，毫无使它复活的东西。所以叫作复活运动的文学，是呆话。英国受了法国革命的影响，而入工业时代，自此又作殖民地扩张时代，英国文学也从而非常膨胀了，但英诗的真精神，却已经失掉。收拾起英国所失的诗歌的生命，而发见了自己的，是爱尔兰文学者。"这样一听，称爱尔兰文学运动为复活运动，诚然也不得其当的，但也有种种含有兴味的诸形相，作为文学的国体底表现。当英国的盎格鲁·诺尔曼文化侵入爱尔兰，将破坏其向来的文化的初期时代，爱尔兰的诗人即也曾大作了爱国之诗，咏叹了自由。在那时代，是畏惮公表自己的真名姓，都用匿名，否则是雅号的。这文学底习惯，久经继续，给近代诗人们以一种神秘之感。到十九世纪，而爱尔兰人的反英政治运动，成为议会的争斗，极其显露了。在文学上，他们也作了Ballad和所谓Song，以用于政治底地。这理智底倾向，便伤损了他们的纯的古代精神，他们的散文底的行为，至于危及他们的崇高的幻想了，但在这样愚昧无趣味的时代，提文学而起的伟大的爱尔兰人，是Ferguson。那人，是在今日之所谓文学运动以前，觉醒于文学运动的最初的诗人。要历史底地，来论今日的文学运动，大概是总得以这人开始的罢。

然而在新的意义上，开爱尔兰文学，而且使之长成者，非他，就是Yeats。这是不能不说，以他于千八百八十九年所出的《游辛的漂泊》一书，开了新运动之幕的。我虽然读作"游辛"，但爱尔兰人也许有另外的读法。因为近便没有可以质问的爱尔兰人，姑且作为《游辛的漂泊》罢。[①] 在这书里，诗人Yeats则于古的爱尔兰传说中，加

① Yeats的叙事诗，英文名*The Wanderings of Usheen* (*or Oisin*)，也有读作"乌辛"的，但也未必定确。——译者。

进了新的个性去。不但听见 Yeats 一人的声音,从这书,也可以听见爱尔兰人这人种的声音。这声音,是从内面底地有着深的根柢的爱尔兰人的心里所沁出来的。

Yeats 是世所希有的幻想家。作为幻想家的他,是建造了美的殿堂,而在这灰色的空气中,静静地执行着美丽的诗的仪式的司仪者。内面的神秘世界,为他半启了那门。而他就从那半启的门,凝眺了横在远方的广而深的灵的世界。他负着使命,那就是暗示美的使命。然而他有着太多的美的言语,这在他,是至于成为犯罪的艺术家。他从大地和空中和水中所造成的美的梦,永远放着白色的光辉,但这就如嵌彩玻璃(Stained glass)一般,缺少现实味。美虽是美,而是现于梦中的美,好像是居于我们和内面底精神底中间。但我们并不觉得为这所妨碍。他所写的美的诗,是有可惊的色彩和构图的,但言其实,却有 Yeats 自己,为此所卖的倾向。他的作品中,有许多戏剧,然而他终于不是剧作家。他不过是将自己扮作戏剧的独白者(monologist)。

我现在从 Yeats 到 A. E. 去,而看见全然不同的世界。在这里,并无在 Yeats 的世界里所听到那样的音乐。Cousins 曾比 A. E. 于日本房屋的纸扉。这意思,是说,一开扉,诗的光线便从左右跃然并入了。A. E. 和 Yeast 相反,是现实家。不,是从称为现实的详细,来造那称为理想的虚伪的世界的灵的诗人。作为表现的文学者,则可以说,外面底地,虽以节约为主,而内面底地,却是言语的浪费者。他的诗,虽是文学底,也决非由理论而来,乃是体验的告白,但他的哲学,却因为无视国境,所以就如前所说,成为极端的乐天家了。这文学底悲剧,也许并不在 Yeats 之成为梦想家或悲观论者的悲剧以上,但于 A. E. 之为大诗人,却有着缺少什么之感。使爱尔兰人说起来,他是现存的最大的诗人,有一而无二的,但我们于他,却有对于泰戈尔的同样的不满。他虽然尊重现实,而在所写出了的作品上,却加以否定。那边的 Yeats,则一面歌咏美的梦,而又不能忘却现实,因而那梦，也不过是横在昼夜之间的黄昏了。然而我可以毫不踌躇地说，我从他们俩，是受了大大的感铭的。我敬畏着他们。

以 A. E. 和 Yeats 为中心，又由他们的有力的奖励和鼓舞，而有许多青年文学者出现，于是举起爱尔兰文学运动的旗子来了。可以将这些人们，约略地大别为 A. E. 派和 Yeats 派，也正是自然的事罢。前者趋向外面而凝眺内心，后者则歌爱国而说永远。我的朋友 Cousins，就年龄而言，也应该论在 A. E. 和 Yeats 之后的，他较多类似 A. E. 之处。

Cousins 是数年以前，我曾招致他到日本，在庆应义塾大学讲过诗，那姓名，在日本是并非不识的了。因为他寄寓日本，不过七八个月，所以未能文学底地，造成他和日本的关系。但我想，个人底地记得他的日本人，大约总有多少的罢。Douglas Hyde 评他为"宿在北方之体里的南方之魂"，怕未必有更恰当的评语了。Cousins 的"北方之体"主张起自己来，他便成为理想家，而他的"南方之魂"一活动，他便成为抒情诗人了。以 Yeats 为中心的一派，从最初即以"多疑之眼"睨视着他的，这不久成为事实，他现居印度，和 Anne Besant 夫人一同，成为神智论（Theosophy）的诗人而活动者。他久和最初的朋友离开了。他的论理底感会，使他不成为单是言辞的画家。对于诗的形式的他的尊重，也是使他离开所谓闪尔底（Celtic）的感情的原因。这一点，就是使他和印度人相结，而且在印度大高声价的理由罢。

和 Cousins 同显于文坛的青年，有 O'Sullivan 和 James Stephens。O'Sullivan 在古典底爱尔兰的传统中，发见了灵示，Stephens 则将神奇的锐气，注入于革命底文学精神中。这以后，作为后辈的诗人，则有 Padraic Colum 和 Joseph Campbell。又有叫作 E. Young 的诗人。但我的这文，是并不以批评他们的作品为目的的。我所作为目的者，只要论了 A. E. 和 Yeats 就很够。倘若这文能够说了在文学上的爱尔兰的特质，那么，我就算是大获酬报，不胜欣喜了。

译自《爱尔兰情调》。

原载1929年6月20日《奔流》月刊第2卷第2期。

初未收集。

二十一日

日记 晴。上午季市来。下午寄季志仁信并汇票一千法郎，托其买书。下午得友松信并画片一枚。寄叶永蓁信并画稿。寄安平信并稿。寄徐沁君信并稿。寄陈君涵信。寄李小峰信。

表现主义的诸相*

［日本］山岸光宣

一

唯物主义虽然一时风靡了思想界，使他们看不起纯正哲学，但从一八八〇年代起，由倭铿（Eucken），洪德（Wundt）和新康德派的人们的努力，一种新的纯正哲学却已经抬起头来了。向来埋头于特殊问题，几乎自然科学化了的哲学，遂又要求着统一的宇宙观。自然，这样的精神底倾向，在新罗曼主义和新古典主义的文艺运动上，是也可以见到的，但在支配着现代的德国文坛的表现主义的运动上，却更能很分明地看出。象征派的抒情诗人兑美尔（Dehmel），在冥想底倾向和于哲学问题有着兴味之点，确也有些扮演了过桥的脚色。总之，表现派的诗人，是终至于要再成为理想家，不，简直是空想家，非官能而是精神，非观察而是思索，非演绎而是归纳，非从特殊而从普遍来出发了。那精神，即事物本身，便成了艺术的对象。所以表现主义，和印象主义似的以外界的观察为主者，是极端地相对立的。表现主义因为将精神作为标语，那结果，则惟以精神为真是现实底的东西，加以尊崇，而于外界的事物，却任意对付，毫不介意。从而尊重空想，神秘，幻觉，也正是自然之势。而其视资本主义底有产者如蛇蝎，也无非因为以他为目的在实生活的物质文明的具体化，看作精神的仇敌的缘故罢了。

表现主义排斥物质主义，也一并排斥近代文明的一切。为什么呢，因为这些一切，是以自然科学和技术为基础的。机械文明是资本主义的产物，世界大战是技术和科学的战争，这些事，于使他们咒诅技术，也与有些力量。哈然克莱伐（Walter Hasenclever）的《儿子》中，就咒诅着电报和电话。

现代的思潮，是颇为复杂的，表现派的思想，也逃不出那例外。虽是同一个诗人，那思想也常不免于矛盾。爱因斯登（Einstein）的相对性原理所给与于思想界的影响，现在还未显明，但反对赫克勒（E・Haeckel）的自然科学底人类学的斯泰纳尔（Rudolf Steiner），却于战后的德国思想界，给了颇大的影响。表现派的诗人之反对对于人生的单纯的进化论底解释，高唱外界之无价值和环绕人们的神秘，是可以看作斯泰纳尔的影响的。从他们看来，人生正是梦中的梦。要达到使我们人类为神的完全无缺的认识，是极难的，但总应该是人类发达的目标。他们又反对以人类为最高等动物的物质主义底学说，而主张宇宙具有神性，人从神出，而复归于神。惠尔弗勒（F. Werfel）即用了道德底行为的可能性，来证明人类的神性。

他们对于环绕我们的无限的神秘，又发生战栗，而在外观的背后，看见物本体的永久地潜藏。斯台伦哈谟（Karl Sternheim）说我们的生活，是恶魔之所为，意在使我们吃苦。他们的利用月光，描写梦游病者，都不过是令人战栗的目的，迈林克的小说《戈伦》，电影《凯里额里博士》，就都是以战栗为基础的东西。

因为他们喜欢神秘底冥想，所以作品之中，往往有不可解的，他们又研究中世的神秘主义者，印行其著作。和神秘主义相伴，在他们之间，旧教的信仰就醒转来了。竟也有梦着原始基督教的复活，如陀勃莱尔（Theodor Daubler）者。法国大使克罗兑尔（Paul Claudel）的旧教戏剧的盛行一时，也就是这缘故。

二

表现派的诗人们，运用了哲学观念的结果，不喜欢特殊底的，而喜欢普遍底的事物，是不足为异的。自然主义是从特殊底处所出发了，但表现派之所运用者，是别的一样的许多事件的象征。因此他们的主题，是普遍底的根本问题，如两性的关系，人生的价值，战争的意义等。先前，新罗曼派的骁将霍夫曼斯泰尔（Hugo von Hofmannstohl）改作欧里辟兑斯的《蔼来克德拉》时，曾运用了颇为特殊底的心理，但惠尔弗勒在同是希腊诗人的《托罗亚的妇女们》的改作上，却运用着极其普遍底的战争的悲惨的。

表现剧的人物，往往并无姓名，是因为普遍化的倾向，走到极端，漠视了个性化的缘故。哈然克莱伐的"儿子"的朋友，全然是比喻，是反抗父权的代表者。所以表现派的作品，难解者颇多。听说有一种剧本当登场之际，是先将印好了的说明书，分给看客的。如巴尔拉赫的《死日》，倘没有说明，即到底不可解。

和神秘底倾向相偕，幻觉和梦，便成了表现派作家的得意的领域。他们以为艺术品的价值，是和不可解的程度成正比例的，以放纵的空想，为绝对无上的东西，而将心理底说明，全都省略。尤其是在戏剧里，怪异的出现，似乎视为当然一般。例如砍了头的头子会说话，死人活了转来的事，就不遑枚举。也有剧中的人物看见幻影的，甚至于他自己就作为幻影而登台。

极端地排斥理智的倾向，遂在言语的样式上，发生了所谓踏踏主义(Dadaismus)这特种的奇怪现象了。踏踏主义者,是否定了科学和论理的结果,遂误解普通的言语为论理的手段,也加以排斥,要复归婴儿的谵语似的,只由感叹诗所成的原始时代的样式去的。

三

去物质主义,而赴精神和观念的表现主义,在一切之点,都和印象主义反抗,正是当然的事。但以向来的一切事物为资本主义之所产,而加以排斥的极端的政治思想,于此一定也给了很大的影响的。恰如波雪维克先将既存的事物全然破坏,然后来建设新的一样,表现主义也想和向来的艺术全然绝缘。虽说新罗曼主义已经起而反抗自然主义了,然而表现主义的先驱者,乃是惠兑庚特(Frank Wedekind)。艺术决不是现实的单单的模仿。否则照相应该比艺术好得多了。现实的世界就存在着,何须将这再来反复。表现主义的使命,是在建设那征服自然的新艺术。

表现派的人们反抗自然主义的结果,是轻视自然主义所尊重了的环境。惟有从人生的偶然底条件解放了的,抽象底的人间,才是他们的对象。在他们,即使运用历史上的事件之际,是也没有一一遵从史实的必要的。例如凯撒(Georg Kaiser)的《加莱的市民》(*Die Bürger von Calais*)里,就可以说,几乎没有环境的描写。

那结果,则不独戏剧而已,便是小说,也常被样式化。结构很随便的固然也不少,但凯撒的剧本,则《加莱的市民》,《瓦斯》,结构都整然的。抛掉心理描写则于整顿形式,一定很便当。表现派的或人,曾攻击自然主义之漠视形式,要再回到形式去。也有排斥自然主义和新罗曼主义的巧妙的技巧,而要求精神的自由的活动的。

表现主义虽排斥自然主义的技巧,但在反抗现在的国家组织,和社会主义有着密切的关系之点,却和自然主义相同。假如以用了冷静的同情的眼睛,观察穷人的不幸者,为自然主义,则盛传社会主义底政治思想者，是表现主义。表现主义大抵是极端的倾向艺术，不是为艺术的艺术。例如哈然克莱伐，就将剧本《安谛戈纳》和世界大战相联结，以克莱洪拟前德皇威廉二世，而使为战争成了寡妇，孤儿，废人的，向王诉说饥饿和伤痍。此外，作者向看客和读者宣传之处也颇不少。自然主义时代的冷静的客观底态度，是全然失掉了。

四

首先攻击表现主义的，是支配着革命以前的德国的国家主义：军国主义，对于将腕力看作旧德意志帝国的真髓，而缺少这样的精神底要素者，要使精神来对峙起来。表现主义的第一人者亨利曼(Heinrich Mann)这样地说着。国家是应该脱离技术底，经济底结合的领域，而成为精神的领土的。他在战前所作的两三种小说，就已经贯串着这精神。他的小说《臣民》即描写着作为极端的权力意志和经济底弱者迫害的时代的，威廉二世治下的德国。

自然主义的社会诗人，虽然对于贫者，倾注同情；但大抵是站在有产者的立脚地上的。然而表现派的诗人，却公然信奉社会主义，打破现存的经济组织。亨利曼的《穷人》，即归一切罪祸于二场主。世界的大战，恰如在俄国促成了波雪维克的胜利一样，也助长了在德国的革命思想。在青年诗人，劳农俄国实在宛如意太利之于瞿提(Goethe)一般，是成着憧憬的国土的。因为马克斯的经济学说，在他们，是太错杂了，所以想用共产主义似的便捷的手段，来医治旧社会的弊病，也正是不足诧异的事。

因为他们尊便捷，所以在作品中，往往鼓吹着直接行动。这运动的开创者名那机关杂志曰《行动》(*Action*)，也非偶然的。此外，这一派的杂志和丛书，又有名为《暴风雨》，《奋起》，《末日》，《赤鸡》等，而神往于革命者。

他们的理想，是无政府主义，共产主义，无产阶级的政权获得。

要建设新的国家，应该恰如俄国一般，先来破坏既存的事物的一切。凯撒的《瓦斯》，即是指摘世界的灭亡，以及文明和自然的矛盾的。对于国权的代表者的憎恶，因此也炽烈起来了。这些诗人之屡屡运用暴动和革命，也正无足怪。况且表现派的诗人中，也竟有如蔼思纳尔(Kurt Eisner)和托勒垒尔(Ernst Toller)似的，自己就参加了革命运动的。

而世界大战所招致的不幸，又助长了极左倾底激烈思想，也有力于革命的促进的。然而诗人决非战场的勇士，所以憎恶战争的思想，明显地出没于表现派的作品中。而国民间的和解，战争和国民区别的废止，世界同胞主义等，则成为他们的标语了。惠尔茀勒在许多短诗里，反抗着战争。温卢(Fritz von Unruh)又在《一个时代》中，使母亲悲叹着因战争而失掉的孩子。他们视有产者犹如蛇蝎，以为是支持现存的国家，代表资本主义的东西。斯台伦哈谟的喜剧，即都是讽刺富有的有产者的。

五

轻侮现存的国家社会的倾向，遂涉及一切事物了。恰如在先前，惠兑庚特到处发见了嘲笑，轻蔑，怜悯的对象一样，表现派的诗人也到处发见这些。向来的讽刺作家，在所嘲笑的一面，是使较好者对立起来的，而表现派的诗人决不如此。例如亨利曼的《没分晓先生》，是有产者之敌，而比有产者却卑劣得多。

在这一端，惠兑庚特之外，斯忒林培克(August Strindberg)也给以影响。他指摘了现实生活的不正和不合理，怀疑了没有利己心的行为的可能性。受了那影响的表现派的诗人，则将父母对于子女的爱情，夫妇之间的关系，也看作利己心的变形。因此并妓女也和良家女子一律看待，有时还加以赞美。在表现派的作品中，多有娼妓出现，是不足怪的。

表现派的诗人虽取极端的否定底态度，如上所言，但亦或在别一面，取着要将社会道德，根本底地加以改造的积极底态度。那时候，则对于物质主义，即对峙以道德底理想主义，对于尼采的超人主义，利己主义和资本主义，对峙以利他主义和博爱主义。自然主义非知悉了一切事物之后，是不下批评的，而表现主义却开首便断定善恶。这派的诗人，虽然还年青，但不在利益和享乐，而以博爱，服务，忍耐为理想。他们又相信人类的性善。在这一端，是和启蒙主义，人道主义有共通之处的。陀勃莱尔连弄死一个蚂蚁也不忍。

使爱和无私臻于完全者，是牺牲底行为。所以伟大的牺牲底行为，屡屡成着表现主义的对象。《加莱的市民》，就是运用着为故乡的牺牲底行为的东西。

唯美主义，是疲劳而冷静的，反之，表现主义的理想，则是感情的最大限度，感情的陶醉。尤其是表现派的戏剧，往往流于感情的抒情底发扬。因此主角便当然多是忏悔者，忍从者，真理的探究者。如梭尔该(Reinhanl Sorge)的《乞丐》，是几乎全篇都用独白的。而并无事迹或纠葛者，也往往而有。也有作者本身从各种要素之点，加以分解；作成比喻底的各种姿态，在作品中出现的。

因此，用语也颇高亢，有时竟是连续着感激之极，痉挛底地所发的绝叫，而并非文章。哈然克莱伐的剧本《人间》，尤其是这倾向之趋于极端者。

表现主义之喜欢夸张和最大级的表现，在本质上原是当然的事。加以受了政治底现象的影响，惟用心于耸动世人的耳目。因为现在是诗人也作为宣传者，站在街头了，不将声音提高，是听不见的。

题材也颇奇拔，而且是挑拨底。既以耸动耳目为目的，即自然无需加以绵密的注意了。在这一点，表现主义是和自然主义正相反对的。又从收得夸张底效验的必要上，则常用冒险小说底的手段和题目。在这一点，电影是很给与了影响的。

表现派的戏曲作家中，惟凯撒专留心于舞台效果。他将看客的注意，从这幕到那幕，巧妙地牵惹下去。《加莱的市民》作为戏曲，事迹是贫弱的，然而含着小小的舞台效果很不少。

惯于写实主义的人们，要公平地评定表现主义，并不是容易事。走了极端的物质主义和自然主义，固然非救以反对的思潮不可，然而现在的表现主义，却是过于极端的反动底运动。连当初指导了这运动的人们，也说表现主义已经碰壁了，从忽而辈出的多数的表现派作家之中，崭然露了头角者，不过是仅少数。而这些少数者的成功，岂不是也并非因为开初信奉了表现主义，却大抵是靠了由过去的文艺所练就的本领的么？

由《从印象到表现》译。

原载1929年6月21日《朝花》旬刊第1卷第3期。
初未收集。

致 陈君涵

君涵先生：

蒙赐译稿，甚感。我现在看了一点，以为是好的，虽然并未和别的任何译本对照。不过觉得直译之处还太多，因为剧本对话，究以流利为是。

但登载与否，却还难说。近来的刊物，也不得不顾及读者，所以长诗和剧本，不能时时登载。来稿请许我暂放几天，倘有时机，拟登出来——也许分成两期——否则再寄还。倘登载时，题目似不如径作“粗人”，其实俄国之所谓“熊”，即中国之称人为“牛”也。

《樱桃园》太长，更不宜于期刊，只能出单行本。

耿济之先生大家都知道他懂俄文，但我看他的译文，有时也颇疑心他所据的是英译本。即使所据的是原文，也未必就好。我曾将Gogol的《巡按使》和德译本对比，发见不少错误，且有删节。

上海出期刊的，有一种是一个团体包办，那自然就不收外稿。有一种是几个人发起的，并无界限。《奔流》即属于后一种。不过创刊时，没有稿子，必须豫约几个作者来做基础，这几个便自然而然，变做有些优先权的人。这是《奔流》也在所不免。至于必须名人介绍之弊，却是没有的。

鲁迅　六月廿一日

二十二日

日记　昙。午后得霁野信并《小约翰》五本，画片一枚。晚张梓生来。雨。

二十三日

日记　星期。晴。上午得叶永蓁信并插画十二枚。刘穆字燧元，来访。下午三弟为从商务印书馆买来 *Animals in Black & White* V—VI 两本，三元三角。又豫约《全相三国志平话》一部三本，《通俗三国志演义》一部二十四本，共泉十元八角。下午友松来。季市来。

二十四日

日记　雨，午晴。下午寄陈翔冰信。寄陈君涵信。寄霁野信。寄李白英信。寄季志仁信附副汇票一张，又另寄信笺一包约五十枚。往内山书店买书三本，七元五角。晚得淑卿信，二十日发，并《裴象飞集》二本。夜雨。

致 陈君涵

君涵先生：

日前寄奉一函，想已达。顷知道北京未名社将有一本一幕剧出版（曹靖华），内之《蠢货》，即《粗野的人》，而且先曾发表过，所以先生的译本，不能发表了。稿本应否寄回，候来示照办。

鲁迅　六月廿四日

致 李霁野

霁野兄：

十七日来信已到。《小约翰》五本，画片一张，也于同日收到了。

记得前几天曾发一信，通知南洋有人向合记（朝华社代办处）要未名社之书，想已到。此项书籍，现在又来催过，希即寄去为要。

未名社书，在南方信用颇好，倘迁至上海，当然可有更好之发展。所谓洋场气，是不足惧的，其中空虚无物（因为不过是“气”），还是敌不过认真，观现在滑头书铺，终于弄不好，即可见。自然也有以滑头立足的，但他们所有的，原有另一类读者。惟迁移时，恐颇需费用，我想，倘暂时在北京设一分发处（一个人，一间屋），将印成之书，全存在那里，北方各地，即从那里分寄，而但将纸版和总社迁移，到后着手于一切再版，就可以经济得多了。

迅　上　六月廿四日

二十五日

日记　雨。上午得白莽信。得矛尘信，午后复。寄淑卿信。

通　讯（复张逢汉）

逢汉先生：

接到来信，我们很感谢先生的好意。

大约凡是译本，倘不标明“并无删节”或“正确的翻译”，或鼎鼎大名的专家所译的，欧美的本子也每不免有些节略或差异。译诗就更其难，因为要顾全音调和协韵，就总要加添或减去些原有的文字。世界语译本大约也如此，倘若译出来的还是诗的格式而非散文。但我们因为想介绍些名家所不屑道的东欧和北欧文学，而又少懂得原文的人，所以暂时只能用重译本，尤其是巴尔干诸小国的作品。原来的意思，实在不过是聊胜于无，且给读书界知道一点所谓文学家，世界上并不止几个受奖的泰戈尔和漂亮的曼殊斐儿之类。但倘有能从原文直接译出的稿子见寄，或加以指正，我们自然是十分愿意领受的。

这里有一件事很抱歉，就是我们所交易的印刷所里没有俄国字母，所以来信中的原文，只得省略，仅能将译文发出，以供读者的参考了。希见谅为幸。

鲁迅。六月二十五日，于上海。

原载1929年7月20日《奔流》月刊第2卷第3期，题作《通信——关于莱芒托夫诗的翻译》。

初收1935年5月上海群众图书公司版《集外集》。

致 章廷谦

矛尘兄：

廿四日惠函已到。我还是五日回上海的。原想二十左右才回，后来一看，那边，家里是别有世界，我之在不在毫没有什么关系，而讲演之类，又多起来，……所以早走了。

北京学界，我是竭力不去留心他。但略略一看，便知道比我出京时散漫，所争的都是些微乎其微。在杭州的，也未必比那边更“懒”。倘杭州如此毁人，我不知士远何为而光降也。

《抱经堂书目》已见过，并无非要不可的书。《金声玉振集》大约是讲“皇明”掌故的罢，现在很少见，但价值我却不知。茶叶曾买了两大箱，一时喝不完，完后当奉托。

与其胖也宁瘦，在兄虽也许如此，但这是应该由运动而瘦才好，以泻医胖，在医学上是没有这种办法的。

《游仙窟》的销场的确不坏，但改正错字之处，还是算了罢，出版者不以为意，读者不以为奇，作者一人，空着急亦何用？小峰久不见面，去信亦很少答复，所以我是竭力在不写信给他。玄同之类的批评，不值一顾。他是自己不动，专责别人的人。

北新经济似甚窘，有人说，将钱都抽出去开纱厂去了，不知确否。倘确，则两面均必倒灶也。

羡苏小姐没有回来。钦文的事，我想，兄最好替他加料运动一下。

迅　上　六月二十五日

斐君兄均此致候不另　小燕兄，？兄，？兄均吉！

致白莽

白莽先生：

来信收到。那篇译文略略校对了一下，决计要登在《奔流》上，但须在第五六期了，因为以前的稿子已有。又，只一篇传，觉得太冷静，先生可否再译十来篇诗，一同发表。又，作者的姓名，现在这样是德国人改的。发表的时候，我想仍照匈牙利人的样子改正（他们也是先姓后名）——Petöfi Sándor。

《奔流》登载的稿件，是有稿费的，但我只担任编辑《奔流》，将所用稿子的字数和作者住址，开给北新，嘱其致送。然而北新办事胡涂，常常拖欠，我去函催，还是无结果，这时时使我很为难。这回我只能将数目从速开给他们，看怎样。至于编辑部的事，我不知谁在办理，所以无从去问，李小峰是有两月没有见面了，不知道他在忙什么。

Cement 译起来，我看至少有二十万字，近来也颇听到有人要译，但译否正是疑问，现在有些人，往往先行宣传，将书占据起来，令别人不再译，而自己也终于不译，数月以后，大家都忘记了。即如来信所说的 *Jungle*，大约是指北新豫告的那一本罢，我想，他们这本书是明年还是后年出版，都说不定的。

我想，要快而免重复，还是译短篇。

先回说过的两本书，已经带来了，今附上，我希望先生索性绍介他一本诗到中国来。关于 P 的事，我在《坟》中讲过，又《语丝》上登过他几首诗，后来《沉钟》和《朝华》上说过，但都很简单。

迅　上　六月廿五日

二十六日

日记　晴。上午内山书店送来『厨川白村全集』(一)，『世界美術全集』(二十六)各一本。得小峰信并版税一百，《奔流》编校费一百。得陈英信。得陈翔冰信并稿。得查士骥信，催稿也，拟转与北新局。得陈君涵信，亦索稿也，下午寄还之。托柔石寄白莽信并 Petöfi 集两本。甘乃光来。夜同三弟及广平往内山书店买文学杂书五种五本，共泉十二元八角；又买『動物学実習法』一本，一元，赠三弟。途经北冰洋冰店饮刨冰而归。

二十七日

日记 昙。上午得马珏信。得侍桁信，午后复。寄幼渔信。寄小峰信并别信二函，《忘川之水》版税收据一纸。下午收教育部五月分编辑费三百。夜雨。

二十八日

日记 雨。上午得有麟信。下午得高明信。得叶永蓁信。得钦文信。

二十九日

日记 晴。上午复有麟信。复叶永蓁信。下午得有麟信。杨维铨来。

致 许寿裳

季市兄：

前几天有麟信来，要我介绍他于公侠，我复绝他了，说我和公侠虽认识，但尚不到荐人程度。今天他又有这样的信来，不知真否？倘真，我以为即为设法，也只要无关大计的事就好了。因为他虽和我认识有年，而我终于不明白他的底细，倘与以保任，偾事亦不可知耳。

树人　启上　六月廿九夜

三十日

日记 星期。晴，午昙。刘穆来，未见，留稿而去。午后寄梁惜芳，高明，黄瘦鹤三人信并还稿。寄钦文信。寄季市信。丁山及罗庸来，不见。下午往内山书店买『チェホフとトルストイの回想』一本，半价九角也。大江书店送来《艺术论》二十本，分赠知人大半。夜雨。

七月

一日

日记　晴。午秋田义一来。晚党家斌，张友松来。夜雨。

二日

日记　昙，午后雨。以书，志分寄矛尘，霁野等。寄还庄一栩稿并信。下午得钦文信。

三日

日记　昙。午后寄苏金水信。寄马珏信。午后张目寒来，未见，留 *Pravdivoe Zhizneopisanie* 及 *Pisateli* 各一本，又新俄画片一帖二十枚而去，皆靖华由列京寄来者。得霁野信。下午秋田义一来。晚夏康农，张友松来。夜雨。

四日

日记　雨。午后白莽来，假以泉廿。夜濯足。

五日

日记　雨。上午内山书店送来『創作版画』第五至第十辑，计五五帖共六十枚，价六元。

六日

日记　小雨。午得达夫信。下午往内山书店买杂书四本，共泉三元六角。

七日

日记 星期。雨。下午改《小小十年》讫。林语堂来。夜达夫来。

八日

日记 晴。午得刘穆信。午后访友松。往商务印书分馆。下午肖愚来。夜雨。

致 李霁野

霁野兄：

六月二十七日信，早收到。目寒是和那一封信同日到的。我适外出，他将书两本信片二十张留下而去，未见。

《艺苑朝华》印得不佳，从欧洲人看来，恐怕可笑。我想，还是另想法子，将来再看。

未名社书早到了，听说买者很多，似乎上海颇缺。也有拿现钱来批发的，但要七折，所以没有给他。他说，北新卖七折，大约不是真话罢。但倘若豫备欠钱不还，则七折也不可必。

此地书店，旋生旋灭，大抵是投机的居多。去年用“无产阶级”做招牌，今年也许要用“女作家”做招牌了，所登广告，简直像香烟广告一样。

现在需要肯切实出书，不欺读者的书店。我想，未名社本可以好好地干一下——信用也好——但连印书的款也缺，却令人束手。

所以这里的有些书店老板而兼作家者，敛钱方法直同流氓，不遇见真会不相信。许多较为老实的小书店，听说收账也难。合记是批发文具的，现在朝华社托他批发书，听说他就分发各处文具店代售，收款倒可靠。因为各处文具店老板，和书店老板性质不同，还没有那么坏。大约开书店，别处也如上海一样，往往有流氓性者也。

所以未名社如不搬亦可，则北京缩小为一间发行所，而上海托合记批发，似亦一法。但我未向他们问过，不知肯否。印书亦可以两处印，或北京印一千部，将纸版寄上海印此地所批发者，亦好北新店在北京时，即如此办。因此地印刷所脾气亦大，难交涉，且夏天太热，难于印书，或反不如北京为好也。

《未名》忽停，似可惜，倘能销至一千以上，似以不停为宜，但内容应较生动才好。停之故，为稿子罢，那却也为难。但我再想想罢。倘由我在沪编印，转为攻击态度（对于文学界），不知在京诸友，以为妥当否？因为文坛大须一扫，但多造敌人，则亦势所必至。

迅　上　七月八夜

九日

日记　昙。上午得友松信。下午往内山书店买『革命芸術大系』（一）一本，一元一角。得小峰信并杂志等。寄霁野信。

十日

日记　晴。晨三弟往北京，赠以饼干一合，香烟十余枝。下午以书籍及杂志分寄季市，钦文，淑卿。小峰来并赠《曼殊遗墨》第一册一本。复卜英梵信。得季野信。

十一日

日记　晴，风。上午得白莽信。得李宗奋信，即复。得淑卿信，七日发，下午复。寄李小峰信。夜达夫来。

十二日

日记　晴，热。上午得淑卿信，七日发。午后得白莽信并诗。下午浴。季市来。晚友松来。夜望道来。

十三日

日记　晴，热。下午寄罗西信。寄霁野信。寄淑卿信。寄小峰信附与杨骚及白薇笺。寄白禾信并还稿。以重久信转寄三弟。往内山书店。陶晶孙来。得孙席珍信，索稿，晚寄还之。

十四日

日记　星期。晴。上午得钦文信。

十五日

日记　晴，大热。午后得丛芜译稿一篇。

十六日

日记　晴。上午得三弟信，十二日北京发。午后得杨骚信，下午复。以《艺苑朝华》分寄仲瑊，钦文，璇卿，淑卿。往内山书店。

十七日

日记　晴。午后得有麟信。得矛尘信并小燕照相一枚。得石民信并稿。

十八日

日记　昙。上午复石民信。寄小峰信。下午党家斌，张友松来。

十九日

日记　晴，风。上龈肿，上午赴宇都齿科医院割治之，并药费三元。收六月分编辑费三百，下午复。往内山书店买『老子原始』一本，三元三角；『裂地と版画』一帖六十四枚，五元。曙天来，并赍衣萍信。夜得友松信。同雪峰，柔石，真吾，贤桢及广平出街饮冰。得石民信。

二十日

日记　晴，大热。午前赴宇都齿科医院疗齿讫。晚得史济行信。得淑卿信，十六日发。寄赠石民《艺苑朝华》两本。雪峰来，假以稿费卅。

二十一日

日记　星期。晴。上午得霁野信。得方仁稿。下午杨骚来。

致 章廷谦

矛尘兄：

十六日惠函早到。并蒙燕公不弃，赐以似爬似坐似蹲之玉照，不胜感谢，尚希转达，以罄下忱为荷。

查钦文来信，有“寒暑表”之评，虽未推崇，尚非诽谤。但又有云，“到我这里来商量相当避暑地点”，则可谓描摹入妙。盖钦文非避暑之人，“相当”岂易得之地，足见汗流浃背，无处可逃，故作空谈，聊以自慰也。但杭州虽热，再住一年亦佳，他处情形，亦殊不妙耳。

鼻公奔波如此，可笑可怜。我在北京孔德学校，鼻忽推门而入，前却者屡，终于退出，似已无吃官司之意。但乃父不知何名，似应研究，倘其字之本义是一个虫，则必无其人，但藉此和疑古玄同辈联络感情者也。

北新书局自云穷极，我的版税，本月一文不送，写信去问，亦不答，大约这样的交道，是打不下去的。自己弄得遍身痱子，而为他人作嫁，去做官开厂，真不知是怎么一回事矣。

上海大热，我仍甚忙，终日为别人打杂，近来连眼睛也有些坏了。我想，总得从速改革一下才好。

青岛大学已开。文科主任杨振声，此君近来似已联络周启明之流矣。此后各派分合，当颇改观。语丝派当消灭也。陈源亦已往青岛大学，还有赵景深沈从文易家钺之流云。

迅　上　七月廿一夜

斐君兄均此致候。

二十二日

日记　晴，大热。上午寄石民信。寄矛尘信。寄淑卿信。下午得侍桁信并稿。收李秉中自日本所寄赠『観光紀遊』一部三本。晚张友松，党家斌来。得小峰信并版税二百。

二十三日

日记　晴，热。上午得钦文信。得淑卿信，十九日发。下午石民来。夜曙天来。

二十四日

日记　晴，热。上午复淑卿信。得三弟信，二十日发。得陈少求信。

二十五日

日记　晴，热。午前往内山书店买文艺书两本，『新らしい言葉の字引』一本，共泉五元四角。夜同柔石，真吾，方仁及广平往百星大戏院看卓别林之演《嘉尔曼》电影，在北冰洋冰店饮刨冰而归。

二十六日

日记　晴，热。下午往内山书店买文艺书三本，共八元。夜服阿思匹林一。

二十七日

日记　晴。上午内山书店送来『世界美術全集』(3)一本。

二十八日

日记　星期。晴。上午寄陈少求信。得侍桁信并译本一篇，原书一本。得兼士信并《郭仲理画椁拓本》影片十二枚，未名社代寄来。下午得小峰信并版税一百。得杨藻章信。得只信并刻石肖像三枚。夜复侍桁信。寄徐诗荃信。友松来。

“皇汉医学”

革命成功之后，“国术”“国技”“国花”“国医”闹得乌烟瘴气之时，日本人汤本求真做的《皇汉医学》译本也将乘时出版了。广告上这样说——

> “日医汤本求真氏于明治三十四年卒业金泽医学专门学校后应世多年觉中西医术各有所长短非比较同异舍短取长不可爰发愤学汉医历十八年之久汇集吾国历来诸家医书及彼邦人士研究汉医药心得之作著《皇汉医学》一书引用书目多至一百

余种旁求博考洵大观也……”

我们“皇汉”人实在有些怪脾气的：外国人论及我们缺点的不欲闻，说好处就相信，讲科学者不大提，有几个说神见鬼的便绍介。这也正是同例，金泽医学专门学校卒业者何止数千人，做西洋医学的也有十几位了，然而我们偏偏刮目于可入《无双谱》的汤本先生的《皇汉医学》。

小朋友梵儿在日本东京，化了四角钱在地摊上买到一部冈千仞作的《观光纪游》，是明治十七年（一八八四）来游中国的日记。他看过之后，在书头卷尾写了几句牢骚话，寄给我了。来得正好，钞一段在下面：

“二十三日，梦香竹孙来访。……梦香盛称多纪氏医书。余曰，‘敝邦西洋医学盛开，无复手多纪氏书者，故贩原板上海书肆，无用陈余之刍狗也。’曰，‘多纪氏书，发仲景氏微旨，他年日人必悔此事。’曰，‘敝邦医术大开，译书续出，十年之后，中人争购敝邦译书，亦不可知。’梦香默然。余因以为合信氏医书（案：盖指《全体新论》），刻于宁波，宁波距此咫尺，而梦香满口称多纪氏，无一语及合信氏者，何故也？……”（卷三《苏杭日记》下二页。）

冈氏于此等处似乎终于不明白。这是“四千余年古国古”的人民的“收买废铜烂铁”脾气，所以文人则“盛称多纪氏”，武人便大买旧炮和废枪，给外国“无用陈余之刍狗”有一条出路。

冈氏距明治维新后不久，还有改革的英气，所以他的日记里常有好意的苦言。革命底批评家或云与其看世纪末的烦琐隐晦没奈何之言，不如上观任何民族开国时文字，证以此事，是颇有一理的。

七月二十八日。

原载 1929 年 8 月 5 日《语丝》周刊第 5 卷第 22 期。
初收 1932 年 9 月上海北新书局版《三闲集》。

《吾国征俄战史之一页》

大家都说要打俄国，或者“愿为前驱”，或者“愿作后盾”，连中国文学所赖以不坠的新月书店，也登广告出卖关于俄国的书籍两种，则举国之同仇敌忾也可知矣。自然，大势如此，执笔者也应当做点应时的东西，庶几不至于落伍。我于是在七月廿六日《新闻报》的《快活林》里，遇见一篇题作《吾国征俄战史之一页》的叙述详细而昏不可当的文章，可惜限于篇幅，只能摘抄：——

“……乃尝读史至元成吉思汗。起自蒙古。入主中夏。开国以后。奄有钦察阿速诸部。命速不台征蔑里吉。复引兵绕宽田吉思海。转战至太和岭。洎太宗七年。又命速不台为前驱。随诸王拔都。皇子贵由。皇侄哥等伐西域。十年乃大举征俄。直逼耶烈赞城。而陷莫斯科。太祖长子术赤遂于其地即汗位。可谓破前古未有之纪载矣。夫一代之英主。开创之际。战胜攻取。用其兵威。不难统一区宇。史册所叙。纵极铺张。要不过禹域以内。讫无西至流沙。举朔北辽绝之地而空之。不特唯是。犹复鼓其馀勇。进逼欧洲内地。而有欧亚混一之势者。谓非吾国战史上最有光彩最有荣誉之一页得乎……”

那结论是：

“……质言之。元时之兵锋。不仅足以扼欧亚之吭。而有席卷包举之气象。有足以壮吾国后人之勇气者。固自有在。余故备述之。以告应付时局而固边圉者。”

这只有这作者“清癯”先生是蒙古人，倒还说得过去。否则，成吉思汗“入主中夏”，术赤在墨斯科“即可汗位”，那时咱们中俄两国的境遇正一样，就是都被蒙古人征服的。为什么中国人现在竟来硬霸“元人”为自己的先人，仿佛满脸光彩似的，去骄傲同受压迫的斯拉夫种的呢？

倘照这样的论法，俄国人就也可以作“吾国征华史之一页”，说他们在元代奄有中国的版图。

倘照这样的论法，则即使俄人此刻“入主中夏”，也就有“欧亚混一之势”，“有足以壮吾国后人”之后人“之勇气者”矣。

嗟乎，赤俄未征，白痴已出，殊“非吾国战史上最有光彩最有荣誉之一页”也！

七月二十八日。

原载1929年8月5日《语丝》周刊第5卷第22期。

初收1932年9月上海北新书局版《三闲集》。

叶永蓁作《小小十年》小引

这是一个青年的作者，以一个现代的活的青年为主角，描写他十年中的行动和思想的书。

旧的传统和新的思潮，纷纭于他的一身，爱和憎的纠缠，感情和理智的冲突，缠绵和决撒的迭代，欢欣和绝望的起伏，都逐着这“小小十年”而开展，以形成一部感伤的书，个人的书。但时代是现代，所以从旧家庭所希望的“上进”而渡到革命，从交通不大方便的小县而渡到“革命策源地”的广州，从本身的婚姻不自由而渡到伟大的社会改革——但我没有发见其间的桥梁。

一个革命者，将——而且实在也已经（！）——为大众的幸福斗争，然而独独宽恕首先压迫自己的亲人，将枪口移向四面是敌，但又四不见敌的旧社会；一个革命者，将为人我争解放，然而当失去爱人的时候，却希望她自己负责，并且为了革命之故，不愿自己有一个情敌，——志愿愈大，希望愈高，可以致力之处就愈少，可以自解之处也愈多。——终于，则甚至闪出了惟本身目前的刹那间为惟一的现实一流的阴影。在这里，是屹然站着一个个人主义者，遥望着集团主义的大纛，但在“重上征途”之前，我没有发见其间的桥梁。

释迦牟尼出世以后，割肉喂鹰，投身饲虎的是小乘，渺渺茫茫地说教的倒算是大乘，总是发达起来，我想，那机微就在此。

然而这书的生命，却正在这里。他描出了背着传统，又为世界思潮所激荡的一部分的青年的心，逐渐写来，并无遮瞒，也不装点，虽然间或有若干辩解，而这些辩解，却又正是脱去了自己的衣裳。至少，将为现在作一面明镜，为将来留一种记录，是无疑的罢。多少伟大的招牌，去年以来，在文摊上都挂过了，但不到一年，便以变相和无物，自己告发了全盘的欺骗，中国如果还会有文艺，当然先要以这样直说自己所本有的内容的著作，来打退骗局以后的空虚。因为文艺家至少是须有直抒己见的诚心和勇气的，倘不肯吐露本心，就更谈不到什么意识。

我觉得最有意义的是渐向战场的一段，无论意识如何，总之，许多青年，从东江起，而上海，而武汉，而江西，为革命战斗了，其中的一部分，是抱着种种的希望，死在战场上，再看不见上面摆起来的是金交椅呢还是虎皮交椅。种种革命，便都是这样地进行，所以掉弄笔墨的，从实行者看来，究竟还是闲人之业。

这部书的成就，是由于曾经革命而没有死的青年。我想，活着，而又在看小说的人们，当有许多人发生同感。

技术，是未曾矫揉造作的。因为事情是按年叙述的，所以文章也倾泻而下，至使作者在《后记》里，不愿称之为小说，但也自然是小说。我所感到累赘的只是说理之处过于多，校读时删节了一点，倘使反而损伤原作了，那便成了校者的责任。还有好像缺点而其实是优长之处，是语汇的不丰，新文学兴起以来，未忘积习而常用成语如我的和故意作怪而乱用谁也不懂的生语如创造社一流的文字，都使文艺和大众隔离，这部书却加以扫荡了，使读者可以更易于了解，然而从中作梗的还有许多新名词。

通读了这部书，已经在一月之前了，因为不得不写几句，便凭着现在所记得的写了这些字。我不是什么社的内定的“斗争”的“批评家”之一员，只能直说自己所愿意说的话。我极欣幸能绍介这真实的作品于中国，还渴望看见“重上征途”以后之作的新吐的光芒。

一九二九年七月二十八日，于上海，鲁迅记。

原载1929年8月15日《春潮》月刊第1卷第8期，题作《〈小小十年〉小引》。

初收1932年9月上海北新书局版《三闲集》。

二十九日

日记　晴。上午得侍桁信，下午复。复杨藻章信。寄小峰信。往内山书店。真吾将于明日回家，夜假以泉十。夜极小雨。

三十日

日记　晴，热，有风。午后得淑卿信，二十五日发。下午朱莘濬来。寄还各种投《奔流》稿。内山书店送来『厨川白村全集』(4)一本。

三十一日

日记　晴。上午得霁野信，下午复。寄淑卿信。寄来青阁书庄信。叶永蓁来，假以泉廿。林林来，假以泉廿。夜季市来。杨骚来。

致 李霁野

霁野兄：

廿四日信昨收到。兼士的影片也收到了。《四十一》等未到，大约总是这几天了罢。

我说缩小北京范围，不过因为听说支持困难，所以想，这么一来，可以较省，另外并无深意，也不坚持此说。你既以为不相宜，自然作罢。至于移沪，则须细细计算，因为在这里撑起门面来，实在非在上海有经验者不行。

《关于鲁迅》之出售事，我从一客口中听到，他说是"未名社"的那一本，我所以前信如此说。既系另编，那是另一问题。说的人，大约也并无其他作用的。

我本也想明年回平，躲起来用用功，做点东西。但这回回家后，知道颇有几个人暗中抵制，他们大约以为我要来做教员。荐了一个人，也各处被挤。我看北京学界，似乎已经和现代评论派联合一气了。所以我想不再回去，何苦无端被祸。我出京之前，就是被挤得没饭吃了之故，其实是"落荒而走"了，流来流去，没有送命，那是偶然侥幸。

《未名》能够弄得热闹一点，自然很好，但若由我编，便须在上海付印，且俟那时再看罢。我近来终日做琐事，看稿改稿，见客，翻文应酬，弄得终日忙碌而成绩毫无，且苦极，明年起想改革一点，看看书。《奔流》每月就够忙，北新景象又不足与合作，如编《未名》，则《奔流》二卷止，我想不管了，其实也管不转。

合记寄售书籍，销行似颇好，听说他们发出去的书，欠账是能收到的。

迅　七，卅一。

八月

一日

日记　晴。下午三弟从北平回，赠杏仁一包。晚杨骚来。

二日

日记　昙。上午得马珏信。夜同柔石访友松，归途饮冰。

三日

日记　雨。上午收来青阁书目一本。午后往内山书店，得『創作版画』第十一十二辑两帖，泉一元八角。收未名社所寄《四十一》共五本，又精装《外套》一本，是韦素园寄赠者。下午朱莘濬及其妹来。

四日

日记　星期。晴。午得白莽信。

五日

日记　晴，热。午李志云，小峰邀饭于功德林，不赴。

六日

日记　昙，午雷雨。三弟为从商务印书馆买《小百梅集》一本来，价一元九角。下午晴。夜白薇，杨骚来。闷热。四近喧扰，失眠。

七日

日记　晴，热。上午得孙席珍信并《女人的心》一本。得雪峰信，午后复。夜张友松，党家斌来。

致 韦丛芜

丛芜兄：

七月二十二日信早收到。《奔流》也许到第四期止，我不再编下去了。即编下去，一个人每期必登一两万字，也是为难的，因为先有约定的几个撰稿者。

北新近来非常麻木，我开去的稿费，总久不付，写信去催去问，也不复。投稿者多是穷的，往往直接来问我，或发牢骚，使我不胜其苦，许多生命，销磨于无代价的苦工中，真是何苦如此。

北新现在对我说穷，我是不相信的，听说他们将现钱搬出去开纱厂去了，一面又学了上海流氓书店的坏样，对作者刻薄起来。

寄来的一篇译文，早收到了。且已于上月底，将稿费数目，开给小峰，嘱他寄去。但我想，恐怕是至今未寄的罢。倘他将稿费寄了，而《奔流》还要印几期，那自然登《奔流》，否则，可以交给小峰，登《北新》之类。如终于不寄稿费，则或者到商务印书馆去卖卖再看。最好是你如收到稿费了，便即通知我一声。

鲁迅　八月七日

八日

日记　晴。上午复韦丛芜信。复雨谷清信。同广平往福民医院诊察。往内山书店买『言語その本質、発達及び起原』一本，计泉九元六角。下午得友松信并日本现代小说一本。得侍桁信。晚访友松，不遇。党家斌来。夜达夫来。友松来。福冈诚一来，谈至夜半。

九日

日记　晴。上午得侍桁信，下午复。友松来。徐思荃来。王余杞来。夜雨。

十日

日记　晴。上午往内山书店。寄雪峰信。下午家斌，康农，友松来。得矛尘信。夜得钦文信，报告陶元庆君于六日午后八时逝世。雨。

十一日

日记　星期。晴，午雨一陈即霁。下午家斌，友松来。

《奔流》编校后记（十一）

A Mickiewicz(1798—1855)是波兰在异族压迫之下的时代的诗人，所鼓吹的是复仇，所希求的是解放，在二三十年前，是很足以招致中国青年的共鸣的。我曾在《摩罗诗力说》里，讲过他的生涯和著作，后来收在论文集《坟》中；记得《小说月报》很注意于被压迫民族的文学的时候，也曾有所论述，但我手头没有旧报，说不出在那一卷那一期了。最近，则在《奔流》本卷第一本上，登过他的两篇诗。但这回绍介的主意，倒在巴黎新成的雕像；《青春的赞颂》一篇，也是从法文重译的。

I. Matsa是匈牙利的出亡在外的革命者，现在以科学底社会主义的手法，来解剖西欧现代的艺术，著成一部有名的书，曰《现代欧洲的艺术》。这《艺术及文学的诸流派》便是其中的一篇，将各国的文艺，在综合底把握之内，加以检查。篇页也并不多，本应该一期登毕，但因为后半篇有一幅图表，一时来不及制版，所以只好分为两期了。

这篇里所举的新流派，在欧洲虽然多已成为陈迹，但在中国，有的却不过徒闻其名，有的则连名目也未经介绍。在这里登载这一篇评论，似乎颇有太早，或过时之嫌。但我以为是极有意义的。这是一种豫先的消毒，可以"打发"掉只偷一些新名目，以自夸耀，而其实毫无实际的"文豪"。因为其中所举的各主义，倘不用科学之光照破，则可借以藏拙者还是不少的。

Lunacharski说过，文艺上的各种古怪主义，是发生于楼顶房上的文艺家，而旺盛于贩卖商人和好奇的富翁的。那些创作者，说得好，是自信很强的不遇的才人，说得坏，是骗子。但此说嵌在中国，却只能合得一半，因为我们能听到某人在提倡某主义——如成仿吾之大谈表现主义，高长虹之以未来派自居之类——而从未见某主义的一篇作品，大吹大擂地挂起招牌来，孪生了开张和倒闭，所以欧洲的文艺史潮，在中国毫未开演，而又像已经一一演过了。

得到汉口来的一封信，是这样写着的：

> "昨天接到北新寄来的《奔流》二卷二期，我于匆匆流览了三幅插画之后，便去读《编辑后记》——这是我的老脾气。在这里面有一句话使我很为奋兴，那便是：'……又，如果刻印章的人，以铁笔兼刻绘画，大概总也能够开一新生面的。'我在学校的最后一年和离校后的失业时期颇曾学学过刻印，虽然现在已有大半年不亲此道了。其间因偶然尝试，曾刻过几颗绘画的印子，但是后来觉得于绘画没有修养，很少成功之望，便不曾继续努力。不过所刻的这几颗印子，却很想找机会在什么地方发表一下。因此曾寄去给编《美育》的李金髮先生，然而没有回音。第二期《美育》又增了价，要二元一本，不知里面有否刊登。此外亦曾寄到要出画报的汉口某日报去，但是画报没有出，自然更是石沉大海了。倒是有一家小报很承他们赞赏，然而据说所刻的人物大半是'俄国人'，不妥，劝我刻几个党国要人的面像；

可恨我根本就不曾想要刻要人们的尊容。碰了三次壁，我只好把这几枚印子塞到箱子底里去了。现在见到了你这句话，怎不令我奋兴呢？兹特冒盛暑在蒸笼般的卧室中找出这颗印子钤奉一阅。如不笑其拙劣，能在《奔流》刊登，则不胜大欢喜也。

𡈼谨上　七月十八日。”

从远远的汉口来了这样的一个响应，对于寂寞的我们，自然也给以很可感谢的兴奋的。《美育》第二期我只在日报上见过目录，不记得有这一项。至于憾不刻要人的小报，则大约误以版画家为照相店了，只有照相店是专挂要人的放大像片的，现在隐然有取以相比之意，所以也恐怕并非真赏。不过这次可还要碰第四次的壁的罢。《奔流》版心太大而图版小，所以还是不相宜，或者就寄到《朝花旬刊》去。但希望刻者告诉我一个易于认识的名字。

还有，《子见南子》在山东曲阜第二师范学校排演，引起了一场“圣裔”控告，名人震怒的风潮。曾经搜集了一些公文之类，想作一个附录来发表，但这回为了页数的限制，已经不能排入，只好等别的机会或别的处所了。这或者就寄到《语丝》去。

读者诸君，再见罢。

鲁迅。八月十一日。

原载1929年8月20日《奔流》月刊第2卷第4期。
初收1935年5月上海群众图书公司版《集外集》。

致 李小峰

小峰兄：

奉函不得复，已有多次。我最末问《奔流》稿费的信，是上月底，鹄候两星期，仍不获片纸只字，是北新另有要务，抑意已不在此等刊物，虽不可知，但要之，我必当停止编辑，因为虽是雇工，佣仆，屡询不答，也早该卷铺盖了。现已第四期编讫，后不再编，或停，或另请人接办，悉听尊便。

鲁迅　八月十一日

十二日

日记　昙，大风。晨寄李小峰信，告以停编《奔流》。上午得幼渔信。下午访友松，家斌，邀其同访律师杨铿。晚得小峰信并版税五十，《奔流》编辑费五十。夜雨。

十三日

日记　昙，午后雨。得霁野信。下午梁耀南来。友松，家斌来，晚托其访杨律师，委以向北新书局索取版税之权，并付公费二百。夜家斌来，言与律师谈事条件不谐，以泉见返。梁耀南来。

十四日

日记　雨。午钦文托人送来璇卿逝世后照相三枚。下午家斌，友松来，仍托其往访杨律师，持泉二百。夜大风雨，屋漏不能睡。

十五日

日记　雨。午后寄雪峰信并译稿两篇。午后得友松信并杨律师收条一纸。得淑卿信，十一日发。晚得小峰信并版税泉百，即还之。夜雪峰来并还泉卅。

十六日

日记　昙。上午得杨铿信。得白莽信并稿。收霁野所寄《近代文艺批评断片》五本。午叶某来。午后晴。下午得钦文信，即复。小峰来。收教育部编译费三百。得杨骚信。夜友松，修甫来。

《文艺与批评》译者附记

在一本书之前，有一篇序文，略述作者的生涯，思想，主张，或本书中所含的要义，一定于读者便益得多。但这种工作，在我是力所不及的，因为只读过这位作者所著述的极小部分。现在从尾濑敬止的《革命露西亚的艺术》中，译一篇短文放在前面，其实也并非精良坚实之作——我恐怕他只依据了一本《研求》——不过可以略知大概，聊胜于无罢了。

第一篇是从金田常三郎所译《托尔斯泰与马克斯》的附录里重译的，他原从世界语的本子译出，所以这译本是重而又重。艺术何以发生之故，本是重大的问题，可惜这篇文字并不多，所以读到终篇，令人仿佛有不足之感。然而他的艺术观的根本概念，例如在《实证美学的基础》中所发挥的，却几乎无不具体而微地说在里面，领会之后，虽然只是一个大概，但也就明白一个大概了。看语气，好像是讲演，惟不知讲于那一年。

第二篇是托尔斯泰死去的翌年——一九一一年——二月，在《新时代》揭载，后来收在《文学底影像》里的。今年一月，我从日本辑印的《马克斯主义者之所见的托尔斯泰》中杉本良吉的译文重译，登在《春潮》月刊一卷三期上。末尾有一点短跋，略述重译这篇文章的意思，现在再录在下面——

“一，托尔斯泰去世时，中国人似乎并不怎样觉得，现在倒回上去，从这篇里，可以看见那时西欧文学界有名的人们——法国的 Anatole France，德国的 Gerhart Hauptmann，意大利的

Giovanni Papini，还有青年作家 D'Ancelis 等——的意见，以及一个科学底社会主义者——本论文的作者——对于这些意见的批评，较之由自己一一搜集起来看更清楚，更省力。

“二，藉此可以知道时局不同，立论便往往不免于转变，豫知的事，是非常之难的。在这一篇上，作者还只将托尔斯泰判作非友非敌，不过一个并不相干的人；但到一九二四年的讲演，却已认为虽非敌人的第一阵营，但是‘很麻烦的对手’了，这大约是多数派已经握了政权，于托尔斯泰派之多，渐渐感到统治上的不便的缘故。到去年，托尔斯泰诞生百年记念时，同作者又有一篇文章叫作《托尔斯泰记念会的意义》，措辞又没有演讲那么峻烈了，倘使这并非因为要向世界表示苏联未尝独异，而不过内部日见巩固，立论便也平静起来：那自然是很好的。

“从译本看来，卢那卡尔斯基的论说就已经很够明白，痛快了。但因为译者的能力不够和中国文本来的缺点，译完一看，晦涩，甚而至于难解之处也真多；倘将仂句拆下来呢，又失了原来的精悍的语气。在我，是除了还是这样的硬译之外，只有‘束手’这一条路——就是所谓‘没有出路’——了，所余的惟一的希望，只在读者还肯硬着头皮看下去而已。”

约略同时，韦素园君的从原文直接译出的这一篇，也在《未名半月刊》二卷二期上发表了。他多年卧在病床上还翻译这样费力的论文，实在给我不少的鼓励和感激。至于译文，有时晦涩也不下于我，但多几句，精确之处自然也更多，我现在未曾据以改定这译本，有心的读者，可以自去参看的。

第三篇就是上文所提起的一九二四年在墨斯科的讲演，据金田常三郎的日译本重译的，曾分载去年《奔流》的七，八两本上。原本并无种种小题目，是译者所加，意在使读者易于省览，现在仍然袭而不改。还有一篇短序，于这两种世界观的差异和冲突，说得很简明，也节译一点在这里——

"流成现代世界人类的思想圈的对蹠底二大潮流，一是唯物底思想，一是唯心底思想。这两个代表底思想，其间又夹杂着从这两种思想抽芽，而变形了的思想，常常相克，以形成现代人类的思想生活。

"卢那卡尔斯基要表现这两种代表底观念形态，便将前者的非有产者底唯物主义，称为马克斯主义，后者的非有产者底精神主义，称为托尔斯泰主义。

"在俄国的托尔斯泰主义，当无产者独裁的今日，在农民和智识阶级之间，也还有强固的思想底根底的。……这于无产者的马克斯主义底国家统制上，非常不便。所以在劳农俄国人民教化的高位的卢那卡尔斯基，为拂拭在俄国的多数主义的思想底障碍石的托尔斯泰主义起见，作这一场演说，正是当然的事。

"然而卢那卡尔斯基并不以托尔斯泰主义为完全的正面之敌。这是因为托尔斯泰主义在否定资本主义，高唱同胞主义，主张人类平等之点，可以成为或一程度的同路人的缘故。那么，在也可以看作这演说的戏曲化的《被解放了的堂吉诃德》里，作者虽在揶揄人道主义者，托尔斯泰主义的化身吉诃德老爷，却决不怀着恶意的。作者以可怜的人道主义的侠客堂·吉诃德为革命的魔障，然而并不想杀了他来祭革命的军旗。我们在这里，能够看见卢那卡尔斯基的很多的人性和宽大。"

第四和第五两篇，都从茂森唯士的《新艺术论》译出，原文收在一九二四年墨斯科出版的《艺术与革命》中。两篇系合三回的演说而成，仅见后者的上半注云"一九一九年末作"，其余未详年代，但看其语气，当也在十月革命后不久，艰难困苦之时。其中于艺术在社会主义社会里之必得完全自由，在阶级社会里之不能不暂有禁约，尤其是于俄国那时艺术的衰微的情形，指导者的保存，启发，鼓吹的劳作，说得十分简明切要。那思虑之深远，甚至于还因为经济，而顾及保全农民所特有的作风。这对于今年忽然高唱自由主义的"正人君子”，和去年一时大叫“打发他们去”的“革命文学家”，实在是一帖喝得会出汗的苦口的良药。但他对于俄国文艺的主张，又因为时地究有不同，所以中国的托名要存古而实以自保的保守者，是又不能引为口实的。

末一篇是一九二八年七月，在《新世界》杂志上发表的很新的文章，同年九月，日本藏原惟人译载在《战旗》里，今即据以重译。原译者按语中有云：“这是作者显示了马克斯主义文艺批评的基准的重要的论文。我们将苏联和日本的社会底发展阶段之不同，放在念头上之后，能够从这里学得非常之多的物事。我希望关心于文艺运动的同人，从这论文中摄取得进向正当的解决的许多的启发。”这是也可以移赠中国的读者们的。还有，我们也曾有过以马克斯主义文艺批评自命的批评家了，但在所写的判决书中，同时也一并告发了自己。这一篇提要，即可以据以批评近来中国之所谓同种的“批评”。必须更有真切的批评，这才有真的新文艺和新批评的产生的希望。

本书的内容和出处，就如上文所言。虽然不过是一些杂摘的花果枝柯，但或许也能够由此推见若干花果枝柯之所由发生的根柢。但我又想，要豁然贯通，是仍须致力于社会科学这大源泉的，因为千万言的论文，总不外乎深通学说，而且明白了全世界历来的艺术史之后，应环境之情势，回环曲折地演了出来的支流。

六篇中，有两篇半曾在期刊上发表，其余都是新译的。我以为最要紧的尤其是末一篇，凡要略知新的批评者，都非细看不可。可惜译成一看，还是很艰涩，这在我的力量上，真是无可如何。原译文上也颇有错字，能知道的都已改正，此外则只能承袭，因为一人之力，察不出来。但仍希望读者倘有发见时，加以指摘，给我将来还有改正的机会。

至于我的译文，则因为匆忙和疏忽，加以体力不济，谬误和遗漏之处也颇多。这首先要感谢雪峰君，他于校勘时，先就给我改正了不少的脱误。

一九二九年八月十六日之夜，鲁迅于上海的风雨，啼哭，歌笑声中记。

未另发表。

初收1929年10月上海水沫书店版“科学的艺术论丛书”之六《文艺与批评》。

艺术是怎样地发生的

[苏联]卢那卡尔斯基

在言语的广泛的意义上，Art云者，是指一切的智力而言。Artistic的外交官，Artistic的鞋匠之类，也可以说得。德意志人和法兰西人，是将Art解释为这字的原来的意义“艺术”的，而且将这“艺术”，通常分为四种，例如，音乐，绘画，雕刻和建筑就是。然而这分类法，是不能说是全对的，为什么呢，因为最大的艺术之一，是诗，而且如演剧，舞蹈等，也决不应该忘却其为艺术。但可以归入艺术的范畴中者，还不止这些，例如，装身具，陶器，家具之类的制作，也应该是兴味很深的艺术。

“且住，”读者会要说罢，“你扩大了艺术的范围，将各种的手工，也从新加进艺术里去了。”

但是，诸君，那却正是这样的。其实，手工和艺术之间，是一点差别也没有的。

一切艺术的基础，是手工，而一切手工人，就应该是真的艺术家。不但如此，说人们是能制作神像的，然而这也不外乎手工底制作品，和别人的制作可以成为更真实的艺术底作品的靴者比较起来，不过造成了与其说是有用，倒是有害的，可怜相的美术品罢了。

在这一端，是应该将我们所抱的理解，弄个明白的。

世间往往将美术称为“自由艺术”，以作工业底制作品的对照，而在这中间，放入“工艺”这东西去。这个差别，是在什么地方呢？人类所制作的一切，为此而耗了时光和精力的一切，是都为了充足人类的或种要求而作的东西。生命本身，即使人类所要求的一切东西，为了自己保存和进化，在所必要。

食物，衣服，住居，家庭，武器，道具等，于维持生命，是必要的。假使人类只产生以维持自己的生命为目的的东西，那么，他是制作者，是生产者，这之际，说什么美术，那简直是废话。在这时候，可以也有 Art 的，但那是技巧的意思，仗这技巧，而人类能够在最短时期内，用最小的劳力和最少的材料，收得最大的效果。Art 者，是被表现于制作品本来的目的和那坚实之中的。这决不是自由艺术，也不是美术。

然而人们，譬如说，制造那用以烹调食物的壶。他做了那壶，整好形状，用药来烧好。于是一切过程仿佛见得完了似的，但是，他——最蒙昧的野蛮人和在文化的发明期的我们的祖先也就这样——却将这好像完成了的壶，加以修饰，例如，律动底地（即放着或种一定的间隔），用了洋红那样的东西，画上或种的条纹和斑点去。装在这样地做好了的壶里的食物，决不会因为施了彩色，便好吃起来的。然而呀，倘使那彩色，并非出于人类的一种要求，那么，人类怕未必来费这样多事的工夫了罢。惟和保存生命相关联的第一要求，得到充足，而后别的新的要求，这才发生的事，是分明的事实。

是的，人类是为了生存之外，还为了享乐人生，尝味快乐而活着的。

自然于较适生存者的死后，动物型式的完成过程中，试行有机体的一切自由的，广泛的表现，在这里面，便含有快乐感了。在关于种类保存的兴味之中，藏着一定的有机体的最大的力，那最为强有力的行为。

有机体是极其微妙的机械，那全部或一部，停止了活动，或者那活动缓慢了的时候，便不得不受障害，而连别的部分，也非忽然蒙其影响不可的。和这相反，倘若全机关完全地在活动，而且那活动又是适宜的分量，则给我们以爽朗的欢喜。人类是在寻求着这样的欢喜，一面使自己的生活更泼刺，将那内容更加深造的。单调的，不活泼的生存，令人类无聊，给以和生病一样的苦恼。还有，人类为要使自己的生活更有意义，使这更其高尚，使那官能更加丰富，使环境成为美丽，做着种种的努力。这个人类的行为，就是艺术底行为。

人生一切的复杂，微妙，强固，都是人生的装饰。我们过于活动，过于思索的时候，我们便疲劳，然而太不做事了，则又非觉得无聊不可，那么，我们执其中庸，不就好么？

然而这是不能说是全对的。不，人类愿意许多的刺戟，而同时也寻求安静。在这里不能有那样的境界。那么，怎么办，便可以避掉极度的疲劳呢？大抵，没有秩序的刺戟，效果是相关地少，跟着这没有秩序的刺戟之后而来的，是兴奋，疲劳，烦乱。反之，倘用适当的，组织底的方法，人类（理论底地，我们是可以下面那样地说的）是能够享乐无限的刺戟的。

到这里，便成了艺术者，在将秩序整然的刺戟，给与人类，是最好的东西了，赏玩者和听者所耗的知觉精力的一定量，由大部分的刺戟而适当地被恢复。试取听觉刺戟，即音乐的例，来检讨此说罢。音乐的世界，是充满着非常之多的浓淡（nuance）的，但我们听音愈多，就愈增加愉悦感么，决不如此。噪音即使怎样地丰富，也不过增添疲劳和难听。但倘若音乐并非单单的噪音，是谐调底东西，则诸君于各种噪音和称为音乐底调音之区别，便会立刻弄明白的罢。而在所谓一切的听觉刺戟之中，音乐底调音，是立刻，而且最先，由所给与的愉悦感而消失了。我们称这为“纯粹的音”。

调音和一切的音一样，是由空气的波而生的律动，是震动的阶列。噪音中的押音，是不规则的，混乱的，但调音中的这个，则是规则底的，相互之间，有一定的平均的间隔。

我们的神经组织，对于规则底地发生出来的结果，是容易地养成习惯，容易地知觉那些的，而我们的知觉，便将那“容易”承受进去，当作愉悦。假使小孩子用了风琴，乱七八遭地按出种种的音谱，那么，由此而生者除了疲劳和兴奋之外，怕不能再有什么东西罢。但是，倘在一种整齐的顺序上，奏起音谱来，则由此一定会忽然发生或种愉悦之感。音乐艺术家的事业，即在不绝地保住我们的感兴，可以容易地知觉，而为了那容易，则发见那使音的内容更加丰富的音的连续。这内容和整齐的音的连续，名曰“旋律”(melody)。

音不但互相连续而已，也同时响鸣，而这共鸣音，则有种种。有一种音，在我们的耳朵里，交互地，规则整齐地作响，觉得好像不入调。别一种音，则互相连结，添力，相支，益臻丰富，这称为“和音”(accord)。能发生耳闻而觉得快感的这和音的法则，称为“谐调的法则”。

这样地，选择了声音，加以组合，将大的听觉底要素，给与知觉，则听觉器官便和那构造及性质相应，规则底地活动起来，于是发生那称为“形式化的音乐美”的快感。然而这还不能说是音乐的全部。那只还是形体而已，我们应该探究其蕴奥。

人类，是知道声音之中，含有或种意义的。而且比什么都在先，人类自己就知道着这一事。他于不知不识之间，不绝地在发音，并且借此以表现自己的思想和感情。从人类所造的音之中，又生出有着缀音的言语。这些言语，则正确地表现或种的内容，于是成为涉及诗歌范围的完成品。

但人类，是并不没有意义地将言语来发音的，他将称为“抑扬法”(intonation)的带着种种表现的言语来发音，而这些无意义的抑扬，则往往有不借言语，已足表现感情的时候。这些音，在言语的对照的那心意之先，就和我们的感情并无关系地，独立了来说话。号泣，号叫，怒号，欢声，惊愕，踌躇——凡这些，是最雄辩的言语。人类一逢不幸，是悲哀地低下了最后的音，啜泣着诉说的罢。模仿了沉郁的精神状态的诸相，造了出来的音，即所谓“短音阶”（minor tone）。快活的人，则或是响亮地，或用中断底的喊声，或用律动底的吟诵体说话，他先就生气弥漫，略略高声地说，于是那音里，就愈加添起力量来。以这音为基础而成的，是那“长音阶”（major tone）。然而对于人类所发的音的强弱，要一一给以名目，是不可能的。人有了余暇，想用什么来消遣，而又并无一定要做的事的时候，便想自由地表现自己的感情，试去从新传给别人，而且尽其所能，要强有力地，高妙地，并且很有兴趣地令人听受。他在这时候，便选择口所能发的一切的音，即纯粹的调音，一面寻求着这些音的自然地给与最大快感的旋律和谐调，一面施行着这些音的组合——于是在这些音上，加以表白悲哀，喜悦等，人类所愿意讲述，作深刻的回想的一切感情的抑扬。想别人的感情，为这所动。由这样而发生的，是“歌唱”。倘若角力，打猎，劳动之类的动底的事，是以快乐为目的的自由的东西，则从这样子的事所发生者，是舞蹈和演剧。一切艺术，是形式化了的，换了话来说，便是人类化了的复现底现象。是依照知觉机关和动作，以及人类的知觉作用的构成的要求，因而形成了的现象。

但是，人生未必一定由艺术而美化。人类可以由这样的过程而创作，站在和现实很相悬隔的环境中，同时，除描写现实之外，人类又能够描写人类之所希望，而且适宜于人类的理想。

故艺术者，不但和形式美一同，有心理底求心力（求心底感情表现），也有社会教化底的力，因为是描写理想（或者是用讽刺画以鞭恶），对于人类的行为，给以反省的。凡以充足人类的主要欲求，而且无此则存在且不可能的主要欲求为目的的一切行为，名之曰产业。这当然，也和生产主体本身的生产行为相关联。

纯艺术者，以给以组织化的刺戟，因而提高并且调节知觉机能，使之丰富为唯一的目的的一切的行为。然而，以消费为目的的生产，同时也是喜悦的源泉，成为给与美的形式的原因的。美的原则应用于人类日常生活的时候，艺术这才与生活觌面。于是见到“艺术产业”的发生。

人类，是作为自然之性，描写理想的。就是，人类一面照了美的匀称，磨炼着自己的一切的器官，以及自己的全肉体，一面怀着理想，要使在这环境中的自己的存在充实，并且依了包容着所谓“精神”的有机体，头脑，神经系统之所要求，来改造这世界。这，是希望到处看见美的世界的理想，是在那世界里常是幸福，毫无拘束，也不无聊，而且也没有苦恼的人类的理想。

要以人类为自然的指导者的艺术底企图，归根结蒂，是成着创造这理想世界的基础的。而且，全人类艺术，也应该如生命本身一样，永久地生长，创造出有进化的构成体来。然而我们还站在不幸的，不愉快的路程上。

艺术往往成为富豪的娱乐家伙而堕落，俗化。社会本身，有时候，则艺术家本身，也堕落而走着邪路，造出并非真的艺术底的，技巧底艺术的刺戟来。这在有着强健的，新鲜的精神的人们，正是嫌恶。

资产阶级的社会制度，尤其将艺术恶用，使他商品化。

社会主义主张艺术的自由，对于艺术，期待着伟大的全人类底事业。

各世纪，各民族，尤其重要的是各阶级，在反映各各的制作上的活的灵魂的艺术上，是各有各各的特殊性的。无产阶级，被弄穷了的这阶级，一向对于人类的艺术创造，没有能够挥着双手，参加在一起，但从今以后，我们从这阶级，却可以期待许多的东西了。

未另发表。

初收1929年10月上海水沫书店版“科学的艺术论丛书”之六《文艺与批评》。

今日的艺术与明日的艺术

[苏联]卢那卡尔斯基

社会主义的理论家或用想象，或用科学底地多少有些根据的臆测，以论关于人类的社会主义底将来的时候，他们都一样地下文似的归纳起来。就是：在将来的社会里，尽最本质底的职掌者，是艺术。

他们里面，也有这样地非难的人——社会主义底制度，在转换期的政治底领域上，豫料起来，是无产阶级和贫民阶级的执政，就是，曾被支配阶级从文化挤开了的结果，那本质上文化底地低落着的阶级的执政。所以这制度，言其意思，便是在文化底方面，是应付精神的最微妙而且高尚的要求的社会底和国家底生活机关的衰颓和破坏。但是，对于这非难，无产阶级的代表者们是决然地否认着的。

自然，社会主义的这类理论家和豫言者们，其于无产阶级的艺术和旧支配阶级的艺术之间，有着著大的深渊，否则，至少也有境界线存在，是片时也未曾否定的。他们的几乎大部分的人们，是对于非文化和不关心于文化，发着非难之声。然而和这一同，他们也同时承认着关于“单一的人类底艺术”的废话。就是我，也并不欢喜说“单一的人类底艺术”是不存在的，然而假使有谁，说些关于人类的单一底言语的事，那么，可以说，这人是也对也不对。有人类的言语构成的同一性或共通性存在，固然不消说得，但这既不妨害中国语和法国语的存在，就也不会使十二世纪的时世语和现世纪的时世语的存在，至于不可能。艺术也是，作为社会生物学底现象，是全然一样的。就是，人类之能成为艺术家，以及在人间，普遍底地有艺术存在的事，毫没有否定了艺术和时代的推移一同，曾经遭过大大的变化，也没有否定了艺术在各社会各民族中，被铸造为特种的样式。

假使我们将有着多少距离的民族相互之间的种种社会底风习，比较起来看，大约便会确信艺术的不同一的理由的罢。况且社会主义底社会，在社会底秩序上，和有产者底社会，是颇极两样的。社会主义底社会，有时能够于由政治底变革手段，在不满一天之内，从资本主义里发生。然而有产者底社会和社会主义底社会的内部底本质，却非常互相差异。那结果，这两社会的艺术，在许多之点，是不一样的。但是，观念形态底样式，却常带着或一程度的迟缓，所以政治的变革，在观念形态底领域上也不能显示电光底变革，正是当然的事。

艺术既然一面进着或一定的轨道，有着或一定的习惯，无论故意或不得已，总之是努力于适合于或一定的趣味，而一面要顾到一定的市场，则仅在二十四小时，或一星期，或一个月之中，纵使对于职业艺术家的社会的要求已经激变，要艺术立刻自己意识到这事，原也极不容易的。

但是，假如他们竟意识了这事了，则和那意识一同起来的，是什么呢？那应该是碰着了稀有的大事变的时候，艺术家在他迄今成为习惯了的那样式上，已经不能照先前一样地来活动的那一种深刻的哀愁，失意。由这意思，在有产者治下的经济生活关系上而颇是病底的艺术世界的或一部分之间，革命底变革便不得不算是坏事了。盖在有产者社会里的艺术家，并非能够自由地活动的个人，他是自己的作品的贩卖者。就是，在有产者社会里的各艺术家，是以商人底关系而显现的，他，是艺术家，是诗人，是精神底贵重品的创作者，而同时也不得不如"灵感是不能卖的，但是那文章却能卖"的谚语一样地，兑换精神底贵重品。

可恨，这贵重品，不但能卖而已，且也非卖不可。因为无须卖那文章和绘画，十足地有着遗产的艺术家，是极少有的。

如果艺术家所发卖自己的商品(呜呼!)的市场,实质底地变化了,则这在艺术家,是剧烈的大打击。因为新市场要求着怎样的东西,那所要求的东西自己能否供给,以及一般底地是否还要这商品,他都不知道。

这,是将本问题,从纯经济底见地,来论究了的。

然而,即使我们将对于艺术作品的观察,从在我们关涉艺术的人较为亲近的见地——文化底见地,观察起来,我们也将发见和从经济底见地来论究者相同的病底事实。因为在文化底关系上,定货和出货,也是存在的。假如这里偶然有一个在精神底关系上,确信只将自以为最神圣的东西,注入那作品里去的艺术家罢。可是这艺术家,一定要发见自己的作品对于周围并不起什么反响,以及周围的人们在将他当作外国人看。这样的时候,谁不对呢,非查察了实际之后,是什么也不能说的。或者是因为那艺术家老朽了,越过了他的民众,便将他当作败残者,剩在不知道那里的后方,也说不定。或者正相反,因为艺术家是天才底的,所以超越了那时代,也不可知。无论那一面,总之倘不是成为离了本流的支流,终于消在沙里似的怪物,便将成为殉道者一样,超越世论,为现代人所不能理解的畸人。如果是后者,则那作品,一定要作为人类的艺术中最贵重的真珠,为后世所赞赏。

我们能够下面那样地确言。就是:拥有巨资,支配社会,而且构成着社会的精神生活的大部分的一切阶级,一遇急激的转换期,则衰颓下去,破灭下去,死灭下去,而代之而兴者,则是并无既成底形式,或者虽然有,但所有的却是和曾经得势的既成阶级的形式极端相反的形式的新阶级,来着手于最初的计画。在这样的条件之下,则艺术界不得不混乱,还有个人底地,不得不遭遇那引起道德底和肉体底地直接的灭亡的激烈的暴风雨,也说不定的。

艺术家从这一点观察起来,将这社会主义底变革,加以大的评价到怎样程度呢,他们对于这变革,是和那评价作反比例,不得不敌意渐深的罢。而且他们虽然明知道资本主义底制度的不公平，却又不得不这样说的罢，曰，“一切都照先前，那就好了。我们并不说旧的东西好，然而倘要改革，则并不遭遇急激的痉挛和损伤地，也不鹘突地，和较为文化底的，较有教养的，较有准备的大众——于我们的社会并非无关系的大众，一同逐渐改革起来，那岂不好呵！”

然而这种的心情，是可以和大玛拉忒(Jean Paul Marat) 曾对艺术家们说过的话，“凡有这些的人们，是富人的家丁，意识底地或无意识底地，正直地或不正直地，从未将什么色彩显在表面上。他们恰如靠了富人的食桌的余沥，生活下来的家丁一般，叹着这富人的破灭”的宣告，比照着看的。而且这，不但在革命无产阶级的眼里见得如此而已，即在客观的社会学者，也容易发生同感。

这样的世间的艺术家们所示的一切这些的现象，是胡乱的东西，非常肤浅的东西，病底地浮出的东西，和艺术本身，毫不带什么同一性或共通点。所以，本质底地，在艺术家中的艺术家，如那作品贩卖问题者，是不演什么决定底的作用的。假如演了呢，那是变态底的事，是不幸的事。那是耻辱。艺术家应该从这见地，以顾全自己的创作力。在那内部精神里，他应该首先省察那创作力，不使和烧牛肉的问题有什么从属的关系。

非物质底的，换了话来说，则是精神底的嘱托和提言之存在，是不消说得的，但艺术家，则以无论何时何地，绝不从属于何人为必要。而且无论怎样的程度，也没有依从任何希望条件的必要。有时候，他也和或一宫殿的描写，或是或人的纪念像的建立的嘱托者相商量罢。然而这不过是外部底的事，以什么为基调，应当将他的“精神”的什么部分加以物质化，都完全是属于他的事，在这点上，他应该保有最大限度的自由。凡艺术家，无论怎样，总非从外部方面，全然成为自由不可。

新的社会主义底制度，将这自由送给艺术家，是实在的么？现在，我不愿意用了蔷薇色，来描写那是实在的事。我们正遭遇着病底的过渡期，反革命战，饥饿和经济底破坏的时期。然而，如后者，在最近时，这才为胜利的太阳所照映。[①] 我们要讲关于新社会的正规的活动，那不消说，是太早了。到讲这社会诞生的苦辛的经历的时候，也还要有相当的日子罢。但无论如何，豫料社会主义底社会的正规底活动，将给艺术以最大限度的自由，是难以否定的。

社会主义是在努力，要使为社会的贵重的一切劳动者，尤其是给与创作底贵重品的劳动者，站在市场如何变动，总不受什么影响的地位。社会主义是在从经济底方面和精神底方面，研究个个的各人——虽然刚开手——将这作为一定的价值，并且看作一定的社会底职能。对于那后者，则应该给以能成人类的舌头，眼睛，耳朵的营养的一定的滋养分。因为惟有这样，这才能够使各人的天禀和素质，为了全人类的巨大的精神底到达，自由地活动，伸长起来。

将这具体化了来说，便是应该意识到自己是艺术家，并且使任意构成着的艺术家团体所认为同人的一切人们，获得全不必顾虑关于物质底生存，而能够注全力于自己的创作的确实的生存权。为要实现这事，我们还应该绝不踌躇地迈进。

应着我们所获得的力的分量，我们应该将正在用功的青年，毕业于学校而跨进实社会的人们，艺术家，熟练的技术者，巨匠等，换在社会的保障的位置上，并且应该像对着停在树上的小鸟，说道“不要愁明天那天之类，尽你身体的本领来唱罢！”一样，也说给他们。

这是由我们的社会主义底计划，必然底地起来的问题。我们将这问题愈是较多地实现下去，我们的胜利就愈充足，艺术家对于市场和嘱托者的胜利就愈确实，从人类的心灵里，也愈加自由地涌出艺术底源泉的罢。

但是，单单的自由，是不够的，自由云者，是在最高程度的消极底的或物，更加精确地说，便是在自己之中，不带积极底的东西的或

① 在那时，是尚早的乐观主义了。——一九二三年备考。

物。尼采说,“你虽说自由,自由,但是,兄弟呀!是怎样的自由呢?”这完全是真的。我,可以说是自由的。我的手足没有被束缚,我向左向右都能走,可以立功,也可以受侮。然而不能因为这样,便归纳为这自由是积极底的东西,因为解放精神病者或有犯罪底倾向的人——也许倒有些是积极底现象的缘故。

新的社会和社会主义制度,不但将艺术家解放而已,还给他一定的刺戟。艺术家应当自由,我所说的意思,并非说在这话的形而上学底意义上,他应当自由。即使我们用纯物理学底意义,说或人是自由的,也不能从这话,便立刻归纳为他能飞,或者便于用四脚走。我们运动身体的方法,关系于生来的身体构造的如何,人类是自由的——这意思,并非说他能够有四耳四目。人的实体,为人类的全过去所构成,我们所名之为容貌者,连细微之点,也为过去所决定。人类不但肉体,连心理也受遗传,所以无论谁,都不是自己本身的精神的原因者。我们是由遗传而得精神的,那时候,得来的或是“白纸”,或是容易擦掉的线,否则便是刻了十分深刻的线的“纸”。无论所得的是什么,就在这精神上面,再逐渐迭上外来的新印象,自己的绿青,即自己的经验去。

那么,个性是怎样地被构成的呢?那是,将在自己生存着的社会里所受的各种的印象,以及由遗传而生得的倾向和萌芽,蓄积在特种的综合之中而成就的。

社会主义底社会,对于艺术家,能够无限量地给与他较之他向来生存着的旧社会,更加巨大的内底生活的内容。

关于新社会之有广博的,纪念碑底的,原素底的,永久底的,雄大的性质,在这里是什么异样也不会有的。

像在我国这样的现象,在德国也一样地存在。在德国,当几乎每两村之间,有着分隔别村的税关的界壁的那时候,为了这,“关税同盟”是必要的,但到后来,帝国主义底中央集权来替代了这个。当我们分离为各团体,又,我们的该营合同生活的可能性,实际底地殆被剥夺了的时候，在精神底关系上，也看见和这一样的现象。人类之中，最贵重的，是人类的集团性，但在这样的环境里，我们是没有知道这，也没有觉到这的罢。

我们继承着人类的过去，也爱人类的未来，并且也响应各种的现象。那现象，便是和本身的周围有着硬壳的蜗牛全然一样，发生于由昏玻窗而感受视觉底印象，经厚障壁而感受音响的实体的我们的周围的东西。惟有社会主义，则破坏这障壁，无论怎样的形式的利己主义，也打破那存在的素因，毁掉龟一般拖着走的小屋，对于从外部来的一切的刺激，我们就易于感受，易于铭感。而且这样地和外部联络在难以相离的关系上的我们，便必然底地和人类的全心理相融合了。

人类，是无限的，是永劫的，是神底的，我们这样地感觉，是始于什么时候的呢？这是在——明白了人类所有的一切，都是挪借，或是经过筛子，从外部所收受的东西，而人类决不为衣服之类所制限的时候；人类像了伟大的豫言者，成为能够生活于全心理底生活的人物了的时候；人类能够说"我的人格，达于日星，我的人格，在我们现代人的苦痛和愉悦和欢喜之中，具体底地活着，将在过去以及未来的人类的欢喜和悲哀，作为我的东西而活着"的时候，是那时候。

这是将成为人类的精神的，伟大的不死底扩大的罢。但倘有人说，因为围绕我们的生活的步调太快的结果，以及人类所受的印象太多的结果，人类大概都患着神经衰弱，那么，也就可以担忧：当"喧嚣和音响和长枝条的生长"满于人间的时候，社会主义开拓我们的耳目的时候，人类的脑髓不会破得乱七八糟的么？自然，人类的一切用器，也并不是能够收受逼他而来的人类底暴风雨的全部的东西。

在艺术的领域上，要展开堂堂的记念碑底的宏大的场面，我这样想，但这是无可怀疑的事，那时候，先是艺术底集团，进向这意义上的第一计划去，是明明白白的。倘我们作为例子，取了集团主义的最贫弱的时机，例如古代的共产，或意大利中世期末叶的共产建设，或是建设中欧的戈谛克式的寺院和市参事会堂等的艺术来一看，那么，就会发见，在这里，个人是将影子藏在背后，而且无论是怎样的人类底天才的堂堂乎而又值得惊异的作品，也不容易寻出那作者的名氏的罢。凡这些，不消说，就都是费百年的岁月，化许多的费用，由无名的团结，而建设了什么可惊的建筑物的。

我们在不远的将来，就要有洛思庚(Ruskin)所曾经颂扬为较艺术底个人主义更加优秀者，即艺术底集团以及建筑家，画家，雕刻家的全一底团结的罢。他们将一气来研究一定的同一计划，而且他们不但无须百年的岁月，只在几年之中，建设各种人类的理想和人类的贵重品的殿堂而已，也将建设作为我们的紧要的欲求之所在的公园都市和完备的都会，并且以人类对自然所描写的美和调和的幻想为基调，来改造地球的全面的罢。

倘要豫期那由精神之中的内部底变革而生的什么损失，和在外部的社会主义底变革相当者，那恐怕是幽玄(Intimacy)的诗和幽玄的艺术这方面罢。我知道着神秘底而难以言传，并且不能翻译为任何言语的，虽微音和轻颤，也都觉得的艺术家的微妙的感觉，换了话来说，就是知道着以为我们的内部底变革的结果，我们的精神将要全被颠倒罢，赫赫的太阳的光线之所不到的狭路，将连一条也没有了罢之类的，艺术的微妙的感觉的恐怖。

但我想，以此为憾的时候，大约是未必会来的。为什么呢，就因为这样的个人中心主义和个人的独创性，或是收受印象的气质底特征愈强，则社会的分化之度也就跟着它而愈加增加起来的缘故；还有我们的精神感受印象愈多，则将精神来水准化的事也就愈加困难起来的缘故。

试取什么边鄙的村落为例来看——在边鄙地方的人们，是大家非常相像的。在西伯利亚的僻地，或是隔绝了一切外界的印象的人们所住的幕屋等处，会看见集团底精神病的现象——就是，当人们失了自己的个性时，易于发生梅略欠涅病[1]的现象。而反之，对谁也不给安静的大都会，却于个性的发达，给与最敏感的样式的。精神病研究者告诉我们，村落里的最大多数的精神病者，所患的是白痴，即个性的倒错和个性的丧失，但在都会和中央部以及首都里的最大多数的精神病者，却是发狂和夸张个性的人们——例如夸大妄想狂和热中狂。

疾病之所显示者，是一般底生活状态的最征候底之点。我们的在要进行的市街主义，以及在精神界物质界，发生于白日之下的一切事物的文化底向上，是引向个性的发挥，那材料的丰富，称为人类底个性这社会相的复杂化的。

从这个见地来观察，则在社会主义底社会里的创作上的独创力，就比在什么社会里都要大。但豫料起来，这独创力，也将更为勇敢。而且，正在受着“Decadance”这句话的洗礼的耽美底颓废底的东西，那职务将愈加缩小，也是可以肯定的。就是，人类将征服迫压自己的一切哀愁和不幸，而得到胜利。而且在社会主义底社会里，也能够苍白瘦削，除了哀调以外，不能表现其心情的孩子，化为有着最勇敢的积极底的心情的壮健而又充满希望的青年。那时候，迄今是本质底的哀调，在他恐怕早成为不调和的东西了。

经了这样的试练的艺术家的共通底特质，是能够在一瞬息中，超越了对于别人的个人底外面的接触——自然还不能不接触——而即刻入于惟有作为艺术家的境地。倘若讲起关于我们现在正在创造的世界历史的划界时代来，那就可以大大地鼓舞底地，大大地光明底地来说：首先，我们将走进这社会主义底乐园，但应该经过那小小的层，而且这还是颇苦的炼狱[2]。

倘将现代的艺术，仔细地一检点，则我们大约就会发见，艺术是

---

① 是发生于西伯利亚的僻地的流行性精神病，和癫痫相像。——译者。

② 出但丁所作的《神曲》，是天堂和地狱之间的地方。——重译者。

已经并非单一的东西了，所以，当艺术直面着新的社会底需要的现在，艺术家的各种团体和各种部类，在这点上就非常混乱。

新旧的艺术，在旧世界里，是颇猛烈地，而且颇怀着憎恶，互相攻击了的。年青的艺术，对于妨害自己的自由的发展的事，以及艺术界的特权底的元老阶级，还有仗着已经树立了的自己的名声，一直在后来的社会里也还保着地位的旧时的人们的成绩——等，都大大地愤慨了。

在这神经衰弱底世界里，我们是在非常地特殊的现象之下，生存下来的。以异常的速度，方向行了转换。几乎每年有新流派发生。有志于发见艺术上的新大陆，发见亚美利加的青年，滥造了可以称为技巧的东西。假使旧的系谱的艺术家们，从自己的立场，对着青年的艺术家，说道，现在是写生（Sketch）得了势力了，所以暴风底的而新奇的你们的探求，在今日的艺术上，是消极底的东西。则他们的观察，许是正确也说不定的。

几乎谁也不认真做事，几乎谁也不着力于艺术的社会底活用这方面。那结果，是使我们只能和最实际底的非文化混杂。倘在艺术虽然分明知道，然而堕落下去，失了传统，成着野蛮的现代，将我们和旧系谱的艺术家相比较，来非难我们，说我们比他们画得更坏，写得更坏，那是不得当的罢。为什么呢，因为我们的艺术，是豫期着就要将新的趣味，送给生活的。然而显出衰颓期者，却无论怎么说，总是艺术的社会底信用的丧失。倘从旧系谱的艺术家那面来观察，说青年们不过要博名声，炫着奇娇，那大约可以说，话是对的。乳臭还未从唇边干透的无髭的青年，便早以轨范自居，即使他竭力撒出前代未闻的恶作有怎么多，而其中却既不成样子，也不会有调和，那是轻易凑成的理论，或是搜集言语的草案，这是可以做理解他所发明的东西的钥匙的罢。而且他，还常在自己的周围，寻到两三个比他更愚蠢，连他所发见了的独自的东西也不能发见的青年们的罢。他们于是相率而向那可以发挥独自性的清新的轨范前进。市场对于这现象，也有些适应起来。

艺术家的伟大的主人翁——那是广告家，艺术作品的贩卖者——最近也明白而且嗅到了这方面的事，他们不但买卖有名的名氏和伪造物，并且喜欢制造新的名氏起来了。在什么地方的楼顶房里住着的人，他——说得好，是病底地强于自爱的不遇的人，说得坏，是骗子。

然而巴黎或伦敦的一个公司却准备利用他来赚钱，全买了他的画，用广告的意思将这卖出去。一切的识者和搜集家，都想为自己买到这些画。在他们，一定要用这"伊凡诺夫"[①]，这便定了市价。他们买了那个去。盖因为"这是希奇的"的缘故——这句话，在现代，是非常的赞辞。而这种事象，在最新的艺术之中，则是病底地很厉害，在那里，有被厌弃的残骸的山积，是谁也不能否定的罢。

青年们在创作之前，发见新的道路之前，先来准备走这新路的腿装，健脚，是好事情罢；经了艺术的好学校，然后来想独立，来想艺术的此后的发展，是好事情罢。青年们到了这样，不是正当的么？

可惜的是，我们还不得不时时顾及这样的非难，那就是说，虽在代表着有势力的亚克特美派（学院派）的团体的艺术家，也一样，艺术的社会底活用这方面，也被付之于等闲。在各国里，艺术正在沉衰，圣火正在消灭。

自然，印象派的人们所在反对的非褐色的酱油呀，没有苦恼的钞本的誊录呀，最近十年间几乎风靡了一切艺术的没有有苦恼的继承呀，或是有产阶级社会的艺术等，是可以使它和年青的艺术相对峙的。

从别方面观察起来，则正确地指示着，那"轨范"这东西，就几乎完全成了壁纸店。他们应了富贵的人们的需要，制造适合于那住居的各种乐曲和富人的肖像，这样子，他们不但被剥夺了创造底活动，

---

① 俄国很常见的姓氏，大约犹如中国说张三，李四。——重译者。

而且全然职工化了。但这里之所谓职工，并非我已经讲过的，这话的本来意义的职工，即艺术的社会底活用者。

在我们的博物馆里所见的绘画，即属于其实的全盛期的绘画，和现代的绘画之间的那差异，可有未曾看出的人呢？

从这样的见地，大概就可以说，艺术的状态，实在是颇为苦恼的状态了。我们在艺术里，看见沸腾和志望和探求，总之，这是惟一的好东西。为什么呢，因为在不行探求之处，就没有适应于这世纪的经了洗练的技巧，而只有曾在或一时代实在活过的艺术的——苍白，秃毛，无齿，瘦削，濒死的——残骸的。

自然，在这两极端，即新的探求和旧的形骸之间，为了优秀的技术者们，还留有很多的余地。倘我们隔了或一定距离来看，则在人类经过造形艺术之上的一阶段的那艰苦的沙漠的绿洲上，会看见将新的探求和旧的体型，独特地结合起来的一等星的辉煌的罢。

于是乎应该归纳了。但是，在这之前，将关于革命艺术的问题，作为问题来一看，也不是枉然的事。

我们上面说过的探求，是显示着病底状况的，然而，在那探求之中，不带着非常健全的基础么，又，没有触着发生于艺术的领域以外的革命，即发生于社会底探求的领域内的革命的真谛么？这问题，是极其重要，而且很有兴味的问题。所以我希望在这里听我演讲的市民和同志诸君，我关于艺术上的所谓更新和艺术上的无知，以及似是而非的伪学者的丑恶的方面，虽然颇猛烈地讲过了，但不要立刻将这和触到革命的真谛的重要问题，连结起来去着想。我所要讲的，除了关于无知和似是而非的伪学者之外，是什么也不是的。

然而，在这里，却发见着大价值的事业，在这里，却有着对于活的今日，对于真的事业，要表现自己的感应，并且用文学底反响来呼应的艺术家中的最易于共鸣的部分的（即年青的人们的）诚实的志望。我们并且有着在这意义上的典型底流派（印象派在前几时还曾嚷嚷，但现在已被看作昨日的流派了。）——颇可作详细的研究的对象的立体派和未来派就是这。但对于这现象的解剖,我现在不能分给它时间。

在现在,只能讲一讲一般地已被肯定了之说——就是,二十世纪之所创造的人生,实在是绚烂,而且印象很丰富,在艺术的新倾向中,有着这人生的现实底反映——这一种谁也没有论争的余地之说在这里。

造形底艺术,依它自己的典型,是静学底艺术;于雕刻和绘画,没有给与可以描出运动的东西。

在二十世纪——特是运动的世纪,力学底世纪——里,绘画和雕刻的样式本身,是不得不惹起人类的精神和病底冲突的。

艺术家用尽心思,要自己的绘画动着,活着,他努力想由了形态,使作品力学底地活起来。然而虽然如此,描在画布上的一切的东西,却立刻死掉了。所以就有创造运动的幻影(Illusion)的必要。而最新的艺术底流派,目下便在内部底矛盾里争持。但是,并不是惟有这个,乃是构成青年们所正在深刻地体验着的危机的精神的东西,对于有大力发大声的叫唤者的许多青年的爱情和奋激,也成为那精神的构成,那精神,于伴着资本主义底,战争底,革命底性质的暴风的社会生活的新状态,是很相适应的。

现代,是最英勇底(Heroic)的时代。

不久以前,我们还彼此在谈琐细事和寻常事。看契呵夫的作品和摩泊桑的《孤独》就是。谁在今日,还说人生有些发酸呀,人生的波澜稀少呀,锋利的印象不够呀,事件的进展不足呀呢?我们现在,可以说,已经进了曾在过去的或一时代,人类的经验了的粗野的旋涡的正中央了。这旋涡,愈到中心去,就卷得我们愈紧。坚实的一切东西,都在那里面被分解,例如,雕刻也是,绘画也是。于是替换了先前的易于溶解的特质,而得到过度地强有力的特质,极端的内部底不安的特质,同时是作为时代精神,必然底地正在要求的明了的特质。先前为了被评价而准备着的色彩,容姿,线等,在现在,比起我们每事所经验的新的那些来，在我们只见得是隐约的朦胧的东西了。作为形式的革命，是跟着其中所含的破坏，被铸成的形体的缺如，最大量的运动的存在的程度，而和最新艺术，联为亲密的血族关系的东西。

但是，这事，是最新艺术的内容，和新生活的内容有些关系的意思么？不，并没有这意思。属于过去的系谱的艺术家现在虽然还生存，革命阶级的无产阶级却直感到毫无什么可以从他们摄取。而反之，无产阶级也觉得非全然向未来派去不可。然而这样的事，在我们是毫不觉得正当的。

假使将革命无产阶级们的显现于一方面的对于旧形式的爱执，用了或种非文化的事来说明，则在别方面，各个无产阶级的对于未来派体型的有所摄取，就分明应该当作偶然底而且肤浅底的现象。无产阶级(尤其是那最前进的人们)虽然对未来派说，“惟这个是应我们的欲求的东西”，然而两者的这样的实在底的融合——是全不存在的。

然而，我们愈考察在无产阶级者戏院和展览会的状况，就愈不能不承认对于无产者艺术，给以最大影响者，总还要推最新的流派。形式底的亲族关系，即新形式的探求，其实由于对一切革命的本质底的动力主义(Dynamism)的偏爱的——这使彼此两方面成为亲属。然而在无产阶级，有着内容。倘使你们(新流派的艺术家)问他们(无产阶级)所要的是什么，他们就会对你们吐露堂堂的思想的罢，而且会讲说关于人类的心理的绝对底变革的事的罢，这些一切，也许是还没有完全地被确定着的，但至少，也暗示着目的和理想。但是，关于这事，他们倘去质问未来派的人们，大约未来派的人们就会说，“形式呀”……“形式呀”。“体验”以外，什么也没有画出的线和色彩的种种的结合，在未来派是以为这是一种绘画的。感染了有产者的艺术底空虚(盖在有产者，是没有理想的)，成着先入之主的未来派，说，文学不应该列入艺术之内，艺术家不应该感染着梗概底内容和文学风。在我们,这话是奇怪的。倘若这话并非以不能懂得这质问的孩了为对手,那么,我想,便是颇为颓废的征候。为什么呢,因为一切艺术是诗,一切艺术是创作,艺术者,是表现着自己的感情和观念的东西,这以外是什么也不能表现的。这些观念,这些艺术,愈是确定底,则艺术家所表现于那作品[①]上的果实,也愈是确定底,纯熟底的东西。

谁以为线和色彩的结合,就成着贵重的东西的时候,他乃是不能将新的什么东西灌进新的革囊里去的小子,或者恰如文化用旧了那内容,转向到纯然的形式主义去的时候一样,是专重形式的半死半生的老人。尼采说过的下面那样的话,是最为得当的:"现今的艺术,失掉了'神',艺术不知道应该教什么,也没有理想,所以纵使你是怎样伟大的技术者,在这样的条件之下,你却不会是艺术家。"

在形态上没有独特的思想的人,在形态上没有被铸造了的明白的体验的人,便不是艺术家,他不过成为单单的技术者,以造出别的艺术家可以利用的或种的结合。

这显然的内容之缺如,以及连在做诗本身,也是并无内部底内容的声音和言语的自由的结合论(这样地也还是失算,终于将文学从文学赶出了)之类,究竟是有着怎样的特质的呢?这是被不像未来派之专在追求新奇的新人们,看作——未来派者,是恰如有产者底进膳之后,说别的东西都平凡,想要黄莺舌头的有产者底文化的极端地腻味的无谓,和被阉割了的果实,是很陈腐的东西——的程度就是。

在旧艺术,愈有着颇是本质底的出发点,即艺术愈是现实底的,则可以断言,它有着对于将来的生存权无疑,还不止生存权,艺术在将来,将愈加巩固其位置。纵使我们坚持着怎样的理论,能够想念

---

① 在这里,我自然大抵是就观念形态底艺术而言,至于产业底艺术,则可以比较地更多地形式底的。

底地，否定了自然给与于健全的一切人们的形态的结合，蕴蓄着最高的观念底和情操底内容的形态的结合——惟有这样的结合，有着存在权——的事实么？

然而这并非艺术非写实底不可的意思。说起这是什么意思来，是：人类当活着之间，会有一种欲望在人类里出现，要使人们以及在周围的自然结合起来的意思。是：虽在图谋结合，但愿意表现出我们的贵重的幻想和或种高潮的观念地，并且改造过或种的现实底形态地，结合起来的一种欲望，在人类里出现了的意思。

正如诸君不能抹杀我们的言语一样，也不能抹杀这事的罢，因为这是几百万年间，一道伴着人类下来的东西。

从这见地来观察，则对于自然有着现实底而且“奴隶”底——(新人物是这样地说的)——接触的被称为旧艺术这东西，倘充满以新内容，那艺术便将看见最决定底而且广大的反应。振兴这艺术的关键，系于发见那活的精神或内容。近年来，对于内容，竟有轻率的，嘲弄底的态度了，但寻出内容的事，言其实，在很有技巧的艺术家，是他所应做的一切。以对于事略家的态度来对内容，是不行的。寻出内容的事，意思就是得到观念的结合，而那观念，则就是充满于人类的精神中，非将这表现出来不可的东西。

新的艺术，在社会主义关系上，也并非在更加适宜的状态。

在新兴艺术相互之间，在这艺术的天才底代表者们和劳动大众之间，设起亲睦关系来的我的尝试，无论何时总遇见颇认真的反对。那反对，不但从大众的方面，从劳动阶级的相当的代表者们这方面也受到，他们否定底地摇着头，说道，“不，那是不适当的。”然而那样的事，不成其为意义，新的艺术云者——是较之新的接触和变形，生活现象的音乐底解释，或由自然所授的形式，倒更有以创造者所显示的艺术底形式为主之类的倾向的。但在这里，内容也在所必要。

天才底未来派之一的诗人玛亚珂夫斯基(V. Maiakovski)，写了称为《神秘喜剧蒲夫》这诗底作品。这作品的样式，是玛亚珂夫斯基所常用的，然而内容，却有着稍有不同之物。这作品，以现代的巨人底体验，作为内容，内容是帖然切合于生活现象的，作为近年的艺术作品，可以说，先是最初的收获。

从外部底方面观察起来，事情是简单的，虽然我们衰颓着，俄罗斯衰颓着，然而我们非开拓艺术的全盛期不可。我们愿不愿，并不是问题。是目下我们被逼得不能不做，而且不可不做的事，连列宁似的并非艺术家的人，所怂恿我们的是——在街上，在屋里，以及在我们各都市上的各种的艺术底创造。竭力从速地变革这些都市的外貌；将新的体验表现于艺术底作品上；抛掉可以成为国民的耻辱的感情的大块；在记念物底建筑物和记念塔的样式上造出新的东西来——这些的欲望，现出来了。这欲望，是巨大的。我们可以将这做在临时记念物的形式上，在墨斯科和彼得格勒和别的都市里，已经建立起来了，以后也还要多多建立的罢。[①]

将石膏和一时底的雕像，铸铜与否，是由于艺术家的态度之如何的，他们倘努力于铸铜，也就做得到的罢。还有，人民愈是裕福起来——自然，人民是要裕福起来的——这创作的进步也就愈加出色的罢。这“十月”二十五日的节日，是大节日中之一，从世界上任何时都不能见到的外部底的规模，从国家所支出的经费，从在胜利的余泽中所体验的心醉，都应该想到是大节日之一的。

彼得格勒的第一个大工厂这普谛罗夫斯基工厂，向政府申请，要对于在彼得格勒建设壮大的人民宫殿的事业，给以援助的事，我在今天知道了，不胜其高兴。他们说，即使你将十所百所的宗务院，元老院，那旧的典型的建筑物和有产者的房屋，给与我们，于我们也不满足的，这些并不是我们所要的东西。我们愿意有和本身相应而设计的自己的房屋，从有产者的肩头拉下来的东西，是不想要的。

---

① 这运动，是蒙了穷乏时代的影响而中止了，但现在又已旺盛起来。——一九二三年备考。

政府呢，自然，不会拒绝因此而支出的几千万金的，从明年春天起，我们也当然要着手于堂堂的世界底的人民会馆建设，我们应该立即着手于设计会议和事前准备。

关于这在彼得格勒的社会主义底人民会馆的建筑问题，倘不能悉数网罗了艺术家，则从劳动者方面向艺术家去嘱托，要若干的天才底艺术家来参加，是办得到的，而且也应该如此的，可是这是在我们没有多余的面包片的时候。[①]

倘若事件在此后仍以现在似的步调进行，则我们将努力，在奇异的我们的扎尔（俄皇）的彼得格勒上，再添上更奇异的劳动者的彼得格勒去。（至少，人民和那指导者，是在向着这事前进的。）

对于这事的趣味和才能和天才的需要数量，可能搜求到呢？我想，聚会在这里的艺术家诸君，是充满着大的自信，会说——使我们去作工罢，给我们材料罢，才能之数，是不足虑的。而且这样的气运，我想，惟在伟大的时代的伟大的国民的艺术世界里，这才存在的。

自由的最大量，——由现代的世界底而且历史底切要，非资本家的国民的嘱托的大举，而被形成的内底内容的最大量，——和这相应的创作的自由，——艺术的一切机关的自由的制度，即一切官衙式和有什么功绩的艺术贵族的一切管理之排除，——艺术底人格和艺术底集团的自决的完全的自由，——凡这些，是原则，惟有这，是和展开于艺术之前的诸事业相呼应，而能遂行的惟一的东西。

对于在这彼得格勒的，以前的最高美术教育机关的前美术学校，我希望着诸君。希望诸君在本年中，因了年长年少的同志的提携，又因了由人生提出与艺术界的直接问题而被启发了的最是自发底的提携，而得艺术自决的自由的第一经验。那自由，是不加长幼或有名无名的差别，随意到好像一兵卒可以做元帅，实际地造出自

---

① 那时计画并未实现。在现在，那实现是已经临近了。——一九二三年。

由的竞争来，这在革命时，是常有的事，在这样的时机，一切才能，是能够发见和那力量相称的评价和位置的。所以，我们的生活的悲惨的方面，我毫不否认，然而同时，血管里流着热血的人们，却也能够经验那要冲进切开了的未来里去的准备和欢欣，我想。在未来之中，危险的东西和不确定的东西，还多着，但这是应该以自己还是壮者的事，来唤起勇气，鼓舞勇气的。而且，人们在没有躺在坟墓里之前，总应该是壮者。

有人说，恰如米耐尔䟦（才艺女神）的枭，只在夜里飞出来一般，艺术只在大事件的发生之后，来结那事件的总帐。我据了许多的征候，觉得在我们之间，这样的现象，大约是没有的。那理由，是因为社会主义底革命，在热烈地志望，要赶快将新的酒灌进新的革囊里去的缘故。

在现在，我们也常从动摇的农民和劳动者方面，得到要求。那要求，是给他们科学，给他们艺术，使他们知道蓄积至今的宝物，给他们设立可以发见对于自己的期待，体验，见解的反应的机关，对他们解放知识和修得的源泉等。他们能够用了这些，将久已酝酿在国民的心底的东西，秘而不宣的东西，以及正如革命解放了各人的个性那样地已经解放了的东西等，适当地，天才底地，或者未曾有地，描写出来。

我所望于诸君的是勇气和信念和希望的坚强，我们是生存在真的希望之国里。即使这希望是像元日草的罂，总之也还是一种会得生长的东西。芥子种能成大木，我们的土地化为乐园，由人间底天才的暗示，而成为伟大的艺术底作品，艺术家在现在，可以在这里发挥自己的本领。

我想，我们所聚会的小小的祝贺会，是和社会主义底变革的精神，在深的共鸣之中的。还有，我所作为最大的欢喜者，是我为了要作已经说过了的那样的演讲，来到诸君之前的今天，和普谛罗夫斯基工厂的委员见面，受了这样的要求。他们要求说，“劝诱你的艺术家们罢，使国家拿出本钱来罢，那么，在彼得格勒，第一的伟大的人民会馆，就会造起来了。”“国立技艺自由研究所”，是可以站在先头，以建筑在彼得格勒的“自由人民会馆”的集团底技术者。

未另发表。

初收1929年10月上海水沫书店版“科学的艺术论丛书”之六《文艺与批评》。

苏维埃国家与艺术

[苏联]卢那卡尔斯基

艺术的怎样的方面，是能够将利益给与苏维埃国家，而且非给不可的呢？先应该将艺术的怎样的领域，归我们管理，而且用国库来维持的呢？

因为有着虽然和艺术关系较轻，却往往将恶影响及于艺术活动上的人们，所以我想将这种国家的问题，给这样的人们来讲一讲。

其一　作为生产的艺术

到艺术接近生产，还颇有些距离。所以大抵由左倾艺术家所提倡着的这标语，是在证明现代艺术的一种贫弱的，这应该直截地而且决定底地说。其实，艺术在现代似的时代，是也如在向来的革命时代一样，首先总得是观念形态的。艺术者，应该是将和那国民及国民的前卫阶级有最密接的关系的艺术家的感激的精神，自行表现的东西。艺术者，又应该是将现今正在作暴风底运动的人民大众的情绪，加以组织的手段。

然而，那感情上对于革命大抵是敬而远之的“右倾”艺术家——

但"左倾"艺术家，在这关系上，却较亲近革命——是成了将最颓废底的影响，给与最近十年间的西欧艺术的，纯然的形式主义底倾向的俘虏了。所谓那形式主义底倾向者，外面底地，固然嚣嚣然似乎很元气，但内面底地，却完全是颓废底的。而且直到最近时，他们还有了进于内容的虚无，即所谓无对象的世界去的执拗的倾向。这些无理想者和无对象者们，虽然自己就是革命的实见者，而对于这历史上的大事件，竟毫不能给与什么观念形态底艺术，什么堂堂的雕刻或绘画底图解。

左倾艺术家们，则一面努力于不离无产阶级，并且竭力和他们合着步调，一面以非常的兴味，在研究艺术的生产底问题。在纺绩，木工，冶金及陶器等的生产上，即使那些是无对象的形式底艺术罢，但是能够制造充满着欢喜和美的物品的，也已经正在制造。我们的文化的目的，在创造人们的周围满是美和欢喜的社会，是说也无须说得的。

倘将我们的视线，宽广地转向艺术的生产问题去，那么，大约就会看见无际的地平线，展在我们的眼前的。在这里，有新都市之建设，运河之开掘，大小公园之新设，人民馆之建筑，俱乐部之装饰，室内之布置，装身具和衣服之优美，嗜好之改革和奖励等的问题，这目的的究竟，即在改造那围绕我们的自然底周围。这改造的实行，最首先是靠着经济，农业和工业。在这关系上，这些各部门之所给与者，是恰如半制品一般的东西。到究竟，则一切东西，例如虽是食物，也应该对于直接的目的的人类的欲望(经济问题)，给以满足之外，又将别的目的，即快乐的欢喜给与人们。

自然，现在我们太穷困；所以谈论关于这方面的认真的工作和俄国工农的生活状态的实际底改造的时候，恐怕离我们还是很远很远的。但不能因为这样，我们便不再触到艺术的生产问题，什么都不问。惟现在，却正是应该攻究这问题的时光。第一，例如在织物生产上，我们并无应该将这染得没趣味的理由，为什么呢，就因为艺术底的染色和没趣味底的染色，经费是一样的，但那结果，却于贩卖价格上有非常之大的差异。食器等类，也见得有同样的关系。我们今日，已经很想将和技师有同等的熟练的技术者，送到工场和制造所去。然而我国当帝政末期之际，这种事业却在极端地坏的状态上。我们是曾将德国人制造的东西，作为选择的最后的印记的。而我们的技术家底艺术家的大多数，对于这事也毫不加一点批评。在现在，我们已经在我国的学校里，开始养成独特的技术家底艺术家。并且期待着，想于最近的将来，将生产拉到颇高的水平上。

还有，在内外市场上，对于俄国的独特的出产，和不失十七世纪的香味的东西，特殊而有些粗野的，然而新鲜的俄国乡村（还没有失掉独自的感情的）的趣味等，感到魅力的事，我们是一瞬间也忘记不得的。

在这意义上，俄国的艺术家们能够于家庭工业方面，做出崭新的东西来。左倾艺术家已经在陶器制造所，于陶器上施以有趣味的各种彩色法，而论证这事了。我国，在大体上是原料品的输出国。但这样的输出是极端地不利益的。因为工业在低的水平上，所以完全的制品的输出，实在是很少，可以称为艺术底制品的输出的，则至今为止，只有家庭工业品。从家庭工业的保护和奖励起，以至建设可以从木材，织物，金属，生产出和这相类的物品的特种制造所，建设花边和绒毡制造所以及类似这个的东西等，无论那一样，从经济底见地说，也是有利的。

人民教育委员会向来就常以大大的注意，参与着这问题。我们不但努力于保护我们传自先前的制度的在这关系上的一切东西而已，还创设了新的或种的制造所，在先前的斯忒罗喀诺夫学校里，则设了研究艺术工业的各方面的分科。

因为实施新经济政策所受的打击，这方面自然也有的。职业教育局非常穷困，那结果就影响到技艺学校去了。技艺学校是完全穷透了。技艺教育部为要救济徒弟学校和生产学校，也讲了力之所及的一切的方策，然而那结果却不副所望。不但如此而已，忍耐了许多辛苦，还倾注了一切努力，而革命初期的军事问题的余映，又成了衰亡的威胁。而这事业，是和中央劳动组合，最高经济会议和外国贸易委员会，有着直接的关系的，所以我想，为了来议关于俄国的艺术底产业及其教育的振兴策，招集一个由这些的关系公署，以及这方面的有权威的艺术家，识者所成的特别会议，恐怕是最为紧要的事情。

其二　作为观念形态的艺术

就如我已经论述过，在革命，是豫期着作为观念形态的艺术的发达的。说起这话的意思，是指什么来，那么，就是直接地，是将作者的观念和感情，间接地，是经由作为居民的表示者的那作者，而将居民的观念和感情，表现出来的艺术底作品。假使我们自问，为什么我们这里，几乎全没有观念形态底无产阶级艺术的呢？（例外是有的，后来论及。）那回答，大概是颇为简单而且明了的。当有产阶级做了有产者革命的那时，在文化底关系上，在实生活底关系上，比起现在的无产阶级来，都远在福气的境遇上，有产阶级能够毫不感到什么困难，而使自己们的艺术家辈出了。不但这个，知识阶级——即事实上掌握着一切艺术，而且向来使那艺术贡献于旧制度的知识阶级，和有产阶级是骨肉的关系。（从 Watteau 起，Molière 和 Ruskin 是有产者。）在这一端，和无产阶级自然毫没有什么共通点。无产阶级，是作为仅有薄弱的文化的阶级，作为虽是知识阶级，也还至于发生或种憎恶的阶级（唉！我们的革命就十分证明着这事），而勃兴于不可名状的困难的境遇之中的。在这样的条件之下的知识阶级，从自己们的一伙里，只能出了极少的几个会对于得了胜利的无产阶级，以诚实而完全地歌唱赞歌的艺术家。从无产阶级的一伙里也一样，仅能够辈出了少数的人们。

我已经指出过，在这里，也有例外。我想，这就是文学。作为艺术的文学，是要求真挚的豫备的。但是，虽在不完全的准备的状态上，或者竟未曾做这准备，只要作家有什么话要说，他深刻地感动着，而且他又有文才，那么，从他的笔尖，也能够写出有趣而意义多的什么东西来的罢。然而这样的事，在音乐的领域，在雕刻，绘画，建筑以及别的领域，却全然不能想的。我在这里所要说的，其实大抵就是关于这等事。对于艺术底观念形态底文学（玛亚珂夫斯基及其团体的作品，我的戏曲和无产者诗人们的特长底地丰富的一切的诗……），也许有提出疑义来的。但无论如何，虽是最严格的批评家，可能将这些一切作品，从那数目中简略地抛掉与否，也还是一个疑问。何况是在这些作品，已在欧洲惹起着认真的注意的今日呢。

于这现象，造形艺术能够使什么来对立呢？还有音乐？

同志泰忒林（Tatlin）制作了一座反常（Paradox）底纪念塔。[①] 在全俄劳动组合的屋子的一间客厅里，现在也可以见到。莫泊桑曾经写过，只因为不愿意看铁的妖怪爱弗勒（Eiffel）塔，想要逃出巴黎。许是我的主观底谬误也说不定的，我想，和泰忒林的这纽纽曲曲的纪念塔比较起来的时候，爱弗勒塔乃是真真的美人了。假使墨斯科或彼得堡，用了有名的左倾艺术家之一的他的创作品，装饰起来，那么，这恐怕并非单是我一个人的真实的悲叹罢。

就如我已经讲过，左倾艺术家像哑的一般，不说革命底言语之间，则他们观念形态底地造出革命艺术来的事，在事实上，大约仍旧很少的。他们原则底地，排斥着绘画和雕刻等类的观念底及画像底内容。这样，他们就从以自然为材料而赋以形象的原来的自己的任务，脱轨到歧路里去了。国家不可不着想，致力，将有观念形态底性质的一流的作品，加以帮助，使它行世，是办得到的。无论谁，不能人工底地，生出天才或大的才能来。但能办的惟一的事，是倘有这

---

① 第三国际纪念塔的模型。——译者。

样的天才或才能出现了，国家对于他，就应该给以一切方面的维持。国家也当然应该取这样的手段。所以倘若有谁出现，画了虽是和伊凡诺夫(Ivanov)的《基督的出现》或式里珂夫(Srikov)的《穆罗梭瓦夫人》的内容比较起来，不过那五分之一的价值的绘画，——但是适应于新时代的新内容的——那么，由我想来，这将怎样地成为一般的欢喜呵，而且我党和苏维埃主权，对于这样的事件，将怎样地高兴着来对付呵。

苏维埃主权出现的当初，符拉迪弥尔·伊力支(列宁)就已经对我提议，要用伟大的思想家的半身像，来装饰墨斯科和彼得堡。在彼得堡，那是已经收了相当的成效的。在那地方，大约还剩有这些半身像的大部分。大半是用石膏所做，但自然，那一部份，是应该雕成石像，或者改铸铜像的东西。在墨斯科的这尝试，却全归失败了。我不知道其中能有一个可以满足的纪念像。马克斯，安格勒或巴枯宁的半身像，都失败的，尤其是，如巴枯宁的半身像，则恰如无政府主义者是革命底的一样地，是形式底地，革命底的。于是以为这样的纪念像是在对于自己们的战将的记忆上，给以历然的嘲弄的东西，要将这打碎了。这一类的东西，正不知有多少。然同志安特来夫(Andreev)所制作的纪念像(在墨斯科苏维埃的对面)，却质朴而且轻快的。但是，归根结蒂，便是这，也不是报告真的春天的莺儿。

那么，在音乐方面又怎样呢？——纵使怎样地留心探访，还是字面照样的绝无。将参加革命底全事件的全大众，反映出几分来的音乐底作品，一种也没有。然而，在听到，而且看见对于苏维埃的不愉快的时代，藏着不满的艺术家诸君的耶稣新教底私语的时候，却不禁于不知不觉中，从心的深处叫叹道，“真是死鬼们呀!”

但是，在本来的意义上的艺术底作品之外，观念形态底艺术中，在那全意义上还有别方面的自己的艺术。艺术底宣传事业就是，和这有关系的，是传单，革命底的什么小唱，或者朗诵底的文章，以及煽动用戏曲等。在这关系上，我们也做过一些事了。传单印刷了许多，大部分固然是粗拙的，但其中也有好的，也有颇好的。煽动戏剧团遍赴各地，并非全是不好的东西。也有革命底外题，具有相当动目的技俩的也还有。但是，可惜的是，正发生着要中止第二流的移动艺术——虽然第二流，总还是艺术（没有这，在大众中，是什么活动也不能够的。）——这一个颇为重大的问题。我怕这事会实现。政治教育局和那艺术部，所有的维持这些机关的经费太少了。

我党和苏维埃政府，虽一分时，能够疑心那具有正确的基础的艺术底运动，有着怎样伟大的运动力的事么？我党虽一分时，能够疑心因新经济政策，而我们采用了小资产者底精神的今日，运动和宣传，比先前更加必要起来了的事么？

其三　Proletcult

从革命的一直先前起，无产者艺术的拥护者和那反对者之间，就开始斗着特种的议论。在反对者那面，有大家分明互异其流派的两个的倾向。其中之一，是直到现在，立脚于所谓"全人类底"艺术的见地的，但和这的不一致，是原理底。言其实，有时也偶见很有教养的反对者们，然而这种反对者们所有的皮相底考察，要除掉它，大约也不见得有多么难。但是，事实上，在地球上有了位置的一切艺术的一定的，而又颇是相对底的单一的事，于埃及艺术或法兰西艺术的存在事实，是相矛盾的么？或者，于在同一的法兰西，十七世纪和十八世纪之初有宫廷的御用底的封建底中世艺术，而十八世纪后半和以后则有有产者底艺术的事实，是相矛盾的么？全人类底艺术，和全人类底文化同样地在发展，而且也和文化同样，被分类为种种的层次，细别——泰纳（Taine）说，那原因，是气候，人种，时机等的关系——的，倘要不看这事实，只好成为全然的盲目。文化史的社会底研究愈加深化，动力或历史底情况对于文化有着决定的意义的事，也愈加显得明白。而这动力的马克斯底的解剖，则在教给我们以下面的事实之不可疑。就是，动力者，由各时代的经济底发展和阶级的斗争而被决定的。

倘用单单的一瞥，就能够知道意识底有产阶级艺术，从迪兑罗(Diderot)和大辟特(David)起，怎样地虐待了汲那流派的典型底地皇室的御用底艺术，那么，何况和一切等级的有产阶级全然彻底底地不同的无产阶级——正如社会革命的时代，在人类的历史上，到底是现出惟一的局面一样，在全人类底艺术史上，也能够容许不将可以成为新局面的自己独特的艺术，加以分割的思想的。

别的反对论，是出于马克斯主义者们的，那是较为深刻。他们对于得了胜利的无产阶级，将以全然新的相貌，给与文化和艺术的事，并不怀疑。他们之所指摘之处，只在作为隶属阶级乃至被榨取阶级的无产阶级，在那准备底革命或为着进行那组织化的争斗时代，是没有从下而来展开艺术的余力的，这处所。

而这些反对论者之说，是以为无产阶级的势力，都用到政治底活动去，因此之故，那势力又生出力以上的劳力和担当不住的生活条件来。有产阶级是在得到自己的胜利的很以前，将那观念形态，不但在理论底样式上，而且在艺术底样式上，也使它发达了的。而这事实，为有产阶级计，是非常合适的条件，和无产阶级的运命，是完全两样的。

我和这些反对者论争关于无产阶级艺术的精神的时候，曾经这样地指摘了。就是：倘若无产阶级在那斗争的初期，不但将那思想，也能将那感情，以艺术底作品为中心，构成起来，那么，真不知道于无产阶级怎样地有益。而将那论证，我却在先是《国际歌》以及别的无产阶级底唱歌等，那样的较为质朴，而且不很特别的现象之中发见了。依着这样的艺术底战斗武器的特状，我豫想了豫备底的无产阶级艺术，还能够作为例证，无数地引用这样的艺术的萌芽。

自然，当此之际，我并非专举纯无产阶级样式和纯无产阶级出身者的作品。正如在别的时地一样，在这里，也有过渡期在，而惠德曼(Whitman)和惠尔哈伦(Verhaeren)的许多诗,自然是成着无产阶级诗的先驱的。和这一样,绵尼(Meunier)的雕刻,或是较为温和,然而颇是典型底的荷勒司德(Holst)的壁画,也前导了无产阶级底造形艺术。

然而纯无产阶级作品也出现着了,就是在文学方面。

我想,获了胜利的无产阶级,将创造自己的艺术,是没有论争的余地的。全人类底艺术,将成为怎样的罢这一种论驳,并不是论驳。自然,无产阶级的阶级战,成为社会的阶级底差别撤废战,无产阶级的胜利,成为全阶级的消灭的事,是真实。然而,无产阶级得到完全的胜利之后——他们从新地施行人类的教育,并且撤去曾为过渡期所必要的无产阶级独裁,而将人类的真实的一切前卫力,纠合于自己的周围,于是手中掌握着文化底霸权——到那时候为止,大概要有比较地长的中间期的罢,这事,我们是相信的。

我是将这看作并无论争的余地的,而且对于这,我们的同人之中,大概也不会行认真的论驳。但是,在无产阶级的胜利期和对有产阶级支配的斗争期的中间,却横亘着在俄国已经到来的无产阶级独裁期了。于是也发生一个疑问,就是,无产阶级可能发展自己的艺术呢?

理论底地,是好像无论谁,于此也并无反驳的余地似的。阶级——大众底的,在生活和劳动状态上,是分明地独特的,内部底地,是为世界底观念所照耀,所暖热,一面又在大斗争中,度着那生活,而在空间上,在时间上,都赋着应该凝视最远的地平线的运命的——阶级,负着完成第一等职掌的使命的实务底的阶级,在诗的领域,绘画,音乐等的领域上,却将哑吧似的一声不响,这怎么能够这样想呢?

于最有光辉的生活,已经觉醒了的大众之中,竟没有禀着艺术底嗜好和才能的人们从中出现,这怎么能够容认呢?

这是不能想通的事。再说一遍罢,理论底地,这是完全明明白白的。所以在十月革命前的Proletcult[①]的胎生和其后的发展上，从我们的党这方面，是没有遇到理论底反驳，也没有遇到实际底障害。自然，有产阶级底和半有产阶级底艺术家们，是唠叨些无产阶级艺术这东西，并不存在。存在着者，只有全人类底艺术而已等等，鸣了不平了。但是，那样的无聊事，并不是值得算作问题的事情。

然而，这作为实际底的工作，却决非那么单纯的。在实际上，我们能够看见了Proletcult的活动的实际底的旺盛么？我们可以是认大的数量底成功。Proletcult在一时统一了五十万无产者(现在也大体上是统一着)这巨大的数字。那数目，虽是和我们的党员数，也有相比较的价值。这数字，是给在文化底事业上，要独立底地显现自己的倾向，有怎样地强做证据的。但是，Proletcult可曾出了什么足使怀疑论者完全沉默的大作品没有呢？

没有！Proletcult，那必要，是在并无谈论的余地之处，然而还没有足以压倒一切反对者的作品，却也是事实。怀疑论者们便从这一点推论起来——在Proletcult的期待上，是有根本底的谬误的，无产阶级的文化底活动，是最迟的舞台，当独裁的不安定的初期，成着各方面的论争的中心的阶级，为了艺术那样的比较底地“奢华”的东西，是搜不出足够的力量来的云云，这样结论着。但我却以为这些怀疑论者是错误的。首先第一，必须记得，无产阶级是在全然技术底无知的条件上，进了文化底创造的路。在音乐和造形艺术的领域上，就更加一层。即使他们有怎样的才能，倘不作多年的准备，除了完全是外行人底作品以外，大概还是什么也拿不出来的。到这里，我们就可以直截明了地下断语，就是，我们从在学校和研究所的豫科一年级的教室里的人们之中，要期待天才底的作品，那固然不消说得，便是期待鲜明而社会底地著名的作品，也不可能的。关于这

① 无产者艺术委员会，是革命艺术的指导机关，附属于国立学术委员会。——译者。

方面的全然别一个疑问，即在无产阶级之间，有着在造形艺术和音乐的领域上的创作的质素和志望的人们，是否很多呢？对于这疑问，我们却大约立刻能有可以满意的回答。绘画，雕刻，朗吟，唱歌，音乐等一切研究所，一瞬间便为无产者的青年所充满，我们在他们之间，每一步总遇见大大的才能。这样的研究所之保其地位，是有这必要的呢，还是没有呢？可以用了创造新艺术，必须自此经过许多的年数这一个理由，而抛掉新的智识阶级的一队的准备的么？然而，那是和将这谈话，又从头重述一回同样的。竭力早开手，最为切实。现在将不惯的画笔去对画布，或者正在听着对位法的青年，而身穿技术的甲胄，以全速度展开自己的才能的时候，也许并不在遥远的将来，只是两三年后的事，也未可料的。

这里忘记不得的事，是这些研究所到实施新经济政策为止，是极为贫弱的东西，教师也困难，因此他们又不得不和大障害战斗。其实，旧的艺术家和学院主义的末派的人们，往往因了民主主义的先入之主，对无产阶级是怀着敌意的。政治底地和我们最近的左倾艺术家们，则引无产阶级到变形和无对象的邪路里去了，这些东西，在纯然的装饰底艺术的领域里，是全然合法底的，然而使对于观念形态底艺术的无产阶级的健全的趋向，在萌芽中已经枯槁的事，也不能否定。倘若新经济政策将反响及于 Proletcult 了，那也不过是使这些研究所只得关闭，另外毫没有什么可以因此谴责无产阶级的才能不够呀，关于 Proletcult 的豫测，理论底地不正确呀之类的东西。我想，倒是有说当以俄国的共有土地组合之例，作为基调，来排斥土地用役上的集团主义的时候，车勒内绥夫斯基(Chernishevski)所说的“不得以被浪打在岸上的鱼，不能游泳的事，来论证鱼是不能游泳的”的话的必要罢。

艺术的一部，就是，我已经说过，惟独文学，是显示着或种的例外的。但其实，虽是文学，自然也要求绵密而且充足的准备。从这见地上，我对于文学院的下了第一的基础的事，衷心为之喜欢，不但如此，这领域里的先天底才能，可以读破了过去的优秀的规范，而将教养的水平自行增高，并且产生鲜明的作品或大杰作，是全然明白的。

当各人对于同侪，给以艺术的感化之际，有着比别的任何方法都好的最完全的“言语”。所以无产阶级便辟头第一，在文学之中，将自己现示了。

我并不想在本文上，来批评底地解剖无产阶级文学的作品。什么时候，我一定要实行的，但做这事，必须依照最确实的根据。我们在现在，已经有了诗人，大体是抒情诗人的完全的团体，这事实，我是可以做见证的。他们在文学史上，有着那地位无疑；那诗坛，也全由青年所构成，正在显着顺当的发达。对于他们，在美文学和戏曲作法的领域上，是还有加添或种有兴味的尝试的必要的（Gastev，Liashko，Bessariko，Pletnev 及其他）。倘若无产阶级文学将注意向着正在抗战的，一切的消极底流派，则我们于此，不得不认年青的无产阶级文学，可以代了那些而发达于我们的时代。自然，作为组织的 Proletcult，看去好像是没有遂行着那课题。他从自己一伙里，排斥着颇多的诗人。为着教化底手段的无产阶级底探求，他是应该成为活的主体的，但因此之故，也就见得好像没有做到。但是，这是因人间底“太人间底”的各种的接触和误解而发生，决不是起于主义的。

在演剧的领域上，Proletcult 正在认真地探求，所以炯眼的人，立即能够看见这方面的大大的成效的罢。自然，Proletcult 还没有适当的一定的戏剧作法，他也全然没有出一个独特的自己的演员。这是不足怪的。演剧，原是以优秀的技巧为必要的。而要修得技巧，只好从别人，即做教授的演员和舞台监督，然而我们现在有着怎样的做教授的演员和舞台监督呢？他们就是学院派或写实主义底传统的人们。他们对于 Proletcult 的趋向，取着否定底态度。所以虽是做着大可尊敬的教授的艺术家们——也没有从要向新的，传单底的，鲜明的，记念碑底而且又是通俗底的东西，勇往直前的无产阶级青年，受着特别的亲近。这些一切的特质，已被写实主义底和学院底演剧,拭掉了或一程度了,或者也可以说,决没有启发。于是乎往那趋向最骚然,并且表现底而又大有生气的左翼的剧坛去了。从迈伊尔呵力特(Mayerhold)起,左翼的人们,在很先前就提倡着愉快的演剧,爽朗的热闹的演剧。这样的演剧,比起气氛和心理底解剖剧来,那是远是民众底的。然而,和这同时,左翼艺术家们又在有产阶级底市场上,作不合于无产阶级的病的竞争,所以他们那里,就有着作为那结果而生的奇狂和颦蹙和浓腻的倾向。因此之故,而虽是用了未来派底挽花纹样沿边的最时行的戏剧,年老的优秀的共产党劳动者们也还是显着非常懊丧的脸,跑到我们这里来,这事是我们大家都知道的。左翼艺术的许多东西,于演剧的方面,是可以适用,也能够中用的,但有许多,却有从看客遮掩了戏剧的真意的通弊。这样的倾向,在未来派的别的艺术的领域内,也在各种的变形之中察看得出来。

共产主义底戏曲作法研究所所主催的,将讽刺底拟狂诗《同志孚莱斯泰珂夫》的精神,做成样式的舞台布置的大失败,我想,是使将来停止这样的倾向的罢。

Proletcult 于这倾向的演剧底探求,并非无关心。倘若有效验的毒物,于有趣而质朴的戏剧《墨西哥人》没有害,那么,那毒物至少是将普列德芮夫(Pletnev)的《莱娜》的第一的舞台布置完全毁坏了。但为了这些一切的困难和迷误,Proletcult 中央委员的纯无产阶级剧场,是充满了实现新剧的创造和技术底意义之达成的大奋励以及英雄气的希望。但是,虽然如此,假如现在来毁坏目下已经无力地低头垂手,因为停止了由新政策来定了命运的扶助而失望着的这集团,是直接的犯罪,那么,这事是令人懊恼的。

其四　苏维埃主权的艺术问题

大众教化问题,是劳农主权的中心问题之一无疑。教化的概念中，也包含着艺术底教化。为劳动者和农民，又，和在历史上一切时代，有着生活底地充实的势力的新兴阶级的观念形态者一样，为劳动人民的观念形态者，艺术也并非本身就是一个目的。人生当强健的时候，人生决不从艺术来造偶像的，却来造为自己的武器，以及为人生，为那成长，为那发达的一切。

从这一点看来，艺术的内容，便添起特别的意义来了。但不可因此便立刻推断，以为形式是应该当作第二流底的东西。因为在那里面，也含着艺术的魅力。艺术的形式者，原是一面将艺术底形式，附与于各种的生活的内容，一面将对于人心的透彻力，提到异常之高的东西。

生活的各方面的中心底内容，是什么呢——在这里，虽是只关于无产阶级和与之合体的革命底农民而言——那是为了社会主义和最是社会主义底的理想而做的斗争。这内容，是无际限地多角形底的。

这内容，自行拥抱着全世界；这内容，令人用了别的眼睛，注视宇宙，大地，人类的历史。又令人注视自己本身，生活的各瞬间，我们的周围的各对象。

这内容，可以铸造于人类底创作方法的多样的体型之中，也可以铸造为艺术底作品的一切的形式。

大众的社会主义底教化，是教化的中心，大部分也几乎尽于此了，但对于艺术那样的伟大的武器，必然底地也不得不加以注意的。

将这放在念头上，来从别方面考察这问题罢。艺术底教化，是相互地有着连系，而和这同时，又有着相异的两面的。其一面，是使大众知道艺术，别的一面，是将可以成为大众的精神的表示者的那单位和集团，从他们之中，激发起来的倾向。

纵使等待劳动阶级方面的自发的艺术底出现，到了怎地疲倦，我们也能够大胆地相信他们。从劳动者和农民的心中所迸出的东西，总是和在发达的路上的太阳——社会主义有关系的。不过当我们在这里讲起关于艺术作品之影响于大众之际，我们就遇到这样的事实。就是，在我们的治下的艺术，是颇为多种多样，既有价值不同的东西，也有从那内容看来，或从那没有内容之点看来，和我们的理想，都在种种相远的距离的东西的。

因此容易误解，也容易着想，以为将非社会主义底艺术，扩布于大众之中，是不但无益，且将有害的。从由无产阶级所蓄积了的经验上，在这里是毫没有挟什么疑义的余地的，然而总有谁容易陷在这大错误里。现在也有——虽然颇少——无产阶级和农民，陷在这错误里的。然而往往在这里的，是和他们合体的智识阶级的改宗者。

但是，已经出现了的社会主义底艺术的实数，目下很有限，倘若以为我们将全艺术引到这样的最小量里来了，那么，这就因为将大众的艺术底教化，放在颇不确实的根据上面了的缘故。

大众的艺术底教化，是应该彻头彻尾，放在广大的根据之上的。

我们已经讲过艺术的形式方面，自能致大大的利益了，惟有习得形式的完全——即可以触到人类的感情，给他喜悦，呼起他美感和美感的形式，这才能将所与的现象，引进艺术的领域去。

所以倘若我们离开艺术的内容，仅就形式，以及和内容相关联的这形式而言，那大约就即刻懂得，只要是艺术的真正的作品，即实际底地有强力的效果的作品，也无一能被我们所蔑视了。

关于各时代各民族的个人底和集团底天才，各以依社会制度而定了的手段，艺术底地来表现自己的心理这一个问题，到这里已经触到了。而从野蛮人的木头的原始底雕刻和古代的人类底旋律起，经过了在遏罗陀的高潮时代，以至文艺复兴期之间的艺术上的形式和流派的多数，是将艺术课目，直搬到大大的豪华了的。

谁肯来负布告的责任，说是无须教育无产者与农民，到详细地知道人类的过去的一切时机呢？自然谁也不肯的，况且熟知艺术底形式，为增进大众中的人类的艺术底活动起见，是极为重要的事。

内容上虽然不相近，而形式底地完成着的作品，从受动底见地看来，对于劳动者和农民，是只能给与半肉感底性质的漠然的满足的，但在对于艺术底化身的深奥，有着兴味的劳动者和农民，则虽是观念底地，是应该敌视的作品，他们只要解剖底地加以分解，透彻了那构成的本质，便可以成为非常地大的教训。

其次，讲到艺术底内容。

艺术——这是歌咏自己以及自己的周围的，人类的巨大的歌。艺术者，是人类的绵绵不尽的抒情底而且幻想底的一篇自叙传。倘有以为殿堂，神性，诗，交响乐的兴味，在于以文字表现着的巨人底的书籍，而不在和那艺术有直接关系的内容，于是不顾内容者，则那是多么可笑的侏儒呵。

重复地说罢，在强健而生活底的阶级，对于艺术全然是结着老衰底的形式底关系——这现象，是常见于早老底少年的——或则迷进现代艺术的无对象底倾向去，实在是毫无意味的。

艺术者，是借那内容之力，将人类的社会生活，经一个人而使之反映出来的。这社会生活，无论在怎样的时代，也无论在怎样的国民，一定带有支配底势力阶级的印记，或阶级之间的主权争夺战的反映。

在这些阶级之中，有和那为了自由和幸福而使扰乱蜂起的劳动人民，非常接近的阶级，也有仅由那目的和正在遂行这一端，和现在的实状略有关系的阶级，也有对于劳动底理想，在那本质上非深怀敌意不可的阶级。

于是就发生了有使无产阶级和农民，懂得过去的艺术的必要了，但所到达的结论，岂必是这仅以含有他们的精神底内容的艺术的范围为限么？不是的，我想对于国民大众的这样的教育学底态度，是全然应该反对的。我完全确信，我的经验也这样教给我，出于大众本身之中的斗将，对于大众，是并不显示这样自大的，保护人的态度的。这工作，全是文化普及的再发的复兴。最近为止还是支配阶级的团体出身的文化普及者，正在努力于将觉得为了农民阶级和无产阶级，是教育底的东西，来和他们结合，而智识阶级底团体出身的文化普及者却相反，在现在，在别方面加了太多的盐，为他们大众设了新束缚。

过去的艺术，应该一切全属于劳动者和农民。但在这方面，倘表示什么愚钝的无差别，那自然是可笑的。自然，我们自己，以及伟大的国民底讲堂，对于可以奉献我们的亲爱的人们，都正在大加注意。但是，真正的艺术的作品，即在必要的形式中，实际地反映着什么人类的体验的作品，而能够从人类的记忆上抹杀，或是作为旧文化继承者的劳动者的禁品者，是一种也没有的。

将注意向着描写那对于幸福乃至社会主义底正义的人类的追求，或对于世界的乐观，对于黑暗界的斗争的艺术作品的时候，我们将在艺术关系上，看见高照着劳动大众之路的真实的篝火或明星的罢。他们劳动大众，自然是点着灯塔，烧着自己们的太阳。而这些过去的遗产之作为伟大的宝物，固然是暂时的事——但倘有看不透终局的浅人，或缺少意识的怪物出现，将劳动者和农民的视线，从这伟大的遗产隔开，或向他们讲说些将眼睛只向着点在最近艺术的领域中的炬火的必要，那么，在将遗产当作宝物的劳动者和农民，恐怕是要觉得大为不满的罢。

教育人民委员会作为应该遂行的题目而办理了的问题，就如上文所说。

从这些根据出发，教育人民委员会对于旧的事物和传统——这些之中，过去生存着，并且由这些，而过去的伟大的艺术时代的艺术，能于我们所将前进的伟大的艺术期，给以感化——的保存，用了许多注意和劳力。

在往时的博物馆，宫殿，公园和纪念物等的保护的领域上，在演剧目录和剧场的好传统保护的领域上，在图书馆，乐器，以及音乐底集团保护的领域上，我们都任了国民底财产的周到的“活的”保护。

活的——这要注解。这是因为不独保护，也含有将使人民大众，易于接近的形式，附与于这些的事务的。

因国内底和世界底反动而起的反革命战争之给我们所负的悲惨的生活状态，连呼吸一整口气的余裕，也不给大众，但可以说，我们却昂昂然，艺术能在实际广泛的分量上，和这些大众相接近了。

从别方面看来，则用了 Proletcult 创立和拥护的手段，在艺术领域中的造形底，音律底，文学底学校创设的手段，虽在非常困难的境遇之中，我们是总之，做了豫期以外的大事业了。

我们顺着这路程前进罢。竭力来作许多的规范，使接近一切劳动人民那样地，来作人类的艺术底自叙传，以及竭力助势，使这劳动人民在上述的自叙传上，自去写添贵重的红的一页——这是教育人民委员会在艺术教化的领域上的目的。

（一九一九年末作。）

其五　艺术政策的诸问题

本文是在全俄艺术劳动者组合的大会上的演说

国家的艺术政策问题，是颇为重要的问题。关于这事的我所做的尝试，因为和转换为新经济政策一起，苏维埃国家也样样地改变了政策，所以好几回，被弄得百末粉碎了。终于还发生了这样的问题：从马克斯主义的见地，艺术可以称为观念论呢，还是可以称为马克斯主义底审美学呢？然而这问题，还完全是新的，不过刚在开始研究。初期的我们的诸先辈，几乎没有触到过这问题。我们也是，要到确定那对于艺术的纯正马克斯主义底见解，还有相当的距离，但是，我们姑且脚踏实地，来观察那关于艺术理论的提高了的趣味罢。

近来，关于艺术的蒲力汗诺夫（Plekhanov）的著作出版了，弗理契（Friche）的论文集和亚筏妥夫（Arvatov）的书也已经印出，霍善斯坦因(Hausenstein)的,是正在印刷,我的《艺术研究》也出版了。出版者争先恐后地在要求马克斯主义者的关于艺术的论文,这事,是非常地征候底的。这就是思想觉醒起来,已在向这方向活动的意思。而且从西伯利亚和别的地方,来了质疑,问对于无党派底生活描写的文学,我们应该取怎样的态度,我也看作是征候底的事。艺术的问题,在先前置之不顾的社会里,议论起来了。凡有这些,是证明着在最近的将来,对于艺术问题的实相,以及对于由此而生的实际,都将确定了明确的见解的。①

所可惜的,是我们现在还不能埋头于广泛的题目,所以国家不得不将立刻能够实施的紧急问题放在前头,而将我们的纲领暂且搁一下。据我所观察,这样的紧急问题有四种,即:艺术底教化问题,艺术和产业问题,艺术和煽动问题以及艺术保护问题是。我想照这样的次序,来讲一讲这些问题,并且说述些在这方向上的状况是如何,我们所应该处理的问题是什么。

一,艺术的教化=先从艺术底教化开头。这问题,在全世界,是成着尖锐的问题的。最著名的艺术教育家之一的珂内留斯(Cornelius),关于德国,决定底地说过:在那地方,真正的艺术底教化的什么方法,什么艺术教育学,都绝对底地没有。在几年以前出版了的著作里,珂内留斯就已经搔着痒处地,指出我们之所感了。他说,"和传统断绝了的左倾艺术,并不带着有什么实际底性质的一定的旅行券。然而不顾过去的经验,则要在不远的将来,在艺术教育学方面放下什么合理底的基础去,是不可能的。代了传统,而保存着虽于古之巨匠,也不肯模写的恶习惯之间,旧的主义,是将被风刮着的罢。"

要证明这话的妥当,是能够引用许多的特长底的例子的。但我

---

① 从说了这些话以来,这问题愈加进展,而且巩固起来了,这有赖于同志托罗兹基的显著的论文之处,尤为不少。

在这里，就提出两个的例证。其一，是在欧洲的颓废的利害，竟至于已经没有一个真的巨匠了。例如，那被破坏了的莱漠斯寺院[①]的一部，非改修不可的时候，能办这事的建筑家，竟一个也没有，只好不再想恢复。

别一例证，是前世纪的六十年代的事，当时苇罗曼坦(Fromentin)在那著作中，曾经叹息在法兰西，没有一个能够好好地临摹戈霍(Gogh)的画家。艺术家安台开尔曾在巴黎，劝诱巴黎学院的教授们，和他们在公众之前，来试行怎样地能够用了自己的手，模写有名的人们的绘画。然而这些教授们中，应这劝诱的却并无一个，口实是这些绘画的价值，都比自己低。安台开尔说，大约因为他们之中，谁也不能做的缘故罢，这话是正确的。现在在西欧的艺术杂志上，会看见"对于古昔巨匠的憧憬"的表现，正不是无因的事。除了在伟大的巨匠那里，受着教养的方法以外，更不能有什么别的教养方法，是不消说得的。在建筑术，在雕刻，也都一样，和伟大的巨匠应该是成为那一派的门下生的一小家族那样的关系。例如，在那时，则在莱阿那陀(Leonardo da Vinci)那里的马各·陀吉阿纳(Marco d'Oggiono)就是。

凡这些，作为欧洲的艺术教育已经碰壁的例证，就都是极其特征底的事。我们目下正遭遇着一样的事情，共产主义者和接近共产主义的艺术专门家们，已经碰着了一件事实，就是一遇到在艺术底学校的教育法改革问题的时候，他们竟毫无什么科学底方法，也毫无什么科学底的教授的基础。在这些学校里，只养成一些和实生活切断了的艺术家，对于我后来在艺术和产业问题一项下，将要讲到的，养成那为了完成大事业，作为在工业和家内手工业的艺术底指导者的艺术家，却太不注意了。

在音乐学校里的状况，较好一些。音乐的教授，被构成于正确

① 法国迈伦州的都会，以有壮丽的寺院著名。——译者。

的基础之上，即艺术的真实的法则的研究之上，是明明白白的。实说起来，则虽是最猛烈的音乐的革命家，也不能从摄取的音乐底调和，全然离去。但是，总之，在音乐教育的领域上，我以为也应该想一想或种的改革。这改革，已由同志耶服尔斯基(Yavorski)妥善地办过了。由这改革，而教授被严密地分类为学校别，即初等，中等及高等，且使教授法和活的问题，换一句话，就是和不用物的除去，接近起来了。这改革，遇着了音乐教授团方面的反对。本问题是现在有再在使全俄艺术劳动组合参加了的委员会，再加审议，来彻底底地研究的必要的。据那最初的草案，则高等音乐学校，应该为了卒业的技术者，成为学术研究学校似的，但这原案，我想，还须有大大的修正。儿童音乐学校这方面，是几乎遭了破弃，好容易支持住了。在一九一九年，这关系方面大有发展，音乐学校至于数不完，一下子开了十个上下的学校，所以这些就几乎全无资力的保障。因此，在音乐的领域上那样的被缩小，被废止的，另外不见其比。然而在这样的现象之中，却决没有什么破灭底的东西，我们从今以后，要逐渐地使他向于隆盛的，我们还决不可忘却了颇可喜的一种状况，那便是在我们俄罗斯，合唱底歌谣，正以强大的速度在进步。在大的欢喜中，将近一千五百人的劳动联合合唱团组织起来了。在这里面，也有着无产阶级的新的达成的端绪。

在最是多难底领域里的，是造形艺术。我们在这方面，将纲领修改了好几回，将委员会招集了好几回，那结果，是近来做成了一篇令人发生颇为因循姑息的结构这一种印象的临时底纲领。但我想，还很要熟虑一番。[①] 倘将纲领分类为两个根本问题，就是，将教授来科学底地方法化的问题，和使教授去接近艺术的生产底的活的目的的问题，则在前者的关系上，不能不说是大失败了，还很忧愁，不知道可有从盆子中，和水一同将婴儿倒掉了那样的倾向没有。然而这

① 唉唉，有了这豫言。委员会再在动手，然而困难却似乎并不减少。

样的事，是不会有的。况且说只有绘画，雕刻，建筑，不能在教室里领会艺术的初等智识，是谁也不能相信的事。在这方面，倘不能也如音乐一样，有可以集合在一定的教坛前的简明的研究法，则在造形艺术的领城里，真正的方法学之不能出现，是当然的。我并不以为在这方向上，年老的学究就办不了相当的工作。年青的人们，所必要的，是首先不必以一切倾向为问题，而只摄取那成着艺术和艺术职业的科学底基础的东西，然后乃不但选择倾向而已，也将今后可以师事的技艺者，完全自由地加以选择。

在生产底技术的领域内，得着颇多的达成。至少，在这墨斯科，技术制作所[①]是得着大成功的。从纺绩部，陶磁部起，几个别的部，都进着顺当的路，而且于这事业，引聚了颇多的年青的艺术家。在这里，也可以看出全俄劳动组合和国家的诸生产机关的密切的协调主义来。无论怎样的外国人，倘去参观技艺制作所，则评为公平，是无疑的。只是我们须进行，不要被向着生产方面来了的现在的倾向，中绝了实际科学底的教育方法的热烈的我们的探究。然而对于这倾向，也不可热中到一直线地突进的。生产底倾向，是最重要的问题。艺术家底生产家，为国民所必要的事，此后国民也将愈加深信不疑的罢。因此，所谓纯艺术家的数目，也将很少地被限定的罢。就是，惟独具有特别的本能的人们罢了。

关于演剧教育事业，我们也开了几回使优秀的演剧的识者参加在内的会议。确定了的根本原则，理论底地呢，是很出色的。在戏剧艺术，则要类别斯道的初步和可以成为演剧的基础的东西，于演剧史等，也要加以类别，还有，是创设研究所，使和这些相对立，叫大学生去做研究员，无论什么剧场里，使他们都直接去参加，能够自由地研究。借此以图一方面，是个性化，别一方面，是智识的标准化和可能之大的体型化——这就是根本题目。一切人们，都应该是演剧

---

① 人民教育委员会附属的制作所。——译者。

底识者。但也和在造形艺术的领域里一样，要做这事，是极其困难的。因为还没有依据了什么，确定着略略可以满足的原则。那证据，是虽在比较底地亲近于这问题的艺术剧场和小剧场，也还不能在自己的学校里，设起一般底的豫科来。我知道有以俄国演剧自负的这体系的两个好的代表者，有这样的交谈。一个说，“你那里，是不会说俄国话的呀。”于是别一个答道，“与其采用你的学校里的学生，倒不如从市场上领来的好哩。”就这样，一面所自负者，在别一面却全不中意。所定了的这领域内的纲领，于我，是给了好像什么东西挂在空中一般的有所不足的印象。那原因——一部分是旧习惯，一部分是追求和未受检查的更改，所以，假若这更改是并不偏颇的，那么，归根结蒂，这更改就是实验，是生体解剖，这生体解剖，只好希望他多多结实罢了。①

所以我想，作为应该协助艺术教育部的理论底机关的国立学术委员会，在这关系上，当然非更加坚固不可。否则，便和“织而又拆，拆而又织”的沛内罗巴(Penelopa)的织物，毫没有什么不同。

要之，在艺术教育领域内的国家的问题，是和革命后的初期一样，停滞着。第一，对于有天才的人们，有加以援助，使达于那创作底工作的顶点的必要。其次，有养成可以应付实生活的艺术底需要的许多艺术劳动者的必要。还有，有养成大多数的在艺术的全领域内的教育家的必要。而最后，则有将教授的体系和纲领，加以整理的必要。再说一回，音乐教育的现况，是还有点良好的，但演剧和造形艺术的教育状况，却相当地坏。

二，艺术底产业和艺术底生产问题＝当移到其次的艺术底产业和艺术底生产问题去之际，先有将这些用语的意义，加以说明的必要。

有人这样地解释——我们应该只生产有用于日常生活的东西。他们说，生产水注，桌子，铁路，机械，是好的，但绘画却不行，因为绘

① 在现在，纲领问题是已经解决，可以比较底满足了。

画毫不副什么功利底目的。虽有一定的重量和形体,然而这不是物品。但是,便是绘画的东西,可以盛你的东西的施了彩色的小箱子,和除看之外没有用处的绘画之间,那自然也有一些什么区别存在。因为这样的艺术,即纯艺术,只为了满足审美底要求,是有用的艺术,所以在我们是不必要的。而且他们又说着,这是资产阶级底,封建底,司呵拉思谛克(Scholastic)的艺术,但我们却将只生产功利底物品云云。然而,幸而是说着这话的人们,还并非全都是至于固执此说那样的愚钝。

“喂,同志,所谓进行曲,是怎样的东西呀?进行曲是有益的东西么?”去问赤军兵卒试试罢。他将要回答,“有益的东西呵。”然而他并不是什么挂在称钩上,比较过了的。

于是就发生了必要,是规定所谓生产,是怎样的事来,那么,绘画不是生产么?我们是在对于有益的物品的产业,对于生产,以及对于生产品的艺术化而言,还是我们仅将人所制作的一切东西,统谓之生产呢?——有将这加以区别的必要。

可是又有拿出“艺术是有益的物品的生产”这无理之至的公式来的人,恰如产业是指无益的物品的生产似的!

不消说,壶,是有益的物品,那么,在这上面有加以花纹的必要么?倘不然,从这里盛出来的羹汤,是不可口的罢。人类将无益的物品,造得很多,或者在物品上添些花纹,使它体面,加上无益的性质去,这样一做,较之没有花纹的壶,有花纹的壶在市场上价值就更贵,在这里,即起了艺术问题。

所谓艺术底产业者,是在功利底意义上的有益的事物的,全不是单单的艺术底生产。反复地说罢,可以煮粥的壶,也是有益的。但绘画,却并非有益于日常生活的物品,然而,总之,却也不能说这于我们是无益的。凡有启发人类的本性,以及构成人类的生活,使他更自由,更快乐的这类一切,当然都属于有益。所以有特地将有益的事物的艺术底生产,从本来的意义的艺术,区别开来的必要,同时又有不将这通称为艺术底生产，而称为艺术底产业的必要。

那么，这艺术底产业的目的，应该是怎样的呢？这目的之庞大，是毫无可疑的余地的。将艺术底产业的价值看低，是大罪，——这也是无疑的。再郑重地说罢——艺术底产业，是艺术的最重大的课题。

马克斯主义教给我们的根本目的，是怎样的事呢？那并非广告世界，而是改造世界！惟有艺术底产业，乃正是世界的改造。从变更地球之形的开凿地峡，建设都市起，以至杯子的新样式止，就都成为艺术底产业的。产业的目的，——是人类能够在世界上最容易满足自己的欲望地，以变更世界。然而人类还有一个欲望——是要愉快地生活，有趣地生活，紧张而生活这一个欲望。这欲望有怎样地重大，由下面的事就明白了。就是，假使我们为了人类，创造起尼采所说那样的乐园来，实现了衣食的餍足，那么，最初，是生活于餍足之中的，但到后来，怕就要现出和那寻求可以自缢之处的幸福者毫不两样的局面的罢。对于生活的嫌恶，会竟将人类变成愚昧的罢。而且会生出单为了吃而活着的人类来的罢。

“有益的”云者，是什么意思呢？有益的东西云者，是启发人类的本性的东西，为人类解放较多的自由的时间的东西。“为什么？”“为生活。”有益的一切东西，是构成享乐底生活的下层建筑。倘若人类不行享乐，这是无味枯燥的生活。然而，人类的全目的，是在为自己建设没有乐趣的好生活么？那就恰如只有小菜，而没有兔肉一样，所以人类不但要有益的东西而已，先有变更事物，以得幸福的必要，是全然明白的事。由这目的，石器时代的人类，便将自己的壶加以雕刻了，为什么呢，因为这样的壶，给他较多的幸福的缘故。

人类，是于一切的东西上，加以独特的性质，独特的律动和匀衡的。人类，是为要生活得更加紧张，将从生活所受的印象之量，系统底地增高的。

艺术底产业，是百分之九十九的被完成了的制造品和百分之九十九的有益的物品，为要使这些成为观赏底，再加上百分之一的东西。

艺术底产业，可以分这为三个根本底种类——

第一种类——是艺术底构成主义，是艺术将产业完全融合了的时候，乃被实现的东西。有着几何学化了的特种的趣味的艺术家底技师，能够以种种线的调和底结合为基础，而造作美的机械。例如机关车之改得更美，更善，也就大概出于这主义的应用的精神的。

在构成主义，是常常有目的的，也非有不可。所以倘若我们的或一艺术家，当经营那构成主义底绘画时，不过损伤了取材，则不能称之为真正的构成主义，是当然的事。于是就成了这样的事：艺术家不去教技师也好，却反对地，艺术家应该向技师去受教。倘诸君到构成主义者们的展览会里去看一看，那么，在那地方，除了大大的惊异之外，恐怕什么也感不到的罢。然而诸君如果去看阿美利加的优秀的工场，则在那里，就要实际底地看见崇高的美。

艺术底产业的第二种类——这是施了装饰的艺术底产业，就是装饰化，但是，在一面，又存在着否定装饰艺术的倾向，又有一种见解，以为什么彩色鲜秾的羽纱或包袱，是小资产阶级趣味，但这却并非小资产阶级趣味，而是国民趣味。从古以来，国民底的衣服，是用浓重的色彩的，但小资产阶级是清教徒，是奎凯（Quaker）教徒，他们将现在诸君所穿那样的黑色或灰色的阴郁的无色彩的衣服，使我们穿了起来。热心的小资产阶级曾经说过，“神呀！从美，来保护人们罢，美，是香得像神，像祭司一样的。”这是小资产阶级精神的表征。这精神，从说了“虽一分时，我们也将不为美所捕捉，连我的最后的一文钱，也都贮蓄着”的弗兰克林起，桑巴德（Werner Sombart）之辈也都写着的，这是小资产阶级精神的表征。

我们因为穷，也许，非穿破烂衣服不可也难说。然而，这是因为穷的缘故，倘使不穷，倘使我们努力起来，要使劳动者，女性劳动者的生活，以及农夫农妇的生活成为较为快乐底，则那时候，将欢迎这该得诅咒的灰色，还是欢迎鲜明的愉快的色彩呢？当然，是后一种，我们的优秀的艺术底创造力，将要造出卓越的愉快的体型来，是无疑的。小资产阶级底贮蓄，和无产阶级毫没有什么共通之点。新支配阶级，不是贮蓄底，而是创造底。

我们应该在我们的学校里，教育那将来成为陶磁工场，羽纱工场，金属加工工场的艺术家，而在粘土，金属和木制品上，加上满是喜色的外观去的人们。凡在制造日用物品的一切无产阶级，都应该有相当的艺术底教育。

还有，对于艺术底家内手工业，也应该加以注意。并且有顾到这在不远的将来，要占外国输出品的重要的位置，而加以帮助，廓清，更新的必要。应该使围绕着艺术底产业的这些全景的劳动大众和艺术家觉醒起来。

三，煽动底艺术问题＝艺术的重大的问题，是煽动问题。有人断定说，于煽动底艺术，应该适用生产的原则（例如传单生产），凡艺术家，应该只应着嘱托而作工。但是，这就成了这样的事：今天台仪庚[①]来嘱托我，则我为台仪庚画，明天苏维埃主权来嘱托，那就给苏维埃主权画了。这样的艺术，分明只能偶然地有煽动底意义，恰如诸君偶然不得奶油，却得了甘油一般。即使能够画无可非议的传单，然而看了这个，人们的心并不跃动，这是无用的冷淡的艺术的标本。真可以信赖的艺术家云者，是有着有所欲言的气概，能够以心血创作艺术的艺术家之谓。只有浸透在我们的世界观里的艺术，这才能够造真正的煽动艺术。在现在，我们也已经看见了伪造的煽动艺术正在逐渐消灭的现象。

那么，煽动艺术这句话，应该怎样地解释的呢？艺术的几乎全领域，至少，是真正的艺术的全领域，而离产业底艺术及其目的愈远，则是煽动艺术。然而在这里，所谓艺术者，并非共产主义底煽动艺术的意思。艺术者，许是恶魔底的艺术也说不定。几乎一切的艺术，对于我们，是有着或则有害，或则有益的煽动的萌芽的，而且艺

① Denikin 是十月革命后，反对苏维埃国家的将军。——重译者。

术者，又常是煽动底的。以为只有传单是煽动艺术，而正式的绘画并非煽动底者，那是完全的错误。

共产主义者煽动艺术，是共产主义者的艺术，他们也可以不隶属于党派，但对于事物，则非有共产主义底见地不可。那么，惟有这样的煽动艺术，于我们是重要的么？不然。和我们的世界观并不一致，然而在或一面有着接触点的艺术，于我们也是重要的。例如戈果理(Gogol)，不是共产主义者，但因此便以为他的《巡按使》和我们没有关系，是不得当的。引用别的例子。试看文艺复兴期的伟大的巨匠的一种名画，则其中就有一定的"煽动"，但和这一同，也有一定的宗教底要素(例如画着活的神女的)。这自然不是无产阶级底绘画，或者也可以说是可憎恶的东西，有害的东西。然而对于这绘画的积极底方面，却有奉献女性美的赞颂的必要。在这样的关系上，这玛顿那(Madonna)，是有大大的意义的，我们可以立即断定，这样的艺术，于我们最为有益，恰如虽然是"宗教底"，但作为人类的组织体的或种理想，我们给以价值的亚波罗(Apollon)之有益一样。

对于我们有反感的阶级的煽动，我们必须加以禁止，是当然的。在我们的革命期中，我们不能实施煽动的绝对自由。而且在这里，还必须大大的机微和大大的留心。有知道艺术史与其趋势的必要，应该知道着自己们的敌人。而且必须使他成为无害，在或一阶段上中断。为要实现这目的，就创设了文艺出版委员会。即使说个不完，说检阅是可耻的，对于这，我却要说，枪剑随身，在社会主义底制度的条件之下，是可怕的事。不是没有法子么？我们暂时非背着枪剑走，是不行的。在不远的将来，不用这个的时期，是会到来的罢，但在现在的俄国，却是蒲力汗诺夫说过那样，"非各人都会放枪不可"的，在这意义上，检阅便是这样的武器，应该能够完全地利用这武器，然而单因为不是共产党员这一个理由，向通行者乱开手枪那样的事，那自然不对的。

革命当时，赤卫军，劳动者和农民等，很为煽动底演剧所吸引了。但战事一完，新经济政策一出现，这煽动底生活便几乎并不留下一点什么痕迹。连传单也少了起来。约略一看，恰如在这领域里，出现了退步似的。但是，自然并不如此。为什么呢，因为目下正在成长的艺术，是有价值的大的新艺术的缘故。

音乐的领城内的状况，稍为不佳。在我国，有许多的节日。这些节日，我们的运动者，都完结在自己委实不能不感到恍忽的灵感底氛围气之中。大众底行列，有时候则大众底演剧，是举行的，然而一个作曲家，数千人所成的这些的合唱队，却没有出现。几篇音乐底作品，好像是已经写作了的，但这也到底还不是报春的莺儿。

在传单界，有着出名了的若干的人们，台尼（Deni），摩尔（Moll）等，几乎为所有苏维埃市民所知道。可以成为重要的中心的未来，为他们所有的新协会（革命俄国艺术家等的），已经创立了。以应对生活的具体底要求，作为内容的新倾向，可以看见。而且，凡这些之所显示，是在这领域，即最需要纪念品和壁画的造形艺术界，我们有着大大的课题和大大的可能性。现在早有向这加以注意，创造那所期望的中心的必要了。

在文学上，这气运尤其显著。自然，在我们的文坛上，目下所创作出来的东西，也并非是好的，共产主义底的，然而我们所目睹的或一文坛的或种旺盛，以及间或发表大作品的天成的诗人和戏剧作家之出现的事，是不能否定的。

所可惜者，在一并抱拥着文笔家的文坛的这一大领域上，我们还没有中心点。我们关于这问题，有加以讲究的必要。

前些时，台明·培特尼（Demian Bednii）得了赤旗章了。全俄中央执行委员会由了这事，证明了通俗底的明了的艺术之最为重要。这是应该在各人的念头上的事。只有明了而谁都能懂的艺术，我们才可以奖励的。台明·培特尼是天才底地做到了，他总有些像涅克拉梭夫（Nekrassov），但他以自己的创作，吸引着劳动读者的广泛的层。我并不说，回到六十年代的艺术去，但我想，却有好好地研究那时的东西的必要,因为在那里,我们所非学不可的东西是很多的。

关于传单,有使这可以长留纪念的必要,同时又应该将煽动艺术的中轴,放在近于写实派的地方。关于这问题,是还有大大的异论的。我曾经常常说,这是,“总之,给一切兽类以生活,给一切草木以生长罢——并且看那成果罢。”有着非拔不可的杂草的事,到现在,也分明起来了。是拔掉它的时机了,是在政治教育局内,在艺术苏维埃的形式上,创设艺术底的惟一的中心的时机了。作为那部员的,则应该是国家底,政党底,劳动组合底诸机关的代表者,并且添上那给与了大的资格,和我们亲近的权威者的一小部分的人们。而且有作为这苏维埃的任务,来审议那些有着原则底性质的诸问题以及计画底纲领的必要。

最近的苏维埃大会,没有施行关于电影问题的特别的审议,但那价值,是识得了的,是认定着的,但是,对于这,我却想,虽然电影的复兴的步调,大体总算有些前进,其一部分,也成着国办事业,然而那实状,却决不是可以观乐的。还是两年以前了,符拉迪弥尔·伊力支(列宁)曾叫了我去,说道,“一切我国的艺术之中,为了俄罗斯,最为重要的,是电影。”

使国办的电影制作事业不至于荒废那样地,并且不成为殖民化了的西欧资本那样地,以讲究势力底方策,那自然是必要的。

关于亚克特美(学院)艺术,来说几句话。倘使诸君同意于我在本讲演所说的电影艺术的定义,那么,当然要说的罢:所谓纯艺术,是怎样的东西呢?这,是指那因为煽动力薄弱,或者全不以煽动为目的,纯艺术——作为以装饰为目的的结果,而煽动成为无益或无害的艺术而言的。例如,第一研究所的《悍妇的驯服》,是伟大的东西。在莎士比亚,这作品是有煽动底意义的,他用这来教训喜欢争闹的女人们,使她归于真的女性。但在我们,则这倾向岂但不能容纳而已呢,还是可以嫌恶的。然而我们仍然看着这剧本,而且愉快地笑着。这事的意思,就是这是引起好奇心的展览品,宛如我们洗浴，颇为愉快一样。是最愉快的展览品。但自然，这并非煽动艺术。和这些一道，空虚的艺术也还很旺盛。

许多的爱和才能，被塞在非常地空虚的东西之中，是常有的事。他们之中，没有煽动底色彩，他们并不说可以敌视的观念形态，但愉快，有趣，给人安慰。将这从形式底艺术的见地来看的时候，是也可以有一种意义的罢。对于这样的艺术，国家应该取怎样的态度呢？对于这，只有漠不关心而已。然而，无产阶级国家，对于这却不能始终守着全然漠不关心的态度，为什么呢，因为在这样的东西之中，为了纯正艺术，我们所必要的形式是被保存着，被完成着的。我们正在伟大的写实主义底演剧的复兴的黎明期，但我们不可像初生的婴儿一样，摸索着彷徨！有讲究采用旧的写实主义底演剧的方法的必要罢。也有知道在舞台上，完全地演出人生来，应该怎地办理的必要。一面应该断然阻止那躲在艺术之形里，而作对于我们有敌意的煽动和宣传的东西，而洗炼了的艺术，则同时也应该加以保护。在现在的我们的根本题目，是中央国立革命剧场——那舞台装置，是容易运到乡下的舞台去的廉价而且艺术底的舞台装置，并非轻薄的煽动，而是能演艺术底大戏曲的——剧场的创设。

我在这讲演里，没有能够很触到实际底诸问题。从中，对于最重要的问题之一的俱乐部，则全然未能提及。我们近来，在努力于那“教化之家”的俱乐部和政治教化诸机关的组织了。艺术家的重大的任务之一，是这些俱乐部里的节日和夜会的节目单子，要慎重地编制。

我在这讲演里，关于各地方，所讲的非常之少。诸君的这大会，是为了各地方的艺术生活的开发，将有大大的效果的罢。我们曾经向地方提议过，地方可以各就所知，着手于这事业。但在今日，已到了可以构成那观念底指导机关的时机。自然，关于物质底援助呢，此刻也还没有值得提起的事。所以，是有将我们的自给自足力，放在更广的轨道上的必要的。

应该将大剧场的大部分，合一于企业联合。和这相关联，也应该施行人物的移动。倘若有些演员,有些劳动者,当改建企业于自给自足之上,而不能胜任,不相适合者,就有任命别人以代之的必要。那时候,真的兴旺才开头,例如,国立出版所就是,对于国办电影公司,也希望有一样的结果。

诸君也都知道的,在我们,未曾着手的工作还很多。我想,中央艺术局的设置,所以就最为合理底了。但是,一考察构成上,财政上的事,又恐怕这样的公署的增设,暂时并无把握。只是艺术教育部,全俄艺术劳动者组合和国立学术委员会,却如沛内罗巴的织物那样地,一直织到现在了,为织成这织物起见,应该结合起来,并且有将这结合了的,创设在政治教育局里,使于艺术事业关系最多的人们,接近国家底,党派底,以及劳动组合底机关的必要。惟在那时候,我们才能突进于惟一的艺术机关罢。而且惟在这时候,我们才能够实现底地,及影响于艺术的开发。为了盲目者,这也终于分明地成为惠泽之力的罢。

原载1929年5月20日、12月20日《奔流》月刊第2卷第1、第5期,题作《文艺政策——附录(一)苏维埃国家与艺术》。

初收1929年10月上海水沫书店版“科学的艺术论丛书”之六《文艺与批评》。

关于马克斯主义文艺批评之任务的提要

[苏联]卢那卡尔斯基

一

我国的文学,现在经过着那发达之一的决定底的机运(Moment)。在国内,新的生活正在被建设。文学,是见得好像逐渐学得反映这生活于那未被决定的转变的姿态上,而且能够移向较高度的任务,即对于建设过程的或一定的政治底,尤其是日常生活底道德底作用去了。

我国所显现的种种阶级的对立,虽说比别的诸国都要少得远,然而那构成,却决不能以为是单一的。即使关于农民底和劳动者底文学的倾向已经有些不同的必然,置之不论,而在国内,也残留着有旧的习性的要素——或是和无产阶级独裁全然不能和解的,或是无论如何,虽于劳动者的社会主义底建设的最基本底的倾向,也不能适应的诸要素。

这旧和新之间,继续着斗争。感到欧罗巴的影响,过去的影响,旧支配阶级的遗留的影响,或一程度,展开于新经济政策的地盘之上的有产阶级的影响。这些东西,不但在个个的集团和个人的支配底气分之中而已,且在一切种类的混合之中感到。忘却了在有产者底意义上的直接底的所谓意识底地敌对底的潮流之外,还有恐怕更危险的,总分明是更难克服的要素——小市民底日常生活底现象的要素,是不行的。这小有产者底要素,虽在无产阶级自身的日常生活底诸关系之中,往往且在共产主义者自身的本性之中,也十分深深地侵入着。惟这个,就是在负着无产阶级的社会主义底努力的符印,为了建设新的日常生活而斗争的形式上的阶级斗争,所以不但不被减弱,却更以先前的力,逐渐取了纤细的深刻的形式的原因。这些事情,就使艺术——尤其是文学——的武器,在现今成为极其重要的东西。然而这些,和无产者以及与之相近的文学的出现一同,也唤起敌对我们的要素——其中我们不但包括意识底地,决定底地敌对底的东西而已,也并含着例如由于那消极性,那悲观主义,个人主义,偏见,歪曲,等等,而无意识底地敌对底的东西——的文学底反映。

二

在这状况之下，在文学所当扮演的那大的职掌的条件之中，马克斯主义文艺批评，在那责任上，占着极高的地位。那是无疑地负了使命，现在当和文学相偕，成为向着新的人类和新的日常生活之生成的过程的，强有力的精力底的参与者了。

三

马克斯主义文艺批评，首先第一，不得不有社会学底性质，而且不消说，还是在马克斯和列宁的科学底社会学的精神上的这性质，在这一点，就很和别的一切批评不同。

往往立了文学的批评与其历史的任务的差别，而将那差别，较之区分为过去的研究和现在的研究——倒是在文学史家，则以所与的作品的根据，在社会底构成之中的那位置，对于社会生活的那影响的客观底研究为必要；在批评家，则以从那形式底或社会底价值以及缺点这些见地，加以观察了的所与的作品的评价为必要地，区别起来。

这样的区别，于马克斯主义者·批评家，是丧失他几乎一切之力的。在言语的特别的意义上的批评，虽然作为非有不可的要素，入于马克斯主义者之所完成了的批评作品之中，然而虽然如此，成为更其必要的基本底要素者，则是社会学底分析。

四

这社会学底分析，在批评家·马克斯主义者，是依着怎样的精神而施行的呢？马克斯主义之看社会生活，是作为那个个的部分都互相连系着的有机底全体，而演那决定底职掌者，是最为物质底的，最合法则底的经济关系，首先第一，是劳动的形态的。例如当或一时代的广泛的究明，批评家·马克斯主义者即应该努力于给与全社会发达的完全的光景。但在个个的作家或作品之际，却未必一定有究明根本底经济底条件的必要。因为在这里，是那也可以称为蒲力汗诺夫原则的常在作用的原则，以特别的力而显现着的。他说，——凡艺术作品，只在很少的比量上，直接地依据于所与的社会的生产形态。那是经由了别的连环，即成长于社会的阶级构成和阶级底利害的地盘之上的阶级心理，而间接地依据于那个（生产形态）的。凡文学作品，常常意识底地，无意识底地，将所与的作家是其表现者的那阶级的心理，或者往往将那若干的混合——这是对于作者的种种的阶级的作用的显现，这是以细心的分析为必要的——反映出来。

五

和某几个阶级或有着广泛的社会底性质的大的集团的心理的联系，在各艺术作品，大抵由内容而被决定。是言语的艺术，且是最近于思想的艺术的文学，以比起别的艺术来，内容和那形式相比较，在那里面含有较多的意义为特征。在文学，正是那艺术底内容，即含在形象之中，或和形象相联系的思想和感情的川流，作为全作品的决定底要件而显现。内容自在努力，要向一定的形式。可以说，对于一切所与的内容，是只有一个最后的形式，相适应的。作家多多少少，总能够最明快地显示出使他感动的思想，现象和感情，发见对于那作品之所供给的读者，给以最强的印象那样的表现形式。

批评家·马克斯主义者于是首先第一，将作品的**内容**，装在那里面的**社会底本质**，作为那究明的对象。他将和某几个社会底集团的联系，含在作品中的暗示之力所将给与社会生活的作用，加以决定，然后移向形式，——首先第一，是那基本底目的和这形式的适应的程度,即从阐明这于最高度的表现性,由所与的内容以向读者的最高度的传染性,是否有用的观点看来的形式。

六

但是,马克斯主义者倘将常常不可忘却的文学底形式之研究的特殊底任务,加以否定,是不行的。在实际上,所与的作品的形式,决不仅由那内容而已,还由于几个别的要件而被决定。思索,会话的阶级底心理底习惯,可以称为所与的阶级(或是将影响给与于作品的阶级底集团)的生活样式的东西,所与的社会的物质文化的一般底水准,邻邦的影响,能显现于生活的一切方面的过去的惰性或更新的渴望——这些一切,都能够作为决定形式的补足底要件,而作用于形式之上。形式是往往不和作品,却和全时代及全流派相连结的。这且可以成为和内容相矛盾,而害及内容的力。这有时能从内容离开,而取独自的,幻影底的性质,这事情,发生于文学作品将失了内容,怕敢活的生活,竭力想靠了大言壮语底的饱满了的,或则相反,小小的有趣的形式的空虚的游戏,将生活从自己隔离的阶级的倾向,反映出来的时候。这些一切的要件,都不得不归入马克斯主义者的分析之中。为读者所目睹,在一切好作品,形式全由内容而被决定,一切艺术作品,都向着这样的好作品努力,——从这直接底公式所脱落的这些形式底诸要件,它本身决不是从社会生活截断了的东西。那是,这也应该寻出社会解释。

七

到此为止,我们大抵往来于作为文艺科学的马克斯主义批评的领域里了。在这里,马克斯主义者·批评家,是作为将马克斯主义底分析的方法,特殊底地适用于这领域——文学的社会学者,而活动着的。马克斯主义文艺批评的建设者蒲力汗诺夫，曾经竭力张扬，以为惟这个，才是马克斯主义者的真实的职掌。他曾确言，马克斯主义者之所以异于例如“启蒙学者”的缘由，即在“启蒙学者”课文学以一定的目的，一定的要求，从一定的理想的观点来批评，而马克斯主义者则说明一切作品出现的合法则底原因之处云。

蒲力汗诺夫既不得不使客观底，科学底马克斯主义底的批评的方法，和旧的主观主义或耽美底胡涂以及食伤来对立，则在这一端，他自然不独是正当而已，于定出将来的马克斯主义批评的真实的道路这事上，也做了巨大的工作。

但是，以为无论有怎样的事，也只究明外底事实，而加以分析，是无产阶级的特性，却是不能够的。马克斯主义决不单是社会底教义。马克斯主义也是建设的积极底的纲领。这建设，倘没有事实上的客观底领导，是不能设想的。倘若马克斯主义者对于环绕他的诸现象之间的连系的客观底决定，没有感觉，则他之为马克斯主义者是完结了。然而，从真实的，完成了的马克斯主义者，我们还要要求对于这环境的一定的作用。批评家·马克斯主义者，并非将从最大到最小的东西的文学底星座的运动的必然底法则，加以说明的文学底天文学家。他又是战士，他又是建设者。在这意义上，评价的要素，在现代的马克斯主义批评里，即应该列得极高。

八

应该放在文学作品的评价的基础上的规范，该是怎样的东西呢？首先第一，从内容的见地，以走近这个去罢。在这里，问题是大体很明白。基本底规范，在这里，是和在无产者伦理上所说的东西一样的，——就是，有助于无产者的事业的发达和胜利的一切，是善，害之者，是恶。

批评家·马克斯主义者应该努力于发见所与的作品的基本底

社会底倾向——它的意识底地或无意识底地在瞄准，或在打击的东西。批评家·马克斯主义者应该适应着这基本底，社会底，力学底支配调，以作一般底评价。

然而，虽在所与的作品的社会底内容的评价的领域里，问题已决不单纯。对于马克斯主义者，要要求大的熟练和大的感觉，在这里，问题不只在一定的马克斯主义底教养，而在关于无此则不会有批评的一定的才能。倘若问题是关于真实地大的艺术作品之际，则应该计量到很多的不同的方面。于此要靠什么检温器或药局的天平，是极困难的。于此所必要者，是可以称为社会底感觉这东西。否则，谬误是必然的事。例如，批评家·马克斯主义者倘只将课了全然实际底的问题的作品，看作有意义之作，就不行。并不否定当面的问题所提出的特殊的重要性，但将一看好像很普通，或是不相干，而实则仔细地一检讨，乃是影响于社会生活的问题之所提出的巨大的意义，加以否定，是绝对地不可的。

我们于此，有和关于科学的相同的现象。要求科学完全埋头于实际底任务，是深刻的谬见。纵是最抽象底的科学底问题，这到解决了的时候，便常常成为最有实益的东西，这事情，是已经成了ABC的了。

然而，作家或诗人，在本质上（倘若他是无产者作家），努力于文化的基本底发轫的无产者底再评价，一面将一般底的任务，放在自己之前的时候，批评家即易于自失。第一，在这样的时候，我们常常还未有正当的规范。第二，在这里，假说，而且是最大胆的假说，也会成为有价值的东西。何以故呢，因为问题是并不在问题的决定底解决，而在那提起和那加工上的。但是，或一程度为止，这些一切，能够加在纯实际底文学作品里。在自己的作品上，说明我党的纲领的已经做好的条项的艺术家——是不好的。艺术家者，因为他揭出新的东西来，因为他凭那直感，以浸透统计学和论理学所不能进去的领域，所以可贵。要判断或一艺术家是否正当，他是否正当地联结了真实，即共产主义的基本底努力，决不是容易事，而在这里，真实的判断,大约只形成于各个批评家和读者之间的意见的冲突之中的罢。这事,毫不减少批评家的工作的重要和必要之度。

在文学作品的社会底内容的评价上,极其重要的问题,是将最初的分析时,列入了和我们不相干,有时是和我们相敌对的现象之数之中的作品,加以对于我们的价值的第二段底审议。其实,明白自己之敌的心情,是极要紧的,利用不从我们同人中来的证人,也要紧的。凡这些,有时使我们引出深刻的结论,而且两者都将关于我们的生活现象的知识的宝库,非常之多地丰富起来。批评家·马克斯主义者无论当怎样的时会,都不应当以为或一作品或或一作家,例如,是代表着小市民底现象的,那结果,便将那作品一脚踢掉。往往虽然如此,而应该从中引出大的利益来。因此之故,非从所与的作品的已经产生和倾向的见地,而从利用这于我们的建设的可能与否这一个见地的再评价,乃是批评家·马克斯主义者的直接的任务。

声明在这里。在文学的领域上和我们疏远的,从而还和我们敌对的现象,这虽在其中含有上述的意义上的几分利益的时候,也无须说得,会成为极有害的,有毒的东西,会成为反革命底宣传的危险的表现的。在这里,不消说,登场的便已经不是马克斯主义批评,而是马克斯主义检阅了。

九

批评家·马克斯主义者一从内容的评价,移向形式的评价去,问题大约就更加复杂起来。

这任务,是极为重要的。蒲力汗诺夫也张扬这重要性。成为这种评价的一般底规范者,是什么呢?形式之于那内容,应该最大限度地相适应,给以最大的表现力,而且保证着于那作品所向的读者的范围,给与最强的影响的可能性。

在这里,首先第一,有记起蒲力汗诺夫也曾说过的最重要的形式底规范——就是，文学是形象的艺术，一切露出的思想，露出的宣传的向那里面的侵入，常是所与的作品之失败的意思这一个规范来的必要。不消说，这蒲力汗诺夫底规范，也并非绝对底的东西。现有犯这规范的例如雪旦特林(Shichedrin)，乌司班斯基(Uspenski)和孚尔玛诺夫 (Furmanov)的优秀的作品。但这事，除了能有美文学底政论底性质的混合型的文学现象这意义以外，更无所有。以全体而论，总之是应当警戒的。自然，获得了出色的形象底性质的政论，是宣传和广义上的文学的堂皇的形式。然而反之，为纯政论底要素所充塞的艺术底文学，却纵使那判断怎样地出色，也大抵使读者冷下去的。倘若内容在作品之中，并非由形象的被溶解了的辉煌的金属的形相所铸成，而是成了大的冷的团块，突出在这液体里，则在上述的意义上，批评家能够以完全的权利，指摘作者于内容的艺术底加工之不足。

从上记的一般底的事，流演而出的第二的部分底规范，是作品的形式的独自性(Originality)。这独自性云者，是什么呢？那是在所与的作品的形式底肉体，和那内容溶合于不可分的全体这事之中的。真实的艺术底作品，于那内容，自然应该是新的东西。倘在作者那里，没有新的内容，则那作品的价值就少。这是自然明白的事。凡艺术家，应该表现在他以前所未经表现的东西。曾被表现的东西的重做(这事，例如在有些画家们，是不容易懂得的)，并不是艺术。那往往不过是极其细致之品的那细工。从这见地，而作品的新的内容，对于那作品，则要求新的形式。

怎样的现象，是和这真实的形式的独自性对立的呢？第一，是于新的构想的真实的具象化，有所妨害的定规。有些作家，会成为先前所用的形式的俘虏，那时在他，纵使内容是新的，然而装在旧的袋子里。这样的缺点，是不得不指摘的。第二，是形式独独微弱的时候，就是，虽然有着新的有兴味的构想，而艺术家还未能将言语——即在言辞之丰富，句之构成的意义上，在就绪的短篇，章，长篇，戏曲，等等的建筑底构成的意义上，还有在诗的言辞的韵律以及其他的形式的意义上的形式底富源，作为我有的时候。这些一切，是应该由批评家·马克斯主义者来指示的。真实的批评家·马克斯主义者，即所谓最高的典型的批评家，应该成为教师——尤其是年青的或刚才开手的作家的教师。

最后，对于关于形式的独自性的上记的部分底规则的第三样最大错误，是形式的独自化。当此之际，人们是靠了外面底想到和装饰，遮掩着内容的空虚，被有产者颓废派的典型底表现者的那形式主义，弄得聋聩了的作家，竟至于有虽然有着极有价值的内容，而于此捻进种种的把戏去，借此来镀金，以害了自己的工作的。

于形式底性质的第三规范——即作品的大众性，应该取慎重的态度。对于供给大众，作为生活的创设者而诉于这大众的文学的创造，有着最高的兴味的我们，对于这样的大众性，也有极高的兴味。被隔离被截断了的一切形式，意在专门家底耽美家的狭范围的一切形式，一切艺术底条件性和洗练性等，都应该由马克斯主义者来批判。恰如马克斯主义批评能够指示过去现在的这样的作品的或种的内面底价值，而且非指示不可一样，也应该摘发那要从靠这样的形式底诸要素为活的工作，努力离开的艺术家的心情。

但是，如已经说过，对于大众性的规范，是应该希望用非常之慎重的。恰如我们的报章，我们的宣传文书，我们有着从对于读者，有大要求的最复杂的书籍，杂志，日报起，直到最初步底的通俗化为止的那些一样，我们也不应该依了连在文化的意义上（程度）极低的农民或劳动者也（在内）的广泛的大众的水准，来平均我们的文学。这，是最大的错误罢。

能够将复杂的，尊贵的社会底内容，用了使千百万人也都感动的强有力的艺术底单纯，表现出来的作家，愿于他有光荣罢。即使靠了比较底单纯的比较底初步底的内容也好，能够使这几百万的大众感动的作家，愿于他有光荣罢。将这样的作家，马克斯主义批评家应该非常之高地评价。在这里，批评家·马克斯主义者的特别的注意和特别的正当的援助，是必要的。但自然，对于能读一个一个的文字的人，不能很懂，而是供给无产阶级的上层部分，全然意识底的党员，已经获得了相当的文化底水准的读者那样的作品的意义，也不能否定。仅据一种缘由，说是在正演巨大的职务于社会主义底建设的工作的这部分的一切人们之前，生活已课以许多有生气的问题，而这些问题，却还未站在广泛的大众之前，或是还未艺术底地，做成于大众底的形式之内，便并无艺术底回答地，置之不顾，那自然是不可的。但是，在我们这里，却应该说，倒是看见相反的罪过，就是我们的作家们，将注意集中于较容易的任务——为文化底地，高的读者范围而作的那一种任务。然而，如屡次说过那样，为劳动者农民大众的文学底工作，倘使这是成功的，有才能的东西的时候，在那评价这意义上，就应该由我们列在较高的地位。

十

如已经说过，批评家·马克斯主义者在相当的程度上，是教师。倘若从这批评，做不到什么的加(plus)，什么的前进，则这样的批评，是无益的。那么，应该从批评加添怎样的加呢？第一，批评家·马克斯主义者对于作家，应该做教师。这样一说，也许会有满以愤怒的叫喊，说是谁也没有将自以为站在作家之上的权利，给与批评家云云的。这样的反驳，倘将问题放得正当，就完全地消灭。第一，从批评家·马克斯主义者应该做作家的教师这一个命题，有引出他应该是极其坚固的，是马克斯主义者，有优秀的趣味和该博的智识的人这一个结论的必要。人也许说，这样的批评家，我们是完全没有，或者很少有罢。前一说，是不对的，后一说，大约近于真实。然而从这里，也只能作“有用功的必要”这一个结论罢了。只要有善良的意志和才能，在我们的伟大的国度里，是没有不足的罢。但是，学习的事，还应该使大加坚实。第二，是批评家不消说不但教导作家，并且不但不以自己为比作家是更高的存在而已，他还从作家学习许多的东西。最好的批评家，是会用热心和感激来对作家，而且无论那一样之际，对于他(作家)，是先就恳切如兄弟的。马克斯主义者·批评家，在两种的意义上，应该是作家的教师，而且也能是，——即第一，于年青的作家，于一般地有弄出许多形式底谬误之惧的作家，他应该指摘其缺点。

我们已经用不着培林斯基(Belinski)，为什么呢，因为我们的作家们，已经不以忠告为必要了……云云，这样的意见，已在流行，在革命前，或者，这也许是对的。但到了革命后，在我国里，从国民的下层，现出几百几千的新作家的今日，这却不过是可笑的意见。在这里，是切实的指导底批评，直到仅是用心很好的精通文学的人为止的一切的大小的培林斯基，无疑地在所必要的。

在别一面，批评家·马克斯主义者在社会性这事上，应该是作家的教师。于社会性是幼稚的，而且因为关于社会生活的法则的那幼稚的观念的结果，以及我们现在的时代的基本底无理解等等的结果，而犯最质朴的谬误者，决不仅仅是非无产者作家，在马克斯主义者作家无产者作家，也到处犯着一样的谬误。这并非侮辱作家的意思，部分底地，竟是称赞作家的。作家——是极敏感的，依照现实的直接底作用的存在。对于抽象底科学底思索，作家大抵没有特别的兴味，也没有特别的才能。所以，不消说，作家往往不能自禁地，拒绝那从批评家，政论家那面而来的助力的提议。然而这事，大抵即能由提议所显的那炫学底(Pedantic)的形式，得到说明。在实际上，真实地伟大的文学，是正惟由于大的作家和有大才能的文艺批评家的协力，这才成长起来，今后也将成长下去的。

十一

一面努力于做作家的有益的教师，批评家·马克斯主义者，又非也是读者的教师不可。是的，应该教读者以读法。作为注释家的批评家，作为时而警告嘴里有甜味的毒的人的批评家，为要显示伟大的核心，而敲破硬的外皮给人看的批评家，将剩落在阴影里的宝贝，打开来给人看的批评家，在i之上加点，而行以艺术底材料为基础的一般化的批评家——惟这个，在我们的时代，在多数的最尊的，然而又无经验的读者正在出现的时代，是必要的引路者。他对于我国和世界的过去的文学，非如此不可，对于现代的文学，也非如此不可。所以将我们的时代对于批评家·马克斯主义者怎样地提出着特殊的要求，再来张扬一回罢。我们决不想借我们的提要来吓人。从最简单的工作开手也好。从谬误开手也好。但初开手的批评家·马克斯主义者不应该忘记，为了要到达那假如给自己以至于称为高足的权利那样的最初的处所，是应该攀非常地高峻的阶级而上的。然而，试想广泛的我们的文化的日见其高的大波，泉流一般到处飞迸起来了的有才能的文学，也就不会不信马克斯主义批评的现在的不很高明的状态，便将转换向较好的方向了。

十二

追补底地还涉及两个问题在这里。第一，是对于批评家·马克斯主义者在发生非难，说他们几乎惟从事于摘发。其实，在现在，关于或一作家，说他的倾向是无意识底地，或“半意识底”地反革命底的事，是颇为危险的。或一作家，作为远于我们的要素，作为小市民底要素，或者作为极远地站在右翼的同路人，而被评价之际，甚且我们的阵营内的或一作家受着在什么坏倾向上的非难之时，问题也决不见得纯粹。或者也许说——检讨或一作家的政治底罪业，政治底疑惑，政治底恶质或缺陷，是批评家的工作么？我们应该尽全力以除掉这种的抗议。用这种的方法，以达个人底的目的，或者意识底地怀着恶意，想归或一作家于这样之罪的批评家——是恶汉。这样的奸计，迟迟早早，一定被曝露的。不深思，不熟虑，时而作这一类的告发的批评家，是不检点的，轻率的人。然而，怕敢将自己的好心的社会底分析的结果，用大声发表，而歪斜了马克斯主义的本质者，则不能不说是怠慢，是政治底地消极底的。

问题，是决不在批评家·马克斯主义者叫道——“领事呀，睁开眼来罢”上的。在那里，所必要的并非赴诉于国家机关，而是定或一作家之于我们的建设上的客观底价值。从这里抽出结论来，改正自己的方向，是作家的工作。我们大抵是在思想底斗争的领域里的。将在现代的文学与其评价上的斗争的性质，加以拒否，是一个忠实而正直的共产主义者所不会做的事。

十三

临末，最后的问题，激烈的锋利的论争的形式，是可以容许的么？

就大体而言，锋利的论争，在其引动读者的意义上，是有益的。论争底性质的论文，尤其是在彼此互有错误之际，则和别的条件一同，影响较广，为读者所摄取也较深。加以作为革命家的马克斯主义者·批评家的战斗底气质，就自然地用起那思想的激烈的表现来。然而，当此之际，忘记了用论争之美，来遮蔽自己的议论之弱，是批评家的大罪恶的事，是不行的。还有，虽然一般地议论并不多，而有种种刻薄的诗，比较，嘲笑底叫喊，狡猾的质问之际，则恐怕是给与热闹的印象的，然而成为很不诚恳的东西。批评，是应该应用于批评本身的。为什么呢，因为马克斯主义批评，同时是科学底，又在独特的意义上，是艺术底的工作的缘故。在批评家的工作上，激怒——是不好的忠告者，而且少有是正当的见地的表现。但是，有些时候，也容许从批评家的心脏奔迸而出的辛辣的嘲弄和愤怒的言辞。别的批评家或读者，以及首先第一是作家的多少有些敏感的耳朵。是懂得什么地方有愤怒的自然的动弹，什么地方飞出着单单的恶意的。不要将这和阶级底愤怒混同起来。阶级底愤怒，是决定底地打，然而那犹如地上的云，高悬于个人底恶意之上。以全体而言，批评家·马克斯主义者应该不陷于做批评家的最大罪恶的优柔和妥协，而有善意于 a priori（由因推果）。他的伟大的欢喜，是寻出好的方面来，将这在那全部价值上，示给读者。在他的别的目的，是帮助，匡正，警告，而只有很少的时候，可以有努力于此的必要，即用了真能灭绝夸口的虚伪的要素那样的嘲笑，或是侮蔑，或是压碎般的批评的强有力的箭，来杀掉不中用的东西。

未另发表。

初收 1929 年 10 月上海水沫书店版“科学的艺术论丛书”之六《文艺与批评》

为批评家的卢那卡尔斯基

［日本］尾濑敬止

一

生了普式庚（Pushkin）的俄国，生了托尔斯泰（Lev Tolstoi）的俄国，生了陀思妥夫斯基（Dostoevski）的俄国——那在俄国之前，横着伟大的运命。在这里，昨日作为贵的，今日以为贱，今日作为贱的，明日以为贵。而从创造和破坏起，以至混乱，矛盾，流血，饥饿，绝望，光明，建设这些事相接踵。将这些恰如映在万花镜里的生活的姿态，加以描写者，大约是艺术了罢。而有如那女作家所说——创造那艺术的诗人和小说家，应该是“小鸟一般地自由”。但在他们，有拘束，有苦闷，又有压迫，有时且有可怕的饿死。然而有冷冷地凝眺着这些困穷的作家们者在。有为新的思想之波所荡摇，而从那波中，等待着未尝闻的东西之产生者在。这样地自居于阿灵普山的高处者，并非只信运命的年青诗人勃洛克(A. Block)，也非以为俄国受苦，是为了人类或世界，而东奔西走了的戈理基(Maxim Gorki)，更不是于那未来抱着大望，而静静地闭着眼睛的梅垒什珂夫斯基(D. Merezhkovski)。惟这，乃身居支配此国一切文化的地位的劳农政府的人民教育委员长——即教育总长的卢那卡尔斯基(Anatol Lunacharski)是。

卢那卡尔斯基恰如托罗兹基(L. Trotski)组织了红军一样，又如姬采林(G. Chicherin)设立了万国宣传机关一样，创立起统一劳动学校来，于传播多数主义的本领和那福音的事，得到成功了。而且作为苏维埃俄国的惟一的教化者，在受着崇拜，然而他却不仅是教育家。他是教育家，同时也是批评家；是批评家，同时也是艺术家。当作最后所说的艺术家，是从革命之前以来，作为戈理基的朋友，频频活动了的，而在日本，知道的却颇少。他也作诗，也作戏剧，也作批评。那么，卢那卡尔斯基对于艺术的态度，是怎样的呢？他是彼得大帝似的专制君主，或是尼禄皇帝似的奇怪的破坏主义者，还是尼采似的超人主义者呢？这些事，要简单地叙述，是做不到的，在这里，就只来窥测他对于艺术乃至文化的一面。

二

卢那卡尔斯基原不满足于现代的文明；而且以为形成了那文明的有产者，现今是正在解体而又解体。据他的意见，则——所谓文明者，是颓废的文明，决非生存者之所寻求的。因为在那文明中，虽然也许有着或种的美丽，优柔，味道，而毫无可以称为反抗心之类的东西，所以就死了的一般凝结着。因此之故，应该格外给以气力，紧张，战斗，而同时也不怕作为当然的结果而生的悲剧和牺牲。而且倘不筑起一个新而有实，而又有力的文明来，是到底不能满足现在的人们的。

所以，卢那卡尔斯基在主张社会主义的必要。但我们应该知道他和一般的论者的设想，又颇有些不同。他所意识之处，是社会主义乃是"从奴隶到自由的过渡"，而又非"要得到为了使自己满足的自由"。他将这事，更加详细地说明道，"我为了自己，又为了不染市民的静学底色彩的一切社会主义者，这样想。总之，一致协同的事，并不是我们的目的。只是带着一切紧张，爱和创造的一切苦楚的战争——并且为了永久地保有（我们之力以上的）位置，即使涉几世纪，也要捕捉舞蹈于大空的星，有着可以成为驱这星以向新的未来的翼子的骏马的力之增大而战的战争——乃是可做那因为开花于更开拓了的地上的战斗底，平和底，最后，是人类底的世界的工具的过渡。"

简单地说，则卢那卡尔斯基并不将俗所谓社会主义，当作人类底的工具，而仅以这为不过是从奴隶状态引向自由的过渡底学说。大家就应该在抱着这样看法的社会主义的旗印之下，专凭战斗，以赢得美好的未来。进向这永久底，悲剧底且是人道主义底的战斗者，是无产阶级。而且他们，已经促进了一种新机运，在要创造未曾有的文化了。

卢那卡尔斯基否定现代文明，看出了形成那文化的有产者的解体，这不是因而也不满足于他们有产者的艺术的文证，又当作什么呢？

据他所说——"今日的艺术是平庸，丑恶，有产者底的。这样的有产者底的艺术，只足供扒搔那饱满了的午餐或晚餐后的神经之用。"那么，所谓有产者作家是怎样的人们，且带着怎样的特色的呢？例如，他说，默退林克（M. Maeterlinck）是"文化上的佝偻底哲学者"，裴伦（G. Byron），伊孛生（H. Ibsen），斯忒林培克（A. Strindberg）是

"有产者底的智识阶级者",连戈理基,也还是"转向无产者那面去的热情底诗人"。但是,倘问他典型底的有产者作家是谁,那大概立刻答是安特来夫(Leonid Andreev)的罢。为什么呢,因为卢那卡尔斯基对于他的艺术,是下着这样的批评的。"安特来夫和梭罗古勃,对于资本,好像是唱着胜利的颂歌。"这样说了之后,接着是"安特来夫先就成着社会主义和哲学底的写实主义的分明的反对者"。而最后,则断定道,"马克斯主义的批评家们,决不当容许安特来夫。那理由,是因为他为了作为自己的厌世主义者——破坏主义者的职务,和革命的价值相敌对了。我们在也是朋友的读者之前,不惮于揭发这病的灵魂的一切的祸患。"

三

然而,他说,这样的有产者作家,是难于真的捉得现实的。他们也许能够描写革命,但不能活在那革命中。在那里,有优美罢,有病底的思想罢,也有尖锐的神经罢。然而没有力,没有勇气,没有组织,没有反抗,也没有悲剧。所以,他们的有产者艺术,应该代以无产者的艺术云。但是,在这里所当注意的,是他又非今日俄国文坛所目为极左党的"烈夫"。为什么呢,因为他是有着该博的智识,对于过去的文学的蕴蓄,以及明白的脑子的。所以不像别的人们,惟破坏是求,而却环顾周围,一步一步地前进。因此也有说他的态度是妥协底的,但也是在同是无产者艺术的赞美者中,特被重视的原因。

卢那卡尔斯基所主张的,不是有产者艺术,而是无产者艺术。倘问起这应该用怎样的艺术底形式来,则他以为至少非象征底(Symbolic)的东西不可。但是,这象征底的艺术这句话,对于他的立场,也并非很不响亮的。所以应该先从说明那句话的意义开首。

象征主义云者,是怎么一回事呢?关于这艺术,迄今已经论过几多回了。大抵总以为是和写实主义相对立的东西。然而他却相反。肯定着"为艺术之一形式的象征主义，严密地说起来，是决非和写实主义相对的。要之，是为了开发写实主义的远的步骤，是较之写实主义更加深刻的理解，也是更加勇敢而顺序底的现实。"——这是罗札诺夫(Rosanov)之说的。

四

要之，他相信象征主义是写实主义以上的东西，同时并非幻想底，而是规则底，并且急进底的。关于那象征底的艺术的使命或价值，卢那卡尔斯基这样地说着，"为贵族所迫压，终于分得了国民底的不幸的犹太民族，创造了《旧约》和《塔尔谟特》的故事，和奴隶卖买的大的象征底所产。所谓神国的广大的，然而神常在启发心胸的古代的无产者，恰如犹太人之相信本国的运命一样，确信着对于全世界的苦人的使命，实行了未尝闻的象征底的悲剧底赎罪。自此一到加特力教士时代，在那黑暗而深刻的象征主义中，奥格斯契诺夫(Augustinov)，亚克毕那妥夫(Akbinatov)，丹敦(Danton)辈就出现了。于是现出了作为广义上非常哲学底，而象征底的诗的时代——再说一回，一切人类的世界史底认识时代。"他追溯了这样的过去的历史之后，"以为大的象征，是对于一切国民和一切阶级，宣传着在自己的世界底使命上的分明的意识，步步发展起来了"的。所以像今日似的，以救济世界作为目标的俄国的艺术中，无论如何，总不得不采取象征底的样式。他并且发表了许多评论和创作，那戏剧，是日日上演于彼国有名的舞台上的，但关于这些事，且俟以后的机会来说罢。

但到最后，还要补写一点的，是卢那卡尔斯基的未来观。他抛弃旧文化，而主张了新文化的创造。然而，如迄今已经写了多回那样，对于那文化的创造，以及人类的将来，却决不乐观的。在这里，斗争，是必要的；苦痛，是必要的；牺牲，是必要的。而且也往往有灭亡。他说了这话，反对着墨斯科大学有着讲座的有名的文明批评家弗理契（W. Friche）的乐观说，“莫非弗理契以为人类总有时成为绝对底的胜利者的么？又以为对于群神的我们的关系，能够完成一切，更极端地说，则一切目的，能够不努力而到达的么？我是不相信弗理契现今所说那样的神秘（未来的人类，虽不斗争也可以的思想）的。那意思，应该是人类的堕落。为什么呢，人类的努力的减退，是所以示精力的退化和生活的衰颓，同时也是很无思虑的事。因为不消说，劳动的旷野，是那力量愈成长，就愈被扩大的。”

未另发表。

初收1929年10月上海水沫书店版“科学的艺术论丛书”之六《文艺与批评》。

十七日

日记　雨。上午复白莽信。寄淑卿信。午后复杨骚信。寄达夫信。寄矛尘信。下午访友松，修甫。晚得达夫信。

致 章廷谦

矛尘兄：

九日信早到。北大又纷纷扰扰，但这事情，我去过北平以后，是已经有些料到的，所谓三沈三马二周之类，也有今日，真该为现代评论派诸公所笑。

我看，现代派诸公，是已经和北平诸公中之一部分结合起来了。

这是不大好的。但有什么法子呢。《新月》忽而大起劲，这是将代《现代评论》而起，为政府作“诤友”，因为《现代》曾为老段诤友，不能再露面也。

鼻公近来颇默默无闻，然而无闻，则教授做稳矣。其到处“服务”，不亦宜哉。

老版原在上海，但说话不算数，寄信不回答，愈来愈甚。我熬得很久了，前天乃请了一位律师，给他们开了一点玩笑，也许并不算小，后事如何，此刻也难说。老版今天来访我，然已无及，因为我的箭已经射出了。用种种方法骂我的潘梓年，也是北新的股东，你想可气不可气。

这里下了几天雨，凉起来了，我的痱子，也已经逐渐下野，不过太忙，还是终日头昏眼花，我常常想，真是何苦如此。

近来忽于打官司大有趣味，真是落伍之征。

迅　上

斐君兄均此致候不另

十八日

日记　星期。晴。上午复达夫信。下午白莽来，付以稿费廿。得侍桁信。晚往内山书店。夜友松，修甫来。

十九日

日记　晴。上午方仁自宁波来，赠蟹一枚。午杨骚来。

二十日

日记　晴，热。午得季志仁信。午后寄侍桁信。下午徐诗荃赴德来别。晚得章廷骥信并稿。得达夫信。为柔石作《二月》小序一篇。

柔石作《二月》小引

冲锋的战士，天真的孤儿，年青的寡妇，热情的女人，各有主义的新式公子们，死气沉沉而交头接耳的旧社会，倒也并非如蜘蛛张网，专一在待飞翔的游人，但在寻求安静的青年的眼中，却化为不安的大苦痛。这大苦痛，便是社会的可怜的椒盐，和战士孤儿等辈一同，给无聊的社会一些味道，使他们无聊地持续下去。

浊浪在拍岸，站在山冈上者和飞沫不相干，弄潮儿则于涛头且不在意，惟有衣履尚整，徘徊海滨的人，一溅水花，便觉得有所沾湿，狼狈起来。这从上述的两类人们看来，是都觉得诧异的。但我们书中的青年萧君，便正落在这境遇里。他极想有为，怀着热爱，而有所顾惜，过于矜持，终于连安住几年之处，也不可得。他其实并不能成为一小齿轮，跟着大齿轮转动，他仅是外来的一粒石子，所以轧了几下，发几声响，便被挤到女佛山——上海去了。

他幸而还坚硬，没有变成润泽齿轮的油。

但是，瞿昙（释迦牟尼）从夜半醒来，目睹宫女们睡态之丑，于是慨然出家，而霍善斯坦因以为是醉饱后的呕吐。那么，萧君的决心遁走，恐怕是胃弱而禁食的了，虽然我还无从明白其前因，是由于气质的本然，还是战后的暂时的劳顿。

我从作者用了工妙的技术所写成的草稿上，看见了近代青年中这样的一种典型，周遭的人物，也都生动，便写下一些印象，算是序文。大概明敏的读者，所得必当更多于我，而且由读时所生的诧异或同感，照见自己的姿态的罢？那实在是很有意义的。

一九二九年八月二十日，鲁迅记于上海。

原载1929年9月1日《朝花旬刊》第1卷第10期，题作《〈二月〉小引》。

初收1932年9月上海北新书局版《三闲集》。

致 李霁野

霁野兄：

八月九日信早到。静农的一信一信片亦到，但他至今尚未来。

《41》五本，《文艺论断片》五本，亦已到。

合记是文具店，他所托的卖书处，也大概是互相交易的文具店，并且常派人去收账，所以未名社是不能直接交涉的。

未名社要登广告，朝花社可以代办。但我想，须于书籍正到上海发卖时，登出来，则更好。

北新脾气，日见其坏，我已请律师和他们开一个小玩笑，我实在忍耐不下去了。

上海到处都是商人气（北新也大为商业化了），住得真不舒服，但北京也是畏途，现在似乎是非很多，我能否以著书生活，恐怕也是一个疑问，北返否只能将来再看了。

《关于鲁迅及其著作》，不知北京尚有存书否？如有，希即寄一本往法国，地址录下。已寄与否，并希便中见告。

迅 上　八月二十夜

Monsieur Ki Tchejen,

10 rue Jules Dumien 10,

Paris(20 e),

France.

二十一日

日记 晴。午后复王艺滨信。寄达夫信。寄霁野信。寄季志仁信。下午浴。友松,修甫来。夜雪峰来。

关于《子见南子》

一 山东省立第二师范学生会通电

各级党部各级政府各民众团体各级学校各报馆均鉴:

敝校校址,设在曲阜,在孔庙与衍圣公府包围之中,敝会成立以来,常感封建势力之压迫,但瞻顾环境,遇事审慎,所有行动,均在曲阜县党部指导之下,努力工作,从未尝与圣裔牴牾。

不意,本年六月八日敝会举行游艺会,因在敝校大礼堂排演《子见南子》一剧,竟至开罪孔氏,连累敝校校长宋还吾先生,被孔氏族人孔传堉等越级至国民政府教育部控告侮辱孔子。顷教育部又派参事朱葆勤来曲查办,其报告如何敝会不得而知,惟对于孔氏族人呈控敝校校长各节,认为绝无意义;断难成立罪名,公论具在,不可掩没。深恐各界不明真相,受其蒙蔽,代孔氏宣传,则反动势力之气焰日张,将驯至不可收拾矣。

敝会同人正在青年时期,对此腐恶封建势力绝不低首降伏。且国民革命能否成功,本党主义能否实行,与封建势力之是否存在,大有关系。此实全国各级党部,民众团体,言论机关,共负之责,不只敝会同人已也。除将教育部训令暨所附原呈及敝校长答辩书另文呈阅外,特此电请

台览,祈赐指导,并予援助为荷。

山东省立第二师范学生会叩。真。

二　教育部训令第八五五号　六月二十六日

令山东教育厅

据孔氏六十户族人孔传堉等控告山东省立第二师范学校校长宋还吾侮辱宗祖孔子呈请查办等情前来。查孔子诞日，全国学校应各停课，讲演孔子事迹，以作纪念。又是项纪念日，奉　行政院第八次会议决，定为现行历八月二十七日。复于制定学校年学期及休假日期规程时，遵照编入，先后通令遵行各在案。原呈所称各节，如果属实，殊与院部纪念孔子本旨，大相违反。据呈前情，除以"呈悉。原呈所称各节，是否属实，仰令行山东教育厅查明，核办，具报"等语批示外，合行抄发原呈，令仰该厅长查明，核办，具报。此令。

计抄发原呈一件——

呈为公然侮辱宗祖孔子，群情不平，恳查办明令照示事。窃以山东省立第二师范校长宋还吾，系山东曹州府人，北京大学毕业，赋性乖僻，学术不纯，因有奥援，滥长该校，任事以来，言行均涉过激，绝非民党本色，早为有识者所共见。其尤属背谬，令敝族人难堪者，为该校常贴之标语及游行时所呼之口号，如孔丘为中国第一罪人，打倒孔老二，打倒旧道德，打破旧礼教，打破民可使由之不可使知之愚民政策，打倒衍圣公府输资设立的明德学校。兼以粉铅笔涂写各处孔林孔庙，时有发见，防无可防，擦不胜擦，人多势强，暴力堪虞。钧部管持全国教育，方针所在，施行划一，对于孔子从未有发表侮辱之明文。该校长如此放纵，究系采取何种教育？禀承何项意旨？抑或别开生面，另有主义？传堉等既属孔氏，数典固不敢忘祖，劝告徒遭其面斥，隐忍至今，已成司空见惯。讵于本年六月八日该校演剧，大肆散票，招人参观，竟有《子见南子》一出，学生抹作孔子，丑末脚色，女教员装成南子，冶艳出神，其扮子路者，具有绿林气概。而南子所唱歌词，则《诗经》《鄘风》《桑中》篇也，丑态百出，亵渎备至，虽旧剧中之《大锯缸》《小寡妇上坟》，亦不是过。凡有血气，孰无祖先？敝族南北宗六十户，居曲阜者人尚繁伙，目见耳闻，难再忍受。加以日宾犬养毅等昨日来曲，路祭林庙，侮辱条语，竟被瞥见。幸同时伴来之张继先生立催曲阜县政府饬差揭擦，并到该校讲演，指出谬误。乃该校训育主任李灿埒大肆恼怒，即日招集学生训话，谓犬养毅为帝国主义之代表，张继先生为西山会议派腐化分子，孔子为古今中外之罪人。似此荒谬绝伦，任意谩骂，士可杀不可辱，孔子在今日，应如何处治，系属全国重大问题，钧部自有权衡，传堉等不敢过问。第对于此非法侮辱，愿以全体六十户生命负罪渎恳，迅将该校长宋还吾查明严办，昭示大众，感盛德者，当不止敝族已也。激愤陈词，无任悚惶待命之至。除另呈蒋主席暨内部外，谨呈
国民政府教育部部长蒋。

具呈孔氏六十户族人　孔传堉　孔继选　孔广璃
孔宪桐　孔继伦　孔继珍
孔传均　孔广珣　孔昭蓉
孔传诗　孔昭清　孔昭坤
孔庆霖　孔繁蓉　孔广梅
孔昭昶　孔宪剑　孔广成
孔昭栋　孔昭锽　孔宪兰

三　山东省立第二师范校长宋还吾答辩书

孔氏六十户族人孔传堉等控告山东省立第二师范校长宋还吾侮辱孔子一案，业经教育部派朱参事葆勤及山东教育厅派张督学郁光来曲查办。所控各节是否属实，该员等自能相当报告。惟兹事原委，还吾亦有不能已于言者，特缕析陈之。

原呈所称："该校常贴之标语，及游行时所呼之口号"等语。查

各纪念日之群众大会均系曲阜县党部招集，标语口号多由党部发给，如："孔丘为中国第一罪人""打倒孔老二"等标语及口号，向未见闻。至"打倒旧道德""打倒旧礼教"等标语，其他民众团体所张贴者，容或有之，与本校无干。"打破民可使由之，不可使知之的愚民政策"，当是本校学生会所张贴之标语。姑无论学生会在党部指挥之下，还吾不能横加干涉。纵使还吾能干涉，亦不能谓为有辱孔门，而强使不贴。至云："打倒衍圣公府输资设立之明德中学"，更属无稽。他如原呈所称："兼以粉铅笔涂写各处，孔林孔庙时有发见，防无可防，擦不胜擦"等语。粉铅笔等物何地蔑有，果何所据而指控本校。继云："人多势强，暴力堪虞"，更无事实可指，本校纵云学生人多，较之孔氏六十户，相差何啻百倍。且赤手空拳，何得谓强，读书学生，更难称暴。本校学生平日与社会民众，向无牴牾，又何堪虞之可言。

至称本校演《子见南子》一剧，事诚有之。查子见南子，见于《论语》。《论语》者，七十子后学者所记，群伦奉为圣经，历代未加删节，述者无罪，演者被控，无乃太冤乎。且原剧见北新书局《奔流》月刊第一卷第六号，系语堂所编，流播甚广，人所共见。本校所以排演此剧者，在使观众明了礼教与艺术之冲突，在艺术之中，认取人生真义。演时务求逼真，扮孔子者衣深衣，冠冕旒，貌极庄严。扮南子者，古装秀雅，举止大方。扮子路者，雄冠剑佩，颇有好勇之致。原呈所称："学生抹作孔子，丑末脚色，女教员装成南子，淫冶出神，其扮子路者，具有绿林气概"，真是信口胡云。若夫所唱歌词，均系三百篇旧文，亦原剧本所有。如谓《桑中》一篇，有渎圣明，则各本《诗经》，均存而不废，能受于庭下，吟于堂上，独不得高歌于大庭广众之中乎。原呈以《桑中》之篇，比之于《小寡妇上坟》及《大锯缸》，是否孔氏庭训之真义，异姓不得而知也。

又据原呈所称：犬养毅张继来本校演讲一节，系本校欢迎而来，并非秉承孔氏意旨，来校指斥谬误。本校训育主任，招集学生训话，系校内例行之事，并非偶然。关于犬养毅来中国之意义，应向学生说明。至谓“张继先生为西山会议派腐化份子”云云，系张氏讲演时，所自言之。至云：“孔子为古今中外之罪人”，此类荒谬绝伦，不合逻辑之语，本校职员纵使学识浅薄，亦不至如此不通。况本校训育主任李灿埒，系本党忠实同志，历任南京特别市党部训练部指导科主任，绥远省党务指导委员会宣传部秘书，向来站在本党的立场上，发言谨慎，无可疵议。山东教育厅训令第六九三号，曾谓：“训育主任李灿埒，对于党义有深切的研究，对于工作有丰富的经验，平时与学生接近，指导学生得法，能溶化学生思想归于党义教育之正轨，训育可谓得人矣。”该孔氏等随意诬蔑，是何居心。查犬养毅张继来曲，寓居衍圣公府，出入皆乘八抬大轿，校人传言，每馔价至二十六元。又云馈以古玩玉器等物，每人十数色。张继先生等一行离曲之翌日，而控还吾之呈文，即已置邮。此中线索，大可寻味。

总观原呈：满纸谎言，毫无实据。谓为“侮辱孔子”，欲加之罪，何患无辞。纵使所控属实，亦不出言论思想之范围，尽可公开讨论，无须小题大做。且“确定人民有集会结社言论出版居住信仰之完全自由权”，载在党纲，谁敢违背？该孔传堉等，捏辞诬陷，越级呈控，不获罪戾，而教部竟派参事来曲查办，似非民主政治之下，所应有之现象。

又据原呈所称全体六十户云云。查六十户者，实孔氏特殊之封建组织。孔氏族人大别为六十户，每户有户首，户首之上，有家长，家长户首处理各户之诉讼，每升堂，例陈黑红鸭嘴棍，诉讼者，则跪述事由，口称大老爷，且动遭肉刑，俨然专制时代之小朝廷。听讼则以情不以理，所谓情者大抵由金钱交易而来。案经判决，虽至冤屈，亦不敢诉诸公堂。曲阜县知事，对于孔族及其所属之诉讼，向来不敢过问。家长户首又可以勒捐功名。例如捐庙员者，每职三十千至五十千文，而勒捐之事，又层出不绝。户下孔氏，含冤忍屈，不见天日，已有年矣。衍圣公府又有百户官职，虽异姓平民，一为百户，即杀人凶犯，亦可逍遥法外。以致一般土劣，争出巨资，乞求是职。虽邻县邻省，认捐者亦不乏人。公府又有号丧户条帚户等名称，尤属离奇。是等官员，大都狐假虎威，欺压良善，不仅害及户下孔氏，直害及异姓民众，又不仅害及一县，且害及邻封。户下孔氏，受其殃咎，犹可说也！异姓民众，独何辜欤？青天白日旗下，尚容有是制乎？

本校设在曲阜，历任皆感困难。前校长孔祥桐以开罪同族，至被控去职，衔恨远引，发病而死。继任校长范炳辰，莅任一年之初，被控至十数次。本省教育厅设计委员会，主将本校迁至济宁，远避封建势力，不为无因。还吾到校以来，对于孔氏族人，向无不恭。又曾倡议重印孔氏遗书，如《微波榭丛书》以及《仪郑堂集》等，表扬先哲之思，不为无征。本校学生三百余人，隶曲阜县籍者将及十分之二。附属小学四百余人，除外县一二十人外，余尽属曲阜县籍，民众学校妇女部，完全为曲阜县学生。所谓曲阜县籍之学生，孔氏子女，迨居半数。本年经费困难万分，因曲阜县教育局取缔私塾，学生无处就学，本校附小本七班经费，又特开两班以资收容。对于地方社会，及孔子后裔，不谓不厚。本校常年经费五六万元，除薪俸支去半数外，余多消费于曲阜县内。学生每人每年，率各消费七八十元。曲阜县商业，所以尚能如今者，本校不为无力。此次署名控还吾者，并非六十户户首，多系乡居之人，对于所控各节未必知情，有无冒签假借等事，亦难确定，且有土劣混羼其中。经还吾询问：凡孔氏稍明事理者，类未参加此事。且谓孔传堉等此种举动，实为有识者所窃笑。纵能尽如彼等之意，将校长查明严办，昭示大众。后来者将难乎为继，势非将本校迁移济宁或兖州，无法办理。若然，则本校附小四百学生，将为之失学，曲阜商业，将为之萧条矣。前津浦路开修时，原议以曲阜县城为车站，衍圣公府迷信风水，力加反对，遂改道离城十八里外之姚村，至使商贾行旅，均感不便。驯至曲阜县城内社会，仍保持其中古状态，未能进化。由今视昔，事同一例。曲阜民众何负于孔传堉等，必使常在半开化之境，不能吸收近代之文明？即孔氏子弟亦何乐而为此，孔氏六十户中不乏开明之士，当不能坐视该孔传堉等之胡作非为，而瞑然无睹也。

更有进者。还吾自加入本党，信奉总理遗教，向未违背党纪。在武汉时，曾被共产党逮捕下狱两月有余，分共之后，方被释出。原呈所谓："言行均涉过激，绝非民党本色"云云者，不知果何据而云然？该孔传堉等并非本党同志，所谓过激本色之意义，恐未必深晓。今竟诬告本党同志，本党应有所以处置之法；不然效尤者接踵而起，不将从此多事乎？还吾自在北京大学毕业之后，从事教育，历有年所。十五年秋又入广州中国国民党学术院，受五个月之严格训练。此次任职，抱定三民主义教育宗旨，遵守上级机关法令，凡有例假，无不执行，对于院部功令，向未违背。且北伐成功以还，中央长教育行政者，前为蔡孑民先生，今为蒋梦麟先生，在山东则为教育厅何仙槎厅长，均系十年前林琴南所视为"覆孔孟，铲伦常"者也。蔡先生复林琴南书，犹在《言行录》中，蒋先生主编《新教育》，何厅长著文《新潮》，还吾在当时景佩实深，追随十年，旧志未改，至于今日，对于院部本旨所在，亦不愿稍有出入。原呈："钧部管持全国教育，方针所在，施行划一，对于孔子从未有鄙夷侮辱之明文，该校长如此放纵，究系采取何种教育？禀承何项意旨？抑或别开生面，另有主义？"云云。显系有意陷害，无所不用其极。

还吾未尝出入孔教会之门，亦未尝至衍圣公府专诚拜谒，可谓赋性乖僻。又未尝日日读经，当然学术不纯。而本省教厅训令第六九三号内开："校长宋还吾态度和蔼，与教职员学生精神融洽，作事颇具热诚，校务支配，均甚适当，对于教员之聘请，尤为尽心"云云。不虞之誉，竟临藐躬，清夜自思，良不敢任。还吾籍隶山东旧曹州府城武县，确在北京大学毕业，与本省教育厅何厅长不无同乡同学之嫌，所谓："因有奥援"者，殆以此耶？但因与厅长有同乡同学之嫌，即不得充校长，不知依据何种法典？院部有无明令？至于是否滥长，官厅自可考查，社会亦有公论，无俟还吾喋喋矣。还吾奉职无状，得罪巨室，至使孔传堉等夤缘权要，越级呈控，混乱法规之程序。教育无法进行，学生因之徬徨。午夜疚心，莫知所从。本宜躬候裁处，静默无言，但恐社会不明真象，评判无所根据，故撮述大概如右。邦人君子，其共鉴之。

七月八日。

四　教育部朱参事及山东教育厅会衔呈文

呈为会衔呈复事。案奉钧部训令，以据孔氏六十户族人孔传堉等以山东省立第二师范校长宋还吾侮辱宗祖孔子呈请查办等情，饬厅查明核办，并派葆勤来鲁会同教育厅查办具报等因。奉此，遵由职厅饬派省督学张郁光随同葆勤驰赴曲阜，实地调查，对于本案经过情形，备悉梗概。查原呈所控各节，计有三点：一，为发布侮辱孔子标语及口号；二，为表演“孔子见南子”戏剧；三，为该校训育主任李灿埒召集学生训话，辱骂犬养毅张继及孔子。就第一点言之，除“打破民可使由之不可使知之的愚民政策”之标语，该校学生会确曾写贴外，其他如“孔丘为中国第一罪人”，“打倒孔老二”等标语，均查无实据。就第二点言之，“孔子见南子”一剧，确曾表演，惟查该剧本，并非该校自撰，完全根据《奔流》月刊第一卷第六号内林语堂所编成本，至扮演孔子脚色，衣冠端正，确非丑末。又查学生演剧之时，该校校长宋还吾正因公在省。就第三点言之，据由学生方面调查所得，该校早晚例有训话一次，当日欢迎犬养毅张继二先生散会后，该校训育主任于训话时，曾述及犬养氏之为人，及其来华任务，并无辱骂张氏，更无孔子为古今中外罪人之语。再原呈署名人据查多系乡居，孔氏族人之城居者，对于所控各节，多淡漠视之。总计调查所得情形，该校职教员学生似无故意侮辱孔子事实，只因地居阙里，数千年来，曾无人敢在该地，对于孔子有出乎敬礼崇拜之外者，一旦编入剧曲，摹拟容声，骇诧愤激，亦无足怪。惟对于该校校长宋还吾究应若何处分之处，职等未敢擅拟，谨根据原呈所控各节，将调查所得情形，连同《子见南子》剧本，会衔呈复，恭请钧部鉴核批示祇遵，实为公便。谨呈教育部部长蒋。附呈《奔流》月刊一册。参事朱葆勤，兼山东教育厅厅长何思源。

五　济南通信

曲阜第二师范，前因演《子见南子》新剧，惹起曲阜孔氏族人反对，向教育部呈控该校校长宋还吾。工商部长孔祥熙亦主严办，教育部当派参事朱葆勤来济，会同教育厅所派督学张郁光，赴曲阜调查结果，毫无实据，教厅已会同朱葆勤会呈教部核办。十一日孔祥熙随蒋主席过济时，对此事仍主严究。教长蒋梦麟监察院长蔡元培日前过济赴青岛时，曾有非正式表示，排演新剧，并无侮辱孔子情事，孔氏族人，不应小题大做。究竟结果如何，须待教部处理。

八月十六日《新闻报》

六　《子见南子》案内幕

▲衍圣公府陪要人大嚼

▲青皮讼棍为祖宗争光

昨接山东第二师范学生会来函，报告《子见南子》一剧讼案之内幕，虽未免有偏袒之辞，然而亦足以见此案症结之所在，故录刊之。

曲阜自有所谓孔氏族人孔传堉等二十一人，控告二师校长宋还吾侮辱"孔子"，经教部派员查办以后，各报虽有刊载其消息，惟多语焉不详。盖是案病根，因二师学生，于六月八日表演《子见南子》一剧；当时及事后，皆毫无动静。迨六月十八日，有中外名人犬养毅及张继，联翩来曲，圣公府大排盛宴，名人去后四日，于是忽有宋校长被控之事，此中草蛇灰线，固有迹象可寻也。至于原告廿一人等，并非六十户首，似尚不足以代表孔氏，盖此不过青皮讼棍之流，且又未必悉皆知情。据闻幕后系孔祥藻，孔繁朴等所主使，此案始因此而扩大。孔祥藻为曲阜之著名大青皮，孔繁朴是孔教会会长。按孔繁朴尝因广置田产，致逼兄吞烟而死，则其人品可知，而所谓孔教会者，仅彼一人之独角戏而已。彼欲扩张孔教会势力，非将二师迁移他处，实无良法，则此次之乘机而起，自属不可免者，故此案直可谓二师与孔教会之争也。至于其拉拢青皮讼棍，不过以示势众而已。现曲阜各机关，各民众团体，均抱不平，建设局，财政局，教育局，农民协会，妇女协会，商会，二师学生会，二师附小学生会等，俱有宣言呈文联合驳孔传堉等，而尤以县党部对于封建势力之嚣张，愤激最甚。孔传堉等亦无大反动力量，故此案不久即可告一段落也。

七月十八日《金钢钻》。

七　小题大做　　史梯耳

关于曲阜二师排演《子见南子》引起的风波

至圣孔子是我们中国“思想界的权威”，支配了数千年来的人心，并且从来没失势过。因此，才遗留下这旧礼教和封建思想！

历史是告诉我们，汉刘邦本是一员亭长，一个无赖棍徒，却一旦“贵为天子”，就会尊孔；朱元璋不过一牧牛儿，一修道和尚，一天“危坐龙庭”，也会尊孔；爱新觉罗氏入主中华，也要“存汉俗尊儒（孔）术”。这些“万岁皇爷”为什么这样志同道合呢？无非为了孔家思想能够训练得一般“民”们不敢反抗，不好“犯上作乱”而已！我们无怪乎从前的文人学士“八股”都做得“一百成”，却没有半点儿“活”气！

中山哲学是“知难行易”，侧重在“知”，遗嘱又要“唤起民众”，更要一般民众都“知”，至圣孔子却主张民只可使“由”不可使“知”，他说“民可使由之不可使知之”，是不是和中山主义相违！现在革命时代，于反动封建思想还容许他残留吗？

山东曲阜第二师范学校为了排演《子见南子》一剧，得罪了“圣裔”孔传堉等，邮呈国府教育部控告该校校长“侮辱宗祖孔子”的罪名，惊动了国府，派员查办。我因为现在尚未见到《奔流》上的原剧本，无从批判这幕剧是否侮辱孔子，但据二师校长说：“本校排演此剧者，在使观众明了礼教与艺术之冲突，在艺术之中，认取人生真义”云云。夫如此，未必有什么过火的侮辱，不过对于旧礼教或致不满而已。谈到旧礼教，这是积数千年推演而成，并非孔子所手创，反对旧礼教不能认定是侮辱孔子，况且旧礼教桎梏人性锢蔽思想的罪恶，已经不容我们不反对了！如果我们认清现在的时代，还要不要尊孔，要不要铲除封建思想，要不要艺术产生，自然明白这次曲阜二师的风波是关系乎思想艺术的问题，是封建势力向思想界艺术界的进攻！

不过国府教育部为了这件演剧琐事，却派员查办啦，训令查复啦，未免有“小题大做”之嫌，我想。

一九二九，七，十八，于古都。

七月二十六日《华北日报》副刊所载

八　为“辱孔问题”答《大公报》记者　宋还吾

本年七月二十三日的《大公报》社评，有《近日曲阜之辱孔问题》一文，昨天才有朋友找来给我看；看过之后，非常高兴。这个问题，在山东虽然也引起各报的讨论，但讨论到两三次，便为别种原因而消沉了。《大公报》记者居然认为是个问题，而且著为社论，来批评我们；我们除感佩而外，还要对于这件事相当的声明一下，同时对于记者先生批评的几点，作简单的答复。

我们认为孔子见南子是一件事实，因为：一，“子见南子”出于

《论语》,《论语》不是一部假书,又是七十子后学者所记,当然不是造孔子的谣言。二,孔了周游列国,意在得位行道,揆之“三日无君则吊”,“三月无君则遑遑如也”的古义,孔子见南子,是可以成为事实的。

《子见南子》是一本独幕悲喜剧。戏剧是艺术的一种。艺术的定义,最简单的是:人生的表现或再见。但没有发见的人,也表现不出什么来;没有生活经验的人,也发见不出什么来。有了发见之后,把他所发见的意识化了,才能表现于作品之中。《子见南子》,是作者在表现他所发见的南子的礼,与孔子的礼的不同;及周公主义,与南子主义的冲突。他所发见的有浅深,所表现的有好坏,这是我们可以批评的。如果说:他不应该把孔子扮成剧本中的脚色,不应该把“子见南子”这回事编成剧本,我们不应该在曲阜表演这样的一本独幕悲喜剧:这是我们要付讨论的。

《大公报》的记者说:“批评须有其适当之态度:即须忠实,须谨慎,不能离开理论与史实。”这是立论的公式,不是作戏剧的公式,也不是我们演剧者所应服从的公式。

又说:“子见南子,‘见’而已矣,成何艺术?有何人生真义?又何从发见与礼教之冲突?”(在这里,我要附带着声明一下。我的答辩书原文是:“在礼教与艺术之间,认取人生真义。”书手写时错误了。不过这些都无关宏恉。)“见而已矣!”固然!但在当时子路已经不说,孔子且曾发誓,是所谓“见”者,岂不大有文章?而且南子曾宣言:到卫国来见寡君的,必须见寡小君。孔子又曾陪南子出游,参乘过市。再连同南子的许多故事,辑在一块,表演起来,怎见得就不能成为艺术?艺术的表现,有作者自己在内,与作史是不同的呵!孔子有孔子的人生观,南子也自有她的人生观,把这两种不同的人生观,放在一幕里表演出来,让观众自己认识去,怎见得发见不出人生的真义?原剧所表演的南子,是尊重自我的,享乐主义的;孔子却是一个遵守礼法的,要得位行道的。这两个人根本态度便不同,又怎能没有冲突？至于说："普通界说之所谓孔教，乃宋儒以后之事，非原始的孔教。"我要请问：原始的礼教，究是什么样子？魏晋之间，所常说的"礼法之士"，是不是指的儒家者流？

又说："例以如演《子见南子》之剧，可以明艺术与人生。吾不知所谓艺术与人生者何若也！"上文说过：艺术是人生的表现，作者在表演人生，观者看了之后，各随其能感的程度，而有所见于人生，又有人专门跑到剧场中去看人类。所谓艺术与人生者就是这样，这有什么奇怪？难道说，凡所谓艺术与人生者，都应在孔教的范畴之中么？

记者先生又由孔学本身上观察说："自汉以来，孔子横被帝王利用，竟成偶像化，形式化，然其责孔子不负之。——真理所示，二千年前之先哲，初不负二千年后政治之责任。"我却以为不然。自汉以来，历代帝王，为什么单要利用孔子？最尊崇孔子的几个君主，都是什么样的人？他们尊崇孔子的意义是什么？如果孔子没有这一套东西，后世帝王又何从利用起？他们为什么不利用老庄与荀子？一般不耕而食，不织而衣，成为游民阶级的"士"，不都是在尊崇孔教的口号之下，产生出来的吗？历代政治权力者所豢养的士，不都是祖述孔子的吗？他们所祖述的孔子学说，不见得都是凭空捏造的吧？孟子说过："民为贵，社稷次之，君为轻"，几乎被朱元璋赶出圣庙去。张宗昌因为尊孔能收拾人心，除了认孔德成为"仁侄"之外，还刻印了十三经。封建势力善以孔子的学说为护符，其责孔子不负之谁负之？

又说："孔学之真价值，初不借政治势力为之保存，反因帝王利用而教义不显。"那么，记者先生对于我这次被告，应作何感想呢？

记者先生说我们研究不彻底，态度不谨严。记者先生忘记我们是在表演戏剧，不是背述史实；我们是在开游艺会，不是宣读论文。而且"自究极的意义言之"，演者在表演实人生时，不用向他说你要谨严谨严，他自然而然地会谨严起来；因为实人生是严肃的，演者面对着实人生时，他自会严肃起来的。同时，如果研究的不彻底，也绝对表演不好。在筹备演《子见南子》的时候，我曾教学生到孔庙里去看孔子及子路的塑像，而且要过细地看一下。对于《论语》，尤其是《乡党》一篇，要着实地研究一下。单为要演戏，还详细地讨论过“温良恭俭让”五个字的意味。我们研究的固然不算怎样彻底，但已尽其最善之努力了。记者先生还以为我们太草率么？我们应当读书十年之后，再演《子见南子》么？不必吧！记者先生既说：“《子见南子》剧脚本，吾人未见；曲阜二师，如何演剧，更属不知。”还能说我们研究不彻底，态度不谨严么？何不买一《奔流》月刊第一卷第六号看看，到曲阜实地调查一下再说呢？这样，岂不研究的更彻底，态度更能谨严些么？而且我们演剧的背影是什么？曲阜的社会状况何若？一般民众的要求怎样？记者先生也许“更属不知”吧？那末，所根据的史实是什么呢？记者先生对于孔学本身，未曾论列；何谓礼教？何谓艺术？更少发挥。对于我个人，颇有敲打；对于我们演《子见南子》微词更多：不知根据的什么理论？

所谓“孔学的本身”，与“孔学的真价值”，到底是什么？请《大公报》的记者，具体的提出来。我们站在中华民国十八年的立场上，愿意陪着记者先生，再重新估量估量。

一九二九，七，二八，济南旅舍。

九　教育部训令第九五二号
令山东教育厅

查该省省立第二师范校长宋还吾被控侮辱孔子一案，业令行该厅查办，并加派本部参事朱葆勤，会同该厅，严行查办各在案。兹据该参事厅长等，将查明各情，会同呈复前来。查该校校长宋还吾，既据该参事厅长等，会同查明，尚无侮辱孔子情事，自应免予置议。惟该校校长以后须对学生严加训诰，并对孔子极端尊崇，以符政府纪念及尊崇孔子本旨。除据情并将本部处理情形，呈请行政院鉴核转呈，暨指令外，合行令仰该厅知照，并转饬该校校长遵照，此令。

十　曲阜二师校长呈山东教育厅文

呈为呈请事。案据山东《民国日报》，《山东党报》二十八日登载教育部训令九五二号，内开"云云"。查办以来，引咎待罪，二十余日，竟蒙教育部昭鉴下情，免予置议，感激之余，亟思图报。惟关于训诰学生，尊崇孔子两点，尚无明文详细规定。恐再有不符政府纪念及尊崇孔子本旨，致重罪戾，又以八月二十七日孔子诞辰纪念，为期已迫，是以未及等候教厅载令到校，提前呈请。查孔家哲学之出发点，约略言之，不过一部《易经》。"上天下泽，履，君子以辨上下，定民志。"类此乾坤定位，贵贱陈列，以明君臣之大义，以立万世之常经的宇宙观，何等整齐。自民国肇造以来，由君主专制之政体，一变而为民主民治，由孔家哲学之观点论之，实不啻翻天倒泽，加履首上，上下不辩，民志不定，乾坤毁灭，阴阳错乱，"乾坤毁则无以见易，易不可见，则乾坤或几乎息矣。"如此则孔家全部哲学，尚何所根据乎？此后校长对学生，有所训诰，如不阐明孔子尊君之义，则训诰不严，难免违犯部令之罪，如阐明孔子尊君之义，则又抵触国体，将违犯刑法第一百零三条，及第一百六十条。校长在武汉被共党逮捕入狱，八十余日，饱尝铁窗风味，至今思之，犹觉寒心，何敢再触法网，重入囹圄。校长效力党国，如有罪戾，应请明令处置，如无罪戾，何为故使进退维谷？校长怀刑畏法，只此一端，已无以自处。窃谓应呈请部院，删除刑法第一百零三条，及第一百六十条，或明令解释讲演孔子尊君之义为不抵触国体，则校长将有所遵循，能不获罪。又查尊崇孔子最显著者莫过于祭孔典礼，民国以来，祭孔率行鞠躬礼，惟袁世凯筹备帝制时，则定为服祭天服，行跪拜礼，张宗昌在山东时亦用跪拜礼。至曲阜孔裔告祭林庙时，自袁世凯以来，以至今日，均系服祭天服，行跪拜礼，未尝稍改。本校设在曲阜，数年前全校师生赴孔庙参加祭孔典礼，曾因不随同跪拜，人受孔裔斥责，几起冲突。刻距现行历八月二十七日孔子诞辰，为期不足一月，若不预制祭天服，定行跪拜礼，倘被孔裔控告，为尊崇孔子，未能极端，则校长罪戾加重，当何词以自解？若预制祭天服，则限于预算，款无所出，实行跪拜礼，则院部尚无功令，冒然随同，将违背现行礼节，当然获罪。且查曲阜衍圣公府，输资设立明德中学，向无所谓星期，每旧历庚日，则休假一日，名曰旬休，旧历朔望，例须拜孔，行三跪九叩礼，又每逢祭孔之时，齐集庙内，执八佾舞于两阶。本校学生如不从同，则尊崇不能极端，如须从同，是否违背院部功令。凡此种种，均请钧厅转院部，明令示遵。临呈不胜迫切待命之至。谨呈山东省政府教育厅厅长何。山东省立第二师范校长宋还吾。七月二十八日。

十一　山东教育厅训令

第一二〇四号　八月一日

省立第二师范校长宋还吾调厅另有任用，遗缺以张敦讷接充。此令。

十二　结　语

有以上十一篇公私文字，已经可无须说明，明白山东曲阜第二师范学校演《子见南子》一案的表里。前几篇呈文（二至三），可借以见“圣裔”告状的手段和他们在圣地的威严；中间的会呈（四），是证明控告的说诳；其次的两段记事（五至六），则揭发此案的内幕和记载要人的主张的。待到教育部训令（九）一下，表面上似乎已经无事，而宋校长偏还强项，提出种种问题（十），于是只得调厅，另有任用（十一），其实就是“撤差”也矣。这即所谓“息事宁人”之举，也还是“强宗大姓”的完全胜利也。

一九二九年八月二十一夜，鲁迅编讫谨记。

原载1929年8月19日《语丝》周刊第5卷第24期。

初未收集。

二十二日

日记　晴。上午叶圣陶赠小说两本。下午石民来。衣萍，曙天来。

二十三日

日记　晴。午后访杨律师。夜达夫来。得川岛信。友松来。

二十四日

日记　晴，热。午后复矛尘信。晚友松来。夜雨。得杨律师信。

致 章廷谦

矛尘兄：

廿三日信是当夜收到的。这晚达夫正从杭州来，提出再商量一次，离我的正式开玩意[笑]只一天。我已答应了，由律师指定日期开议。因为我是开初就将全盘的事交付了律师的，所以非由他结束不可。

会议的人名中，由我和达夫主张，也写上了你，日子未知，大约是后天罢，但明天下午也难说。这是最后一次了，结果未可知，但据达夫口述，则他们所答应者，和我所提出的相去并不远——只要不是说过不算数。

迅 上 廿四日午后

二十五日

日记 星期。晴，热。午后同修甫往杨律师寓，下午即在其寓开会，商议版税事，大体俱定，列席者为李志云，小峰，郁达夫，共五人。雨。

二十六日

日记 晴，热。上午得淑卿信，二十日发，午后复。得丛芜信。下午雨。往内山书店。钦文来。夜矛尘，小峰来，矛尘赠茗一包。钦文往南京，托以《新精神论》一本交季市。

二十七日

日记 昙。上午收王余杞所寄赠之《惜分飞》一本。收季志仁所代买寄之 *Les Artistes du Livre* 五本，*Le Nouveau Spectateur* 二本。下午骤雨一陈即霁。达夫来，并交厦门文艺书社信及所赠《高蹈会紫叶会联合图录》一本，先寄在现代书局，匿而不出，今乃被夏莱蒂搜得者。晚友松，修甫来。矛尘来。柔石为从扫叶山房买来《茜窗小品》一部二本，计泉二元四角。

二十八日

日记 昙。上午得侍桁信。午后大雨。下午达夫来。石君，矛尘来。晚霁。小峰来，并送来纸版，由达夫，矛尘作证，计算收回费用五百四十八元五角。同赴南云楼晚餐，席上又有杨骚，语堂及其夫人，衣萍，曙天。席将终，林语堂语含讥刺，直斥之，彼亦争持，鄙相悉现。

二十九日

日记 昙。上午梁耀南来。午后复侍桁信。寄幼渔信。晚明之来。夜矛尘来。柔石来,假泉廿。收本月编译费三百。

三十日

日记 晴,大热。下午钦文来。夜矛尘来。

人性的天才——迦尔洵

《近代俄国文学史梗概》之一篇

[俄国]Lvov—Rogachevski

我们里面,虽然未必有不看那在铁捷克画廊里的莱宾的有名的历史画《伊凡四世杀皇太子》的,然而将由父皇的铁棍,受了致命伤的皇太子的那惨伤的容颜,加以审视者却很少。这是画伯莱宾,临摹了迦尔洵(V. M. Garshin)的相貌的。

遭了致命底伤害的驯鹿的柔顺的眼睛,是迦尔洵的眼睛。

迦尔洵的心,就是温柔,但在这富于优婉的同情的心中,却跃动着对于人类的同情,愿意来分担人间苦的希望,为同胞牺牲自己的精神,而和这一同,无力和进退维谷的苦恼的观念,又压着他的胸口。

他一生中,常常感到别人的苦痛,渴望将社会一切的恶德,即行扑灭,但竟寻不到解决之道而烦闷了。而沉郁的八十年代的氛围气,则惟徒然加深了他的烦闷。

迦尔洵的柔顺的眼里,常是闪着同情,浮着对于人类的残酷性的羞耻之念。

有着这样眼睛的人,是生活在我们俄国那样的残酷的风习的国度里了的。所以他就如温和的天使，从天界降到烈焰打着旋子的俄罗斯的社会里一样。而这残酷的乡土，则恰如伊凡四世，挥了铁棍，来打可怜的文人的露出的神经，又用沉重的铁锤，打他的胸口，毫不宽容地打而又打，终于使他昏厥了。

迦尔洵在这沉重的铁锤之下，狂乱和失常了好几回。一八七二年，他进医院，一八八〇年再进精神病疗养院，一八八八年三月十九日又觉着发狂的征候，走出楼上的寓居，正下楼梯之际，便投身于楼下了。对于"不痛么"之问，气息奄奄的他说，"比起这里的痛楚来，就毫不算什么"而指着自己的心脏。

说迦尔洵的发狂，是遗传性，那是太简单而且不对的。死在精神病院里的格莱普·乌司班斯基在《迦尔洵之死》这篇文章中，曾经特地叙述，说文人迦尔洵的遗传底病患，是因了由实生活所受的感印，更加厉害起来。

而这感印，是痛苦的。青年时代的迦尔洵，或则读俄土战争的新闻记事，知道了每日死伤者数目之多，慨然决计和民众同死而赴战场；或则在路上看见对于不幸的妓女的凌辱，愤然即往警署，为被虐者辩护；或则听到了一八八〇年二月二十二日图谋暗杀罗里斯·美利珂夫的谟罗兑兹基已判死刑，要为他乞赦，待到知道不可能，情不能堪，竟发了狂病了。

就如此，迦尔洵是对于别人的烦闷苦痛，寄以同情，而将因此而生的自己的苦恼，描写在短篇小说里的。所以在他的单纯而节省的小说中，会听到激动人心的热情人的号泣。

他的创作《红花》的主角，便是他自己。他发着狂，在病院的院子里，摘了聚集着世界一切罪恶的红花。

将"四日"①之间，躺在战场上的兵丁的苦痛，作为苦痛而体验了的，也是他。

---

① 迦尔洵的短篇。

在寄给亚芬那绥夫的信里，他说，是一字用一滴血来创作的。

有一个有识的女子，曾将迦尔洵描写妓女生活的一节的时候的情形，讲给保罗夫斯基听，那是这样的。

有一天，迦尔洵去访一个相识的女学生，那女学生正在豫备着试验，迦尔洵便说——

“你请用功，我来写东西罢。”

女学生到邻室去了，迦尔洵就取出杂记簿，开手写起什么来。过了些时，正在专心于准备试验的女学生，忽然被啜泣的声音大吃一吓，那是迦尔洵一面在写小说的主人公的烦闷，一面哭起来了。

凡读迦尔洵的作品的人，即感于这泪，这血，这苦恼的号泣，和他一同伤心，和他一同憎恶罪恶，和他一同烧起愿意扶助别人的希望来，和他一同苦于无法可想。

迦尔洵的才能，是在将非常的感动，给与读者的心；使无关心者，燃起了情热。

契诃夫深爱迦尔洵的作品，迦尔洵也爱读契诃夫的《草原》。

契诃夫的描写短篇《普力派铎克》中的学生华西理耶夫，是作为迦尔洵的样子的，所以叙述华西理耶夫的下文那些话，毕竟便是叙述迦尔洵——

> “有文笔的天才，舞台上的天才，艺术上的天才等各色各样，但华西理耶夫所具的特别的才能，却是人性的天才。这人，有着直觉别人的苦痛的非常的敏感性，恰如巧妙的演员，照样演出别人的动作和声音一般，华西理耶夫将别人的苦痛，照样反映在自己的心里。”

然而迦尔洵是兼备着艺术上的天才和人性的天才的，而他却将这稀有的天才，委弃在粗野的残酷的国土里了。

敏感的迦尔洵描写出技师克陀略孚哲夫，艺术家台陀威和别的来，以显示市人气质，叙他们的物欲之旺盛。就是，使克陀略孚哲夫向着旧友华西理·彼得罗微支这样说——

"只有我，竭力圆滑地说起来，并不是所谓获得呵。四面的人们，连空气也人家都在想往自己那面拉过去……""感伤底的思想，是停止的时候了。""钱是一切的力。因为我有钱，想做，便什么都可以。倘要买你，就买过来给你看。"

以上，是在自己所有的村中，建筑了大的水族馆的技师的论法。

在那水族馆里，大的鱼吞食着小的，技师便说，"我就喜欢这样的东西。和人类不同，它们很坦白，所以好。大家互相吞噬，并不怕羞。""吃了之后，毫不觉得不道德。我是好容易，现在总算和什么道德这无聊东西断绝关系了。"

这水族馆，恰如表示着新社会，在这社会里，贪婪者并不受良心的苛责，而在使清节之士和出色的人们吃苦，做牺牲。

迦尔洵觉到了在这水族馆似的社会里得意的市人的欲望，为牺牲者的运命哀伤。他又憎恶那些在惠列希却庚（Veresichagin)的绘画展览会里，议论着伤兵所穿的便衣可曾画出，研究着海岸的白沙，云的延伫之类逼真的风景，而闲却了描在画上的悲哀的精神的，庸俗的利己底的自满自足的市人们。

他在青年时代，就已经在惠列希却庚的画上，发见死亡，听到被虐杀的人们的号泣，于一八七四年写了关于这的自己的感想了。

后来，在一八七七年负伤了的他，在野战病院中，这才做好那拟在杂志上发表的《四日》，接着又想定了许多的短篇。而由他一切的创作，表现得特为显著者，是主张和集团，民众，劳动者们作共同生活之必要的精神。

在做采矿冶金学校的学生的迦尔洵，因为憎恶人类的相杀，竭力反抗了战争的结果，竟不受试验，上战场去了。然而这并非为了杀敌，乃是代同胞而牺牲自己，和民众共尝惨苦，当必要之际，则干净地死亡。

如据他的书信就明白，他的精神之成为安静状态，是以公众的悲哀为悲哀，自己也得体验了公众的窘乏艰难的时候。

短篇小说《红花》，是进哈里珂夫的精神病院时候所写的，但他所描写出来的主人公，是将作为人类的斗士当然负担着的义务，给以完成，为了别人，而将自己来做牺牲的人物。

短篇《夜》里的主角亚历舍·彼得罗微支，是厌弃了生活和人间，想自杀以脱掉自己的烦闷的，然而为冲破深夜的寂寞的钟声所警悟，记得人类世界了。就是，他想到了群集，记起了大集团和现实的生活，发见了自己应走的路和死而后已的处所，了解了非为"自我"，却应该为共通的真理而爱了。他又记得了从来所目睹的人类的悲哀和懊恼，但相信独自抱膝含愁，是无益的，应该进而将那悲哀的一头，分担在自己的肩上，当此之际，这才能将慰安送给自己的精神。这是迦尔洵的自己的省悟。

迦尔洵于十二岁时候，从人烟稀少的南部草原，到了往来如织的繁华的彼得堡。在草原时，他已读雩俄的《不幸的人们》和斯土活的《黑奴吁天录》等，并且借杂志《现代》养成读书之力，学习了应该爱人。在彼得堡，他又知道人世的哀乐和俗事的纷繁，使心底经验愈加丰富，常嫌孤独生活，和群集相融合，自称群集之一人，在军事小说上，绘画论（关于苏里珂夫和波莱夫的作品）上，他都喜欢描出群集。

烦闷着的集团和自己，在密切的关系上这一种观念，是迦尔洵的最大特色。

他于一八七九年作短篇小说《艺术家》，将无关心的读者，领进工厂中，示以机器，锅炉，被束缚着的劳动者的悲惨的境遇。

他本身的不幸，是目睹了元气沮丧，既不能抗议，也不能斗争，只在烦闷懊恼的八十年代的民众。他又在工厂里，看见了囚徒底劳动，看见了扩大的恶弊，但不能认知发达的创造力。

迦尔洵不能属于或一党或一派，并非所谓纯然的斗士，然而同情于一切人类的痛苦，有着能为减轻别人的烦恼，除去一切的恶弊，则死而无憾的觉悟。他即以这样的心绪和感情，从事创作，观察文学，而且解释了艺术家的任务。

从这样的见地来判断，他也是在最上的意义上的民主主义者的文人。

有人向着迦尔洵的短篇《艺术家》的主角略比宁，讲了工厂里修缮锅炉的情形，第二天，略比宁便到工厂的锅炉房去，走进锅炉里，约半点钟，看着一个工人用钳子挟住铰钉，当着打下来的铁锤的力。他于是显着苍白脸色，以激昂的状态，爬出锅炉，默默地走向家里去，一进画室，便画起锅炉房的工人来，写出可怕的光景，将自己的神经自行搅乱了。略比宁所愿意的，是用自己的绘画，来打动人们的心。就是，他要观者同情于被虐的工人，工人则以自己的可怕的模样，来使身穿华服的公众吃惊，将仿佛喊道"我是疮痍的团块呀"一般之感，给与观者。

略比宁在画布上的工人的苦恼的眼里，藏了"号泣"之影，而这号泣之声，却撕掉他自己的心了。

略比宁于是不能堪，生了热病……。这不是绘画，是烂熟了的时代病的表现。略比宁自己化为工人，战缩于铁锤的每一击，病中至于说昏话道："住手呀，为什么那样地？"

略比宁就是符舍服罗特·密哈罗微支·迦尔洵。他是为生活的沉重的铁锤所击的人们的拥护者。他是在自己爱写的人物的眼中，描出略比宁式号泣的影，使各个人物向残酷的人们叫喊道，"住手呀，为什么那样地？"的。这叫喊，是将"人"和"艺术家"萃于一身的迦尔洵，一直叫到进了坟墓的言语。

十二岁的少年之际，看见叔父批了一个农夫的嘴巴，便哭起来的他，就使一短篇中的主角伊凡诺夫，按住了要打兵丁的温采理的手。于一八七五年抛弃一切，将代同胞而死于战场的他所描写的《四日》和《孱头》的主角们，就都是愿意代别人而将自己来做牺牲者。又在一八八〇年，他面会了墨斯科警察总监凯司罗夫，诉说妓院的可怕的内情，且为被虐待被凌辱的不幸的妇女们辩护，而他的小说《邂逅》的主角伊凡·伊凡诺微支以及短篇《那及什陀·尼古拉夫那》中的人物罗派丁，也一样地成着不幸的妇女的拥护者。到最后，迦尔洵曾于暮夜潜入罗里斯·美利珂夫的邸宅，想为革命家谟罗兑兹基的死刑求免，而事不成，执行死刑了，于是他虽在病中，却巡行于土拉县者七星期，宣传共同底幸福之必要，怂恿和社会的恶弊相抗争，而《红花》的主角，也抱着相同的感慨，在关于被砍倒的棕榈的童话里，迦尔洵也写着这感情的。

先于契诃夫，迦尔洵创作了所谓“比麻雀鼻子还短的”短篇小说。然而这文体并非豫有计画，因而创造了的，乃是恰如在现代的喧嚣的都市中，有时听到惊心动魄的短短的号泣之声一般，从迦尔洵的心，无意中发生了的文体。

迦尔洵有时也想做长篇，但终无成就，于是常竭力压榨内容，使色彩浓厚，载在来阿尼特·安特来夫(Leonid Andreev)的《红笑》上那样的许多人物出现的长篇，是决不做的。他不取材于尸山血河，极简素地描写了伤兵伊凡诺夫躺了四天的一小地点的光景，但这一小地点，则和全部战争和全部生活组织相连结，伊凡诺夫一人的苦闷，是将至大的感动，给与全体的读者的。

迦尔洵给人更深的感动，使觉得战争的惨苦的，不是战场，而是将因脱疽而死的大学生库什玛的房里的情形。“然而这不过是许多人们所经验的悲哀和苦痛之海的一滴”者，是躺在死床上的库什玛的好友所说的话。

迦尔洵就在满以号泣的凄惨的短篇里，显示出这一滴来。而他之表现号泣，则不用叫声，愈在想要呕血似的心中叫喊，他的钢笔便动得愈是踌躇不决。然而这踌躇不决的写法，却愈是深深地打动了读者的心。

迦尔洵的小说，是使人们起互助的观念，发生拥护被虐者之心的。

真的人迦尔洵，对于我们，是比别的许多艺术家更贵的人物。

他并非大天才，但那丰姿，却美如为燃于殉教者底情热的不灭之火所照耀。他是可以自唱“十字架下我的坟，十字架上我的爱”的热情者的文人。

迦尔洵的作品的文学底评论，由凯罗连珂（V. G. Korolenko）详述在《十九世纪的文学》这书本里。

凯罗连珂者，其精神之美，是近于迦尔洵的，但他却作为勇敢的侠客，而出现于社会。倘若以迦尔洵为拼自己的生命，和社会恶相抗争，而终死于反动的打击之下者，则凯罗连珂乃是常常获得实际底结果的。

Lvov—Rogachevski 的《俄国文学史梗概》的写法，每篇常有些不同，如这一篇，真不过是一幅 Sketch，然而非常简明扼要。

这回先译这一篇，也并无深意。无非因为其中所提起的迦尔洵的作品，有些是廿余年前已经绍介（《四日》，《邂逅》），有的是五六年前已经绍介（《红花》），读者可以更易了然，不至于但有评论而无译出的作品以资参观，只在暗中摸索。

然而不消说，迦尔洵也只是文学史上一个环，不观全局，还是不能十分明白的，——这缺憾，且待将来再弥补罢。

一九二九年八月三十日，译者附记。

原载 1929 年 9 月 15 日《春潮》月刊第 1 卷第 9 期。
初未收集。

三十一日

日记　昙。上午内山书店送来『世界美術全集』（三十二）一本。下午晴。理发。夜往内山书店。

九月

一日

日记 星期。晴。下午得季市信。

二日

日记 晴。上午修甫，友松来。得石民信并稿。得杨骚信。夜得季志仁信。

三日

日记 晴。晨复季志仁信。复季市信。复石民信。午后昙。复杨骚信。得友松信并铅字二十粒。晚朱君，陈君来。

四日

日记 晴。无事。

五日

日记 晴。上午得矛尘信。同广平往福民医院诊察。下午叶永蓁来并赠《小小十年》一部。修甫，友松来。

六日

日记 晴。上午得石民信并稿。

七日

日记 昙。上午秋田义一来还拓片。午钦文来。得小峰信并书报等。下午得淑卿信，九[八]月三十日发。夜康农，修甫，友松来。

八日

日记 星期。晴。上午辛岛骁来。下午钦文来，付以泉三百，为陶元庆君买冢地。得杨维铨信。夜校译《小彼得》毕。

九日

日记 昙。上午复杨维铨信。复石民信。寄淑卿信。寄达夫信。得张天翼信并稿，午后寄还旧稿。晴。往内山书店买『世界文学全集』中之两本，每本一元二角。

十日

日记 晴。上午内山书店送来『厨川白村集』(六)一本，全部完。午后雨一陈即霁。寄修甫信。下午达夫来。晚得小峰信并《奔流》第四期。得黎锦明信并稿。得罗西信并稿。得陈翔冰信并稿。得柳垂，陈梦庚，李少仙，范文澜信各一封，夜复讫。

十一日

日记 晴。午后修甫来，托其以译著印花约四万枚送交杨律师。下午得达夫信，即复。下午往内山书店，遇辛岛，达夫，谈至晚，买『社會科学の豫備概念』及『読史叢録』各一部而归，共泉八元四角。得钦文信。得何君信。

十二日

日记 晴。上午施蛰存来，不见。下午友松来。得矛尘信。

十三日

日记 晴。上午收杨慧修所寄赠之《除夕》一本。午后收大江书店版税泉三百，雪峰交来。得侍桁信。下午得张天翼信。得诗荃信。晚得钦文信，夜复。寄协和信并泉百五十。假柔石泉廿。

十四日

日记 晴。午后得白莽信并稿。

十五日

日记 星期。晴，热。无事。

《小彼得》译本序

这连贯的童话六篇，原是日本林房雄的译本（一九二七年东京晓星阁出版），我选给译者，作为学习日文之用的。逐次学过，就顺手译出，结果是成了这一部中文的书。但是，凡学习外国文字的，开手不久便选读童话，我以为不能算不对，然而开手就翻译童话，却很有些不相宜的地方，因为每容易拘泥原文，不敢意译，令读者看得费力。这译本原先就很有这弊病，所以我当校改之际，就大加改译了一通，比较地近于流畅了。——这也就是说，倘因此而生出不妥之处来，也已经是校改者的责任。

作者海尔密尼亚·至尔·妙伦（Hermynia Zur Muehlen），看姓氏好像德国或奥国人，但我不知道她的事迹。据同一原译者所译的同作者的别一本童话《真理之城》（一九二八年南宋书院出版）的序文上说，则是匈牙利的女作家，但现在似乎专在德国做事，一切战斗的科学底社会主义的期刊——尤其是专为青年和少年而设的页子上，总能够看见她的姓名。作品很不少，致密的观察，坚实的文章，足够成为真正的社会主义作家之一人，而使她有世界的名声者，则大概由于那独创底的童话云。

不消说，作者的本意，是写给劳动者的孩子们看的，但输入中国，结果却又不如此。首先的缘故，是劳动者的孩子们轮不到受教育，不能认识这四方形的字和格子布模样的文章，所以在他们，和这是毫无关系，且不说他们的无钱可买书和无暇去读书。但是，即使在受过教育的孩子们的眼中，那结果也还是和在别国不一样。为什么呢？第一，还是因为文章，故事第五篇中所讽刺的话法的缺点，在我们的文章中可以说是几乎全篇都是。第二，这故事前四篇所用的背景，是：煤矿，森林，玻璃厂，染色厂；读者恐怕大多数都未曾亲历，那么，印象也当然不能怎样地分明。第三，作者所被认为"真正的社会主义作家"者，我想，在这里，有主张大家的生存权（第二篇），主张一切应该由战斗得到（第六篇之末）等处，可以看出，但披上童话的花衣，而就遮掉些斑斓的血汗了。尤其是在中国仅有几本这种的童话孤行，而并无基本底，坚实底的文籍相帮的时候。并且，我觉得，第五篇中银茶壶的话，太富于纤细的，琐屑的，女性底的色彩，在中国现在，或者更易得到共鸣罢，然而却应当忽略的。第四，则故事中的物件，在欧美虽然很普通，中国却纵是中产人家，也往往未曾见过。火炉即是其一；水瓶和杯子，则是细颈大肚的玻璃瓶和长圆的玻璃杯，在我们这里，只在西洋菜馆的桌上和汽船的二等舱中，可以见到。破雪草也并非我们常见的植物，有是有的，药书上称为"獐耳细辛"（多么烦难的名目呵！），是一种毛茛科的小草，叶上有毛，冬末就开白色或淡红色的小花，来"报告冬天就要收场的好消息"。日本称为"雪割草"，就为此。破雪草又是日本名的意译，我曾用在《桃色的云》上，现在也袭用了，似乎较胜于"獐耳细辛"之古板罢。

总而言之，这作品一经搬家，效果已大不如作者的意料。倘使硬要加上一种意义，那么，至多，也许可以供成人而不失赤子之心的，或并未劳动而不忘勤劳大众的人们的一览，或者给留心世界文学的人们，报告现代劳动者文学界中，有这样的一位作家，这样的一种作品罢了。

原译本有六幅乔治·格罗斯(George Grosz)的插图，现在也加上了，但因为几经翻印，和中国制版术的拙劣，制版者的不负责任，已经几乎全失了原作的好处，——尤其是如第二图，——只能算作一个空名的绍介。格罗斯是德国人，原属踏踏主义(Dadaismus)者之一人，后来却转了左翼。据匈牙利的批评家玛察(I. Matza)说，这是因为他的艺术要有内容——思想，已不能被踏踏主义所牢笼的缘故。欧洲大战时候，大家用毒瓦斯来打仗，他曾画了一幅讽刺画，给钉在十字架上的耶稣的嘴上，也蒙上一个避毒的嘴套，于是很受了一场罚，也是有名的事，至今还颇有些人记得的。

一九二九年九月十五日，校讫记。

最初印入1929年11月上海春潮书局版许霞(许广平)译《小彼得》。

初收1932年9月上海北新书局版《三闲集》。

十六日

日记　晴。上午得杨律师信。得侍桁信并稿。午后寄修甫，友松信。下午往内山书店买『支那歴史地理研究』及续编共二册，泉十元八角。夜修甫及友松来，并赠糖食三合。

十七日

日记　昙。午得有麟信。中秋也，午及夜皆添肴饮酒。

十八日

日记　小雨。晨寄白莽信。夜濯足。

十九日

日记　昙。上午得侍桁信并稿。午后小雨。朱企霞来，不见。晚达夫来。得叶永蓁信。

二十日

日记　晴。下午友松，修甫来。广平从冯姑母得景明本《闺范》一部，即以见与。

二十一日

日记　晴。上午友松送来《小小十年》五部。午杨律师来，交还诉讼费一百五十，并交北新书局版税二千二百元，即付以办理费百十元。午后寄友松信。下午白莽来，付以泉五十，作为稿费。晚康农，修甫，友松来，邀往东亚食堂晚餐。假修甫泉四百。

二十二日

日记　星期。昙，午后晴。晚张梓生来。

二十三日

日记　晴。上午得内山信片。午后得协和信。晚得霁野信。

二十四日

日记　雨，下午晴。寄淑卿信并九及十两月家用三百。内山书店送来绢品一方，辛岛骁所赠。得侍桁信。夜雨且动雷。

二十五日

日记 昙。晨寄淑卿信，托其从家用款中取泉五十送侍桁家。午后得淑卿信附刘升来信，二十一日发。内山书店送来『世界美術全集』(卅三)一本。下午收本月分编译费三百。达夫来别。夜发热。

二十六日

日记 晴。上午往福民医院诊，云热出于喉，给药三种，共泉六元。下午送广平入福民医院。夜在医院。

二十七日

日记 晴。晨八时广平生一男。午后寄谢敦南信。寄淑卿信。下午得友松，修甫信。夜为《朝华旬刊》译游记一篇。

青湖记游(遗稿)

[俄国]尼古拉·确木努易

十二点钟后，从无涯的地平线的广阔的路，在运货马车上颠簸着，我们到了青湖的溪谷了。是丰丽的溪谷。半俄里(译者注：一俄里约三千五百尺)广，一俄里长的这谷，三面为屹立的岩石所包围，盖以鲜艳夺目的花卉的斑斓的天鹅绒，看去好像深坑的底。这天鹅绒上，展开着多年的簑衣树，成着如画的岛屿，斑条杜鹃开得正盛，在全溪谷里放着芳香。那香气，夹在硫黄的气味中，使湖水的周围很气闷。

我们震惊于造化的富饶之美，立着在看得入迷。左——是耸立的石壁，白到恰如昨天才刷上白垩的一般。——大得出奇，生在那顶上的大树，好像是谁布置在岩头的窗户。正面——是成着三层的露台，为种种植物所遮蔽，下接谷间。巴尔凯尔的峡谷环在右隅，从那里迸出秋乌列克川来，滔滔作响。浑浊的奔流杀到岩间，从谷的右侧扛起磐石，激流搬着巨石，到处轰轰然仿佛铁路的火车。俯临秋乌列克川上的危岩，蔽以草莽，葱葱茏茏宛如为藤萝所缠绕。在巨岩上，则覆盖山巅的雪，溶化而成小川，银的飘带一般纠缠着。

我们默默然站着，在眺望这些环抱我们的岩石的群山。但是，没有地平线，却令人不高兴。

"湖水在那里呀？"有谁在问引路人那德。他是我们旅行过了的那烈契克的凯巴尔达人。

"进口是那边！"那德说。并且激烈地动着手，指点那遮住了湖的风景的簑衣树丛。

我们环行过丛树去一看，失望了。湖水并不是我们所想象的那样的东西。那仅是三十赛旬（译者注：一赛旬约七尺）的四方的池，满着水晶似的透明的水。水很清澈，被暴风吹倒的簑衣树的大树，根还牢牢地钉在石岸上，但连那树梢的最后的一枝，在水里也看得很分明。

"那怎么是青的呢？这是遭了骗了！……"

"抛下白的东西去——就明白罢！"被侮辱了似的，那德说。

有谁从提篮里取出熟鸡蛋来，将这抛在湖的约略中央了。睡着的水面，便一抖而生波纹。鸡蛋消失在微波之下了。我们哄然大笑，呆头呆脑，恰如渔人的凝视浮子一般，定睛看着湖的微波上。

"阿，阿！看那边呀！"那德发疯似的叫喊，指着静了的水面。我们专心致志，注视水中。

"阿，阿呀，鸡子——青了呀！"女人们看着滚滚地流向我们脚边来的全然青玉一般的鸡蛋，狂喜得大叫。整一分钟，是欢喜和感叹和狂呼，但鸡蛋也就在我们的岸下消失了。

"确是深的！"有谁这样说。"喂，再来一个罢！"

鸡蛋又飞进湖中去了。聪明的那德便盖上提篮，将这挟在腋下。

“豫备吃什么呀?”他说,不以为然似的摇摇头。

我们是孩子一般愉快。我们大佩服那德的聪明,不再抛鸡蛋了,将这改为石子。

“呀,呀!看那,那边。夜了!”那德忽然狂叫起来,指着山顶。

我们反顾,要用眼在岩头看出夜来。但那里并没有夜。……在雪岭上,燃着落日的红莲的光辉,显着一切珍珠色的迁色在晃耀。这闪闪地颤动,消溶,仿佛再过一分钟,就要使花卉盛开的山谷,喷出红莲的川流来。

我们感叹了。然而那德却仓皇地叫喊——

“客人们!是夜呵!用短刀砍簑衣树去——烧起火来呀!立刻就是夜呵!……”

他左往右来地在为难。他的红脸上现出恐怖来,对于我们的无关心,则显示了愤懑。

到底,我们也懂得了怕夜近来的那德的心情,开手去搜集取暖的材料。那德在簑衣树枝密处之下选定了位置,在柴薪上点起火来。

戴雪的岭,是褪色了,青苍了。就从那里吹送过寒气来。黄昏渐见其浓,夜如幻灯似的已经来到。旅客们围住柴火,准备着茶和食物。我在那德的指挥之下,用小刀砍下带着大叶的小枝条来,做了床铺。

夜使我们愈加挨近柴火去。女人们来通知,一切都已完全整备了,我们便坐下,去用晚餐。那德是摩哈默德的忠仆,不违背《可兰经》的。——他不喝酒,不吃火腿,只喝茶,吃小羊的香肠。

夜将我们围在穿不通的四面的岩壁里了。从那静寂之中,传来了奇秘的低语和声响。

只有深蓝色的天鹅绒的太空,雕着大的星点,盖在我们上面。夜就如躺在围绕着我们四面的大象的背上似的……。簑衣树的绿叶，在柴薪的焰中战栗，见得灰色。我们近旁的马得到饲养，——它们嘘嘘地嘶着，啮食多汁的草，索索有声。夜鸟在我们的头上飞翔，因柴烟而回转，叫了一声，便没入丛树里去了。奇秘的低语声，酝酿，而且创造了喘不出气来似的气分。我们紧靠了柴薪这面，竭力要不看暗的，围绕我们的深渊。忽然，有什么沙沙地发声，格格地，拍拍地响，发了炮似的，轰然落在秋乌列克川里，山峡都大声响应了。我们发着抖，默然四顾。

"地崩呀！"那德坦然地说明。"是山崩了呀！"

秋乌列克川不作声了。那好像是在沉思，要去慰问不时的灾难。

黑暗，篝火，不分明的低语声，逼我们想起各样可怕的故事来。那是其中充满着死人，强盗，妖人和凶神之类的。而且这故事愈可怕，我们便愈挨近火的旁边，想不去看背后——漆黑的，墨汁似的夜的深渊……。

"这里有野兽么，那德？"

"猴子，熊，野牛是到秋乌列克川来喝水的……。"

于是一切都寂然了。

那德盖着外套，向我们道了晚安。

"你，听见么？有谁走来了呀……。"

大家都转脸向那一面去。从那一面，听到了一种什么脚步声和不分明的喃喃声。大家都提防着。

"唉，哗，哗！"在暗中哼着，好像有什么东西用三只脚走近我们这边来了。

"那德！那德！起来一下！"

然而那德却仿佛一切都已办妥了似的，早已昏昏酣睡了。

我们终于将他摇醒，告诉了我们的恐怖。将那三只脚的东西近来了的事……。

那德却不过吐了一口唾沫。

"那是滔皮(山里的侯爵)呵。是爱喝酒的老爵爷,在这里养羊的。"

我们不相信那德说侯爵——滔皮自己会在养羊的话。

步声近来了。在黑暗中,先显出灰色的胡子来,接着是一个带皮帽的高大身材的老人模样出现。侯爷带着跛脚,拄着粗粗的拐杖,走近柴火旁边来。

"好东西,好东西,康健哪! 客人。"侯爵说。

我们回答了他的欢迎,请他坐在一起。

侯爵脱了帽子,坐下了。

"来游玩的罢,客人?"他并不一定问谁地,问。

"是的,我们是来看看湖水,秋乌列克川,山,巴尔凯尔路的。"

"哼!"老人在唇齿间说,用了黑的,透视似的眼,狂妄地注视我们。我们也注视侯爷,他的用通红的胡子装饰起来的鹰嘴鼻,以及尖尖的指甲。但是,竟想不出从什么地方说起,来谈天。

"你脚痛么? 滔皮。"一个医生说。

"给你们的兵打坏的!"山里侯爷回答了,但他的脸上,闪过了愤怒的影子。

"滔皮,吃点东西,怎样?"医生亲切地改了话,说。侯爷点一点头,表示允诺的意思。酒是将瓶子,茶杯,和香肠这些,给了他。山里侯爷便排着两个杯子,和食物一同喝起来,只是咳嗽。

他的眼睛有些亮汪汪了。不知怎地,好像忽然没了力气似的。

"晚安,客人!"他说着,摊开了外套。

我们也在树枝上准备就寝。一面听着谷川的响亮的音响,用睡眼仰望着黑暗的天空。觉得天空像是弯曲了挂在巨岩的群山的上面,天花板似的,用那两头搁在岩上……。

原载 1929 年 12 月 20 日《奔流》月刊第 2 卷第 5 期。
初未收集。

致 谢敦南

敦南先生：

广平于九月廿六日午后三时腹痛，即入福民医院，至次日晨八时生一男孩。大约因年龄关系，而阵痛又不逐渐加强，故分娩颇慢。幸医生颇熟手，故母子均极安好。知蒙

先生暨

令夫人极垂锦注，特先奉闻。本人大约两三星期后即可退院，届时尚当详陈耳。专此布达，敬颂

曼福不尽。

鲁迅　启上　九月廿七午

致 李霁野

霁野兄：

九月十八日信已到。三十元收据，已托人去取，据云须月底才付款，当待数日，如竟取得，则交开明。

《未名月刊》事，我想，我是不能办的。因为我既不善于经营事务，而这样的一个办事人，亦无处可请，加以我是否专住上海，殊不可知，所以如来信所云，实非善法。倘编稿后由北京印行，不但多信件往来之烦，而关于论辩上的文章，亦易于失去时间性，编者读者，两无趣味。因此我对于《未名月刊》实无办法，不如仍由在北平同人主持，为较有条理也。

迅　上　九月廿七夜

二十八日

日记 晴。上午往福民医院。下午寄霁野信。复友松信。秋田义一来，不见。往内山书店买文艺书五种共九本，泉十六元八角。买文竹一盆，赠广平。泽村幸夫来，未见。

二十九日

日记 星期。晴。上午往福民医院诊，取药三种，共泉二元四角。晚康农，修甫，友松来访，夜邀之往东亚食堂晚餐。

三十日

日记 昙。午后往福民医院，并付泉百三十六元。

本月

放浪者伊利沙辟台*

[西班牙]P. 巴罗哈

放浪者伊利沙辟台在那荒园里作工的时候，看见从教堂回家的玛因德尼走过，是往往自言自语的——

"那娃儿，在想些什么呢？那么样，就高高兴兴活着么？"

在他，玛因德尼的生活，就这么觉得希奇！像他那样，始终撞来撞去，走遍了全世界的人，这村子的镇定和幽静，自然以为是无出其右的，但未曾跨出过那狭窄的土地的她，竟不想去看戏，逛庙，看热闹的么？不觉得要过一回更出色的，更紧张的，两样的生活的么？因为放浪者伊利沙辟台对于这问题，不能给与一个回答，所以哲学家似的在沉思，一面仍然用锄子掘着泥土。

"意志坚强的娃儿呀，"于是又想，"那娃儿的魂灵太平稳，太澄净，所以教人担心的呀。总之，不过是不知道她怎样心思的担心，要知道她是怎样心思的担心，那虽然明明白白。"

放浪者伊利沙辟台自己保证了和那担心，并无很深的关系，便满足了，仍在自家的荒园里工作着。

放浪者伊利沙辟台是奇妙的样式的人。海岸地方的跛司珂人的性质和缺点，他无所不备。大胆，尖酸，是懒惰者，是冷笑家。疏忽和健忘，是成着他的性质的基础的。什么事都不以为意，什么事都忽然忘怀。

在亚美利加大陆上混来混去，这市上做新闻记者，那市上做商人，这里卖着家畜，那里却又是贩葡萄酒，这之间，将带着的有限的本钱几乎完全用光了。也往往快要发财，但因为不热心的缘故，总失掉了机会。他总被事件所拉扯，决不反抗，就是这样的人。他将自己的生活，比之被水漂去的树枝，谁也不来检起它，终于是没在大海里。

他的懒散和怠惰，不是手，倒是头。他的魂灵，往往脱离了他。只要凝视川流或仰眺云影和星光，便于不知不觉中，忘却了自己的生活上最要紧的计画。即使并没有忘却这些事的时候，也为了不知什么别的事，将那计画抛开。那是为着什么缘故呢，他也常是不知道的。

最近时，在南美乌拉圭国的一个大牧场里。因为在伊利沙辟台，有不讨人厌之处，年纪固然已经到了三十八，风采却也并不坏，所以牧场的主人便开了口，要他娶他的女儿。那女儿，是正在和一个谟拉忒(白人和黑人的混血儿——译者)讲恋爱的很不中看的女人。但是，在伊利沙辟台，牧场的蛮气生活是觉得不坏的，于是答应了。到得快要结婚之际，忽然，思慕起出身的故乡的村庄，群山的干草气息，跛司珂地方的烟霭的景色来。直说出本心来是做不到的，一天早上，刚在黎明，向着未婚妻的父母说要到蒙提辟台阿买婚礼的赠品去，便跨上马，又换坐了火车。一到首府蒙提辟台阿，就坐了往来大西洋的大船，于是向着自己多承照顾的亚美利加之地，十分惜别之后，回到西班牙来了。

到了故乡吉普斯珂亚的小小的村庄。和在那里开药材店的哥哥伊革那希阿拥抱了。也去访问乳母，约定了不再跑开去。于是就住在他自己的家中。他在亚美利加不但没有赚钱，连带去的钱也不见了的这新闻，传布村中的时候，便什么人也都记得起来，他在没有出门之前，原已是一个谁都知道的愚蠢轻浮的胡涂汉。

这样的事。他全不在意。到果树园去，就挥锄。在余暇时，出力造了一只独木舟，在河里游来游去，撩得村人生气。

放浪者伊利沙辟台相信，哥哥伊革那希阿和他的妻，还有孩子们，是看不起他的，所以去看他们的时候，真是非常之少。然而不久，他知道兄嫂是在尊敬他，他不去访问，他们在责难。伊利沙辟台便比先前常到哥哥的家里去了。

药剂师的家是完全孤立的，在村子的尽头。对路这一面，有围以墙壁的院子。浓绿色的月桂树，将枝条伸出在墙头之上，略略保护着房屋的正面，使不被北风之所吹。院子的隔壁，便是药材店。

这房子里没有晒台，只有几个窗。这些窗的开法，是毫不匀整的。这是，无非因为有后来塞了起来的的缘故。

诸君由摩托车或马车，经过北方诸州的时候，可曾见过那无缘无故，令人起一种羡慕之情的独立人家没有？

觉得那里面，该是度着安乐的生活的罢，就推察出快活的，平和的生活来。挂着帷幔的诸窗，是令人想到陈列着胡桃树衣橱的广阔的房屋，摆着大的木床的很像修道院的内部；令人想到一入夜，即刻在滴答作响，高大的旧式时钟上的时间，缓缓地过去的，平安而幽静的生活的。

药剂师的家，即属于这一类。院子里是风信子，灯台草，蔷薇丛，还有高大的绣球花，有到下层的晒台那么高。沿在院子的泥墙上的干净的白蔷薇的花蔓，挂得像瀑布一般。因为这蔷薇是极其飘动，极其易谢的，在跋司珂语，就叫它“曲尔爱斯”。（狂蔷薇之意——译者。）

当放浪者伊利沙辟台很坦然的到他哥哥家去的时候，药剂师和他的妻便带了孩子们做引导，给看干净的，明亮的，芬芳馥郁的家。后来，他们又到果树园去。在这里，放浪者伊利沙辟台这才见了玛因德尼。她戴着草帽，正在将蚕豆摘来兜在衣裾里。伊利沙辟台和她，淡淡地应酬了一下。

“到河边去呢，”药剂师的妻对她妹子说，“你对使女们去说一声，教她们拿绰故拉德来。”

玛因德尼向家里去了。别的人们便通过了成行的梨树的扇骨似的撑开了枝子所做成的隧道，降到河边的树林之间的空地里。这里有一张粗桌子和一条石凳。太阳从密叶间射进来，照着河底。看见河底上的圆石子，银一般发光，以及鱼儿在徐徐游泳。天气很平稳。太空是蓝而明，朗然无际。

未暗之前，药剂师家里的使女两个，将绰故拉德和蛋糕装在盘子上，送来了。孩子们便猛兽似的扑向蛋糕去。放浪者伊利沙辟台先讲些自己的旅行谈，还有几样的冒险故事。使大家都出神地倾听。独有她，独有玛因德尼，对于这样的故事，却不见有怎样热狂模样。

“派勃罗叔叔，明天还来么？”孩子们对他说。

“唔唔，来的呀。”

放浪者伊利沙辟台回家去了。而且想着玛因德尼，做了梦。虽在梦里，看见的也还是现实照样的她。身子小小的，模样苗条的，眼珠黑而发闪的她，被乱抱乱吻的外甥们纠缠着。

药剂师的最大的儿子，是中学的二年生，伊利沙辟台便教他法国话。玛因德尼也加入了来受教。

伊利沙辟台觉得很关心于这幽静的，沉着的嫂嫂的妹子起来了。她的灵魂，仅仅是不知欲望，也不知企羡的幼儿的灵魂么，还是只要无关于叫她住在一屋顶底下的人们的事，便一切不管的女人呢，他不能懂。放浪者常常屹然的凝视她。

"这娃儿在想什么呵?"他自己问，有些时候，胆子大了起来。对她说道——

"玛因德尼姑娘，你没有结婚的意思么?"

"呵，这我！结婚那些事!"

"结了婚也不坏呀。"

"我结了婚，谁来照管孩子们呢？况且我已经是老太婆了。"

"廿三岁上下就是老太婆？那么，已经上了三十八岁的这我，简直早是一只脚踏在棺材里的昏聩老头子了呀。"

对于这话，玛因德尼什么也没有说，单是微笑着。

那一夜，伊利沙辟台觉到非常关心于玛因德尼的事，吃了惊。

"究竟，是那一类的女人呢，她?"他自己说:"骄傲的地方是一点没有，浪漫的地方也没有。但是……"

河岸的靠近狭的峡间路之处，涌出着一道泉水，积成了非常之深的池。里面的水，是不动的，所以恰如嵌着玻璃一样。"玛因德尼的魂灵，恐怕就是那样的罢。但是……"伊利沙辟台对自己说。他虽然想用这样的事，来做一个收束，然而关心总没有消除，岂但如此呢，还越发增加了。

夏天到了。药剂师的家的院子里，夫妇和孩子，玛因德尼，还有放浪者伊利沙辟台，每天总是聚集起来的。伊利沙辟台的谨守时间，向来没有那时的准。那样的幸福他未曾有过，但同时也未曾有过那样的不幸。

已到黄昏，空中满了星星，明星的青白色光在天空闪烁的时候，谈天也渐渐入神，随便，蛙鸣的合唱，更令人兴致勃然。玛因德尼也很不拘谨了，话说得较多。

一到夜里九点钟，听到那马夫坐位的篷子上点着大灯，经过村中的杂坐马车的铃声，大家便走散。伊利沙辟台心里描着明天白天的计画，向他的归路。那计画，是无论什么时候，一定团团转转绕着玛因德尼的周围的。

有时候，是颓丧地自问——

“跑遍了全世界，回到小村里来，渴想着一个乡下姑娘，不是呆气么？对那么俨然的，那么冷冷的娃儿，什么也不说的呆子，究竟那里还有呵！”

夏天已经过去。祭祝的时节近来了。药剂师和那家族，决计照每年一样，要到亚耳那撒巴尔去。

“你也同去的罢？”药剂师问他的弟弟。

“我不去。”

“为什么不去的？”

“不高兴去。”

“那么，也好罢。不过我先通知你，你可是只剩下一个人了呀。因为连使女们也要统统带去的呵。”

“你也去么？”伊利沙辟台对玛因德尼说。

“唔唔，自然去的。我就顶喜欢看赛会。”

“不要当真。玛因德尼去，可并不是为了这缘故呵。”药剂师插嘴说，“是去会亚耳那撒巴尔的医生的呀。那去年很有了意思的年青的先生。”

“这又有什么稀奇呢？”玛因德尼微笑着说。

放浪者伊利沙辟台发青，变红了。然而什么也不说。

要去赴会的前一夜，药剂师又问他的弟弟——

“那么，你同去呢，不去呢？”

“那么，去罢。”放浪者低声说。

第二天，他们一早起身，走出村庄，到了国道。从此弯弯曲曲顺着小路，横断了满是丰草和紫的实芰荅里斯的牧场，走进了山里。

朝气有些温热。山野为露水所濡。太空作近于水色的蔚蓝，撒着白色的云片。这云又渐次散成细而且薄的条纹。早上十点钟，他们到了亚耳那撒巴尔。这地方是山上的村子，有教堂，广场上有球场，有两三条并立着石造房屋的大路。

他们走进药剂师的妻的所有的独立屋子去，到了那厨房。在那里，就开始了放下投树枝入火和摇着孩子的摇篮的手，走了出来的老婆婆的大排场的欢迎和款待。她从坐着的低低的炉边站起，和大家招呼，对于玛因德尼，她的姊姊，孩子们，是接吻。那是一位精瘦的老婆婆，头上包着黑布。她有着长长的鹰嘴鼻，没有牙齿的嘴，打皱的脸，白的头。

"您是，那个，到过什么亚美利加的那一位么?"老婆婆和伊利沙辟台几乎碰住了鼻子，问。

"是的，我就是去过那边的。"

已经到了十点钟了。因为这时候，大弥撒就要开头的，所以在屋子里，只留下了一个那老婆婆。大家便都往教堂去。

午餐之前，药剂师教玛因德尼和孩子们相帮，从这屋子的窗间，乱七八遭的放了些花爆。这以后，都赴食堂去了。

食桌周遭，计有二十多人，其中就有这村的医生，坐在玛因德尼的左近。而且对她和她的姊姊，竭尽了万分的妩媚和殷勤。

这一刻，放浪者伊利沙辟台感到大大的悲哀了，心里想，还是弃了这村子，回到亚美利加去罢。直到吃完，玛因德尼不歇地向伊利沙辟台看。

"是在和我开玩笑呀。"他想，"知道我在想她，所以和别的男人说笑给我看看的。墨西哥湾怕再要和我做一回朋友罢。"

用膳完毕的时候，已经过了四点钟。跳舞早在开头了。医生不离玛因德尼的身边，接连地在讨她的好。于是她就总是凝视着伊利沙辟台。

到黄昏，赛会正酣之际，就开始了奥莱斯克舞。青年们手挽着手，打鼓的走在前头，在广场里翔步。有两个青年离开队伍，互相耳语，似乎略有些踌躇，但即除下无边帽来拿在手里，向玛因德尼请她去做魁首，做跳舞的女王。她竭力用跋司珂语回绝他们。看看姊夫，他在微笑。看看姊姊，她也在微笑。于是看看伊利沙辟台。这是在万分的吃苦。

“快去罢，不要客气。”阿姊对她说。

跳舞以一切的仪式和礼节开首。这是可以看作原始时代，神人时代的遗风的。奥莱斯克一完，药剂师因为要舞芳宕戈，拉出他的妻去了。于是，年青的医生，拉出玛因德尼去了。

暗了。广场的篝火都点了起来。而人们也想到了归路。

回家吃过绰故拉德之后，药剂师的家族和伊利沙辟台便向着家路，上了归涂。

远远地，在群山中发出应声，听到赛会回去的人们的，略似野马嘶鸣的声唤。

在密树里，火萤好像带蓝色的星星一般在发光。蛙儿在寂静的夜的沉默中，阁洛洛，阁洛洛地叫着。

时时，下坡的时候，由药剂师所出的主意，大家手挽着手走了。一同唱着——

Aita San Antoniyo Urquiyolacua. Ascoren biyotzeco sauto devotua. 走下斜坡去。

伊利沙辟台对玛因德尼是生气的，虽然很想离开她，但偶然竟使她跟着他走了。

挽手的时候，她将手交给他。那是纤小的，柔软的，温暖的手。忽然，走在前头的药剂师想起来了，即刻站住，向后面一挤。这时候，大家就也互撞了一回。伊利沙辟台便屡次用了两腕，将玛因德尼扶住。她有些焦躁，叱责了姊夫，就又向庄重的伊利沙辟台注视。

“你为什么这样闷闷的?”玛因德尼用了尖酸的声音，向他问。那漆黑的眼，在夜的昏暗里发光。

“我么？不知道。这是男人的坏脾气，看见别人高兴，便无缘无故伤心。”

“但是，你并不坏呀。”玛因德尼说着，那漆黑的眼凝视着他几乎要钉进去，伊利沙辟台于是非常狼狈了。至于心里想，恐怕连星星也觉得自己的狼狈。

“对呀，我不是坏人。”伊利沙辟台喃喃地说。“但是我，像大家所说，是呆子，是废料呵。”

“那样的事也放在心里么？连不知道你的人们说出来的那些话？”

“自然。我就怕这些话是真的呀。在还非再去亚美利加一趟不可的人，那是并不平常的心事呵。”

“阿阿，还去？说还要去么？”玛因德尼用了沉着的调子低声说。

“就是呀。”

“但是，什么缘故呢？”

“唉唉，这是不能告诉你的。”

“如果我猜出了？”

“如果猜出了，那就可叹。因为你便要当我呆子看的。我年纪大了……”

“唉唉，那算什么呢。”

“我穷呀。”

“那是不要紧的。”

“唉唉，玛因德尼！真的么？不会推掉我的么？”

“不，岂但不会……”

“那么……肯像我的想你一样，你也想我么？”放浪者伊利沙辟台用了跛司珂语低低地说。

“是的，便是死了也……”玛因德尼这样地说着，将头紧靠在伊利沙辟台的胸前。于是伊利沙辟台在她的栗色的头发上接了吻。

“玛因德尼！这里来呀！”姊姊在叫了，她便从他离开。但因为要看他，又回顾了一回。而且又屡次屡次的回顾。

大家走着寂静的路，向村子那边进行。

在周围。充满着神秘的夜在颤抖，在空中，星星在箒眼。

放浪者伊利沙辟台抱着为说不出的心情所充塞的心，觉得被幸福闭住了呼吸，一面大张两眼，凝视着一颗很远很远的星。而且用了轻轻的声音，对那星讲说了一些什么事。

巴罗哈（Pío Baroja y Nessi）以一八七二年十二月二十八日生于西班牙之圣舍跋斯丁市，和法兰西国境相近。先学医于巴连西亚大学，更在马德里大学得医士称号。后到跋司珂的舍斯德那市，行医两年，又和他的哥哥理嘉图（Ricardo）到马德里，开了六年面包店。

他在思想上，自云是无政府主义者，翘望着力学底行动（Dynamic action）。在文艺上，是和伊巴臬兹（Vincent Ibáñez）齐名的现代西班牙文坛的健将，是具有哲人底风格的最为独创底的作家。作品已有四十种，大半是小说，且多长篇，又多是涉及社会问题和思想问题这些大题目的。巨制有《过去》，《都市》和《海》这三部曲；又有连续发表的《一个活跃家的记录》，迄今已经印行到第十三编。有杰作之名者，大概属于这一类。但许多短篇里，也尽多风格特异的佳篇。

跋司珂（Vasco）族是古来就住在西班牙和法兰西之间的比莱纳（Pyrenees）山脉两侧的大家视为“世界之谜”的人种，巴罗哈就禀有这民族的血液的。选在这里的，也都是描写跋司珂族的性质和生活的文章，从日本的《海外文学新选》第十三编《跋司珂牧歌调》中译出。前一篇（*Elizabideel Vagabundo*）是笠井镇夫原译；后一篇是永田宽定译的，原是短篇集《阴郁的生活》（*Vidas Sombrias*）中的几篇，因为所写的全是跋司珂族的性情，所以就袭用日译本的题目，不再改换了。

最初印入1929年9月朝花社版《近代世界短篇小说集》(2):《在沙漠上及其他》。

初收所编《山民牧唱》,列入联华书局“文艺联丛”之一,未出版。

十月

一日

日记 晴。上午得杨律师信。午后秋田义一来，赠油绘静物一版，假以泉五。下午往福民医院，与广平商定名孩子曰海婴。得何春才信。

二日

日记 昙。上午友松赠仙果牌烟卷四合。午后修甫来。往福民医院。往内山书店。晚得达夫信。夜同三弟往福民医院，又之市买一帽，直三元。

苦蓬

[苏联]B. 毕力涅克

一

回转身，走向童山顶上的发掘场[①]那面去，就觉出苦蓬的苦气来。苦蓬展开了蒙着银色尘埃的硬毛，生满在丘冈上，发着干燥的苦味。从空旷的顶上，可望周围四十威尔斯忒[②]，山下流着伏尔迦河，山后的那边，躺着烟囱林立的少有人烟的临终的街市。从平原

---

① 考古学家发掘古代遗迹之处。——译者。

② 俄里。——译者。

上，是吹来了飒飒的风。

当站住告别的时候，望见从对面的山峡里，向发掘场这边跑来了一串裸体的女人，披头散发，露出乌黑的凹进的小腹，手捏茅花，大踏着从从容容的脚步。女人们一声不响，走到发掘场，将太古的遗迹绕了一圈，又扬着苦蓬的尘埃，回到山崖那边，山峡那边，峡后面的村落那边去了。

包迪克于是开口说：

“离这里十五威尔斯忒的处所，有一个沿河的小村，那里还留着千年前以来的迷信。闺女们跑出了自己的土地，用了自己的身体和纯洁来厌禳，那是在彼得·桑者符洛忒周间内举行的。谁想出来的呢，说是什么桑者符洛忒！……比起发掘之类来，有趣得多哩。此刻岂不是半夜么，那些闺女们恐怕正在厌禳我们罢。那是闺女的秘密呵。”

从平原上，又吹来了飒飒的风。在无限的天空中，星在流走，——七月的流星期已经来到了。络纬发出干燥闷热的声音。苦蓬放着苦气味。

告别了。临别的时候，包迪克捏着那泰理亚的手，这样说：

“那泰理亚，可爱的人儿，你什么时候归我呢？”

那泰理亚并不立刻，用了低低的声音回答道：

“不要这样子，弗罗贝呀。”

包迪克往天幕那边去了。那泰理亚回到山崖这面，穿过白辛树和枫树生得蒙蒙茸茸的小路，回了公社的地主的家里。夜也减不掉白天晒上的热。虽说是半夜，却热得气闷，草，远方，伏尔迦河，大气，一切都银似的干透了在发闪。从多石的小路上，飞起了干燥的尘埃。

调马的空地上，躺着斯惠里特，看了天在唱歌：

伏尔迦，伏尔迦，河的娘！

请打科尔却克[①]的耳光！

伏尔迦，伏尔迦，水的娘！

请打共产党员的耳光！

看见了那泰理亚，便说：

"就是夜里，那泰理亚姑娘，也还是不能困觉的呵，倘不怎么消遣消遣，公社里的人们，都到野地里去了哩。到发掘场去走了一趟么？不是全市都要掘转了么，——这样的年头，什么都要掘转呀，真是的。"——于是又唱起歌来：

伏尔迦，伏尔迦，河的娘呀！……

"市上的报纸送到了。苦蓬的气味好不重呵，这地方是。"

那泰理亚走进天花板低低的读书室（在地主时代，这地方是客厅），点起蜡烛来。昏昏的光，反映在带黄的木柱上。挂着布片的小厨，打磨过的大厨（没有门的），还是先前一样站着，窗上是垂着手编的镂空花纹的窗幔。低矮的家用什物，都依了平凡的摆法整然排列着。

侧着头——沉重的束发，挂下了——看报。用灰色纸印的市上送来的报章上，用阿喀末屑做成的青色的墨斯科的报章上，都满是扰乱和悲惨的记事。粮食没有了，铁没有了，有饥渴和死亡和虚伪和艰难和恐怖。

老资格的革命家，生着马克斯一般的络腮胡子的绥蒙·伊凡诺微支走了进来。坐在安乐椅子上，手忙脚乱地开始吸烟卷。

"那泰理亚！"

"嗡。"

"我去过市里了，你猜是开手了些什么？什么也没有！到冬天，怕都要饿死，冻掉的罢。你知道，在俄国，没有炼铁所必要的盐：没有铁，就不能打锉子，没有锉，就不能磨锯子。所以连锯柴也无论如

---

① 白党的将军。——译者。

何做不到，——那里有盐呢！糟呀。你也懂得的罢，多么糟呢，——多么糟的，讨厌的冷静呵。你瞧，说是活，说是创造，不如说死倒是真的。在这里四近的，是死呀，饥饿呀，伤寒症呀，天泡疮呀，霍乱呀……树林里，山谷里，到处是流氓。怎么样，——那死一般的冷静。死灭呀。在草原上，连全体死灭了的村子也有，没一个来埋掉死尸的人。每夜每夜，逃兵和野狗在恶臭里乱跑……唉唉，俄罗斯国民！……”

屋顶的那泰理亚的屋子里面，和堆在屋角的草捆一起，竖着十字架的像。大肚子的桃花心木的梳装台上，和旧的杂乱的小器具并排放着的镜子，是昏暗，剥落了。梳装台的匣子打开着，从这里还在放散些地主时代的蜡香，在底里，则撒着条纹绢的小片，——这屋子里，先前是住着地主的女儿的，有小地毯和路毯。从窗间，则伏尔迦河，以及那对面的草原——耕作地和美陀益尼的森林，都邈然在望，知道冬天一到，这茫茫的平野便将掩于积雪，通体皓然了。那泰理亚重整了束发，脱去上衣，只穿一件雪白的小衫，站在窗前很长久。她想着考古学家包迪克的事，绥蒙·伊凡诺微支的事，自己的事，革命的悲哀，自己的悲哀。

燕子首先报晓，在昏黄干燥的暗中，飞着锡且培吉①，最后的蝙蝠也飞过了。和黎明一同，苦蓬也开始发出苦气来。那泰理亚知道——苦蓬的发散气味，那苦的童话一般的气味，生和死的水的气味之在发散，也不仅是这平野中的七月，我们的一生中是都在发散的。苦蓬的苦，是现代的苦；但农家妇女们，都用苦蓬来驱除恶魔和不净。俄罗斯的民众……她想起来了，四月里，在平野上的一个小车站那里，——那地方，有的是天空和平野和五株白杨树和铁轨和站屋，——曾经见过三个人——两个农夫和一个孩子。三个都穿草鞋，老人披着短外套，女儿是赤膊的。他们的鼻子，都在说明着他们

① 似是鸟名。——译者。

的血中，的确混着秋瓦希和鞑靼的血液。三个都显着瘦削的脸。大的通黄的落日，照映着他们。老人的脸正像农家草舍，头发是草屋顶一般披垂，深陷的眼(是昏暗的小窗)凝视着西方，似乎千年之间总是这模样。在那眼中，有着一点东西，可以称为无限的无差别，也可以称为难懂的世纪的智慧。那泰理亚那时想——惟这才是真的俄罗斯国民，惟这才是有着农家草舍似的损伤了的脸和草屋顶似的头发的，浸透了灰尘和汗水的，钝弱的灰色的眼。老人凝视着西方。别一个弯了腿，将头靠在那上面，不动地坐着。女孩躺在散着向日葵子壳和痰和唾沫的街石上，睡着了。大家都不说话。如果去细看他们，——正值仗着他们，以他们之名，而在革命，——是悲痛，难堪的……他们，是没有历史的国民，——为什么呢，因为有俄罗斯国民的历史的地方，就有作自己的童话，作自己的歌谣的国民在……这些农民，于是偶或误入公社中，发出悲声，唱歌，行礼，求讨东西，自述他们是巡礼者。首先，是平野上的饥渴，赶他们出来的，什么全都吃光，连马也吃掉了，在故乡，只剩下钉了门的小屋，而且为了基督的缘故，在平野里彷徨。那泰理亚看见从他们那里有虱子落下。

家里有水桶声，女人们出去挤牛奶了。马匹已由夜间的放牧，赶了回来。一夜没有睡的绥蒙·伊凡诺微支，和斯惠里特一同整好马车，出外往滩边收罗干草去了。颇大了的鸡雏，闹起来了。用炎热来烧焦大地的白天，已经到来。那时候，在晚上，为了前去寻求别样的苦蓬——觅求包迪克的苦蓬，寻求欢喜的苦楚，非熬这炎热不可了。因为在那泰理亚，是未曾有过这苦蓬的欢喜的，而送来那欢喜者，则是或生或死的这些炎热的白天。

二

伏尔迦河被锋利地吃了进去。沿崖只有白辛树生长着的空荡荡的童山，突出在伏尔迦河里，这以四十威尔斯忒的眺望，高高地挺然立于伏尔迦之上。名曰乌佛克山,——世纪在这里保存了自己的名字。

在乌佛克的顶上,发见了遗迹和古坟,考古学家包迪克为要掘出它来,和先前在伏尔迦河上作工的一队工人一同光降了。发掘亘三周间,世纪被从地下掘起。在乌佛克,有古代街市的遗迹发见了。石造的水道的旧迹,屋宇的基础,运河等类皆出现。为石灰石和黑土所埋没的这建筑物,并非斯启孚和保加利亚人所遗留下来的东西。是不知何人从亚细亚的平原来到这里,想建立都会,而永久地从历史上消灭了的。他们之后,这不知何人之后,这里便来了斯启孚人,他们就留下了自己的坟墓。在坟墓里,石的坟洞里,石的棺里,穿着一触便灰烬似的纷纷迸散的衣服的人骨,和刀,银的花瓶——这里是有阿拉伯的钱币的,——画出骑马人和猎夫模样的瓶和盘子——这里是曾经盛过饮料和食物的——这些东西一同倒卧着;脚的处所,有带着金和骨和石做成的鞍桥的马骨,那皮是成了木乃伊似的了。石的坟洞里,是死的世界,什么气味也没有,非进那里面去不可的时候,思想总是分明地沉静下去,心里是涌出了悲哀。乌佛克的顶上,是光光的。在炎热的暑气中,展开了蒙着银似的尘埃的硬毛,苦蓬生长着。而且发出苦的气味来。这是世纪。

世纪也如星辰一般,能教诲。包迪克知道苦的欢喜。考古学家包迪克的理解,是上下几世纪的。事物总不诉说生活,倒诉说艺术。事件,已经便是艺术了。包迪克也如一切艺术家一样,由艺术来测度了生活。

在这里,乌佛克和曙光一同开始发掘,用大锅烧了热汤。发掘了。正午,从公社里搬了食物来。休息了。又发掘了。直到傍晚。晚上,堆了柴,烧起篝火来,围着它谈天,唱歌……在山峡的那边的村子里,都在耕耘,收获,饮,食,眠——为了要活。山崖下面的公社里,也和这一样,做,食,眠;而且一切人们,还想十足地喝干生活的杯,饮尽平安和欢乐。和照例的炎热的日子一同,热的七月是到了。

白天呢，实在耀眼得当不住。夜呢，送来了惟夜独有的那轰动和平安。

或者在掘开夹着燧石和鬼石（黑而细长的）的干燥的黑土，或者将土载在手推车子上，运去了在过筛。掘下去到了石造的进口了。包迪克和助手们都十分小心地推开了石块。坟洞是暗的，什么气味也没有。棺在台座上。点起煤油灯，画了图。烧起镁光来，照下了照相。寂静，也没有出声的人。揭开了大约十普特重的成了苍白的盖石。

“这人恐怕就这样地躺了二千年，二十个世纪了罢。”

一边的山崖的近处，在掘一种圆圆的建筑物的碎片，聚在粗布上。那建筑物的石块，是未为时光所埋没，露在地面的。夜间闺女们来跑了一圈的，就是这废址。

乌佛克是险峻地挺立着。在乌佛克下面，任性的河伏尔迦浩浩地广远地在流走，在那泛滥区域的对面，则美陀益尼的森林抬着参差不齐的头。——在美陀益尼森林里，是逃兵和流氓的一团做着窠，掘洞屋，搭棚舍，从莽阴里放着步哨，有机关枪和螺旋枪，倘遭干涉，便准备直下平原，造起反来，侵入市街去，但这事除了从村子里来的农夫以外，在乌佛克，是谁也不知道的。

三

太阳走着那灼热的路程。白天里，为了炎热和寂静，令人不能堪，熔化了玻璃似的细细的暑热，在远方发抖。午后的休息时间，那泰理亚走到发掘场，坐在倒翻在掘开的泥土里的手推车子上，和包迪克一同晒着太阳在谈话。太阳是煌煌地照临。手推车子上，黑土上，草上，天幕上，都有杂色的条纹绢一般的暑热的色彩。

那泰理亚讲些暑热的事，革命的事，最近的事。——她竭全身的血以迎革命，希望革命的成就——而今日之日，却落得了苦蓬。

今日之日，是用苦蓬在放散着气味。——她也像绥蒙·伊凡诺微支一般地说。加以为了包迪克将头靠在她的膝髁上，为了她的小衫的扣子脱开了，露着颈子，而且又为了热得太利害，她觉到别的苦蓬了。关于这个，她一句也不提。而她仍然像绥蒙·伊凡诺微支一般地说。

包迪克仰天躺着，半闭了那灰色的眼睛，握着那泰理亚的手。她为了热，为了恼，闭了嘴的时候，他就说起来：

"俄罗斯。革命。是呵。苦蓬在发气味呀，——生和死的水。是的。什么都灭亡下去了。没有逃路。是的……你去想想那个俄罗斯的童话罢——'生和死的水'的话。呆伊凡已经完全没有法子，自己这里是一物不剩，他连死都不能够了。但是，呆伊凡胜利了。因为他有真实。真实是要战胜虚伪的。一切虚伪，是要灭亡的。童话这东西，都是悲哀和恐怖和虚伪所编就的东西，但无论什么时候，总靠真实来解开。看我们的周围罢，——在俄罗斯，现今岂不是正在大行童话么？创造童话的是国民，创造革命的也是国民，而革命现在是童话一般开头了。现在的饥荒，不全然是童话么？现在的死亡，不全然是童话么？市街岂不是倒回到十八世纪去，童话似的在死下去么？看我们的周围罢——是童话呀。而且我们——我们俩之间，也是童话呵。——你的手，在发苦蓬的气味哪。"

包迪克将那泰理亚的手放在眼睛上，悄悄地在手掌上接吻了。那泰理亚低头坐着。束发挂了下来。——而且她又激切地觉得，革命之于她，是和带着悲哀的欢喜，带着苦蓬的悲哀的那强烈的欢喜相联系的。是童话。乌佛克也是童话里的东西。美陀益尼也是童话里的东西。有着马克斯似的，凯希吉[①]一般黑心的怪物马克斯似的络腮胡子的那绥蒙·伊凡诺微支，也是童话里的东西。

手推车子。天幕。泥土。乌佛克，伏尔迦，远方，都为炎热炙得

① 童话中的地下国土的魔王。——译者。

光辉灿烂。四近仿佛像要烧起来，既没有人气，也没有人声。太阳走着三点时分的路程。从手推车子下面和掘土之后盖着草席的洞里，时时爬出些穿着红的短裤和粗布裤子的各自随意装束的人物来，细着眼欠伸一下，到水桶里去喝水，吸烟。

一个男人坐在包迪克的面前，点上了烟卷，摩着袒露的毛茸茸的胸膛，一面慢慢地说：

“喂，动手罢，弗罗理支老板，……用马，就好了，密哈尔小子，得敲他起来，那畜生，死了似的钻在土里面。”

一到傍晚，络纬叫起来了。那泰理亚挑着大桶，到菜圃去给苗床浇水。额上流着汗，身子为了桶的重量，紧张得说不出，甜津津地作痛。溅在赤脚上的水点，来了凉爽的心情。一到了傍晚，野雀便在樱桃树的茂密中叫了起来，令人想到七月，于是立刻不叫了。最后的蜜蜂向着箱巢，黄金色的空气中悠悠然飞去。她走进樱林密处，吃了汁如血液的樱桃。从莽之间，生着蓝色的吊钟草和大越橘，——照常采了一些，编起花环来。在楼顶的自己的屋子里，地主的小姐的屋子里，玩弄着装奁中的旧绢布，她一面嗅着蜡香和陈腐的发酸的气息。她用新的眼睛去看自己的屋子——屋子里面，罩满着带些苍味的黄昏，轻倩的颤动的影子在地板上爬走，有着旧式的颇为好看的花纹的蓝色墙壁，就用那旧式的沉静，省事地单纯地来迎接了。她在盆子里用凉水洗了浴。

听到了绥蒙·伊凡诺微支的脚步声，——走到崖下去躲避他，躺在草上，闭了眼睛。

太阳成了大的黄色的落日，沉下去了。

四

夜里很迟，包迪克和那泰理亚同到发掘场来。天幕旁边，堆了柴生着火，煮着热汤。柴山吐着烟焰，爆着火星，明晃晃地烧着。大约就为此罢，似乎夜就更加热，更加暗，也更加明亮了。远处的平野上有闪电。有将锅挂在柴火上煮水的，有躺的，也有坐的。

“那夜的露水，是甜的，做得药，列位，这给草，是大有好处的呀。蕨的开花，也就在这一夜。倘要到那林子里面去，列位，可要小心才好，因为所有树木，在那一夜，是都在跑来跑去的呀……真的呢……”

大家都沉默了。

有谁站了起来，去看锅子的情形。弯曲的影子爬着丘冈，落在山崖的对面。别一个取一块炭火，在两只手掌上滚来滚去，点着烟卷的火。约一分时，非常之静。在寂静里，分明地听到蟋蟀的声音。篝火对面的平野上有闪电。死一般的那光，鲜明地出现，于是消失了。从平野上吹来了微风，那吹送的不是暑热，是凉意，——于是，雷雨正在从平野逐渐近来，是明明白白了。

“我呢，列位，是不情愿将这地方来掘一通的。这地方，乌佛克这地方，是古怪的处所呀，什么时候总有苦蓬的气味的。司提班·谛摩菲也微支[①]的时代，这里的这顶上，有过一座塔。那塔里，是关着波斯国的公主的，但那波斯国的公主，可是少有的美人呵，那是，列位，变了乌老鸦，成了狼一般的恶煞，在平野上飞来飞去，给百姓吃苦，带了各色各样的祸祟来的。这是先前的话了……听到了这事的司提班·谛摩菲也微支，便来到塔旁边，从窗子一望，公主可刚刚在睡着。其实呢，躺着的不过是公主的身子，魂灵却没有在那里的，但司提班竟没有留心到。因为魂灵是，列位，化了乌老鸦，在地上飞着呵。司提班叫了道士来。从窗间灌进圣水去……这么一来，好，要说以后的事，是无依的魂灵，在这乌佛克四近飞来飞去，原来的身子里是回不去了，碰着石壁，就哭起来。塔拆掉了，司提班系在高加索山里了，可是公主的魂灵还是无依的，哭着的……这地方，是可怕

---

① 姓拉甸，俄国传说中的有名的反抗虐政的侠盗，曾劫取波斯公主，后为官军所获，五马分尸而死云。——译者。

的，古怪的地方呵。娃儿们想和那标致的公主相像，常常，在半夜里，就恰是这时刻，赤条条地跑到这里来，不过并不知道那原故……就因为这样，这地方生着苦蓬，也应该生起来的呀。”

有谁来打断了话头：

“可是，小爹，现在是，司提班·谛摩菲也微支·拉旬头领也已经不系在那山里了，掘一通不也可以了么？现在是革命的时节了，人民大家的反抗时节了哩。”

“那是不错的，年青人，”首先的汉子说。“但是，还没有到将这地方来掘一通的那么地步呵。要一步一步地呵，唔，年青人，一步一步地，什么都是时节呵。革命——那确是如你所说，我们国度里的革命，是反抗呀。时节到了呀……一步一步地呀……”

“不错……”

一个土工站起身，到天幕这边来了。一看见包迪克，便冷冷地说：

“弗罗理支，你在听了么？我们似的乡下人的话，你怕不见得懂……我们的话，那里能懂呵。”

大家都住了口。有的学着别人，坐得端正点，吸起烟来。

“现在是好时节呵……列位，对不起。无缘无故的坏话，说不得的。老爷，再会再会。”穿着白色短裤的白发的老人，站了起来，赤着脚，向村落那边踉跄走去了。人影消在昏黑里。

电闪逐渐临近，增多，也鲜明起来，夜竟深深地黑了下去。星星闪烁了。风飞着树叶，凉爽地吹来。从辽远的无际的那边，传来了最初的雷震。

那泰理亚坐在手推车子上，低了头，两手抵住车底，支着身体，篝火微微地映照她。她直到本身的角角落落，感着，尝着强烈的欢娱，欢娱的苦恼，甜的痛楚。她知道了苦蓬的苦的悲哀——愉快的，不可测的，不寻常的，甘甜和欢喜。而粗野的包迪克的每一接触，还被苦蓬，被生的水，烧焚了身躯。

那一夜，没有能睡觉。

雷伴着狂雨，震吼，发光。雷雨在波斯公主的塔的遗迹的席子上，来袭那泰理亚和包迪克。那泰理亚知道了苦蓬的悲哀——波斯的公主留在乌佛克而去了的那妖魔的悲哀。

五

曙光通红地开始炎上了。

到破晓，从市街到了军队。在乌佛克上面架起大炮来。

作者 Boris Pilniak 曾经到过中国，上海的文学家们还曾开筵招待他，知道的人想来至今还不少，可以无须多说了。在这里要画几笔蛇足的：第一，是他虽然在革命的漩涡中长大，却并不是无产作家，是以“同路人”的地位而得到很利害的攻击者之一，看《文艺政策》就可见，连日本人中间，也很有非难他的。第二，是这篇系十年前之作，正值所谓“战时共产时代”，革命初起，情形很混沌，自然便不免有看不分明之处，这样的文人，那时也还多——他们以“革命为自然对于文明的反抗，村落对于都会的反抗，惟在俄罗斯的平野和森林深处，过着千年前的生活的农民，乃是革命的成就者”。

然而他的技术，却非常卓拔的。如这一篇，用考古学，传说，村落生活，农民谈话，加以他所喜欢运用的 Erotic 的故事，编成革命现象的一段，而就在这一段中，活画出在扰乱和流血的不安的空气里，怎样在复归于本能生活，但也有新的生命的跃动来。惟在我自己，于一点却颇觉有些不满，即是在叙述和议论上，常常令人觉得冷评气息，——这或许也是他所以得到非难的一个原因罢。

这一篇，是从他的短篇集《他们的生活的一年》里重译出来的，原是日本平冈雅英的译本，东京新潮社出版的《海外文学新选》的二十六编。

一九二九年，十月，二日，译讫，记。

原载1930年2月10日《东方杂志》半月刊第27卷第3号。

初收1933年3月上海良友图书印刷公司版"良友文学丛书"之一《一天的工作》。

译者附记未收集。

三日

日记　晴。晨复达夫信。寄钦文信。上午得叶永蓁信。友松来，即导之往福民医院诊察。视广平。

四日

日记　晴。下午往福民医院。

致 李霁野

霁野兄：

三十元款取得期票，即付开明，当即取得收条，今寄上，希察收。

迅　上　十月四日

五日

日记　晴。上午寄霁野信并开明书店收条。午后友松来。下午季市来。往福民医院看广平。夜为柔石校《二月》讫。

六日

日记 星期。晴。上午得淑卿信,二日发。往福民医院。夜雨。

七日

日记 昙。午后往福民医院。往内山书店买『弁証法』及『唯物的弁証』各一本,共泉一元五角;又昭和三年板『鑑賞画選』一帖八十枚,六元五角。晚得石民信。夜与三弟饮佳酿酒,金有华之所赠也。

八日

日记 晴。午后得金溟若信。托三弟从商务印书馆寄自欧洲之书三种到来,托方仁去取,共泉十元五角。往福民医院。晚得史济行信。

九日

日记 晴。上午寄淑卿信。泽村幸夫来,未见。午后得友松信。往福民医院。下午往内山书店。付朝华社纸泉百五十。得侍桁信并稿,济南发。夜方仁来假泉三十。托柔石送还石民译稿。

十日

日记 晴。上午往福民医院付入院泉七十,又女工泉廿,杂工泉十。下午同三弟,蕴如往福民医院迓广平及海婴回寓。金溟若来,不见。达夫来,赠以佳酿酒一小瓶。晚夏康农来。

十一日

日记 晴。上午内山赠孩子涎挂一个,毯子一条。下午得谢敦南信。夜得秋田信。

十二日

日记 晴。午后秋田义一来为海婴画象，假以泉十五。夜译《艺术论》毕。

论艺术

[俄国]蒲力汗诺夫

敬爱的先生！

我想和你谈一谈艺术。但在一切多少有些精确的研究上，无论那对象是什么，依据着严密地下了定义的术语的事，是必要的。所以，我们首先应该说，我们究竟是将怎样的概念，连结于艺术这个名词的。别一面，对象的多少有些满足的定义，无疑地是只在那研究的结果上，才能够显现。到底，就成为我们非将我们还未能下定义的东西，给以定义不可了。怎样办才可以脱掉这矛盾呢？我以为这样一办，就可以脱掉。就是，我姑且在一种暂时底的定义上站住，其次跟着问题的由研究而得分明，再将这加以补足，订正。

那么，我姑且站住在怎样的定义上，才好呢？

莱夫·托尔斯泰在所著的《艺术是什么？》里面，引用着许多他以为互相矛盾的艺术的定义，而且将这些一切，看作不满足的东西。其实，由他所引用着的各定义，是未必如此互相悬殊，也并不惟独他却觉得那样，如此错误的。但是，这些一切，且作为非常不行罢，我们并且来看一看，可能采用他自己的艺术的定义罢。

> “艺术者，——他说，——是人们之间的交通的一个手段。……这交通，和凭言语的交通不同的特殊性，是在凭言语，

是人将自己的思想(我的旁点)传给别人,而用艺术,则人们互相传递自己的感情(也是我的旁点)。”

从我这面,我姑且单提明一件事罢。

据托尔斯泰伯的意见,则艺术是表现人们的感情,言语是表现他们的思想的。这并不对。言语之于人们,不但为了单是表现他们的思想有用,一样地为了表现他们的感情,也是有用的。作为这的证据,就有着用言语为那机关的诗歌。

托尔斯泰伯自己这样说——

“在自己的内部,唤起曾经经验的感情;而且将这在自己的内部里唤起了之后,借着被表现于运动,线,色彩,言语的形象,将这感情传递,给别的人们也能经验和这相同的感情,——而艺术活动即于是成立。”①

在这里,就已经明明白白,不能将言语看作特异的,和艺术是别种的人们之间的交通手段了。

说艺术只表现人们的感情,也一样地不对的。不,这也表现他们的感情,也表现他们的思想,然而并非抽象底地,却借了灵活的形象而表现。艺术的最主要的特质就在此。据托尔斯泰的意见,则“艺术者,始于人以传自己所经验过的感情于别的人们的目的,再将这在自己的内部唤起,而用一定的外底记号,加以表现的时候。”②但我想,艺术,是始于人将在围绕着他的现实的影响之下,他所经验了的感情和思想,再在自己的内部唤起,而对于这些,给以一定的形象底表现的时候的。很多的时地,人以将他所重复想起或重复感到的东西,传给别的人们的目的,而从事于此,是自明的事。艺术,是社会现象。

托尔斯泰伯所下的艺术的定义之中,我所想要变更的,此刻已尽于上述的订正了。

---

① 《托尔斯泰伯的著作集》。最近的作品。墨斯科,一八九八年,七八页。

② 上揭书,七七页。

但是，我希望你注意于《战争与平和》的著者的，还有如次的思想——

> “在一切时代以及一切人类社会，常有这社会的人们所共通的，什么是善和什么是恶的这一种宗教意识存在，而惟这宗教意识，乃是决定由艺术所传达的感情的价值的。”[①]

我们的研究，从中，应该将这思想对到怎样程度，示给我们，无论如何，这是值得最大的注意的，为什么呢，因为这引导我们，极近地向着人类发展的历史上的艺术的职务的问题的缘故。

现在，我们既然有了一种先行底的艺术定义了，我就应该申明我所据以观察艺术的那观点。

当此之际，我不用含胡的言语，我要说，对于艺术，也如对于一切社会现象一样，是从唯物史观的观点在观察的。

唯物史观云者，是什么呢？

在数学里，有从反对来证明的方法，是周知的事。我在这里，是将用也可以称为从反对的说明方法这方法的罢。就是，我将先令人想起唯心史观是什么，而其次，则示人以与之相反的，同一对象的唯物论底解释，和它是怎样地不同。

唯心史观者，在那最纯粹的形式上，即在确信思想和知识的发达，为人类的历史底运动的最后而且最远的原因。这见解，在十八世纪，完全是支配底的，还由此移到十九世纪。圣西门和奥古斯德·恭德，还固执着这见解，虽然他们的见解，在有些处所，是和前世纪哲学者的见解成着正反对的。例如，圣西门曾提出希腊人的社会组织，是怎样地发生的——这问题来。[②] 他于这问题，还这样地回

---

① 上揭书，八五页。

② 希腊在圣西门的眼中，是有特别的意义的。因为据他的意见，是“C'est chez les Grecs que l'ésprit humain a commencé à s'occuper sérieusement de l'organisation sociale.”

答。“宗教体系(le système réligieux)之在他们,是政治体系的基础。……这后者,是以前者为模型而被创造了的。”而且作为这证明,他指点出希腊人的阿灵普斯,是“共和底集会”,以及希腊一切民族的宪法,有着纵使他们怎样地各不相同,但他们都是共和底的这一种共通的性质。[①] 然而,这还不是全部。横在希腊人的政治体系的基础上的宗教体系,据圣西门的意见,则那自体,就从他们的科学底概念的总和,从他们的科学底世界体系流衍出来的。希腊人的科学底概念,是这样地为他们社会生活的最深奥的基础,而这些概念的发达——又是这生活的历史底发达的主要的发条,将一形态之由别形态的历史底转换,加以限制的最主要的原因。

同样地,奥古斯德·恭德是以为“社会底机构的全体,终究安定于意见之上”[②]的。这——不过是百科全书家们的见解的单单的重复,据此,则 C'est l'opinion qui gouverne le monde(世界被支配于意见)。

还有在黑格尔的极端底观念论之中遇见其极端的表现的,别一种的观念论在。人类的历史底发展,怎样地由他的观点来说明呢?举例以说明罢。黑格尔自问:为什么希腊灭亡了?他指出这现象的许多原因来,然而从中作为最主要的,映在他的眼里者,是希腊不过表现了绝对理念的发展的一阶段,所以既经通过这阶段,便定非灭亡不可了的这事情。

“拉舍特蒙因为财产的不平等而灭亡了”的事,固然是知道的,但总之,据黑格尔的意见,则社会关系和人类的历史底发展的全历程,终究为论理学的法则,为思想的发展历程所规定,是明明白白的。

唯物史观于这见解,是几何学底地反对的。倘使圣西门从观念

---

① 看他的 *Mémoire sur la science de l'homme*.

② *Cours de Philosophie Positive*, Paris 1869. T. 1, p. p. 40—41.

论底的观点，观察着历史，而以为希腊人的社会关系，可由他们的宗教观来说明，则为唯物论底见解的同流的我，将这样说罢：希腊人的共和底阿灵普斯，是他们的社会底构造的反映。而且倘使圣西门对于希腊人的宗教底见解，从那里显现的问题，答以那是从他们的科学底世界观所流出，则我想，希腊人的科学底世界观这东西，就在那历史底发展上，为希腊诸民族的生产力的发展所限定的。[①]

这样的，是对于历史一般的我的见解。这是对的么？在这里，并无证明其对的处所。但我希望你假定这是对的，而且和我一同，将这假定作为关于艺术的我们的研究的出发点。关于艺术的部分底的问题的这研究，也将成为对于历史的一般底的见解的检讨，是自明的事。在事实上，倘使这一般底的见解是错的，则我们既然以这为出发点了，关于艺术的进化，将几乎什么也不能说明的罢。但是，倘若我们竟相信借这见解之助，来说明这进化，较之借着别的任何见解之助，更为合宜，那就是我们为这见解的利益，得到一个新的而且有力的证据了。

但是，当此之际，我早就豫料着一种反驳。达尔文在那著作《人类的起源和雌雄淘汰》中，如大家所知道，揭载着许多证示美的感情(Sense of beauty)在动物的生活上，演着颇为重要的职掌的事实。会将这些指给我，而且由此引出美的感情的起源，非由生物学来说明不可的结论的罢。会向我说，将在人类的这感情的进化，只归于他们的社会的经济，是难以容许（“是偏狭”）的罢。但因为对于物种的发展的达尔文的见解，是唯物论底见解无疑，所以也将这样地向我来说罢，生物学底唯物论，是将好的材料，供给一面底的史底（“经济

① 数年之前，在巴黎，A·蔼思披那斯的著作，*Histoire de la Technologie*，想将古代希腊人的世界观的发展，由他们的生产力的发展来说明的尝试，出版了。这是很重要，而且有兴味的尝试，对于这，纵使他的研究在许多之点有错误，我们也应该很感谢蔼思披那斯的。

学的")唯物论的批判的。

我明白这反驳的一切重要性，所以就在这里站住。在我，这样办，是更加有益的，为什么呢，因为一面回答着这个，我可以借此也回答那从动物的心理底生活的领域中所取材的类似的反驳的全系列的缘故。首先第一，且努力来将我们根据着达尔文所举的诸事实，非下不可的那结纶，弄得极其精确罢。但为此，且来观察他自已在这些上面，立了怎样的判断罢。

在关于人类的起源的他的著作（俄译本）的第一部第二章里——

"美的感情——这感情，也已被宣言，是也惟限于人类的特殊性。然而，倘若我们两面一想，或种鸟类的雄，意识底地展开自己的羽毛，而且在雌的面前夸耀华美的色彩，和这相反，并无美的羽毛的别的鸟们，便不这样地献媚，那就自然不会怀疑于雌之颠倒于雄的美丽的事了罢。但是，又因为一切国度的妇女们，都用这样的羽毛来装饰，那不消说，恐怕谁也不否定这装饰的优美的。以很大的趣味，用了美丽地有着采色的物象，来装饰自己的游步场的集会鸟，以及同样地来装饰自己的巢的或种的蜂雀，即分明地在证明它们有美的概念。关于鸟类的啼声，也可以这样说。当交尾期的雄的优美的啼声，中雌的意，是无疑的。倘若鸟类的雌，不能估计雄的华美的色彩，美，和悦耳的声音，则要借这些特质来蛊惑她们的雄鸟的一切努力和布置，怕是消失着了的罢。然而不能假定这样的事，是明明白白的。

"加以一定的配合了的一定的色，一定的声，为什么使获快乐呢，这恰如为什么任意的对象，于嗅觉或味觉是快适的事一样，几乎不能说明。但是，同一种类的色和声，为我们和下等动物所惬意的一件事，却能够以确信来说的。"①

① 达尔文，《人类的起源》。第一卷，四五页。（绥契育诺夫教授所编纂的俄译本。）

这样，而达尔文所引用的事实，是证明着下等动物也和人类相等，可以经验美底快乐，以及我们的美底趣味，有时也和下等动物的趣味相同。[①] 然而，这些事实，是并非说明上述的趣味的起源的。

但是，如果生物学对于我们，没有说明我们的美底趣味的起源，那就更不能说明那些的历史底发达。然而，再使达尔文自己来说罢——

> "美的概念——他接续说，——至少，虽只是关于女性的美，也因人而异其概念的性质。实在，就如我们将在下文看见那样，这在种种的人类种族中，很有种种，连在同一人种的各国民里，也会不同。从野蛮人的大多数所喜欢的可厌的装饰和一样地可厌的音乐判断起来，大约可以说，他们的美的概念，是较之在或种下等动物，例如鸟类，为更不发达的。"[②]

倘若美的概念，在属于同一人种的各国民，是不同的，则不能在生物学之中，探求这样的种种相的原因，是分明的事。达尔文自己就在告诉我们，要我们的探求，应该向着别的方面去。在他的著作的英国版第二版的，我刚才引用了的一节里，遇见I·M·绥契育诺夫所编纂，出于英国版第一版的俄译本所缺少的，如次的话，"With cultivated men such（即美的）sensations are however intimately associated with complex ideas and trains of thought."[③]

这是这样的意思，"但在文明人，这样的感觉，是和各种复杂的观念以及思想的连锁结合着的。"这——是极重要的指示。这使我

---

① 据迦莱斯的意见，则达尔文在动物的雌雄淘汰的问题上，非常地夸张着美底感情的意义的。迦莱斯正当到什么程度的决定，一任之生物学家，我则从达尔文的思想是绝对地对的这一个假定出发，而你，敬爱的先生，大约赞成这于我是最为不利的假定的罢。

② 达尔文，《人类的起源》。第一章，四五页。

③ *The Descent of Man*，London 1883，P. 92. 这些句子，在新版的达尔文的俄译本里恐怕已经加入了罢，但我这里，现在手头没有这本子。

们从生物学到社会学去，为什么呢，因为文明人的美的感觉和许多复杂的观念相联合着的那事情，据达尔文的意见，分明是就为各种社会底原因所限定的。但是，以为这样的联合，仅仅能见于文明人的时候，达尔文是对的么？不，不对，而且证明这事，是极其容易的。来举例罢。如大家所知道，动物的毛皮，爪和牙齿，在原始民族的装饰上，充着非常重要的脚色。凭什么来说明这脚色呢？凭这些的对象的色和线的配合么？不，这之际，问题是在野蛮人譬如用了虎的毛皮，爪和牙齿，或是野牛的皮和角，来装饰自己，而一面也在暗示着自己的敏捷或力量的事上，就是，打倒敏捷的东西者，是敏捷的，打倒强的东西者，是强的。此外，一种迷信夹杂其间，也是能有的事。斯库勒克拉孚德报告说，北美洲西部的印地安种族，极爱这地方的猛兽中也算最凶暴的白熊的爪所做的装饰。黑人的战士，以为白熊的凶暴和刚强，是会传给用了那爪装饰着的人的。所以这些爪，对于他，据斯库勒克拉孚德的意见，一部分是用以作装饰，而一部分则用以为灵符的。[1]

这之际，不消说设想为野兽的毛皮，爪和牙齿，开初单因为这些物象上所特有的色和线的配合，遂中了美洲印地安的意，是不可能的[2]。不，那反对的假定，就是，设想为这些对象，最初只带它为勇气，敏捷，以及力量的标记，而惟到了后来，并且正因为它们曾是勇气，敏捷，以及力量的标记的结果，这才唤起美底感觉，而归入装饰的范畴里，倒妥当得多。也就是成了美底感觉，“在野蛮人那里”不但仅能够和复杂的观念相联合，有时还正发生于这样的观念的影响之下的事了。

① *Schoolcraft, Historical and statistical information respecting the history, condition and prospects of the Indian Tribes of the United States*. vol. Ⅲ, p. 216.

② 同一种类的对象，也有单因为那颜色而被爱好的时候的，但关于这事，后来再说。

别的例。如大家所知道，非洲的许多种族的妇女们，手足上带着铁圈。富裕的人们的妻，有时竟将这样的装饰的几乎一普特，带在身上。[①]

这不消说，是非常地不自由的。然而不自由之于她们，并不妨碍其怀着满足，将这些锡瓦因孚德之所谓奴隶索子带在身上。为什么将这样的索子带在身上，尼格罗女人是高兴的呢？就因为靠了这些，她在自己，在别人，都见得美的缘故。但为什么她见得美呢？这，是作为观念的颇复杂的联合的结果而起的。对于这样的装饰的热情，据锡瓦因孚德之说，则现今正在经验着铁器时代，换了话说，就是，铁于那些人们是贵金属，正在那样的种族里发达着。贵重的，就见得美，为什么呢，因为和这联合着富的观念的缘故。例如，将二十磅的铁圈带在身上的亭卡族的女人，在自己和别人，较之仅带二磅的时候，即贫穷的时候，都见得更其美。当此之际，分明是问题并不在圈子的美，而在和这联合着的富的观念了。

第三个例。山培什河上流地域的巴德卡族那里，以为未将上门牙拔去的人，是不美的。这奇特的美的概念，何自而来的呢？这也是由观念的颇复杂的联合而被形成的。拔去了自己的上门牙，巴德卡族竭力要模仿反刍的动物。以我们的见解，这——是有点不可解的冲动。但是，巴德卡种族者——是牧畜种族。他们几乎崇拜着自己们的母牛和公牛。[②] 在这里，也是贵重者是美的。而且美的概念，发生于全然别的秩序的观念的土壤上。

临末，取一个达尔文自己从理文斯敦的话里引来的例子罢。马各罗罗族的女人在自己的上唇上穿孔，而向那孔里，嵌以称为呸来来的金属材或竹材的大的圈。向这种族的一个引路人，问为什么女

① 看 Schweinfurth, *Au Coeur de l'Afrique*, Paris 1875, T. I, p. 148. 并看 Du Chaillu, *Voyage et aventures dans l'Afrique Équatoriale*, Paris 1863, p. 11.

② Schweinfurth, T. I, p. 148.

人们带着这样的圈的时候，他“恰如给过于无聊的质问，吃了一惊的人那样”，答道，“为美呀！这——是女人们的唯一的装饰。男人有须，在女人没有这。没有呸来来的女人什么，是怎样的东西呢?”带呸来来的习惯，何自而来的事，在今虽难于以确信来说明，但那起源，不应该探求于连一些（直接底的）关系也没有的生物学的法则之中，而应在观念的或种极复杂的联合里，是明明白白的。[①] 从这些例子看来，我以为就有权利，来确言：由对象的一定的色的配合以及形态所唤起的感觉，虽在原始民族那里，也还和最复杂的观念相联合着；还有，至少，这样的形态以及配合的许多，惟由这样的联合，在他们才见得美。

那是被什么所唤起的呢？又，和由对象之形而唤起于我们内部的感觉相联合的那些复杂的观念，是何自而来的呢？能回答这些问题的，分明并非生物学者，而只有社会学者。而且，即使唯物史观对于问题的解决，较之别的任何史观更为有力，即使我们确信上述的联合和上举的复杂的观念，毕竟为所与的社会的生产力的状态及其经济所限定，所创造，但还必须认识，达尔文主义对于我在上面力加特色了的唯物史观，是毫无矛盾的东西。

我在这里，关于达尔文主义对于这历史观的关系，不能多说了。但是，关于这事，还要略讲一点点。

请注意下面的几行罢——

> “我想，在最初，是有将〔我〕和恰如各各的群居底动物，如果那知底能力而发达到在人类似的活动和高度，便将获得和我们一样的道德底概念那样的思想，是〔相距〕很远的事，宣言出来的必要的。
>
> “正如在一切动物，美的感情是天禀的一样，虽然它们也被非常之多的种类的事物引得喜欢，它们〔也〕会有关于善和恶的

---

① 在后段，我想将原始社会里的生产力的发展，放在思虑里，一面试行说明。

概念，虽然这概念也将它们引到和我们完全反对的行动去。

“倘使我们，譬如，——我虽然故意取了极端的际会，——被养育于和巢蜂全然一样的条件之下，则我们的未婚女子，将像工蜂一样，以杀掉自己的兄弟为神圣的义务，母亲在拼命杀死自己的多产的女儿们，而且谁也不想反对这些事，是丝毫也没有疑义的。但蜂（或别的一切群居底动物）在那时候，被看作能有善恶的概念或良心。”①

从这些言语，结果出什么来呢？那就是——在人们的道德底概念上，毫无什么绝对底的东西，这就和人们住在其中的条件的变化，一同变化。这些条件，由什么所创造的呢？那变化，由什么所惹起的呢？关于这，达尔文什么也没有说，如果我们来说出，并且来证明它们是由生产力的状态所创造，作为那些力的发展的结果而变化的，则我们不但并不和达尔文相矛盾，且将成为补足他所述说的东西，说明他所终于未曾说明的东西了罢，而也就是将那个，将在生物学上给他尽了那么大的贡献了的那原则，来适用于社会现象的研究上而致的。

一般底地说起来，要将达尔文主义和我所正在拥护的历史观来对峙，是非常地奇怪的事。达尔文的领域，全然在别处。他是考察了作为动物种的人类的起源的。唯物史观的支持者，是想要说明这物种的历史底运命。他们的研究的领域，恰恰从达尔文主义者的研究的终结之处，从那地方开头。他们的研究，不能替代达尔文主义者所给与我们的东西，和这完全一样，达尔文主义者的最有光辉的发见，也不能替代他们的研究，不过能够为他们豫备了地盘。这正如物理学者毫不因自己的研究，推开了化学底研究这东西的必要，

① 《人类的起源》，第一卷，五二页。

而给化学者豫备地盘一样。[①] 一切问题，在于这处所，达尔文的学说，在正该如此的时候，作为生物学的发达上的大而必然底的进步，出现了。因着那时这科学，将凡是能够提出的要求之中的最重要的的东西，给那研究者们完全地满足。关于唯物史观，也能够说什么同样的事么？能够断言，它在正该如此的时候，作为社会科学的发达上的大而必然底的进步，而出现了么？而且它在现在，使那一切的要求都得满足，是可能的么？对于这，我以十分的确信来回答，是的，——能够的！是的……，可能的！而且我要在这些信札里，也指示一部分这样的确信是并非没有根据的事。

但是，回到美学去罢。看上面所引用了的达尔文的话，他观察美底趣味的发达，分明是从和道德底感情的发达相同的观点的。在人们，如在许多动物也这样的一样，美的感情是天禀的。就是，他们

---

① 这之际，我应该声明于此。据我的意见，即使生物学者，达尔文主义者的研究，算是给社会学底研究豫备着地盘，那也只可以解释为下面那样的意思。就是，生物学的进步——只要这是以有机体发达的历程为问题，——对于社会学上的科学底方法的完成，只要这是以社会组织及其所产，人类的思想和感情的发达作为问题的，便不能协力。但是，我决非赞成赫开尔似的达尔文主义者的社会观的人，在我们学界里，他们生物学者，达尔文主义者在关于人类社会的自己的议论之中，也已经毫不蹈袭达尔文的方法，且将不过是将在伟大的生物学者仅是研究对象的动物底（尤其是肉食动物的）本能，加以理想化的事，指摘出来了。达尔文之于社会问题，决不是“sattelfest”（熟手）。但作为从他的学说而出的结论，显现在他那里的那社会观，却和许多达尔文主义者正在从此造成的结论，毫不相像。达尔文以为社会底本能的发达，“于种的发展，非常地有益。”正在宣传着一切人们对一切人们的社会底斗争的达尔文主义者们，是不会分得这见解的。诚然，达尔文说过，“竞争应该为一切的人们开放；法律和习惯，都不应该来妨碍有最大的成功和最多的子孙的有最大的能力者。”（there should be open competition for all men; and the most able should not be prevented by laws and customs from succeeding best and reaching the largest number of offspring.）——然而，一切人们对一切人们的市民战的赞同者们，却徒然引用着他的这些话。使他们记起圣西门主义者们来罢。这些人们，也和达尔文一样，谈到竞争，然而他们以竞争之名，要求了恐怕赫开尔和他的同意见者们也不会赞成的那样社会改革了。“Competition”又“Competition”借了思哈那莱尔的话来说，则这和 fagot et fagot 恰恰相同。

有在一定的物或现象的影响之下，经验特殊的，所谓（“美底”）满足的能力。然而，究竟是怎样的物和现象，给他们以这样的满足的呢？那是关系于在那影响之下，他们被养育，生活以及行动的条件之如何的。人类的本性，使美底趣味和概念之存在，于人成为可能。环绕着他的诸条件，则规定从这可能向现实的推移。所与的社会底人类（即所与的社会，所与的民族，所与的阶级），有着正是一种特定的这，而非这以外的东西的美底趣味和概念的事，就由此得到说明。

像这样的，是从达尔文说及这事之处，自行流衍出来的最后的结论。而于这结论，唯物史观的支持者的谁也将不加反对，那是不消说得的。岂但如此呢，他们的各人，还将在这里发见这历史观的新的确证。他们之中，岂不是谁也未曾想要否定人类底本性的这或别的周知的特质，或关于这，来试加胡乱的解释么？他们单是说，倘若这本性是不变的，这就没有说明为变化不歇的现象之总和的那历史的历程，但倘若那本身即和历史底发展的行程一同变化，那么，就分明该有它的变化的什么外底原因在，云。无论如何，历史家和社会学者的任务，因此也就远出于就人类底本性的诸特质而言的论议的范围之外了。

取了向模仿的冲动那样的特质来看罢。关于模仿的法则，写了极有兴味的研究的塔尔特，恰如在那里面，发见了社会之心一般的东西。据他的定义，则一切社会底集团，有一部分，是在所与的时候，互相模仿着，有一部分，则是在那以前已经依照同一的模型而模仿了的存在的总和。模仿在一切我们的观念，趣味，流行及习惯的历史上，充了极大的脚色，是毫无疑义的。那重大的意义，已曾为前世纪的唯物论者所指出。人类是全由模仿而成的，——遏尔韦修斯说。然而，塔尔特将模仿的法则的研究，放在虚伪的基础上面了的事，却也一样地并无疑义。

斯条亚德王家的复位，在英国暂时恢复了旧贵族阶级的统治的时候，这贵族阶级不但毫不表示什么冲动，要模仿革命底小有产者的极端的代表者的那清教徒而已，却显现了趋向于和清教徒底生活信条正反对的习惯和趣味的最强的倾向。道德的清教徒底切实，将地位让给最不可信的颓废了。将那时清教徒之所禁止的，来爱好，来实行的事——成了美俗。清教徒是极为宗教底的，复位时代的社交界的人们，则以自己的无信仰自负。清教徒压迫了剧场和文学，他们的没落，则成了趋向剧场和文学之所致的新而且强的诱惑去的信号。清教徒是短头发，非难服饰的华美的，复位之后，则长的假发和华丽的美服都登场了。清教徒是禁玩纸牌的，复位之后，则打纸牌成为情热了，等等，等等。① 用一句话来说，则在这里并不是模仿，这分明也是伸根于人类底本性的诸特质之中的矛盾，动弹了起来。但是，为什么伸根于人类底本性的诸特质之中的矛盾，以这般的力量，出现于十七世纪英国的资产阶级和贵族阶级的相互关系里面的呢？就因为那正是贵族阶级和资产阶级，更精细地说——全"第三阶级"之间的斗争，最为强烈的紧张的时代的缘故。所以我们可以这样说，在人类，虽说有着向模仿的强有力的冲动无疑，然而这冲动的显现，却惟在一定的社会关系上。例如，在十七世纪的法国，曾经存在过的关系，便是这，在那时，资产阶级很喜欢模仿贵族阶级，虽然不能说是非常地成功底的。记起摩理埃尔的《市人底贵族》来罢。但在别的社会关系上，则向模仿的冲动，将地位让给反对的冲动而消灭了，我姑且称这为向矛盾的冲动罢。

但是，不，我用着很含胡的表现了。向模仿的冲动，在十七世纪的英吉利人之间，是也未尝消灭的，这确以向来的力量，在同一阶级内的人们的相互关系之中出现。培勒及谟就那时的上流社会的英吉利人，这样说，"这些人们，连无信仰也并不是，他们是 a priori（先

---

① 看 Alexandre Beljame，*Le Public et les Hommes de lettres en Angleterre du dix—huitième siècle*，Paris 1881，p. p，1—10，并且看 Taine，*Histoire de la littérature anglaise*，T II. P. 443 及以下。

天底）地，为了不令人看作圆头的人们，又为了不使自己有思索的劳苦，而否定了的。”[①]关于这些人们，我们可以没有犯错误之惧地，说，他们，是因为模仿，所以否定了的。但是，模仿着较为认真的否定论者，他们正因为这样做，所以和清教徒矛盾了的。模仿者，所以便是矛盾的源泉。然而，我们倘以为属于英国贵族阶级的较弱的人们，模仿了在无信仰之点是较强的人们，便知道那是因为无信仰是美俗的缘故，而其所以如此者，仅仅是由于矛盾，仅仅是作为对于清教徒主义的反动，——反动，那不外是作为上述的阶级斗争的结果而出现的东西。就是，在心理现象的一切这复杂的辩证法的基底上，横着社会底秩序的诸事实。从这事看来，由达尔文的几个命题我在上面所下的结论，到什么程度和在怎样意义上是对的呢，就明明白白了，就是，人类底本性，使一定的概念（以及趣味，以及倾向）之存在，于人成为可能，但从这可能向现实的推移，则系于环绕着他的诸条件之如何，这些诸条件，便使正是一种特定的这，而非这以外的东西的概念（以及倾向，以及趣味），在他里面显现。假使我并不错，则这和在我以前，一个俄国的唯物史观的支持者所已曾说过者，是全然同一的。

“胃被供给到一定量的食物的时候，它便照着胃的消化的一般底的法则，开始活动。然而，借了这些法则之助，能够解决为什么诸君的胃里，每天送到可口而富于滋养的食物，在我，那却是少有的客人这个问题么？这些法则，会说明为什么有些人们吃得太多，别的人们却在饿死么？说明，大约应该在什么别的领域里，求之于别种法则的作用的。关于人类的智能，也一样。这被放在一定的状态里，周围的环境给以一定的印象的时候，这便依着一定的一般底法则，将它们结合起来。当此之际，在这里，结果也是依着所收受的印象的多样，而至于极端地多

① 上揭书，七至八页。

样化。然而，将它们放在这般的状态里的，是什么呢？新的印象的丰富和性质，是被什么所限定的呢？惟这个，乃是靠了思想的怎样的法则，也不能得到解决的问题。

“其次。试来设想一个有弹力的球，正从高塔落下之际罢。那运动，是依着周知而且极其单纯的力学底法则而行的。但是，球现在冲突着了斜面。它的运动，便照着别的同样地极其单纯而又周知的力学底法则而变形。那结果，在我们这里，可以得到运动的曲线。关于这，可以说，也应该说，那发生，是出于上述的二法则的结合了的作用的。然而，我们的球所冲突的斜面，是从那里出现的呢？第一法则，第二法则，两者的结合了的作用，都没有说明那个。在人类的思想，也完全一样的。使那运动依着这样这样以及这样的法则的结合了的作用的那事情，是从那里出现的呢？那各个的法则，法则的综合底作用，都没有将它说明。”

我确信，观念形态的历史，只有将这简单明了的真理，完全地作为我有者，才能够懂得。

往前去罢。我一面讲着模仿，一面将和这正反对的冲动，我所名为向矛盾的冲动的事述说了。

还应该很注意地将这加以研究。

我们知道，达尔文之所谓“对立（anti thesis）的根原”，在人类和动物的感觉的表现时，是演着多么大的脚色的。“或一种的心理状态……当那最初的发现，虽在今日，也还唤起属于有益的运动之一的，一定的习惯底的运动来……。在全然相反的精神状态之际，有强有力的无意识底的冲动存在，那是想要实行全是自发底的性质的运动的，即使那后者并未曾带来怎样的利益。”①达尔文还举着许多

① 《论人类和动物的感觉（情绪）表现》。俄译本，圣彼得堡，一八七二年，四三页。

最切实地显示着依“对立的根原”，许多东西委实能在感觉表现上得到说明的类例。我问，——这作用，在习惯的起源和发达之中，不能也被发见的么？

狗在主人面前仰翻的时候，形成着对于一切近似抵抗的东西，看来无不反对的全局的它的姿态，是作为最完全的从顺的表现之用的。当此之际，即刻惹眼的，是对立的根原的作用。但我想，在旅行家巴敦所报告的如次之际，也一样地惹眼。瓦仰安提族的黑人们，经过敌对他们的种族所住的部落旁边时，为要不因自己的模样，激动他们，便不携带武器。但在自己的家里，他们却全都常常，至少，是带着棍子，武装起来的。[①] 倘如达尔文的观察，狗仰翻着，一面就像因此在向人们或别的狗说，“看哪！我是你的奴隶！”则在正是决非武装不可那时候，却解去武装的瓦仰安提的黑人，便是借此在向自己的敌人这样说，“我远离了关于自卫的一切思想，我完全相信你的宽仁。”

无论在那一际会——都有一样的意味和一样的这的表现，就是，假使敌意替换了从顺，即不免有出于和那时该有的〔动作〕正相反对的动作的表现。

在用于悲哀的表现的习惯上，也一样地以值得惊叹的明白，看出对立的根原的作用来。大辟特和理文斯敦说过，尼格罗女子除了她服丧之际以外，决没有不加装饰而外出的事。[②]

在粘粘族的黑人那里，近亲的谁一死，他立刻将他自己和他的妻子们都用过许多注意和关心于那装饰上的自己的头发剪去，作为哀愁的表征。[③] 据条·沙留的话，则在非洲，在那所属的种族内占着

---

① *Voyage aux grands lacs de l'Afrique orientale*, Paris 1862, p. 610.

② *Exploration du Zambèze et de ses affluents*, paris 1866, p. 109.

③ Schweinfurth, *Au couer de l'Afrique*, T. II, p. 33.

重要位置的人的死后，许多的黑人种族，即都穿不洁的衣服。[①] 婆罗洲的一种土人，为了表现自己的悲哀，则将他们现在通行的棉织的衣服脱掉，而穿起他们先前所用的树皮的衣服来。[②] 一种的蒙古种族，则以同一的目的，将自己的衣服翻转。[③] 当一切这些之际，作为感情的表现，而对于在生活的常态底的进行时认为自然的，必要的，有益的，而且快适的事物，〔恰相〕反对的动作便中用了。

就是，在生活的常态底的进行上，用洁净的来换不洁的衣服，是被认为有益的。然而，当悲哀之际，则洁净的衣服因为对立的根原，将地位让给了不洁的衣服。在婆罗洲的上述的居民，用棉织的衣服来替换自己的树皮的衣服，是快适的。但对立的根原的作用，却使他们当他们想要表现自己的悲哀之际，穿起树皮的衣服来。在蒙古人，如在一切别的人们亦复如此一样，不翻转自己的衣服，而将表面穿在外向，是自然的事。但正因为在生活的常态底的进行上，这算是自然，所以生活的常态底的进行一被什么可悲的事件所扰乱的时候，他们便将这翻转了。然而在这里，还有更其分明的例。锡瓦因孚德说，很多的非洲的黑人们，为了悲哀的表现，将绳子缠在头上。[④] 在这里，悲哀是用了和自己保存的本能所暗中嘱咐的事，恰恰相反的感情来表现的。而且还能够非常之多地举出这样的事来。

所以我相信，习惯的最显著的部分，那起源是出于对立的根原的作用的。

倘若我的确信是有根据的，——但我却以为那是极有根据的，——那么，便可以假定，我们的美底趣味的发达，一部分也行于它的影响之下。这样的假定，可以由事实来确证么？我想，是可

---

① *Voyage et aventures á l'Afrique équatoricale*，p. 263.

② Ratzel，*Völkerkunde*，B. I. Einleitung，S. 65.

③ Ratzel，L，c.，B. Ⅱ. S. 347.

④ *Au coeur de l'Afrique*，T. I.，p. 151.

以的。

在绥内更毗，富裕的尼格罗女人，脚上穿着不能全穿进去那样的小的靴子，所以这些女人们，因为很拘束的步行，显得特别。然而这步行，是被算作极其媚惑底的。[1]

那为什么会成为那样了的呢？

为要懂得这个，必须先知道贫穷的，因而从事劳动的尼格罗女人，不穿上述那样的靴子，所以也走着普通的走相。她们不能像富裕的妖姬们的走着那样地走，为什么呢，因为那是将致时间的大大的浪费的缘故。然而那些人们，是无关于劳动的必要的，在那些人们，时间是并不贵重的，正因为这缘故，富裕的女人们的拘束的步行，便也被当作媚惑底的东西了。这样的步行，在它本身，是什么意义也没有的，只因为和被劳动所苦的（也因而贫穷的）女人们的走相反对，这才获得意义。

"对立的根原"的作用，当此之际，是分明的。但这由于社会底原因，由于绥内更毗的黑人之间有财产的不平等存在，才被惹起的事，请你注意罢。

将上述的关于斯条亚德王家复位时代的英国的宫廷贵族阶级的道德的事，也来一想之后，我想，你对于显现于他们之中的向矛盾的冲动，乃是成为在社会心理上的达尔文的对立的根原的作用的一部分的事，大约便容易首肯的罢。但是，这之际，还有注意于下文的事的必要。

如恪勤，忍耐，谨严，戒慎，家庭道德的切实，等等的美德，于正在蓦进以冀获得更高的社会底地位的英国的有产阶级，是极其有益的。但和有产者美德相反的恶德，至少，于英国的贵族阶级，在为自己的存在而和有阶级的斗争上，却无益。那并非将为这斗争的新手

---

① L. J. B. Bérenger—Ferand, *Les peuplades de la Sénégambie*, Paris 1879, P. 11.

段供给了他们，而不过是这斗争的心理底结果。于英国的贵族阶级有益的，并非向和有产者美德相反的恶德去的他们的冲动，乃是因此而唤起了这冲动的那感情，就是对于那一阶级的憎恶，以为那完全的胜利，意义便是贵族阶级一切特权的全然和这事同一程度的完全的破坏。向恶德的冲动，只不过作为相关变化（倘若当此之际，可以用我从达尔文借来的这术语）而出现了而已。在社会心理的领域里，很常起和这同样的相关变化。注意于这，是必要的，但这之际，记得那些〔变化〕究竟也由社会底原因所唤起，也完全同样地必要的。

一翻英国文学史，便可以懂得我所指摘了的由阶级斗争所唤起的对立的根原的心理作用，怎样强烈地反映于上层阶级的美底概念之中了。当自己的流放时代住在法兰西的英国的贵族，在那里亲近了法兰西文学和法兰西的剧场。那是优雅的贵族社会的典型底的这一方面的唯一的产物。所以较之伊利沙伯朝的英吉利的剧场和英吉利的文学，更很能符合他们本身的贵族底的倾向。复位之后，法兰西趣味的流行，在英吉利的演剧和英吉利的文学上开始了。后来，莎士比亚开始被苛待，恰如由见过他的古典主义底传统的顽固的支持者的那些法兰西人们，当作"烂醉的野蛮人"而受了苛待的一样。他的《罗美阿与求丽德》，那时是"坏戏文"，《夏夜之梦》是"愚劣的可笑的戏文"，《显理八世》是——"幼稚"，《阿绥罗》是——"平常"。[①] 对他的这样的态度，虽到下一世纪，也还没有完全地消去。卢谟以为莎士比亚的戏曲底天才，是被夸张着的，那原因，即和大概一切不具的不均整的身体，往往见得非常之大的相同。他责备着伟大的戏剧作家对于戏剧艺术的法则之完全的无识（total ignorance of all theatrical art and conduct）波柏深惜莎士比亚为民众（for the people）写作，因此未受皇室的庇护和宫廷的维持（the protection of his prince and the encouragement of the court）。连莎士比亚的热烈的崇

① Belame，L. c. ，p. p. 40—41. Taine，L. c. ，p. p. 508—512.

拜者的那有名的哈尔律克，也竭力想将自己的“偶像”做成高尚。他在自己的《哈谟力德》的上演，作为过于粗野的东西，而删掉了掘坟的场面。《理亚王》上，则他添上了幸福的牧场。然而英国剧场的看客中的民主底的部分，却和这相反，对于莎士比亚继续着最热烈的爱执。改纂他的戏曲，不可不先准备这部分看客的猛烈的反对的事，哈尔律克是自觉着的。对于冒过了这危险的他的“勇气”，法兰西的朋友们寄他书简，说了赞辞，他们中的一个还加添道，“Car je connais la populace anglais.”[①]

十七世纪后半的贵族阶级的道德的颓废，如所共知，也反映于英国的舞台上。在那里，这真到了不可相信的程度了。从一六六〇年到一六九〇年的期间，在英国所作的喜剧，几乎无一例外，借爱德华·安格勒斯的话来说，是属于猥亵文学的领域的。[②] 从这一端看来，就可以说，在英国，迟迟早早，已不能不 a priori（由因推果）地，由于对立的根原，而有以描写和发扬家庭底的美德和道德的市民底的清净为主要目的的这一种类的剧本出现。而这样的种类，其实，后来竟由英吉利的有产阶级的知识底代言者来创造了。但于这种的戏剧，我到后面讲述法兰西的“伤感喜剧”之际，再来涉及罢。

在我所知道的范围里，叶波里德·泰纳是最能留心到对立的根原在美底概念的历史上的意义，并且最巧妙地将它指摘出来的。[③]

在富于机锋而有兴味的著作《披莱耐游记》中，他再录着和自己的“邻座的”波尔的对话，波尔的话，就在叙述著者自己的见解，这是从

① 关于这，可看 J. J. Jusserand 的有兴味的研究，*Shakespeare en France sous l'ancien régime*，Paris 1898，p. p. 247—248.

② *Geschichte der englischen Litteratur*，3 Auflage，Leipzig 1837. S. 264.

③ 塔尔特在一八九七年所印的 *L'opposition universelle，essai d'une Théorie des Contraires* 这著作上，幸而遇到了可以研究这根原的心理作用的绝好的机会。但不知道为什么，他并不利用这机会，关于上述的根原，只述说了一些极少的意见。塔尔特说（二四五页），这书并非社会学底论策。于专门地供献给社会学的论策，只要他不抛掉自己的观念论底的立场，恐怕是什么也做不出来的罢。

一切之点看来，很为明显的。“你到凡尔赛去。——波尔说，——而且你嫌憎十七世纪的趣味。……但请你暂时停止从你自己的必要和你自己的习惯的立场来下判断罢。……见了荒凉的风景而欢喜时，我们并不错，这正如这样的风景将忧郁吹给他们时，他们是并不错的一样。在十七世纪的人们，是再没有什么别的东西，比真实的山更不美的了。[①] 山使他们发生许多不快的感慨。刚刚经历了市民战和半野蛮的时代的人们，看见这的时候，就想起关于饥饿，关于为雨所淋，以及雪中在马背上颠着前去的长久的行军，关于在挤满寓客的肮脏的客店里，交给他们的糠皮和一半的坏的黑面包那些事。他们倦于野蛮了，恰如我们的倦于文明一样地……。那些山脉……将从我们的石路，办事桌，小店，得到休息的可能，给与我们。荒凉的风景只靠着这原因，才于我们合意。倘使没有这一个原因，那么，这于我们，恐怕也全如马丹·孟退侬曾经如此一样，见得是讨厌的东西了罢。”[②]

荒凉的风景，由于和我们所厌倦的都市风景的对照，而中我们的意。都市的风景和修剪了的庭园，则因和荒凉的境地的对照，中了十七世纪的人们的意了。“对立的根原”的作用，在这里也无可疑。然而正因为这是无可疑的，所以就在分明示给我们，心理学底诸法则对于观念形态的一般的历史，以及一部分底地，则艺术的历史的说明，可以成为钥匙，是到怎样的程度。

对立的根原在十七世纪的人们的心理上，也曾充着和我们现代人的心理上一样的脚色。为什么我们的美底趣味，和十七世纪的人们的趣味相反呢？

就因为我们处于不同的状态上的缘故。于是我们到达了既知的结论，就是，人类的心理底本性，是使美底概念的存在，于他成为可能，而达尔文的对立的根原（黑格尔的“矛盾”），则在这些概念的机械作用

① 不要忘记对话是就披莱纳山脉而言的。

② *Voyage aux Pyrenées*, cinquième édition, Paris, p. p. 190—193.

上，扮演着极重要的，迄今未得十足的估价的脚色。然而，为什么所与的社会底人类，恰有这些的，而非这些以外的趣味的呢？为什么他喜欢恰是这些，而非这些以外的对象的呢？那是关于环绕着他的条件的如何的。泰纳所引用的例子，也很能显示这些条件的性质是怎样，就是，依着这，则分明被社会底诸条件，这些东西的总和——我暂且用着不精确的表现——人类文化的发展行程所规定。[①]

在这里，我豫料着你这面的一个反驳。你将说，“且将泰纳所引的例子，算是使我们心理的基本底的法则，活动起来的原因，而指出了社会底诸条件的罢。且将你自己所引的例子，也算是指示着这个的罢。然而，不能引用些指示着和这全然各别的事的例子么？将我们的心理的诸法则，活动于围绕我们的自然的影响之下的事，证示出来的例子，没有人知道么？”

当然知道的，——我将回答道，——就在泰纳所引的例子里，我

---

① 在文化的最低的阶段上，对立的根原的心理底作用，也已经为男女之间的分业所唤起了。据V·I·育海理生说，“在游卡计尔人的原始底构造上，典型底的，是作为两个各别底的集团的那男女间的对立。这事情，在男子和女子分为友仇的游戏之中，在女子们所发的有些音，和男子们不同的言语之中，在女子们以母系为较重要，男子们以父系为较重要的事之中，在因此而对于他们男女，终至于创造出活动的特殊的，各自独立的范围来了的两性间的职务的专门化之中，都可以见到。”（在耶萨契那耶和诃尔特庚两河流域的古代游卡计尔人的生活和文献。圣彼得堡，一八九八年。五页。）

育海理生似乎没有觉得，当此之际，在两性间的职务的专门化，就是他所指摘了的对立的真原因。

关于这对立之反映在两性的装饰上的事，许多旅行家都证明着。例如“在这里，也如到处都是如此一样，强的男女，竭力要仔细地将自己和别人区别，所以男性的打扮，和女性的很不同（Schweinfurth, *Au coeur de l'Afrique*, I. P. 281），又，男人们（粘粘族的）费许多劳力于自己的头发的装饰上，而女人们的梳发反是，全然简单而质朴。”（L. c., Ⅱ. p. 5）。关于男女间的分业对于跳舞的影响，可看 Von den Steinen 的 *Unter den Naturvölkern Zentral-Brasilliens*, Berlin 1894, S. 293. 可以用确信来说，在男人们那里，使自己和女人们相对立的冲动，是发现在使自己和下等动物来对立的冲动之前的。这之际，人类的心理底本性的基本底特质，岂不是颇领受似反而正底的表现的么？

们对于由自然在我们之上所惹起的印象的关系，也正是成着问题。然而问题之所在，是在这样的印象之及于我们的影响，和我们自己的对于自然的关系之变化，而一同变化；以及这最后者，为我们的（即社会底）文化的发展行程所规定。

在泰纳所引的例子里，有讲关于风景的。敬爱的先生，在绘画史上，风景大抵决不占着常住底的地位的事，请你注意罢。密开朗改罗和他的同时代者，蔑视了这个。在意大利，这只在文艺复兴期之末，在没落期开了花。

完全一样地，在十七世纪，以及连在十八世纪的法兰西的美术家，这也并没有独立的意义。到十九世纪，事情忽然变化起来，就是将风景作为风景，开始加以尊重。而且年青的画家们——弗来尔，凯巴，绥阿陀尔·卢梭——于自然的怀中，在巴黎的近郊，芳丁勃罗，美陀尔等处，发见了路·勃兰和蒲先的时代的画家们连那可能也未曾梦想到的那样的感激。那是什么缘故呢？是因为法兰西的社会关系变化了，所以法兰西人的心理也变化了。于是在社会底发达的种种的时代，人类则从自然领受种种的印象，盖因为他是从种种的观点，观察自然的。

人类的心理底本性的一般底法则，不消说，无论在那一时代，都不停止的。但因为在种种时代的社会关系之不同，作为那结果，而全不一样的材料，入于人类的脑里，所以那造成的结果，也就全不一样了：这是无足怪的。

再举一个例罢。有两三个著作者，发表了人类的容貌中，仿佛下等动物的相貌者，在我们都觉得丑的这一种思想。这事，只要关于文明民族，是对的。当此之际，固然也有譬如“狮子头”，我们谁也不会以为畸形的那样许多的例外，但虽有这样的例外，人类也还因为意识着较之动物世界中的自己的一切同族，自己是无限地高尚的存在，于是怕和他们相像，而将和他们不像之处，竭力装点起来，夸张起来的事，却也的确的。[1]

然而，在适用于原始民族上，那却绝对地不对。他们的有一些是为要像反刍动物，拔掉自己的上门牙；别的一些是为要像肉食兽，将这截短；又有些是将自己的头发，结得像角一样。此外，这样的例，几乎有无限，是大家知道的。[2]

这模仿动物的冲动，往往联结于原始民族的宗教底信仰。[3]

然而这事，是毫不使事态发生变化的。

假使原始人之观察动物，用了我们的眼睛，那么，在他的宗教底表象之中，它们岂不是大概就得不到位置了么？原始人是另样地看待动物的。为什么另样地呢？就因为他站在文化的别样的阶段上的缘故。如果人类在或一时地竭力要像动物，在别一时地——却使

---

① "In diser Idealisirung der Natur liess sich die Sculptor von Fingerzeigen der Natur selbst leiten; sie überschäzte hauptsachlich Merkmale, die den Menschen von Thiere unterscheiden. Die auchrechte Stellung führte zu grösserer Schlankheit und Länge der Beine, die zunehmende Steile des Schädelwinkels in dem Thierreiche zur Bildung des griechischen Profils, der allgemeine schon von Winkelmann ausgesprochene Grundzatz, dass die Natur, wo sie Flächen unterbrech dies nicht stumpf, sondern mit Entschiedenheit thue, liess die scharfin Ränder der Augenhöhle und der Nasenbeine, so wie den ebenso scharfgerandeten Schnitt der Lippen vorziehm. "Lotze, *Geschichte der Aesthetik in Deutschland*. München 1868, S. 568.

② 教士海克威理兑尔说，他曾于访问一个知己的印地安人的时候，遇见了正在做那，如大家所知道，在原始民族，是有重要的社会底意义的跳舞的准备。印地安人用了下面似的意趣，描摹着自己的脸相，"我从一面望他的侧脸时，他的鼻子显着仿造得很好的老鹰的嘴巴，我从别一面望去时，这鼻子是像猪鼻……。印地安人好像很满足于自己的工作，为什么呢，因为他拿了镜子来，以满足和一种夸耀，在注视自己的脸了。"*Histoire, moeurs et coutumes des nations indiennes, qui habitaient autrefois la Pensylvanie et les états voisins*, par le révérend Jeau Heckewelder, missionaire morave, trad. de l'anglais par le chevalier Du Pouceau. A Paris 1822, p. 324，我全钞了这书的标题，是因为其中含有许多有兴味的报告，想将它绍介给读者的缘故。我也还将引用本书，不止一次的罢。

③ 可看 J. O. Frazer, *Le Totemisme*, Paris 1898, p. 39 和那以下。Schweinfurth, *Au Coeur de l'Afrique*, I, p. 381.

自己和它们相对立，那就是由于他的文化的状态，即我也已经说过的社会底诸条件之如何的意思。固然，当此之际，我也能作更精确的表现，我说，那是关联于他的生产力的发展阶段，于他的生产方法的。但是，为夸张和“一面性”之点，免于得到非难起见，我将使我已经引用过的博学的德国的旅行家——望·覃·斯泰南来替我说话。“我们只能在如次之际，懂得这些人们，——他关于巴西的印地安人，说，——那便是将他们当作狩猎生活的所产，而加以观察。他们的全经验的最主要的部分，都和动物的世界相关联，而且在这经验的基础之上，建立了他们的世界观。和这相对应，而他们的艺术底意匠，也以令人生倦的单调，从动物的世界里取得。可以说，他们的值得惊叹的丰富的艺术的一切，是生根在狩猎生活的。”①

车勒芮绥夫斯基曾在他的学位论文《艺术对于现实的美学底关系》中写着，“在草木，合我们之意者，是将力量横溢的泼剌的生活，曝露出来的色彩之新鲜，华丽，和形式之丰富。凋枯的草木，是不好的，生命的液汁不充足的植物，是不好的。”车勒芮绥夫斯基的学位论文，是极有兴味，也是在这种文字中，唯一的将孚伊尔巴赫的唯物论的一般底原则，应用到美学的问题去的例子。

然而，历史常常是这唯物论的弱点，而且在我刚才引用了的几行里，就很可以看出。“在草木，合于我们之意者……”

所谓“于我们”，是于谁呢？人们的趣味，岂不是就如车勒芮绥夫斯基自己在那同一论文里，指摘了不止一回那样，极为变化底的么？如大家所知道，原始底的种族，——例如薄墟曼和澳洲土人，——虽然住在花卉的极其丰富的地土，也决不用于装饰。相传塔司玛尼亚人，于这一点是例外的，但现在早已无从确证这报告的真实，因为塔司玛尼亚人已经灭绝了。总之，在将那意匠取自动物世界的原始——说得更精确些，则狩猎——民族的装饰艺术之中，

---

① 前揭书，二〇一页。

全无植物的事，很为大家所知道。现代的科学，是将这也仗生产力的状态来说明的。

> “狩猎民族所取自自然的装饰艺术的意匠，专限于动物和人类的形状，——爱伦斯忒·格罗绥说，——就是，他们就专挑选那些于他们最有实际底的兴味的现象的。原始狩猎人将于他固然也是一样地必要的植物之采取，作为较低一类的工作，委之女人们，自己对于那些却毫无兴味。由这一事，即可以说明在他的装饰艺术之中，连我们文明民族的装饰艺术上那么丰富地发达了的植物底意匠的痕迹，也不遇见的事实。其实，从动物底装饰艺术向植物底装饰艺术的推移，是在文化史上的最大进步——从狩猎生活向农业生活的推移的象征。”①

原始艺术是很明了地在那里面反映着生产力的状态的，现在遇有可疑之际，竟至于由艺术来判断这力的状态。就是，譬如薄墟曼，非常地喜欢，也比较底非常地巧妙地描写人类和动物。他们所住之处的几个洞窟，现出着真的画廊。但薄墟曼决不画植物。在躲在一个丛莽后面的猎人的描写上的稚拙的丛莽的画，是这一般底的规则的唯一的例外，最能显示这题材之于原始艺术家，是怎样地新奇。以这为基础，有几位人种学者便这样地下着结论，即使薄墟曼在不知若干年前，曾站在比现在高出几段的阶段上，——虽然这样的事，大抵是不可能的，——他们分明是决没有知道农业的罢。②

如果这都对的，大约就可以将上文的从达尔文的话，我们所下的结论，变形如下了：原始狩猎人的心理底本性，限定他一般地能有美底趣味和概念，但他的生产力的状态，他的狩猎生活，则使他有恰是这些，而非这以外的东西的美底趣味和概念。照明了狩猎种族的

---

① *Die Anfange der Kunst*，S. 149.

② 可看斐力特立克·克理思德黎的著作，*Au sud de l'Afrique*，Paris 1897 上的保罗·亚绥留的有兴味的序文。

艺术的这结论，同时也是有利于唯物史观的一个多出来的证明。

在文明民族，生产的技术，只将很少的直接底的影响给与艺术。看去好像反对唯物史观的这事实，其实是在作灿烂的论证之用的。然而关于这事，要待什么时候别的机会来讲了。

移到一样地曾在艺术的历史上历充重大的脚色，一样地向来未尝加以相当的一切注意的别的心理底法则去罢。

巴敦说，在他所知道的非洲的黑人那里，音乐底的听觉，几乎没有发达，但在他们，对于韵律，却敏感得至于可惊。“水手合着自己的楫子的运动而唱歌，挑夫且走且歌，主妇在家里，且舂且歌。”[①]凯萨里斯关于他所很加研究了的巴苏多族的卡斐尔人，说着同样的事。“这一种族的女人们，两手上带着一动就响的金属制的环。她们为了用手推的水车来舂自己的麦子，常常聚在一处，而且合唱着和自己们的手的整齐的运动时，从环子所发的韵律底的音响，精确地相一致的歌，[②]同一种族的男人们，当鞣皮的时候，和那一举一动相应，——凯萨里斯说，——发着我所不能懂得意义的奇怪的声音。”[③]在音乐之中，这种族尤其爱那韵律，而且这在所与的调子中，愈是强的，这调子于他们就愈是愉快。[④] 跳舞之际，巴苏多用手和脚来拍板，但因为要增强拍出的声音，他们的身上挂着发响的器具。[⑤]巴西的印地安人的音乐里，韵律的感情也一样地显得很强，而反之，他们对于谐调，却非常地弱，关于调和的概念，则似乎连一点也没有。[⑥] 关于澳洲的土人，也不能不说一样的话。[⑦] 对于韵律的感性，

---

① 上揭书，六〇二页。这之际，是作为手推水车的意思的。

② *Les Bassoutos* par E. Casslis, ancien missionaire, paris 1863, p. 150.

③ 上揭书，一四一页。

④ 上揭书，一五七页。

⑤ 上揭书，一五八页。

⑥ Von-den-Steinen, L. c. , S. 326.

⑦ 可看 E. J. Eyre, *Manners and Customs of the Aborigenes of Austraria*, *in Journal of Expeditions of Discovery into Central Australia and Overland*, London 1847, T. Ⅱ, P. 229. 并看格罗绥的 *Anfange der Kunst*. S. 271.

大抵恰如音乐底能力是如此的一样，是成着人类的心理底本性的基本底诸特质之一的。也不独限于人类。“纵使并非喜欢拍子和韵律的有音乐性，但至少，认识这些的能力，在一切动物却分明是天禀的，——达尔文说，——而且为他们的神经系统的一般生理学底性质所规定，也无可疑。”①从这点看来，恐怕便可以假定为人类和动物所通有的这能力的发现之际，那发现，和他的社会底生活一般的条件以及尤其是他的生产力的状态，是没有关系的罢。但这样的假定，一见虽然好像很自然，然而禁不起事实的批评。科学已经明示了有这样的关联存在了。而且，敬爱的先生，请你注意。是科学使最卓越的经济学者之一人——凯尔·毕海尔来做了的。

就如从我引在上文的事实看来，便见分明那样，感到韵律而且以这为乐的人类的能力，则使原始生产者喜欢在那劳动的历程中，依照着一定的拍子，并且在那生产底动作上，伴以匀整的音响或各种挂件的节奏底的响声。然而原始生产者所依照的拍子，是被什么所规定的呢？为什么在他的生产底动作上，谨守着正是这，而非这以外的韵律的呢？那是被所与的生产历程的技术底性质，所与的生产的技术所规定的。原始种族那里，劳动的样样的种类，各有样样的歌，那调子，常是极精确地适应于那一种劳动所特有的生产底动作的韵律。② 跟着生产力的发展，生产历程上的韵律底活动的意义，便微弱了，但虽在文明民族，例如，在德意志的村落里，每年的各时期，据毕海尔的话，就各有特别的劳动者的热闹点缀，而且各种劳动——各有其自己的音乐。③

一样地应该注意的，是和劳动是怎样地施行——由一个生产

---

① 《人类的起源》，第二卷，二五二页。

② Karl Bücher, *Arbeit und Rhythmus*, Leipzig 1896, S. S. 21, 22, 23, 35, 50, 53, 54; Burton, L. c. , p. 641.

③ Bücher, ibid. S. 29.

者，还是由全集团呢相关联，而发生了给一个歌者或给全合唱团的歌谣，而且这后者，又被分为几个范畴的事。而在一切这些之际，歌谣的韵律，是往往严密地被生产历程的韵律所规定的。不特此也。这历程的技术底性质，对于随伴劳动的歌谣的内容，也有决定底的影响。劳动和音乐以及诗歌的相互关系的研究，将毕海尔引到如次的结论了，“在那发达的最初的阶段上，劳动，音乐和诗歌，是最紧密地相结合着的，然而这三位一体的基础底要素，是劳动，其余的两要素，仅有从属底意义而已。”①

许多随伴生产历程的音响，那本身就已经是有音乐底效果的，加以在原始民族，音乐中的主要的东西——是韵律，所以要懂得他们的无技巧底的音乐底作品，怎样地由劳动的用具和那对象接触所发的音响而生成，也不是烦难的事。那是由于增强这些的音响，由于将或种的复杂化，放进这些韵律里去，而且由于使这些一般地适应于人类底感情的表现，而被完成了的。② 但为了这，首先必须将劳动用具变形，于是这就变化为乐器了。

生产者仅只敲着那劳动的对象的那样的用具，是应该首先经验这种变化的。大家知道，鼓在原始民族之间，非常普及，他们中的有一些，竟至今还以这为唯一的乐器。弦索乐器在原始底地，也属于和这同一的范畴，为什么呢？因为原始音乐家是一面演奏，一面敲弦的。吹奏乐器在他们那里，退居于副次底的地位，笛子比别的东西常常较为多见，但那演奏，往往是随伴——于或种协同底的劳动——为了将韵律底正确，传给他们——的。③ 我在这里不能详述毕海尔关于诗歌的发生的见解，在我，不如在后来的信札之一里来说之为便当。简单地说罢，毕海尔相信，势力底的节奏底的动作，尤

① 上揭书，七八页。

② 上揭书，九一页。

③ 上揭书，九一至九二页。

其是我们所称为劳动的动作，催促了它的发生，而且这不但关于诗歌的形式，是对的而已，即关于那内容，也一样地对。[①]

如果毕海尔的值得注目的结论是对的，那么，我们就可以说下文似的话，人类的本性（他的神经系统的生理学底性质），给与了他认得韵律的音乐性，并且以此为乐的能力，但他的生产的技术，则规定了这能力的此后的运命。

很久以前，研究家就觉到所谓原始民族的生产力的状态和他们的艺术之间的密接的关联了。然而因为他们是站在观念论底见地之际居多，所以虽然勉强承认了这关联的存在，而于这却给以不当的说明。有名的艺术史家威廉·留勃开就说，原始民族的艺术作品，那上面打着自然底必然性的刻印，反之，文明民族的那个，则为精神底自觉所贯穿。这样的对比，除了观念论底迷妄以外，什么结果也没有。在事实上，文明民族的艺术底创作——其被从属于必然性，是不下于原始底的东西的。差异之处，只在在文明民族，艺术之于生产的技术和方法，消灭了那直接底凭依。固然，我知道那是极大的差异。然而我也一样地知道，这是正为分配社会底劳动于种种阶级间的，社会底生产力之发展这事所引出来的。那岂但没有推翻唯物史观，还贡献着于它有利的一个新而有力的证据。

还来讲讲“均齐的法则”罢。那意义，是伟大的，而且也丝毫不容疑惑。那是在什么上生根的呢？大概，是在人类的身体，还有动物的肢体，那样东西的构造上的罢。在肉体上，只有对于平常的人们，一定常给以不快的印象的跛者和残疾者的身体，是不均齐的。喜欢均齐的能力，也由自然给与着我们。然而，倘使这能力，未尝为原始人的生活样式所巩固，所养成，则能够发达到什么程度呢，是不知道的。我们知道原始人——大抵是狩猎人。这生活样式，就如我们所已经知道那样，使在他的装饰艺术上，大抵是取自动物世界的

① 上揭书，八〇页。

意匠。而这则使原始艺术家——已从很早以来——很注意地考察起均齐的法则来。[①]

人类所特有的均齐的感情，就这样地而被养成的事，从野蛮人（不但野蛮人而已）在自己的装饰艺术上，尤重水平底的均齐，过于垂直底的均齐的事看来，也就明白了。[②] 去看任何人类或动物的（当然并非不具的）形体罢，那么，你便会看出他所特有，是第一类而非第二类了。并且，于武器和器具，单从那性质和使命上，就屡屡要求了均齐底的形态的事，也有注意的必要。临末，倘如完全正当的格罗绥的意见，以为装饰自己的盾的澳洲的土人，其识得均齐的意义，程度和已达了高的文明之域的集灵宫的创建者们之所识全然相等，那便明明白白，均齐的感情这东西，在艺术的历史上绝未有所说明，因而在这里也和在别的各处一样，不能不说，自然给人类以能力，而这能力的练习和实际底应用，则为他的文化的发展行程所规定了。

我在这里故意又用了不精确的表现，文化。读了这，你会热烈地叫起来罢，“什么人，而且什么时候，将那个否定了呢？我们只是说，限定着文化的发展者，不仅生产力的发展，也不仅是经济罢了！”

悲哉！我太熟悉这样的反驳。而且言其实，为什么连贤明的人们，也不觉得横在那基底上的可怕的论理底错误的呢？无论如何，我不能懂。

其实，你是在希望文化的发展行程，同样地也被别的“诸要因”所规定的。我请教你：那些之中，艺术在内么？你将答道：当然，在

---

① 很早以来——云者，因为在原始民族，孩子的游戏，同时也是养育他们的艺术底才能的学校的缘故。就是，看教士克理思德黎的话（*Au sud de l'Afrique*，p. 95及以下），则巴苏多族的儿童，自己用粘土给自己来做玩具的牛，马，等等。自然，这孩子的雕刻，是留着非常之多的缺陷之处的，但开化的孩子们，在这一点，还是未必能和小小的非洲的“野蛮人”相上下罢。在原始社会中，儿童的游戏，最紧密地和成年者的生产底的劳作相联系。这事情，照明着“游戏”的对于社会生活的关系的问题，我将在其次的信札之一里来指示。

② 可看格罗绥的 *Anfange der Kunst*，S. 145 非洲土人盾上的图画。

的。那时候，你那里会有这样的命题罢。文化的发展行程，从中，为艺术的发达所规定，而艺术的发达，为人类文化的发展行程所规定。而关于一切别的“诸要因”，经济，公民权，政治组织，道德，等等，你也将不能不说和这全然一样的话了。那将成为怎样呢？成为下面似的：人类文化的发展行程，为一切上揭的诸要因的活动所规定，而一切上揭的诸要因的活动，为人类文化的发展行程所规定。那岂非就是我们的父祖们曾经犯过的旧的论理底错误么——地站在什么上面呢？——鲸鱼上面。——鲸鱼呢？——水上面。——水呢？——地上面。但地呢？等等，同一的可惊的顺序。请你赞成：当研究社会底发达的真切的问题时，临末要能够，而且也应该更真切地论议的。

我确信从今以后，批评（精确地说，则科学底美学说）只有依据唯物史观，才可以进步。我又以为批评在那过去的发达上，那些代表者们距我所正在主张的历史观愈近，他们便愈是获得了确实的基础。作为那例子，我将给你指出在法兰西的批评的进化来。

这进化，是和一般底历史底观念的发展，紧密地相联系的。十八世纪的启蒙主义者，就如我已经说过那样，从观念论的观点，观察了历史。他们将知识的蓄积和普及，看成了人类的历史底运动的最主要而比什么都埋伏得深的原因。但倘若科学的进步和大抵的人类底思想的运动，在事实上是成着历史底运动的最重要而且最深的原因的，那就自然不得不起这样的疑问，思想的运动本身，是被什么所限定的呢！倘依十八世纪的观点，则对于这只有唯一的回答，曰，由于人类的本性，由于他的思想的发展的内在底法则。但是，如果人类的本性，是规定他的思想的全发展的，那么，文学和艺术的发达，就分明也被它所规定。于是人类的本性——而且惟独这个——是能够将领会文明世界上的文学和艺术的发达的钥匙，给与我们，并且也不得不给的了。

人类底本性的诸特质，使人类经验种种的时期，少年期，青年期，成熟期，等。文学和艺术，也在自己的发达上，经过这些的时期。

"什么民族，并非首先是诗人，其次是思想家的呢？"格林在他的 *Correspondance Littéraire* 里，想由此来说诗歌的盛时，和民族的少年期及青年期相应，哲学的发达——和成熟期相应，而问着自己。十八世纪的这见解，为十九世纪之所继承。连在斯泰勒夫人的有名的著作 *De la littérature dans ses rapports avec les institutions sociales* 中，我们也会遇见，虽然在那里，固然同时也有全然别种见解的极明显的萌芽。"研究希腊文学之发达的三个不同的时代的时候，——斯泰勒夫人说，——我们在那些之中，看见人类底知识的自然底行程。荷马给第一个时代以特色；沛理克来斯的时代，戏剧艺术，雄辩和道德，都显示着绚烂的隆盛，而且哲学也跨开了最初的第一步；在亚历山大的时代，则哲学底的学术的更深一层的研究，成着文学界中的人们的主要的工作。不消说，诗歌要发达到最高的顶上，人类底知识之发达的一定阶段，是必要的。但是，文学的这部分，虽以进步和文明及哲学之赐，订正了幻想的或种的错误，而同时也不能不失其灿烂的容姿的有些东西。"①

这意思，就是所与的民族一过青春的时代，诗歌便无可避免地不能不到或一程度的衰微。

斯泰勒夫人知道近代的民族，他们的理智的一切虽然进步，但胜于《伊里约特》以及《阿迭绥》的诗歌的作品，却连一篇也没有。这事情，吓了她对于人类的不息而且不偏之完成的确信，使之动摇了，而且因此之故，她也不愿离开她承十八世纪而来的关于种种时期的理论，因为这给以容易免于上述的困难的可能。

其实，倘从这理论的观点，则我们之所见，诗歌的衰微乃是新世界的文明民族的智底成熟的特征。然而斯泰勒夫人当抛下这些的比较，移到近代民族的文学史去时，她是知道可从完全不同的观点

---

① *De la littérature etc.*, Paris, an Ⅷ, p. 8.

来观察的。在这意义上，她的著作中说到关于法兰西文学的考证的那几章，就尤有兴味甚深之处。“法兰西人的快活，法兰西人的趣味，在一切欧洲的国度里，至于已经成为熟语了，——她在这几章之一的里面，说，——这趣味和这快活，普通是归之于国民性的，但倘以为所与的国民的性质，并非对于他的幸福，他的利益，以及他的习惯，给了影响的秩序和条件的结果，那么是什么呢？在最近十年间，虽在最极端的革命底沉滞的瞬间，最醒目的对照，于一篇讽刺诗，于一篇辛辣的讥刺，都没有用处了。将至大的影响，给与法兰西的运命的人们的多数，全然没有表现的华艳，也没有理智的闪光，他们的影响力的一部分，是很可以将那原因归于他们的忧郁，寡言，冷的残酷的。”[①]这些句子当时对谁而发，这里面所藏的暗示和现实相应到什么程度，于我们都不关紧要。我们所必要的，只是注意于据斯泰勒夫人的意见，则国民性乃是历史底条件的出产这一件事。但是，倘以为国民性并不是显现于所与的国民的精神底特质之中的人类的本性，那又是什么呢？

而且倘若所与的国民的本性，由那历史底发展所创造，则它之不能是这发展的第一的动因，是很明白的。但从这里，却可以说，文学——国民底精神底本性的反映——就是创造这本性的历史底条件本身的出产。那意思，便是说明他的文学的，并非人类的本性，也非所与的民族的性质，而是他的历史和他的社会底构造。斯泰勒夫人是也从这观点，观察着法兰西的文学的。她献给十七世纪的法兰西文学的一章，是想由当时的法兰西的社会，政治关系，以及从那对于帝王权的关系之中观察出来的法国贵族阶级的心理，来说明这文学的主要性质的，极有兴味的尝试。

在那里面，有许多关于当时支配阶级的心理的极确的观察，和若干关于法兰西文学之将来的非常成功底的考察。“在法兰西的新

① *De la littérature*, Ⅱ, p. p. 1—2.

的政治底秩序之下，我们早已遇不见什么类似（于十七世纪的文学）的东西了罢，——斯泰勒夫人说，——由此而我之所谓法兰西人的机智和法兰西人的优美，只不过是几世纪间存在于法兰西的君主制和道德的直接底的，而又必然底的出产的事，也充足地得到证明了罢。”[①]文学是社会底构造的出产这一种新的见解，在十九世纪的欧洲的批评上，渐次成为支配底的了。

在法兰西，基梭在他的文艺评论里，是屡次提及这事的[②]圣蒲孚也在说，虽然他添上若干但书，才与以优容，最后，则于泰纳的劳作

---

① 上揭书，第二卷，一五页。

② 基梭的文学底见解，虽是顺便说及，却将值得指摘出来的灿烂的光，投给了法兰西的历史底观念的发达的。在那著作 *Vies des poètes francais du siècle Louis XIV*，Paris 1813 中，基梭这样地说着。希腊文学在它的历史上，反映着人类的知识之发达的自然底行程。但在近代的民族，事态却复杂得远了，就是，在这里，有顾及“第二义底的原因的全集积”的必要。他移到法兰西文学史，开始研究这些“第二义底的”原因的时候，一切这些，生根于在那影响之下，各社会阶级和社会层的趣味和习惯至于形成了的法兰西的社会关系上的事，就分明了。在 *Essai sur Shakespeare* 里，基梭将法兰西的悲剧，作为阶级心理的反映，而加以观察。据他的意见，则戏曲的运命，一般地和社会关系的发达是严密地相关联的。然而将希腊文学，作为人类底知识的“自然底的”发达的出产这一种见解，基梭却在 *Essai sur Shakespeare* 出版的时代也还没有抛弃。岂只如此呢，这见解，在他的自然底历史观里，还遇见它的合致的东西。在一八二一年出版的 *Essais sur l'histoire de France* 上，基梭发表着这样的思想，以为所与的国度的政治底构造，是为那国度的“市民底生活”所决定的，但市民底生活——至少，在近代世界的诸民族——则因果底地联系于土地私有。这“至少”，是非常意味深长的。其所表示，是基梭之所理解者，并非以古代诸民族的市民底生活，为和近代世界诸民族的市民底生活相反——是土地所有和一般地经济关系的历史的结果，而以为是“人类底知识的自然底发达”的出产的。在这里，和对于希腊文学的例外底的发达的见解，有完全的相似。倘使于此再添上他的 *Essais sur l'histoire de France* 出版那时，基梭在自己的政治底诸论文中，最热烈地而且决定底地，发表了法兰西是“由阶级斗争而被创造了的”这种思想的事，则近代社会的阶级斗争，会比古代诸国家内的这种斗争更早地就映在近代历史家的眼里，该是毫不容疑的了。古代的历史家，例如斯吉兑亚斯和波里比亚斯，将和他们同时代的社会的阶级斗争，作为什么全然自然底，因而也是自明的东西，而加以观察，略如我们的农民土地所有者，在观察共同体内的多有土地的成员和少有土地的成员之间的斗争一样，也是颇有兴味的事。

中，发见那完全而辉煌的表现。

泰纳是怀着“人们的状态的一切变化，结果是他们的心埋的变化”这一个确信的。然而一切所与的社会的文学和那艺术，却正可凭他的心理来说明，因为“人类精神的产物，就如活的自然也如此一样，只能凭他们的环境来说明”的缘故。所以要懂得这国或那国的艺术和文学的历史，则研究发生于那居民的状态之中的各种变化的历史，是必要的。这——是不可疑的真理。而且为发见许多最明快，又最巧妙的那些的说明图起见，则看过 *Philosophie de l'art*，*Histoire de la littérature anglaise* 或 *Voyage en Italie* 就很够了。但泰纳也如斯泰勒夫人以及别个他的先进者们一样，还是把持着唯心史观底的见解，而这则妨害了文学和艺术的历史家从他所明快地，而且巧妙地说明了的无疑的真理里，抽出那凡是可以抽出的一切利益来。

观念论者将人类底知识的进步，看作历史底运动的究极的原因，所以在泰纳那里，就出现了人们的心理，由他们的状态而被规定，而他们的状态，则由他们的心理而被规定这等事。在这里——泰纳也和十八世纪的哲学者一样，借着在人种的形式上，向那出现于他那里的人类底本性的控告，而胚胎了也还可以走通的一串矛盾和困难。这钥匙，给他开了怎样的门呢，看下面的例便明白了。如大家所知道，文艺复兴，在意大利比在别的任何处都开始得早，而且意大利又一般地先于别的诸国，收场了中世期的生活。在意大利人的状态上的这变化，是由什么所唤起的呢？——由意大利人种的诸性质——泰纳回答说。[1] 这样的说明充足到怎样，听凭你来判断，我就移到别的例子去。泰纳在罗马的霞尔画堂里，看见普珊的风景画，

---

[1] “Comme en Italie la race est prècoce et que la croûte germanique ne I'a recouverte qu'a demi, l'àge moderne s'y développe plus tôt qu'ailleurs”云云。*Voyage en Italies*, Paris 1872, T. I, p. 273.

这样地说，意大利人因为那人种的特殊性之故，所以特殊底地来理解风景，在他们，那——也是别墅，但是大结构地扩大了的别墅，然而德意志人种，则就为自然这东西而爱自然。[①] 然而，在别的处所，同是这泰纳对于同是普珊的风景画，却这样地说，“为要能够观赏这些，必须嗜爱悲剧（古典底的），古典底的诗，仪式以及贵族底的或帝王底的壮观的华丽，但这样的感情，离我们现代人的感情是无限地远的。”[②]然而为什么我们的感情，那样地不像嗜爱过华丽的仪式，古典底的悲剧，亚历山特利亚的诗的人们的感情的呢？因为，譬如，“为王的太阳”时代的法兰西人，和十九世纪的法兰西人是别的人种的人们的缘故么？奇怪的质问呵！泰纳自己，不是用了确信而且固执地，对我们屡次说是人们的心理，跟着他们的状态之变化而变化的么？我们没有忘却了那个，所以照着他反复地说：我们时代的人们的状态，去十七世纪的人们的状态极远，因此之故，那感情也很不像勃亚罗和拉希努的同时代者的感情了。剩下的不过是明白那些事了：为什么状态变化了呢，就是，为什么 ancein régime（旧政体）将地位让给了现在的有产者底秩序，为什么在路易十四世能够几乎并无夸张地说“国家——那就是我”的那国度里，现今是股票交易所正在支配的呢？但对于这，是这国的经济的历史，会十分满足地给与回答的。

敬爱的先生，站在极其种种的见地的著者们，曾经反驳过泰纳的事，你是知道的。我不知道你对于他们的反驳，以为何如，但使我说起来，则泰纳的批评家们之中，无论谁，要将收罗着他的美学说的几乎一切真理，而且宣言着艺术由人们的心理而被创造，而人们的心理则跟他们的状态而变化的那命题，来摇动一下，也做不到。而且全然一样地，他们之中的无论谁，都没有觉到使泰纳的见解不能

---

① 上揭书，第一卷，三三〇页。

② 上揭书，第一卷，三三一页。

有后来的成果底的发达的根本底的矛盾;他们之中的无论谁,都没有觉到从他的对于历史的见解的意思来说,便是被那状态所规定的人,那人本身,就成着这状态的最后底的原因。为什么他们之中的无论谁,都没有觉到这个的呢?——因为这矛盾,也浸渗着他们自家的历史观的缘故。但是,这矛盾是怎样的东西呢?由怎样的要素而成的呢?那是由两个要素而成的,其一,称为对于历史的观念论底见解,而别的——则称为对于它的唯物论底见解。当泰纳说人们的心理,准他们的状态之变化而变化的时候,他是唯物论者,但在同是这泰纳,说人们的状态,被他们的心理所规定的时候,他是复述了十八世纪的观念论底见解了。关于文学和艺术的他的最成功底的考察,并非受了这最后的见解的唆使,是无须赘说的罢。

从这事,结果出什么来呢?那是这样的,要从对于法兰西的艺术批评家们的富于机智而且深邃的见解,妨害了那成果底的发达的上述的矛盾脱离,只有能够向自己这样地说的人们,才做得到,就是:一切所与的民族的艺术,为他的心理所规定,他的心理,为他的状态所创造,而他的状态,则到底被限定于他的生产力和他的生产关系。但是,倘说这话的人,却正是在由此说出唯物史观来……。

虽然如此,我想,已是可以收场的时候了。待到第二信!倘若我因为我的解释的"偏狭",有触怒了你的地方,那么,希见原宥。下一回,要来讲一讲关于原始民族的艺术。而且,我以为其中的我的解释,大约就可以显示决不如你曾经这样想,而且恐怕至今还在这样想似的,有这么的偏狭了。

未另发表。

初收1930年7月上海光华书局版"科学的艺术论丛书"之一《艺术论》。

原始民族的艺术

[俄国]蒲力汗诺夫

敬爱的先生!

一切所与的民族的艺术,据我的意见,是往往和那民族的经济,立于最密切的因果关系上的。所以当开始研究原始民族的艺术之际,我应该首先来阐明原始经济的最主要的特征。

在"经济学底"唯物论者,借了或一著作者的形象底的表现来说,则从"经济弦"开首,在大体上是最为自然的。但当此之际,取了这"弦",作为我的研究的出发点者,此外还有特别的,而且非常重大的事情在。

是极其近时的事,在兼通人种学的社会学者和经济学者之间,流布了一种坚固的信念,以为原始社会的经济,par excellence(几乎全体)地是共产主义底经济的。

> "历史家人种学者现今着手于原始文化的研究之际,——在一八七九年,M. M. 珂瓦列夫斯基写道,——明知着这样的事,就是,知道成为他的研究的客体者,其实既不是似乎互相约束,共同生活于仅由他们自己所设定的统制之下的个别底的诸个人,也不是太初以来,便已存在,而逐渐成长为血族结合的个别底的诸家族,乃是男女的个人的集团底诸团体,即私底家族和个人底的最初仅是动产的所有,作为那结果而出现的分化之最缓慢而自发底的过程,发生于其中的诸团体。"①

原始底地,是虽是食料,这"最重要而且最必要的动产的形式",也成为集团底团体的诸成员间的共有的,而个别底的诸家族之间的获物的分配,则惟在立于比较底高的发展阶段上的种族里才出现。②

---

① 《共同体的土地所有,那崩坏的原因,过程及结果》二六至二七页。

② 同上,二九页。

故人N.I.治培尔也同样地观察过原始经济底构造。他的有名的著作《原始经济文化的概要》,便是以供"那在种种阶段上的经济的共同体底方面成着在发展的早期阶段上的经济底活动的普遍底的形态……这一个假定"的批判底检讨的。根据了广泛的事实底材料,那整理虽然不能认为确是严密地体系底的,但治培尔到达了如下的断案了。"捕鱼,狩猎,袭击及防御,牧畜,为开垦计的森林区域的采伐,灌溉,土地的开垦,以及房屋,网和舟之类的大规模的器具制造上的单纯协作,都自然底地限定一切生产物的协同使用;同样地,既要能够防卫从邻境的团体而来的侵略,则连不动产和动产也限定为共有。"①

我还能够引证别的许多一样地有权威的研究者们。但你自己,不消说,是知道他们的。所以我不再来增添引用,但立刻指出"原始共产主义"的学说,最近时已在开始普遍的论争的事来罢。就是,我在第一信上已经引用过的凯尔·毕海尔,以为这是不合于事实的。据他的意见,则实在可以称为"原始底"这种民族,其去共产主义极远。他们的经济,说是个人主义底,倒较为适宜,然而这样的称呼也不对,因为他们的生活,一般地和"经济"的最本质底的特征,是没有关系的。

"在经济之下,我们常常意味为人们对于生活资料之获得的协同底活动,——他在自己的《原始经济底构造》的概要里面说,——经济,是以不独关于现在的瞬间,并且关于未来的顾虑,节省底的时间的利用,以及那合于目的底的分配为前提的。经济,是劳动,事物的估价,那使用的条理,文化获得的从民族到民族的传达的意思。"②但是,在低级的种族的生活上,却只能遇见这样特征的最微弱的端绪

① 《概要》第一版的五至六页。

② 可看《国民经济的领域内的四概要》,《国民经济的起源》中的论文,圣彼得堡,一八九八年,九一页。

罢了。“倘若从薄墟曼和韦陀族的生活中，除去了火和弓矢的使用，则他的全生活，便将归于食料的个人底的搜索罢。各个薄墟曼，是非全然独立地来扶持自己不可的。裸形的，而且不携武器的他，就恰如野兽一般，和自己的同类一起，在一定地域的狭小的范围内徘徊……。各个男女，都生吃着能用手捉，或用指爪从地中掘出的——下等动物，根，果实。他们有时成为小团体或大集团，聚集起来，有时因了那地方的植物底食料或获物的丰饶的程度，而又星散。但这样的团体，是不转化为真的社会的。这不会轻减个人的生存。这光景，在文化的现在的负担者，恐怕是特为不合意的罢。然而，由经验底方法所搜集了的材料，却实在就使我们这样地来描写它。其中一无臆造之处，依一般底的看法，则我们不过从低级的狩猎人的生活中，除去了已经作为文化的特征而出现了的东西，即武器和火的使用罢了。”①

这幅图画，不得不认为和在M. M. 珂瓦列夫斯基和N. I. 治培尔的著述的影响之下，已经画出在我们头里的原始共产主义底经济的描写，是完全不像的。

敬爱的先生，两幅画的那一幅，于你是“合意”的呢，我不知道。然而这并不是很有兴味的问题。问题并不在对于你，我，或是第三者的谁合意，乃在毕海尔之所描写，是否对的，是否和现实相符，是否和据科学所搜集的经验底材料相应。这些问题，不但于经济底发达的历史，是重要的而已，即于研究原始文化的任何方面的人，也有至大的意义。其实，艺术之被称为生活的反映，是并非偶然的。倘使“野蛮人”是毕海尔所描写那样的个人主义者，那么，他的艺术，就一定应该再现着他所特有的个人主义的性质。不独此也，艺术者，专是社会生活的反映。所以，倘若你是用了毕海尔的眼，在观察野蛮人，则当向我说“食料的个人底搜索”乃是专主，因而人们之间，几

① 同上，九一至九二页。

乎毫没有什么协同底的活动，在那里，要讲艺术，是不可能的的时候，你大概是十分地彻底的罢。

还有将下面似的事，添在一切这些上的必要。就是，毕海尔者，确是虽然盼望其有，而可惜那数目竟没有那么地多的正在思索的学者之一人，并且因此之故，所以虽在他犯着错误之际，也应该加以认真的注意。

将他所描写了的野蛮生活的图画，再来仔细地观察一回罢。

毕海尔以关于所谓低级的狩猎种族的生活的材料为根据，并且从这些材料中，只除去了文化的特征，即武器和火的使用，而就此加以描写了。他由此指给我们，当研究他的绘画时，我们之所应走的路。就是，我们应该首先玩味他实在曾经使用了的经验底材料，观察狩猎种族在事实上是怎样地生活着的，其次，则选定关于他们在还未知道使用火和武器的那辽远的时代，他们是怎样地生活了的最足凭信的假定。在最初——是事实，其次——是假定。

毕海尔引证着薄墟曼和锡仑的韦陀族。能说这些无疑地属于最低级的狩猎种族的种族的生活，缺着经济的一切的特征，而且在他们那里，个人是完全一任自己的力量的么？我断定是不能说的。

先拿薄墟曼来说罢。如大家所知道，他们为了协同底的狩猎，往往成了二百以至三百人的队伍，聚集起来。这样的狩猎，是为生产底的目的起见的人们的最不可疑的协同，而同时也“前提着”劳动和合目的底的时间的分配。为什么呢，因为当此之际，薄墟曼有时是造作延长亘数英里的栅栏，掘深壕，在那底里设立起弄尖了的木材来的。[①] 一切这些，即所做的分明不但为了满足所与的时候的要求，且也为了未来的利益。

“有些人，否定着他们那里的一切经济底意义的存在，——绥

① 可看 *Die Buschumänner. Ein Beitrag zur südafrikanischen Völkerkunde von Theophil Hahn*. Globus, 1870, No. 7, S. 105.

阿斐勒·哈恩说道。——而在书籍中说及他们的时候，是一个著者直钞别个著者的错误的。自然，薄墟曼不知道经济学和国家经济，但这事，于他们之想到凶日的事却并无妨碍。”[①]

而且在事实上，他们是从被杀的动物的肉，来作贮蓄，藏在洞窟中，或在遮蔽极好的溪谷里，留下已经不能直接参加狩猎的老人，在作看守的。[②] 或一种植物的球茎，也被藏贮。搜集得很多的这些球茎，由薄墟曼保存在鸟巢里。[③] 最后，则薄墟曼的贮藏蝗虫，是有名的，为了捕蝗，他们也一样地掘起深的长壕来。[④]

这是显示着和理褒德一同，断定在低级的狩猎种族那里，谁也不想到贮蓄的准备的毕海尔，是错误得怎样利害的。[⑤]

协同底狩猎完毕之后，薄墟曼的大狩猎队，诚然分散为小团体。然而，第一，是小团体的成员是一件事，各任自己的力量又是一件事。第二，薄墟曼虽然分散到种种的方面，但并不断绝相互的联络。培乔安人曾对力锡典斯坦因说，薄墟曼总在借了火的帮助，互相给与信号，并且因此知道非常广大范围的周围所发生的一切，比文化高出他们远甚的一切别的邻近的种族，更为详明。[⑥] 我想，倘若他们那里，诸个人是专仗自己的力量的，而且倘若他们之间，以“食料的个人底的搜索”为专主的，则这样的习惯，在薄墟曼那里恐怕就不会发生了。

移到韦陀族去罢。这些狩猎人(我是在就完全野蛮的，英吉利人所称之为Rock Weddahs者而言)，是和薄墟曼一样，成着小的血

---

① 上揭书，第八号，一二〇页。

② 同上，第八号，一二〇及一三〇页。

③ 同上，第八号，一三〇页。

④ Lichtenstein, *Reise im südlichen Afrika in den Jahren* 1803, 1804, 1805, *und* 1806. Zweiter Teil, S. 74.

⑤ 《四概要》七五页。注。

⑥ 上揭书，第二卷，四七二页。火岛的土人也一样地知道借火之助以互相通信，可看 Darwin, *Journal of Researches, etc.*, London 1839, p. 238.

族结合而生活的。而且在他们那里，由那共同的力，以行"食料的搜索"。诚然，德国人的研究者波尔和弗律支·萨拉辛，那是关于韦陀族的最新的，而且在许多之点，是最完全的著述的作者们，[①]但所描写，却将他们作为颇是个人主义者。他们说，在韦陀族的原始底的社会关系，尚未遭站在文化发展较高的阶段上的近邻民族的影响所破坏的时代，他们的全狩猎地域，是为各个家族所分割的。

然而这完全是错误的意见。萨拉辛所据以建立自己们来推定关于韦陀族的原始底的社会底编制的那些证据，即在说明和这些研究者们从中之所见，全然不同。就是，萨拉辛引用着十七世纪曾做锡仑岛知事的望·恭斯的证言。但从望·恭斯的话中，却只见有韦陀族所住的领域，被分割为个个的地区的事，决没有说这些地区，是属于个个的家族的。十七世纪还有一个著作家诺克斯(Knox)说，在韦陀族那里，森林之中，"有划分它的境界"，而且"队伍当狩猎及采取果实之际，越出这些境界，是不行的。"

这里所说的，是关于队伍，并非关于个别底的家族。所以我们只好推定，诺克斯之所指，不是属于个别底的家族，而是属于多少总有点大的血族结合的地区的境界了。其次，萨拉辛又引证着英国人丁南德，然而丁南德究竟怎么说呢？他说，韦陀族的领域，是被分割于氏族间(Clans of families associated by relationship)的。[②]

氏族和个别底的家族——不是同一的东西。不消说，韦陀族的氏旅，是并不大的。丁南德率直地称之为小氏族——small clans。血族结合，在韦陀族所站的那生产力低的发展阶段上，是不会大起来的。然而问题并不在这里。当此之际，在我们算是重要者，不是知道韦陀族的氏族的大小，而是知道它在这种族的个别底的个人的

---

① Sarrasin, *Die Weddahs von Ceylon und die sie umgebenden Völkerschaften*. Wiesbaden, 1892—1893.

② *Ceylon, An Account of the Island etc.*, London 1880, vol. Ⅱ, p. 440.

生存之中所演的那职务,能说这职务等于零,氏族并不轻减各个人的生存么?全然不能的!韦陀族的血族结合,彷徨于自己的首长等的指挥之下的事,是为世所知的。在宿营地也一样,少年和青年睡在指导者的周围,氏族的成年的诸成员又在那周围,这样地形成着防卫他们为敌所袭击的活的锁链,以就位置的事,是为世所知的。[①]仗这习惯,而各个人的生存,全种族的生存,都得非常地轻减,乃是无疑的事。由于别的种种的连带的显现,而得到轻减,也不下于此。就是,例如寡妇,在他们那里,即从入于氏族之手的一切东西中,领取她自己的一份。[②]

倘若他们那里,毫无什么社会底结合,又倘若他们那里,惟专事“食料的个人底的搜索”,则失了自己的丈夫的维持的女人们,不消说,就要交给全然两样的运命了。

在终结韦陀族的事情之前,再添说一点事,他们是也和薄墟曼一样,为了自己本身的使用,又为了和近邻的种族的交易,都在作肉类和别的狩猎产物的贮蓄的。[③] 甲必丹·里培罗竟至于断言,韦陀族决不将生肉入口,他们将这细细地撕开,藏在树孔中,经过一年,这才取用。[④] 大约这是夸张的。但总之,我再希望你注意,韦陀族也如薄墟曼一样,用了自己的例子,将野蛮人不作贮蓄这一个毕海尔的意见断然推翻了。而贮蓄的准备,据毕海尔,岂不是最不可疑的经济的特征之一么?

安大曼群岛的住民明可皮[⑤],在那文化底发展上,虽略优于韦陀

① 丁南德,上揭书,第二卷,四四一页。

② 丁南德,上揭书,第二卷,四四五页。在韦陀族之间,行着单婚俗,是人所知道的事。

③ 丁南德,上揭书,第二卷,四四〇页。

④ *Histoire de l'isle de Ceylon*,écrite par le Captalne J. Ribeiroet presentée anroi de Portugal en 1685,trad. par Mr. l'abbé Legrand,Amsterdam MDCC XIX,p. 179.

⑤ 伦敦的 *Nature* 杂志上,曾经发表过一篇论文,主张着有时以称安大曼岛的土人的“明可皮”这名目,毫无根据,在土人们,在他们的邻人们,都所不用云。

族，但他们也成着氏族而生活，并且屡屡计画社会底狩猎。由独身青年所捕获的一切，均为共有财产，听氏族的首长等的指挥来分配。虽是未曾参与狩猎的人们，也仍然领得获物的一份，因为认为是别的什么为全共同体的利益而做的劳动，妨碍了他们去打猎了。回营之后，猎人们围火而坐，其时即开始酒宴，跳舞和唱歌。在酒宴中，狩猎时很少杀得获物的不成功者，甚至于连消遣自己的时光于安逸中的单单的游惰者，也都得参加进去。① 一切这些，可与“食料的个人底的搜索”相像么，而且从这一切事，能说在明可皮那里，血族结合并未轻减各个人的生存么？不！却相反，不能不说关于明可皮的生活的经验底材料，和我们所知的毕海尔的“图画”，是全不相合的。

为要使低级的狩猎种族的生活，显出特色来，毕海尔还从夏甸培克借用着飞猎滨群岛的内格黎多的生活样式的叙述。但是，注意甚深地全读了夏甸培克的论文②的人，便会相信内格黎多也并非个别底地，而是仗着血族结合的被结合了的力量，在作生存竞争的罢。夏甸培克引用了那证言的一个西班牙的教士说，在内格黎多那里，是“父，母和孩子们各携自己的弓矢，一同去打猎”的。以这事为基础，则他们的并非孤立底不俟言，即成为小家族而生活着的事，也可以想见。然而这也不对的。内格黎多的“家族”是拥有二十人至八十人的血族结合。③ 这样的成团的诸成员，在选定宿营的处所，决定行军开始的时期等事的首长的指导之下，一同彷徨。白天则老人，伤病人，孩子们等，坐在大的篝火的周围。这时候，氏族的健康而成年的成员们，便在森林中打猎。一到夜，他们即都环了这火，睡在地

① C. H. Man, *On the Aboriginal inhabitants of the Andaman Islands*, *Journal of the Anthropological Institute of Great Britain and Ireland*, vol. XII, p. 363.

② *Ueber die Negritos der Philippinen in Zeitschrift für Ethnologie*, B. XII.

③ 据夏甸培克的话，则——二十至三十人；据特·略·什罗笆尔的话，则——六十至八十人。（可看 George Windson Earle, *The Native Races of the Indian Archipelago*, London 1853, p. 133.）

面上。[①]

然而，往往孩子们也去打猎，而同样地——对于这，虽然非大加注意不可——连女人，这样之际，他们全体都去，"像要作猛烈的袭击的乌兰丹猿群一般"。[②] 在这里，我也全然看不到"食料的个人底的搜索"。

站在同一的发展阶段上的，有在比较地最近时候成了多少足以相信的观察的对象的中央亚非利加的毕格眉族。由最近的研究者们所搜集的关于他们的全部"经验底材料"是决定底地推翻"食料的个人底的搜索"的学说的。他们协同而狩猎野兽，协同而掠夺近邻的土人的农场。"在男人们做着哨兵，必要时便从事于战争之间，女人们则捞集获物，捆束起来，而且将这运走。"[③]在这里，不是个人主义，连协作和分工也有了。

关于巴西的皤多库陀，关于澳洲的土人，我将不再说及。为什么呢，因为讲到他们，我就不能不复述关于别的许多低级的狩猎人的事了。[④] 还是将视角转到那已经到达了生产力较高的发达阶段的原始民族的生活去，更为有益罢。这样的民族，在美洲很有许多。

北美洲的印地安人，是成着氏族而生活的，而逐出氏族，在他们

---

① Earle, Op. cit, p. 131.

② Earle ibid. , p. 134.

③ Caetano Casati , *Dix Années en Equatoria* , Paris 1892, p. 116.

④ 关于澳洲的土人，声明下列的一件事在这里。就是，依毕海尔的观点，则他们的社会关系，是几乎不配称社会底结合这个名目的，然而不为先入之见所祟的研究者，却说着全然别样的事。例如"An Australian tribe is an organized society, governed by strict customary laws, which are administered by the headman or rulers of the various sections of the Community who exercise their autority after consultation among themselves. "etc. *The Kamilarai Class System of the Australian Aborigenes* , by R. H. Mathews in Proceedings and Transactions of the Queensland Branch of Royal Geographical Society of Australasia, vol. X, Brisbane 1895.

那里，则显现为仅以处置最重大的犯罪者的极刑。[①] 即此一事，就已经在分明指示，他们和毕海尔以为成着原始种族的特性的个人主义，无关系到怎样程度了。在他们那里，氏族的显现，是作为土地所有者，也作为立法者，也作为对于侵害个人权利的复仇者，许多际会，还作为那(个人的)后继者的。氏族的全势力全活力，系于那成员的数目。所以各成员的死亡，其于一切生存者们，算是很大的损害。氏族竭力招引新的成员，到自己的一伙中来，以弥补这样的损害。在北美洲的印地安人之间，赘婿是极其普及的。[②] 这在他们那里，便是由所与的团体的共力而行的生存竞争之所含的那重要的意义的通报者。然而因自己的先入之见，被领进迷妄中去了的毕海尔，却在那里面，不过仅看见了原始民族的父母底感情的微弱的发达的证据。[③]

借共同之力的这样的生存竞争在他们的重要的意义，由社会底狩猎和打渔之非常广行于他们之间的事，也可以作为证据。[④] 但是，这样的打渔和狩猎，在南美洲的印地安那里，想来是行得还要普遍的。作为那例子，就举依望・覃・斯泰南的话，则常常企图极长期

---

① 关于驱逐出族的事，可看波惠勒的 *Wyandos Government in First Annual Report of the Bureau of Ethnology to the Smithsonian Institutions*, p. p. 67—68.

② 参照 Laiitan, *Les Moeurs des Sauvages Americains*, T. 2, p. 163. 并参照波惠勒的第一章六八页。关于遏斯吉摩人的招赘，可看 Franz Boas, *The Central Eskimo in Sixth Report of the Bureau of Ethnology*, p. 580.

③ M・M・珂瓦列夫斯基指出了在斯瓦内得族之间，赘婿制度的微弱的发达之后，说道，这事实，是可以由氏族制度之巩固来说明的。(《高加索的法律与习惯》，第二卷，四二五页。)但在北美洲的印地安和遏斯吉摩人那里，则血族结合的无疑的巩固，并不妨碍招赘的强有力的发达。(关于遏斯吉摩人，可看 John Mordoch: *Ethnological Results of the Point Barrom. Expedition in Ninth Annual Report of the Bureau of Ethnology*, p. 417.)由此不能不说，倘若斯瓦内得族并不很行招赘，则这说明还当求之什么别的事，而决不能寻求于氏族的巩固之中的。

④ 参照 O. J. 觊忒林的为了野牛的社会底狩猎的叙述罢，*Letters and Notes on the Manners and Condition of the North American lndians*, London 1842, t. Ⅰ, p. 199 及以下。

间的协同底狩猎，仅靠种族的男性成员的不断的协作，以维持其生存的巴西的皤罗罗族罢。[①] 倘有人说，在美洲印地安的生活上，社会底狩猎之获得了极重要的意义，乃只在这些印地安已经抛弃了狩猎生活的最低阶段之后，那是非常错误的。作为新世界的土人之所做的最重要的文化底获得之一，不消说，必须用了多少热心和忍耐，去认识他们种族中的极多数人所正在经营的农业。但农业只能够削弱狩猎在他们生活上的一般的意义，因而部分底地，也削弱了由多数成员的结合的力的狩猎的意义。所以，印地安的社会底狩猎，是应该作为狩猎生活的自然底，且最特征底的产物，而加以观察的。

然而农业也并不缩小美洲的原始种族的生活上的协作的范围。决不的！纵使和农业的发生一同，社会底狩猎会失掉那重要性到或一程度，然而土地的开垦，却为协作另行创造了新的，而且非常广泛的领域。在美洲印地安那里，土地由农业劳动之担当者的女人们的共力而被开垦(或者，至少，是在被开垦了)。这个指示，在拉斐多那里已经可以看见。[②] 现代的亚美利加的人种学，关于这点，已不留丝毫的疑义了，来引用上文引证过的波惠勒的研究——*The Wyandot Government* 罢。"土地的开垦，在他们那里，是社会底的，——波惠勒说，——就是，一切适于劳动的女人们，从事于各个家族的土地的开垦。"[③]我是还能够引许多例，来证示社会底劳动在世界别的各部分的原始民族的生活上的重要的意义的。但纸面的不足，却使我只

---

① *Unter den Naturvölkern Zentral-Brasiliens*, Berlin 1894, S. 481: "Der Lebensunterhaft konnte nur erhalten werden dnrch die geschlossene Gemeinsamkeit der Mehrheit der Männer, die vielfach lange Zeit miteinander auf Jagd abwesende sein musste was für den Einzelnen undurchführbarn gewese, wäre."

② *Moeurs des Sauvages*, Ⅱ, 77. 参照海克威理兑尔的——*Histoire des Indiens, etc.*, p. 233.

③ 土地并非成为个别底的家族的财产，不过为他们所利用而已，这是由氏族会议分给他们的，将这事附说于此，恐怕已是多事了罢，顺便说一句，那会议，是由女人们所成立的。Powell, ibid., p. 65.

得引证了行于纽西兰的土人之间的社会底捕渔就完事。

纽西兰的土人们，借全血族结合所结合的力，制作数千英尺之长的渔网，而且为了氏族的全成员的利益，来利用它。“相互扶助的这体系——波尔略克说，——想来是定基于他们的全原始底社会构成之上，而从天地创造（from the creation）就存在，直到我们的时代的。”①要给毕海尔所描写的野蛮生活的图画以批判底评价，我以为这就很够了。事实以十分的确信在显示，野蛮人那里，非如毕海尔所言，是“食料的个人底的搜索”，却如站在N. I. 治培尔以及 M. M. 珂瓦列夫斯基的立场的著作者们说过那样，仗着全——多少有点广泛的，——血族结合的结合了的力的生存竞争，而占优胜的。这结论，在关于艺术的我们的研究，非常地，而又非常地有益于我们。我们应该将这牢牢记住。

那么，往前去罢。人们的性质的全形姿，是自然底地，而又不可避底地，为他们的生活样式所规定的。倘若野蛮人那里，为“食料的个人底的搜索”所支配，则他们不消说，该是麦克斯·斯谛纳尔的有名的理想的化身似的，最完全的个人主义者和利己主义者了。毕海尔是理解他们为这样的人的。“支配着动物的生存维持，——他说，——一样地作为野蛮人的主要的本能底冲动而发现。这本能的活动，空间底地，是被限制于个别底的诸个人，时间底地，——则被限制于感到要求的一瞬息。换句话，就是野蛮人只在想自己的事，他又只在想现在的事。”②

我在这里，也不问这样的图画，是否合你的意，但要问事实和这不相矛盾么，或是如何。以我的意见——是全然相矛盾的。

第一，我们已经知道，虽在最低级的狩猎种族，也知从事贮蓄。这就在证明他们对于未来的顾虑，也未必是无关心的。况且即使他

---

① *Manners and Customs of the New-Zealanders*, vol. Ⅱ. p. 107.

② 《四概要》七九页。

们并不贮蓄，但只此一端，怕也还不能说他们是只想现在的罢。为什么野蛮人在成功底的狩猎之后，也还保存着自己的武器呢？就因为他们想到关于未来的狩猎以及和敌手的未来的冲突的缘故。而蛮族的女人们，当由一处向别处的不绝的移动之际，负在自己的背上而去的囊呵！对于野蛮人的经济底先见之明，想有颇高的意见，虽是极其表面底的，但只要知道这些囊子的内容，就很够了。那里面，是什么都有的！你在那里会发见用以研碎食用植物的根的扁平石块，用以切碎东西的石英的碎片，枪的石锋，预备的石斧，更格卢的腱所做的绳，袋鼠的毛皮，各种粘土的颜料，树皮，烧肉的一片，沿途所采的果实和植物的根的罢。[①] 这就是全部经济！倘使野蛮人并不想到明天，他为什么要使自己的妻背着一切这些物件走呢？自然，从欧洲人的观点来看，澳洲的女土人的经济，是可怜得很，然而，一切，是相对底的，如在历史通体上一样，部分底地，则在经济的历史上也如此。

但是，当此之际，于我兴味较多的，是问题的心理底方面。

因为在原始社会里，食料的个人底的搜索，决不作为专主底的事而出现的缘故，所以即使野蛮人完全不是毕海尔所想像那样的个人主义者和利己主义者，也无足怪的。这事，从最足相信的观察者的最确的证言来看，就很分明。举出那两三个明显的例子在下面。

"就食料而言，——蔼连赖息叙述皤多库陀道，——在他们那里，是行着最严紧的共产主义的。获物被分配于氏族的全成员间，恰如他们所得的馈赠也全然如此一样，纵使那时各成员只领到极少的一点。"[②]在遏斯吉摩那里，我们也看见一样的事，在他们那里，据克柳却克的话，则贮藏的食料和其他的动产，是成着一种共有财产

① 可参照 Ratzel. *Völkerkunde*, I Band, S. 320—321.

② *Ueber die Botocudos der brasilischen Provinzen Espiritu Santo und Monos Geaes. Zeitschrift für Ethnologie*. Band XIX, S. 31.

似的东西的。“在阵营内，只要有一片肉，那也为大家所公有，而当分配之际，则一切人们都被顾及，尤其是病人和无子的寡妇。”①克柳却克的这证言，和将遏斯吉摩的生活，特加衬托为极近于共产主义的别一个遏斯吉摩研究者克朗支的更早的证旨，是又全相一致的。携了好的获物归家的狩猎者，一定和别的人们剖分，而首先是和贫穷的寡妇。② 各个遏斯吉摩，大都很知道自己的家系。而这知识，是给贫困者以大利益的。为什么呢，因为谁也不以自己的贫穷的亲属为羞，所以无论谁，只要证明任何富裕者和自己之间的虽是非常之远的血族关系，也就不至于缺乏食物了。③

最近的亚美利加的人种学者，例如波亚斯，也指摘着遏斯吉摩的这性质。④

在先前，研究者写成了极端的个人主义者的澳洲的土人，经对于他们的详细的研究之后，在全然别样的光中出现了。烈多尔诺说，在他们那里——在血族结合的范围内——是一切物品，属于一切人们的。⑤ 这命题，不消说，只可以 cum grano salis（打些折扣）地认取，为什么呢，因为在澳洲的土人那里，已有私有财产的不可疑的端绪了。然而从私有财产的端绪，到毕海尔所说的个人主义，是还很辽远的。

而且那烈多尔诺，还据了法益生和辉忒的话，详细地叙述着施行于或一澳洲种族之间的关于分配获物的规则。⑥

和氏族制度关联紧密的这些的规则，由其存在，即在显示澳洲

---

① *Als Eskimo unter den Eskimos* von H. Klutschak. Wien Pest, Leipzig 1881. S, 233.

② Kranz, *Historie von Grönland*, 1770. B. I, S. 222.

③ L. c., B. I, S. 291.

④ Franz Boas, *The Central Eskimo*, *Sixth Annual Report of the Bureau of Ethnology*, p. 564, 582.

⑤ *L'Evolution de la Propriété*, Paris 1889, p. p. 36, 49.

⑥ L. c., p. p. 41—46.

的血族结合的各个成员的获物，并未成为他们的私有财产。假使澳洲的土人，是专从事于“食料的个人底的搜索”的个人主义者，则获物必将成为各个成员的无限制的私有财产了。

低级的狩猎人的社会底本能，有时会生出在欧洲人，是颇为意外的结果。就是，一个薄墟曼从任何农人或牧人那里，偷到了一头以至数头的家畜的时候，则别的一切薄墟曼，普通都以为有参加为这种勇敢的冒险而设的酒宴的权利的。①

原始共产主义底本能，是在文化底发展较高的阶段上，也被保存得颇久的。现代的亚美利加的人种学者，将美洲印地安描写为真正的共产主义者。我所已曾引用了的北美人种学协会的会长波惠勒也尝断言，在美洲印地安那里，一切财产(all property)，属于氏族(gens or clan)，而那最为重要种类的食料——则无论如何(by no means)，不归各个人以及家族的特殊底的处置。狩猎时所杀的动物的肉，在各种的种族里，是照了各种的规则来分配的。但在实际上，一切这些种种规则之所归结之处，一样地是获物的平等底分配。

饥饿的印地安要受布施，即使积蓄怎样少(在施与者那里)，又即使对于未来的希望怎样坏，只是求乞，也足够了。② 而且要注意：受施者的权利，当此之际，是不限于一血族结合内或一种族内的。“最初是置基础于血族结合上的权利，但后来扩大为较广的范围，于是转化到全无限制的款待了。”③从陀尔绥的话，我们知道，渥茅族的印地安那里有许多麦，而反之，磅卡族或抛尼族觉得不够的时候，前者便将自己的贮蓄分配给后者，渥茅族那里麦有不足的时候，抛尼

---

① Lichtenstein. Reisen，Ⅱ，338.

② *Indian Linguistic Families*，*Seventh Annual Report of the Bureau of Ethnology*，p. 34. 在这里，再附记一件事，据玛蒂尔达·司提芬生的意见，则在美洲印地安那里，当分配获物之际，强者是并不比弱者有什么优越的。

③ Powell. Op. cit.，p. 34.

族和磅卡族也做同样的事。[①] 这种可以称赞的习惯,是老拉斐多也已经指点了的,那时候,他还正当地添说道,“欧洲人并不这样做。”[②]

关于南美洲的印地安,则指出玛乔斯和望·覃·斯泰南来就够了。据前一人的话,在巴西的印地安那里,是由共同体的多数成员的结合了的劳动所生产的对象,形成着这些成员的共有财产,但据后一人的话——则他所曾经大加研究的巴西的跋卡黎族,是将狩猎或打渔所得的获物,恰如一家族似的不绝地互相分配而生活的。[③] 在皤罗罗族那里,杀了虎的狩猎者,是招集了别的狩猎者们,和他们共啖死兽的肉,那皮和齿,则送给和共同体中最近时死亡了的成员有最近的关系者。[④]

在南美洲的印地安那里,狩猎者没有自己任意地处分自己的获物的权利,必须和别的人们同分。[⑤] 他们中的一人屠一公牛时,几乎一切邻人都聚到他那里去,而且一直坐到吃完所有的肉。连“国王”也遵这习惯,很有耐性地款待自己的臣民。[⑥] 欧洲人并不这样做,——我来复述拉斐多的所说罢!

我们已经由蔼连赖息的话,知道皤多库陀得到什么馈赠的时候,他便将这分给自己的氏族的一切的成员。达尔文关于火岛的土人,[⑦]力锡典斯坦因关于南美洲的原始民族,也说着和这一样的事。据这最后一人的话,则不将自己的馈赠品,分给别的人们者,在那地

---

① *Omaha Sociology*, by Owen Dorsey. *Third Annual Report of the Bureau of Ethnology*, p. 274.

② Lafitan, *Moeurs des Sauvages*, T. Ⅱ, P. 91.

③ Von-den-Steinen *Unter den Naturvölkern Zentral-Brasiliens*. S. 67—68. Marzius, *Von den Rechtzustande unter Ureinwoh nern-Brasiliens*. S. 35.

④ Von-den-Steinen, ibid., S. 491.

⑤ Lichtenstein, Reisen, I, 444.

⑥ L. c., I, 450.

⑦ *Journal of Researches etc.*, P. 242.

方，是要受最侮辱底的轻蔑的。[①] 萨拉辛将银币给与一个韦陀族人时，他取自己的斧，装作将这细细砍碎的样子，在这表现底的手势之后，他便讨乞再给他别的银币，使他可以也分给另外的人们。[②] 培乔安人的王谟里额凡格，曾向力锡典斯坦因的同伴之一，请求秘密地给他赠品，因为倘不然，黑人王便非将这和自己的臣民共分不可的。[③] 诺尔覃希勒特说，当访问焦克谛族时，这种族中的一个少年得到一块白糖的时候，这美味就立刻从一人的嘴向别人的嘴移转过去了。[④]

已经很够了。说野蛮人只在想自己的事的时候，毕海尔是犯着大大的错误的。现代的人种学之所有的经验底材料，关于这点，已不留些微的疑义了。所以我们现在能够从事实移到假定，并且这样地来问自己道，连火和武器的使用也还未知道那样，离我们非常之远的时代的，我们的野蛮的祖先的相互关系，应当怎样地来想象呢？我们有什么根据，可以设想为在这时代，个人主义在支配着，而且各个人的生存，那时毫不因社会底共同而轻减呢？

在我，却以为可以这样设想的我们，是什么根据也没有的。我所知道的关于旧世界的猿类的习性的一切，使我以为我们的祖先虽在他们还仅是"类似"人类的时代，也已经是社会底动物。蔼思披那斯说，"猿群和别的动物群之不同，第一，是因为各个之间的相互扶助或那成员的共同，第二是——因为一切个体，虽是雄的，也都从属或服从那顾虑着一般底幸福的指导者。"[⑤]这已经就是在完全的意义上的社会底结合了。

诚然，大类人猿，对于社会底生活似乎并无大倾向。然而称它们为完全的个人主义者，也还是不可能的。它们之中的有一些，往

---

① Reisen, I, S. 450.

② *Die Weddas von Ceylon*, S. 560.

③ Lichtenstein, ibid., Ⅱ, S. S. 479－480.

④ *Die Umsegelung Asiens und der Vega*. Leipzig 1882, Ⅱ Band, S. 139.

⑤ *Les Société Animals*, deuxieme édition. Paris 1878, P. 502.

往聚在一处，叩空树而合唱。条·沙留曾经遇见八头至十头的戈理拉群，一百至一百五十头所成的长臂猿的群，是人所知道的。如果乌兰丹是成着个别底的小家族而生活着的，则我们当此之际，应该念及这动物的生存的特殊底的条件。类人猿现今是在不能继续生存竞争的状态中了。他们正在绝灭下去，正在减少下去，所以，——如托毕那尔竟正当地指出了那样，——它们现在的生活样式，毫不能给我们以关于它们先前是怎样地生活了的什么概念。[①]

总之，达尔文是确信我们的类人猿底祖先，是成着社会而生活的，[②]而我也不知道有一个证据，能使我们认定这确信为错误。但倘若我们的类人猿底祖先，果是成着社会而生活了的，则那是在什么时候呢？是在最远的动物底发达的怎样的瞬间呢，而且什么缘故。他们的社会底本能，非将那地位让给好像为原始人所特有的个人主义不可了呢？我不知道。毕海尔也不知道。至少，关于这事，他完全没有将什么告诉我们。

所以，他的见解，我们是见得用事实底的材料，或由假定底的考察，都一样地不能确证的。

未另发表。

初收1930年7月上海光华书局版“科学的艺术论丛书”之一《艺术论》。

再论原始民族的艺术

［俄国］蒲力汗诺夫

经济怎样地从食料的个人底的搜索而发达了的呢？关于这事，

---

① *L'Anthropologie et la Sciences Sociale*，Paris 1900，p. p. 122—123.

② *The Descent of Man*，1883，p. 502.

若依毕海尔的意见，则我们在今日几乎不能构成什么概念。但倘将食料的搜索，太初并非个人底，乃是社会底的事，放在考虑里，那么，我想，我们才能构成这样的概念。人们在太初，像社会底动物的"搜索"食料一样，"搜索了"食料，就是，多少有些广泛的团体的结合了的力，向了太初自然所完成了的产物的领有了。我于前一信里，引在上面了的耶尔，正当地取了特·略·什罗笆尔的话，说道，内格黎多举全氏族以赴狩猎的时候，他们令人想起企图着猛烈的袭击的乌兰丹猿群来。阿卡族的毕格眉人之凭了结合的力以行上述的掠夺农场时，也令人想起同样的袭击。倘若可以算是在经济之下的人们的协同底的活动，则惟这向于生活资料之获得的这样的袭击，正应该是经济底活动的最太初底的形式之一了。

生活资料之获得的太初底的形式，是自然所完成了的产物之采取。[①] 这采取的事，不消说，被区分为几类，打渔和狩猎，便是其一。采取之后，乃有生产，有时候——例如我们在原始农业的历史上之所见那样——和几乎眼不能见的推移的一系列，联结起来。农业是——虽是最原始底——不消说，已经有着经济底活动的一切的特征的。[②]

但因为太初土地的开垦，由血族结合的共同之力而施行者最多，所以在这里，就有很好的例子，为你明示原始人从自己的食人祖先作为遗产而继承了的社会底本能，能够在他的经济底活动之中，看出那广泛的适用是怎样。这些本能的后来的运命，是被人们居

① "Das Sammelvolk und nicht das Jägervolk müsste danach anden untern Ende einer wirtschaftlichen Stufenleiter der Menschheit stehen"——般柯夫正当地在 *Zeitschrift der Gesellschaft für Erdkunde zu Berlin*, Band XXX, No. 3. S. 162 上说。萨拉辛也有同样的见解。据他们的意见，则狩猎是惟在比较地高的发达阶段上，作为重要的食料获得的手段而出现的。*Die Weddas*, S. 401.

② 经济底活动的特征：同样地在澳洲土人的或一种习惯之中，也可以看见。这也证明着他们也在想到未来。在他们那里，将那果实为他们所食的植物，连根拔取，蛋为他们所食的鸟巢，加以毁坏，是都被禁止的。Ratzel, *Anthropo-Geographie*, I, 348.

于——不绝地在变动的——这活动上，或如马克斯所说，则居于自己的生活的生产过程上的相互关系所决定了。一切这事，是自然到不能更加自然的。所以我不能懂得，发展的自然底的行程的不可解的方面，是在那里。

但是，请等一等罢。

据毕海尔，则困难是在下面的事。“假定如下，是颇为自然的罢，——他说，——就是，这变革（从食料的个人底的搜索到经济的推移），是开始于为了直接使用而起的自然产物的简单的领有之处，发生了向于较远的目的的生产，有着意识底的目的的使用体力的劳动，占了诸器官的本能底的活动的地位的时候的，然而，纵使设定了这样的纯理论底的命题，而我们之所得，盖仍然殊少。出现于原始民族那里的劳动，是颇为漠然的现象。我们愈接近那发达的始发点去，则它在那形式上，又在那内容上，便也都愈近于游戏。”①

就这样，有妨于懂得从食料的单纯的搜索到经济底活动的推移的障碍，即在劳动和游戏之间，不能容易地划出界线。

关于劳动对于游戏的——或者要这样说，则曰游戏对于劳动的——关系的问题的解决，于究明艺术的起源上，是极为重要的。所以我希望你用心倾听，努力研寻于毕海尔就此而言的一切。使他自己来述自己的见解罢。

> “人类当脱离食料的单纯的搜索的范围时，想来也是被见于各种高等动物的一样的诸本能，尤其是模仿的本能和对于一切经验的本能底倾向所鼓舞的。例如家畜的饲养，非从有用动物，而从人类只为满足自己而饲养者开端。工艺的发达则分明无论那里，都始于彩涂身体，文身，身体各部分的穿孔或毁伤，后来逐渐成为装饰品，假面，木版画，画文字，等等的制作……。这样，而技术底熟练，由游戏而完成，并且不过是逐渐底地至于

① 《四概要》九二至九三页。

得到了有益的适用。所以先前所采用的发展阶段的次序，是应该用正相反对的东西来代换的，就是，游戏古于劳动，艺术古于有用的对象的生产。”[①]

你听，游戏古于劳动，艺术古于有益的对象的生产云。

现在你明白为什么我希望注意甚深地以对毕海尔的话〔之故〕了，凡那些，于我所正在拥护的历史理论，是有最接近的关系的。倘若在事实上，游戏比劳动古，又倘若在事实上，艺术比有用的对象的生产古，则历史的唯物论底解释，至少在《资本论》的作者所给与的那形式上，该将禁不起事实的批判，我的一切论议，因此也就非下文似的改正不可，就是，我应该不讲艺术依附于经济，而讲经济依附于艺术了。但是，毕海尔是对的么？

最初，先来检讨就游戏而言的事，关于艺术，则到后来再说罢。

据斯宾塞，则游戏的为主的特殊底的特征，是对于维持生活所必要的历程，直接地是并不加以作用的那事情。游戏者的活动，并不追求一定的功利的目的。诚然，由游戏所致的运动的诸器官的练习，于正在游戏的个人有益，一样地于全种族，到底也是有益的。然而，练习也不被追求功利底的目的的活动所排除。问题并不在练习上，乃在功利底的活动，于练习和由此所获的满足之外，还引向什么实际的目的——譬如得到食料的目的——的达成，而游戏却相反，欠缺着这样的目的的事。猫捕鼠时，它于练习它的诸器官而得的满足之外，还收到美味的食物，但当同是这猫在追逐滚在地板上的线团时，他却除了由游戏所致的满足而外，一无所得。然而，倘若这是如此的，那么，这样的无目的的活动，怎么会发生了的呢？

对于这个，斯宾塞怎样地回答，是大都知道的。在下等动物，有机体的全力，尽被支出于维持生活所必要的行为的实现。下等动物，是只知道功利底的活动的。但在动物底阶段的较高的阶段，事

---

① 《四概要》九三至九四页。

态就早不如此。在这里，全部的力，不被功利底的活动所并吞。作为较好的营养的结果，在有机体中，蓄积着正在寻求出路的一种力的余剩，而动物游戏的时候，——即正是在依照这要求。游戏者，是人工底的力的练习。[1]

这样的，是游戏的起源。但那内容，是怎样的呢？倘以为动物之于游戏，是在练习自己的力的，则为什么或种动物，将这用或种特定的这模样地，而别的动物——不是这模样地，来练习的呢，为什么在种类不同的动物之间，特有不同的游戏的呢？

据斯宾塞的话，则肉食动物分明示给我们，它们的游戏，是由模拟狩猎和模拟争斗而成的。那全体，除了“追蹑获物的戏曲底扮演，即在欠缺那现实底的满足之际的，破坏底本能的观念底的满足之外，什么”也没有。[2] 这是什么意思呢？这就是动物的游戏，为借其佐助而它们的生活得以维持的活动所规定的意思。那么，什么先于什么呢，游戏——先于功利底的活动，还是功利底的活动——先于游戏呢？功利底的活动先于游戏，前者更“古”于后者，是明明白白的。但我们在人们中，又看见什么？儿童的“游戏”玩傀儡，扮主客，以及其他——是成年者的活动的戏曲底扮演。[3] 然而成年者在自己的活动上，又在追求着怎样的目的呢？最多的时候，他们是在追求着功利底的目的的。这就是在人类中，也是追求功利底的目的的活动，换言之，即维持个人和社会全体的生活所必要的活动，先于游戏，且又规定其内容的意思。像这样的，便是从斯宾塞的关于游戏之所说，论理底地生发出来的结论。

这论理底的结论，和威廉·洪德对于同一对象的见解，是全然一致的。

---

① 可参照《心理学的基础》，圣彼得堡，一八七六年，第四卷，三三〇页及以下。

② 可参考《心理学的基础》，圣彼得堡，一八七六年，第四卷，三三页。

③ 同上，三三页。

“游戏是劳动的孩子，——有名的心理、生理学者说。——这是自明的事，在时间底地先行的认真的勤劳的任何形式中，没有本身的模型的那样游戏，是任何形态也不存在的。盖生活底必然性，是强制劳动的，而人在劳动中，逐渐领会了将自己之力的实际底的行使，看作满足的事。”[1]

游戏，是由于要将力的实际底行使所得的满足，再来经验一回的冲动而产生的。所以力的蓄积愈大，游戏冲动就也愈大，但不消说，这以外，是在一样的条件之下的。比相信这个更容易的事，再也没有了。

在这里，也和在各处相同，我将举了例子，来证明而且说明自己的思想。

如大家所知道，野蛮人在自己们的跳舞中，往往再现各种动物的运动。[2] 借什么来说明这事呢？除了要将狩猎之际，由力的行使所得的满足，再来经验一回的冲动以外，更无什么东西了。看看遏斯吉摩的狩猎海豹罢，他爬近它去，他像海豹的昂着头照样地，竭力抬了头，他模仿它一切的举动，待到悄悄地接近了它们之后，才下狙击的决心，[3]模仿动物的态度的事，是这样地成着狩猎的最本质底的部分的。所以狩猎者发生欲望，要再来经验狩猎中由力的行使所得的满足的时候，则重复模仿动物的态度，于是遂创造了自己的独创底的狩猎人的跳舞，是不足为异的。然而当此之际，跳舞，即游戏的性质，是被什么所规定的呢？是被认真的勤劳，即狩猎的性质所规定的。游戏是劳动的孩子，后者时间底地一定不得不较前者先行。

别的例。望・覃・斯泰南在巴西的一个种族那里，曾经见了用震撼底的演剧手段，来描写负伤了的战士之死的跳舞。[4] 你以为怎

① Ethik，Stuttgart 1886，S. 145.

② “So sprachen sie von einem Affentanz，einem Faultiertanz，einem Vogeltanz u. s. w.” Schomburg，*Reisen in British Guiana*. Leipzig 1847，Erster Theil S. 154.

③ 参照克朗支的 *Historie von Grönland*，I，207.

④ *Unter den Naturvölkern Brasiliens*，S. 324.

样，这之际，什么先于什么呢，战争先于跳舞，还是跳舞先于战争呢？我想，是最初有了战争，后来才发生了描写战争的各种光景的跳舞，最初有了由在战场上受伤的他的战友之死，惹起于野蛮人的内部的印象，而后来乃发现将这印象，由跳舞来再现的冲动，倘若我是对的，——但我自信是对的，——则我在这里，也有十足的根据来说，追求功利底的目的的活动，古于游戏，所以游戏是它的孩子。

毕海尔会说，战争和狩猎，在原始人，都是娱乐，即游戏，而不是劳动，也未可料的。但是，说这样的话者，乃是玩弄言词的人。在低级的狩猎种族所站的那发展阶级上，为了维持狩猎人的生存，又为了他的自卫，狩猎和战争都是必要不可缺的活动。那两者之一，都全然在追求一定的功利底的目的，所以将两者和正以欠缺这样的目的为特色的游戏看作一律，是惟有太甚而且几乎是意识底的用语的滥用，这才可能。不独此也，野蛮生活的研究者，还说是野蛮人决不为了单单的满足而行狩猎云。①

但是，来举关于我在拥护的见解之正确，早没有什么疑惑的余地的第三个例子罢。

在先，我将社会底劳动在和狩猎一同，也在从事农业的原始民族的生活上的重大的意义，加以指摘了。现在我希望你注意于南明大瑙的土人种族之一——排戈皤斯族那里，行着社会底的开垦的事。在他们那里，男女都从事于农业。种稻之日，男人们和女人们从早晨聚在一处，开手工作。男人们走在先头，并且跳舞着，将铁的踏锹插入地里去。此后跟着女人们，将稻种抛入男人们所挖的洼

① "The Indian never hunted game for sport." Dorsey, *Omaha-Sociology*, *Third Annual Report*, p. 267. 海尔瓦勒特的 *Die Jagd ist aber zugleich an und für sich Arbeit, eine Anspannung physischer Kräfte und dass sie als Arbeit nicht etwas* als Vergnügen von den wirklichen Jagdstämmen aufgefasst wird, darüber sind wir erst kürzlich belehrt worden. *Kulturgeschichte*, Augsburg 1876. I, S. 109.

中,于是用土盖在那上面。一切这些,都做得认真而且隆重的。[①]

在这里,我们看见游戏(跳舞)和劳动的综合。然而这综合,并没有遮蔽了现象间的真关系。倘若你并不以为排戈皤斯族太初为了娱乐,将自己的踏锹插入地里去,播上稻种,到后来才为了维持自己的生存,来动手开垦土地,则你就不得不承认当此之际,劳动古于游戏,游戏之在排戈皤斯族那里,是由施行播种的那特殊的条件所产出了的。游戏——是时间底地比它先行的劳动的孩子呀。

请你注意在一样的时会,跳舞这事本身,乃是劳动者的动作的单纯的再现的事罢。我引用毕海尔自己,来作这的证明罢,他在自己的著作 *Arbeit und Rhythmus*(劳动和韵律)里,这样地在说,"原始民族的许多跳舞,那本身不过是一定的生产底行为的意识底的模仿。所以当这模仿底描写之际,劳动是必然底地应该先行于跳舞的。"[②]我完全不解毕海尔为什么到后来会断定了游戏更古于劳动。

大概可以并无一切夸张地说,*Arbeit und Rhythmus* 是用了那全内容,将我正在分析的毕海尔关于游戏和艺术之对于劳动的见解,完全地而且出色地推翻了。为什么毕海尔自己,没有觉到这分明的矛盾的呢,只好出惊。

想来他是被近时锡闪大学的授教凯尔·格罗斯[③]所贡献于学界的那游戏说,引进胡涂里去了的。所以知道格罗斯的学说,在我们也不为无益罢。

据格罗斯的意见,则以游戏为过剩之力的发现的见解,未必能由事实来实证的。小狗互相游戏,直到完全疲劳,而在并非力的过剩,不过恢复了略足再来游戏的力的分量的最短的休息之后,便又

① *Die Bewohner von Sd-Mindanao und der Insel Samal*, von Al. Schadenberg——*Zeitschrift für Ethnologie*, Band XVII, S. 19.

② *Arbeit und Rhythmus*, S. 79.

③ 在 *Die Spiele der Tiere* 这著作里。Jena 1896.

游戏起来。我们的孩子们也一样，即使他们，譬如因长时间的散步而非常疲乏了，但游戏一开始，他们就立刻忘掉了疲劳。他们并不以长时间的休息和过剩的力的蓄积为必要，“是本能使他们，倘若形象底地来表现，则不但杯子洋溢的时候，即使其中几乎只有一滴的时候，也省悟到活动的。”[①]力的过剩，不是游戏的 Conditio sine qua non（必要的条件），而仅是于它极幸福的条件罢了。

然而即使那并不这样的，斯宾塞说（格罗斯称之为希勒垒尔·斯宾塞说）也还是不够的罢。它想给我们说明游戏的生理学底意义，但将那生物学底意义，却没有说明。然而它的这意义，是极广大的。游戏，尤其是年青的动物的游戏，全有一定的生物学底目的。无论在人类，在动物，年青的个体的游戏，乃是有益于个别底的个体或全种族的性质的练习。[②] 游戏使年青的动物准备，以向它未来的生活活动。然而正因为那是准备年青的动物以向它未来的活动的，所以那就较这活动为先行，而且也因此格罗斯不想承认游戏是劳动的孩子，他反而说，劳动是游戏的孩子了。[③]

如你所见，这和我们在毕海尔那里所遇见的，是完全一样的见解。所以我所已经讲过的关于劳动之对于游戏的真的关系之处，也全部适合于他的。然而格罗斯是从别一面接近问题去的，他首先并不以成年者而以儿童为问题。假使我们也如格罗斯一样，从这观点来观察它，那么，问题之显现于我们者，是怎样的情形呢？

再举例罢。耶尔说，[④]澳洲的土人的孩子，常作战争游戏。而且这样的游戏，很为成年者所奖励，为什么呢，因为那是使未来的战士的机敏会发达起来的。我们于北美的印地安，也见到一样的例子，

① *Die Spiele der Tiere*, S. 18.

② 上揭书，一九至二〇页。

③ 上揭书，一二五页。

④ *Manners and Customs of the Aborigines of Australia*, p. 228.

在他们那里，有时是几百个儿童，在有经验的战士的指挥之下，参加着这种的游戏。据凯忒林的话，则这种游戏，是成为印地安的养育体系的实质底的一肢体的。[①] 现在，在我们之前，有着格罗斯之所谓年青的个体向于未来的生活活动之准备的分明的际会了。但这际会，是肯定他的所说的么？也是的，而也并不！我所举的原始民族的“养育体系”，是显示着在个人的生活上，则战争的游戏，先行于向战争的现实底的参加。[②] 所以格罗斯便是对的了，从个人的观点来看，游戏确是古于功利底的活动。然而为什么在上述的民族那里，设定了战争游戏占着那么大的地位这样的养育体系的呢？为的什么，是明明白白的，就因为在他们那里，得到从孩子时候起，就惯于各种军事底训练的，准备很好的战士，是极为必要的缘故，这意思，便是从社会（氏族）的观点来看，事态即显了全然别种的趣旨，在最初——有真的战争和因此而造成的好战士的要求，其次——有为了使这要求得以满足的战争的游戏，换了话说，便是从社会的观点来看，是功利底的活动，古于游戏的。

别的例子。澳洲的女土人在跳舞里面，从中描写着她从地里掘起食用植物的根来的处所。[③] 她的女儿看见这跳舞，于是照着儿童所特有的向模仿的冲动，她就再现自己的母亲的举动。[④] 她在还未

---

① Geo. Catlin, *Letters and Notes on the Mssanners, Customs and Condition of the North American Indians*, I, 131.

② Letourneau, *L'evolution literaire dans les diverses races humaines*, Paris 1894, p. 34.

③ “Another favourite amusement among the children is to practise the dances and songs of the adults.” Eyre. Op. cit. p. 227.

④ “Les jeux des petits sont l'imitation du travail des grands.” *Dernier Journal du Docteur David Livingston*, T. Ⅱ, p. 267. “少女们最喜欢模仿母亲的劳动而游戏。她们的兄弟的玩具……是小小的弓箭。”（大辟特及查理斯·理文斯敦的山培什研究。）“The amusements of the natives are various but they generally have a reference to their future occupations.” Eyre, p. 227.

到真去从事于食料之采取的年龄，做着这。所以在她的生活上，掘根的游戏（跳舞）是较现实的掘根为先行，在她，游戏是较古于劳动。但在社会的生活上，则现实底的掘根，不消说，就先行于成年者的跳舞和在儿童的游戏上的这历程的再现了。**因此之故，在社会的生活上，是劳动古于游戏的。**① 想来这是全然明白的。但倘若这是全然明白的事，则剩在我们这里的，只有向自己这样地问，经济学者和一般从事于社会科学的人们，应该从怎样的观点，来观察劳动对于游戏的关系的问题呢？我以为当此之际，回答也是明白的。从事于社会科学的人们，将这问题——发生于这科学的圈内的别的一切问题也一样，——从社会的观点以外来观察，是不行的。不行的理由，就因为仗了站在社会的观点上，我们才能够较容易地发见在个人的生活中，游戏先于劳动而出现的原因的缘故，倘若我们不出个人的观点以上，那么，我们对于他的生活中为什么游戏先于劳动而出现的事，他为什么做着正是特定的这，而非这以外的东西的游戏的事，将都不能懂得了。

在生物学上，这事也一样地对，但将“社会”的概念，在那里，换为“种族”（严密地说——种）的概念，是必要的。倘若游戏是在尽准备年青的个体向未来的生活底任务之职的，那就明明白白，在最初，种的发展在他面前设定了要求一定的活动的一定的任务，其次，作为这任务的现存的结果，而现出和这任务所要求的诸特质相应的，在诸个体的淘汰和幼年少年期上的养育来。在这里，游戏也不出于劳动的孩子，不出于功利底的活动的机能。

人类和动物之间所存的差异，这之际，只在继承下来的本能的发达，在他的养育上，较之在动物的养育上演着小得很多的脚色。虎之子，是作为肉食动物而生下来的，但人类并不作为猎人，农人，

---

① “这些游戏，是作为后来的劳动的精确的模仿而显现着的。”Klutschak，Op. cit.，S. 222.

军人，商人而产生，他在围绕他的条件的影响之下，成为这个或别个。而且这事，无论男女都是这样的。澳洲的少女，并非生来就本能底地带着对于从地里掘出根来或和这相类的经济的劳动的冲动。这冲动，乃由她里面的向模仿的倾向所产出，就是她竭力要在自己的游戏里，再现出自己的母亲的劳动来。然而为什么她不模仿父亲，却是母亲呢？这是因为她之所属的社会，男女之间，已经确立着分工的缘故。所以这原因，也并不在诸个人的本能之中，而是横在围绕他们的社会底环境之中的。但是，社会底环境的意义愈大，则抛掉社会的观点，像毕海尔论游戏对于劳动的关系时候之所为那样，站在个人的观点上的事，也愈加难以容许了。

格罗斯说，斯宾塞说忽略了游戏的生物学底意义。能够以大得多的权利，来说，格罗斯自己，是遗漏着那社会学底意义的。固然，这遗漏，在供献给人类的游戏的他的著述的第二部里，也许会加以订正。男女之间的分工，给与了由新观点，来观察毕海尔的议论的动机。他将成年的野蛮人的劳动，作为娱乐而描写着。这不消说，即此一点，也是错的，在野蛮人，狩猎不是竞技，乃是维持生活所必要的认真的劳作。

毕海尔自己完全正当地这样说，“野蛮人往往苦于厉害的穷乏，成为他们的衣服全体的带子，在他们，其实是用以作德国的下层人民所称为‘Schmachtriemen’这东西，就是为了要缓和苦恼他们的饥饿，以此紧束腹部的东西的。”[①]虽在“往往”（据毕海尔自己所承认）发生这些事之际，野蛮人竟还是作为竞技者，不因苦恼的必然，却为了娱乐，而去狩猎的么？由力锡典斯坦因，我们知道薄墟曼几天没有食料的事，往往有之。这样的饥饿的期间，当然是必至底的食料搜索的期间。这搜索，竟也是娱乐么？北美洲的印地安，在恰值久不遇见野牛，饿死来威吓他们那时候，就跳自己的“野牛舞”。跳舞

① 《四概要》七七页。

一直继续到野牛的出现。[1] 那出现，印地安是当作和跳舞有因果关系的。为什么在他们的脑里，会发生了关于这样的关系的表象的呢，这一个此时和我们没有关系的问题，姑且不谈，我们可以用了确信来说，当此之际，"野牛舞"以及和动物的出现同时开手的狩猎，都不能看作游戏。在这里，跳舞本身，是作为追求功利底的目的，同时也作为和印地安的主要的生活活动紧密地相联结的活动而出现的。[2]

往前进罢。看一看我们的疑问的竞技者的妻罢！行军的时候，她搬运重担，掘起根来，搭小屋，生火，鞣毛皮，编篮，以后也从事于土地的开垦。[3] 一切这些，都不是劳动，而是游戏么？据 F・普列司各得的话，则印度的达科泰族的男人，夏季每天劳动不到一小时以上，如果愿意，这就可以称之为娱乐。然而在一年的同一时期中，同一种族的女人，每天却劳动到约六小时，在这里，就难以假定我们的问题是在"游戏"了。但到冬季，夫妻便都非比夏季更加劳动不可，

① Catlin. Op. cit. ,I,127.

② 在毕海尔，以为原始人是能不劳动而生活了的。"无疑地，——他说，——人类在不能测知的时代的经过中，能够不劳动而生活了，而且如果他愿意，则虽是现在，在这地球上，也还不难寻到从他这面支出极少的努力，而西谷米，香蕉，面包果树，科科，椰子和枣椰子就会许他生存的地方。"(《四概要》七二至七三页。)倘若毕海尔在不能测知的时代之下，是"人类"刚被组织化为特殊的动物种(或是科)的时代的意思，那么，我要说，当时我们的祖先，是不下于类人猿地"劳动了"的，关于这事，我们毫无什么权利，可以说在他们的生活上，游戏比维持生存所必要的活动，占着更大的地位。倘就仅支出最小的努力，便可保人类的生存似的或种特殊的地理底条件而言，则在这里也决不应当夸张的。热带地方的华丽的自然，要求人类的劳力，决不较温带的自然为少。蔼连赖息还至于说，这样的劳力的量，在热带地方，更大于温带地方云。(*Ueber die Botocudos*, *Zeitschrift für Ethnologie*. B. XIX, S. 27.)

不消说，在栽培食用植物之际，则热带地方的肥沃的土壤，是很能轻减人类的劳动的，然而这样的栽培，惟在文化底发展的比较地高的阶段上，这才开始起来。

③ "The principal occupation of the women in this village consists in procuring wood and water, in cooking, dressingrobes and other skins, in drying meat and wild fruit and raising corn. "Catlin. Op. cit. ,I,121.

那时男人劳动约六小时，女人约十小时。[1]

在这里，早已全然而且断然地不能谈到“游戏”了。在这里，我们已经 Sans phrase（没有文词）地惟劳动算是问题，而且即使这劳动比起文明社会的劳动者的劳动来，为无兴味，且少疲劳，然而并不因此而失其为全然是一定的形式的经济底活动。

就这样，由格罗斯所假定了的游戏说，也无以救助我所正在分析的毕海尔的命题。劳动古于游戏，和父母之古于孩子，社会之古于各个的成员是一样程度的。

但既经说起了游戏，我还应该使你的注意，向一部分已为你所知道的毕海尔的一个命题去。

据他的意见，则在人类发展的最早的阶段，文化底获得之从氏族传给氏族的事，是没有的。[2] 而且这事情，就从野蛮人的生活上，夺去了经济的最本质底的特征。[3] 然而游戏倘若连格罗斯也以为是使原始社会中的幼小的个人，准备实行他们的未来的生活底任务的，则岂非明明白白，那是结合不同的时代，并且正成为扮演着从氏族向氏族传达文化底获得的脚色的联系之一的么？

毕海尔说，“最后者（原始人）对于努力制作殆及一年，而且于他盖一定值得绝大的努力的石斧，有特别的爱执的事，以及这斧之于他，像是他本身的存在的一部份的事，固然可以认到。但以为这贵重的财产，将作为遗产，移交于他的子孙，而且成为以后的进步的基础，却是错误的。”类似的对象，在关于“我的”和“你的”的概念的最初的发达上，给与着动机的事，是确实的，而指示着这些概念，仅联结于个人，和他一同消灭而去的观察，也多得不相上下。“财产是和生前是那个人底所有的所有者，一同埋下坟里去的（毕海尔的旁

---

① *Schoolcraft*, *Historical etc. Information*, part Ⅲ, p. 235.

② 《四概要》八七页及以下。

③ 同上，九一页。

点)。这习惯,行于世界的一切部分,而那遗制,则在许多民族中,虽在他们的发展的文化时代也还遇见。"[①]

这事,不消说,是对的,然而,和物一同,从新制作这物的技能也就消灭的么?否,不消灭的。我们在低级的狩猎种族中,已经看见父母要将他们自己所获的一切技术底知识,努力传给孩子。"澳洲土人的儿子一会步行,父亲便带他去狩猎和打渔,教导他,讲给他种种的传说。"[②]而澳洲土人在这里并非一个一般底的规则的例外。在北美洲的印地安那里,氏族(the clan)任命着特别的养育者,那职任,是在当幼小时,授以将来他们所必要的一切实际的知识。[③] 科司族的土人那里,则十岁以上的一切儿童,都一同养育于首长的严峻的监督之下,那时候,男孩子学关于军事和狩猎,女孩子则学各种家庭底劳动。[④] 这不是时代的活的联系么?这不是文化底获得之从氏族到氏族的传达么?

属于死者的物品,即使委实非常地屡屡终于在他的坟里失掉,但生产这些物品的技能,是从氏族传给氏族的,而这事,则较之物品本身的传达,更其重要得多。不消说,死者的财产消灭在他的坟墓里,是会使原始社会中的富的蓄积,至于迟缓起来。然而第一,如我们之所观察了的那样,那并不排除时代的活的连系,第二,是因为对于非常之多的对象的物品的存在,个人的财产大抵是极为微末的,

① 《四概要》八八页。

② Ratzel,*Völkerkunde*,zweite Ausgabe,I Band,S. 339. 夏甸培克关于飞猎滨的内格黎多,也说着相同的事,*Zeitschrift für Ethnologie*,B. XII,S. 136. 关于安大曼群岛居民的儿童养育,可看眉安的 *Journal of the Antropological Institute*,vol. XII,p. 94. 倘相信爱弥耳·迭襄的话,则韦陀族是在这一般底的规则的例外的,他们似乎并不将使用武器的事,教给自己的孩子们(Carnet d'un voyageur. Au pays des Veddas, 1892,p. p. 369—370)。这是极难相信的证言。迭襄大抵不给人以那是周到的研究的印象。

③ Pawell,*Indian Linguistic Families*, *Eleventh Annual Report* p. 35.

④ Lichtenstein,Reisen,I,425.

那首先就是武器，但原始底的狩猎人，战士的武器，是非常密切地和他的个性一同成长，恰如他本身的延长一般，所以在别人，便是不很合用的物品。[①] 这就是和那死掉的所有者的同时底消灭，较之粗粗一看之所想，只是小得很远的社会底损失的原因。待到后来，和技术以及社会底富的发达一同，死者的所有物的消灭成为他的近亲的重大的损失的时候，那就渐被限制，或者将地位让给单是消灭的象征，而全被废弃了。[②]

因为毕海尔否定着野蛮人的时代间的活的联系的缘故，所以他对于他们的父母底感情，极为怀疑，是无足怪的。

“最近的人种学者，——他说，——为要证明母性爱的力，在一切文化底发展阶段上是共通的性质，曾倾注了许多的努力。其实，以为到处由多数的动物种以如此引动人心的形态，发现出来的这感情，在人类则独无的这种思想，在我们是难于承认的。但是，许多观察，却显示着亲子间的精神底联系，已经是文化的成果的事，以及在最低的阶段的民族中，为维持民族本身的存在起见的谋虑，强于别的一切精神运动的事，或者甚至于仅有这谋虑现存的事……。无限的利己主义的同样的性质，在许多原始民族当移住之际，将也许有妨于健康者的病人和老人，委之运命的自然，或遗弃于荒凉之处而去的残酷里，也显现着的。”[③]

可惜的是毕海尔毫不举出什么事实来，以作自己的思想的确证，所以他在就怎样的观察而说，我们竟全不了然。因此我也只得以我自己所知道的观察为基础，来检讨他的所说。

---

① 非常多数之中的一例：“Der Jäger darf sich keiner fremden waffen bedienen; besonders behaupten diejenigen wilden, diemit dem Blasrohr schiessen, dass dieses Geschoss dutch den Gebrauch eines Fremden verderben werde und geben es nicht aus ihren Händen.”Martius. Op. cit. , S. 50.

② 可看烈多尔诺的 *L'evolution De La Propriété*, p. 418 及以下。

③ 《四概要》八一至八二页。

澳洲的土人，是能以十足的根据，看作最低级的狩猎种族的。他们的文化底发展，等于无。所以称为父母底爱这种"文化底获得"，可以豫料为他们大概还没有知道。但是现实并不将这豫料化为正常。澳洲的土人，是热烈地爱自己的孩子，他们常常和他们游戏，并且爱抚他们的。①

锡仑岛的韦陀族，也站在最低的发展阶段上。毕海尔将他们和薄墟曼一同，举为极端的野蛮的例子。但虽然如此，据丁南德所保证，则他们也"于自己的孩子们和血族很有挚爱的。"②

遏斯吉摩——这冰河时代的代表者——也"很爱自己的孩子们"。③

关于南美洲印地安，对于自己的孩子们的大的爱，神甫休密拉已经说过了。④ 辉忒则以这为美洲印地安的最显著的性质。⑤

在非洲的黑人种族中，也可以指出不少因为对于自己的孩子的和善的顾虑，而唤起旅行家的注意的种族来。⑥

他的错误，何自而来的呢？他是将颇为广行于野蛮人之间的杀害小儿和老人的习惯，不得当地解释了。不消说，从杀害小儿和老人的事，来判断孩子和父母之间的相互底亲爱的欠缺，一下子是觉得似乎极合于论理的。然而只是觉得，那又不过是一下子罢了。

---

① Eyre，Op. cit.，p. 241.

② Tennant，Ceylon，Ⅱ，445.（可参照 *Die Weddas von Ceylon*，von P. und F. Sarrasin，S. 469.）

③ D. Cranz，Historie von Grönland，B. I，S. 213. 可参照克柳却克的 *Als Eskimo unter den Eskimos*，S. 234 及波亚斯的上揭书，五六六页。

④ *Historie naturelle，civile et geographique de l'Orenoque*，T. I，p. 211.

⑤ *Die Indiener Nordamericas*，Leipzig 1865，S. 101. 可参照玛蒂尔达·司提芬生的研究，给斯密司学会的亚美利加人种学会第十一回报告的 *The siou*。据司提芬生所说，则当食料不足之际，成年者是自己忍着饥饿，以养孩子们的。

⑥ 例如，可看锡瓦因孚德的关于野蛮人的所说之处，*Au coeur de l'Afrique*，T. I，p，210.

在事实上，小儿杀害是很广行于非洲土人之间的。在一八六〇年，纳里那也黎族的新生小儿的三分之一，都被杀掉。生在已有小的孩子们的家族里的孩子，都被杀，一切病弱的，每年生的孩子，等等，也被杀。然而这也并非上述的种族的澳洲土人中，欠缺着父母底感情的意思。全然相反的，或一孩子一经决定留下，他们便“以无限的忍耐”[①]来保育他。就是，事态未必像最初所觉得那样地简单，小儿杀害，于澳洲土人并不妨碍其爱自己的孩子们，很坚忍地将他们抚养。而且这也不独在澳洲的土人。古代的斯巴达也曾有小儿杀害，然而因此便可以说，斯巴达人还未到达能够发生父母对子的爱情的文化底发展阶段么？

就杀害病人和老人而言，则在这里，首先必须将至于施行这事的特殊的事情，加以计及。那是仅仅施行于精力已经耗尽的老人，当行军之际，失掉了和自己的氏族偕行的可能的时候的。因为野蛮人所有的移居的手段，还不够搬运这样的体力已衰的成员，所以必然勒令将他们一任运命的意志，而且那时候，由近亲者来致死，在他们，是算作一切恶中的最小者的。况且老人的遗弃和杀害，是拖延到最后的可能，所以虽在以这一事出名的种族中，也实行得极其稀少，这事是必须记得的。火岛的土人，和达尔文讲了多回的吃掉自己的老妪的故事相反，拉追勒说，老人和老妪，在这种族中，却受着大大的尊敬。[②] 耶尔关于飞猎滨群岛的内格黎多[③]，蔼连赖息（引玛乔斯的话）关于巴西的皤多库陀，都说着一样的事。[④] 海克威理兑尔称北美的印地安为比别的任何民族都尊敬老人的民族。[⑤] 关于非洲的土人，锡瓦因孚德说，他们不但很注意地抚养自己的孩子们而已，

---

① Ratzel, *Völkerkunde*, I, 338—339.

② *Völkerkunde*, I, 524.

③ *Native races of the Indian Archipelago*, p. 133.

④ *Ueber die Botokudos etc.*, *Zeitschrift für Ethnologie*, XIX, S. 32.

⑤ L. c., S. 251.

也尊敬自己的老人们，这是在他们的任何村落里，常常可以目睹的。[①] 而据史坦来的话，则对于老人的尊敬，是成着全非洲内地的一般底的规则。[②]

毕海尔全然将站在具体底的基础上，这才得以说明的现象，抽象底地在观察了。对于老人杀害，也和对于婴儿杀害完全相同，不是原始人的性格的特质，不是他的疑问的个人主义，也不是欠缺时代间的活的连系，乃是应当归之于野蛮人在那里面，不得不为自己的生存而争斗的诸条件的。我在第一信里，已曾使你想起人类倘若生活于和巢蜂同样条件之下，他们便将并无良心的苛责地，甚至于怀着尽义务的愉快的自觉，以谋自己社会中的不生产底的成员的绝灭罢这一种达尔文的思想来了。野蛮人就正是生活于不生产的成员的绝灭，或一程度为止，是对于社会的道德底义务那样的条件之中的。他们既在这样的条件之下，便势不得不杀掉多余的孩子和耄年的老人，然而他们之并不因此便成为毕海尔所描写那样的利己主义者或个人主义者，是由我引用的许多例子所明证的。使杀孩子和老人的野蛮生活的那同一条件，就同样地支持着留遗下来的团体的诸成员间的紧密的连系。以父母底感情的发达和对于老人致大尊敬为世所知的种族，时而同时施行着杀害小儿和老人的 paradox（颠倒），即据此可以说明。问题的核心，是不在野蛮人的心理，而在他的经济的。

在截止关于原始人的性质的毕海尔的议论之前，我还不可不关于那动机，来加两个的注意。

第一，作为由他归给野蛮人的个人主义的最明了的表现之一，映在他的眼里的，是他们之间，非常广行的各自采取食料的习惯。

第二，在许多的原始民族那里，家族的各成员，有着自己的动

① *Au coeur de l'Afrique*, t. I, p. 210.

② *Dans les tenèbres de l'Afrique*, II, 361.

产，对于这，家族的其余的成员无论谁，都没有一些权利，普通也并不现出什么欲望来。一个大家族的各成员，散开来住在小小的小屋里的，也不少有。毕海尔在这里，就看出了极端的个人主义的显现。倘使他知道了我们大俄罗斯有那么许多的大农家族的秩序，就会全然改变了那意见的罢。

在这样的家族里，经济的基础是纯粹地共产主义底的。但这事，于他们的各个成员，例如，于“妇人们”和“姑娘们”，并不妨碍其拥有虽从最压制底的“家长”这边的侵犯，也由习惯之力严加保护着的自己本身的财产。为了这样大家族的既婚的成员，往往在共同的大院内，造起分屋来。（在旦波夫斯克县，称这些为小屋。）

你也许早已倦于关于原始经济的这些议论了。但是，请你容认，我没有这个是全然不能济事的。如我已经说过，艺术是社会现象，所以倘若野蛮人实在是完全的个人主义者，那么，絮说他的艺术，盖是无意味的罢。我们在他们那里，将毫不能发见艺术活动的怎样的特征。然而，这活动，是没有怀疑的余地的。原始艺术——决不是神话。只这一个事实，即使是间接底地罢，就已经能够否定毕海尔的对于“原始经济底构造”的见解之足信了。

毕海尔屡屡反复着说，“为了不绝的放浪生活，关于食料的顾虑全然并吞了人们，和这一同，连我们所想为最自然的感情，也不容其发生了。”[①]而那同一的毕海尔，如你所已经知道，却相信人类在不可测知的世纪间，曾经不劳动而生活，以及虽在今日，地理底条件允许人们支出最少的努力而生存的处所，也还不少的。在我们的著者，艺术古于有用的对象的生产这一种确信还和这相连结，正如游戏古于劳动一般。那就成为这样——

第一，原始人用最微细的劳力的价值，维持了自己的生存；

第二，虽然如此，这些微细的劳力却完全并吞了原始人，为了别

① 《四概要》八二页。并参照八五页。

的任何活动,连我们所以为自然的感情之一,也不留一些余地;

第三,自己的营养以外,什么也不想到的人,却连为了那营养,也不从有用的对象的生产开始,而从满足自己的美底要求开始的。

这是非常奇怪了!当此之际,矛盾是显然的。但是,要怎样办,才能够脱却这个呢?

要脱却这个,非订正了毕海尔关于向有用对象的生产的活动和艺术的关系的见解的错误之后,是不可能的。

毕海尔说工艺的发达,无论那里都始于身体的涂彩时,就非常地错误着。他绝没有引一条事实,能够给我们设想为身体是涂彩或穿孔,先于制作原始底的武器或原始底的劳动用具的动机——是的,不消说,引不出来的。皤多库陀的或一种族,在那有限的身体装饰之中,有作为最主要的东西的他们的有名的皤多卡,即插入嘴唇里的木片。[①] 倘若假定这木片的设色,是在皤多库陀人学得从事狩猎,或者至少是借着弄尖的棍棒之助,来掘食用植物的根之前,那是非常可笑的罢。关于澳洲土人,L·什蒙曾说,在他们那里,许多种族,是毫不加什么装饰的。[②] 这恐怕未必如此,在事实上,一切澳洲的种族,是用着最不复杂的,以及这样那样的装饰的,即使是少数。但在这里,也仍然不能假定这些不复杂的少数的装饰,在澳洲的土人那里,较之关于营养的忧虑以及和这相应的劳动用具,即武器和用于采取食用植物的弄尖了的棍棒,为更先出现。萨拉辛以为未受外来文化的影响的原始韦陀族,男人女人和孩子,都毫不知道什么装饰,虽是现在,在山地里也还能遇见全不装饰的韦陀族。[③] 这样的韦陀族,连耳朵也不穿孔的,然而他们却已经知道使用那,不消说是

① Waitz, *Anthropologie der Naturvölker*, dritter Teil, S. 446.

② *Im australischen Eüche und an den Kusten des Korallenmeers*, Leipzig 1896, S. 223.

③ *Die Weddas von Ceylon*, S. 395.

他们自己所制作的武器。在这样的韦陀族里,用于装饰武器的工艺,分明是先于装饰制造品的工艺的。

连非常低级的狩猎种族——例如薄墟曼或澳洲土人——也会作画,是事实。在他们那里如我将在别一信里来论及那样,有着真的画廊。① 焦克谛和遏斯吉摩,以那雕刻和雕刻细工出名。② 曾在古象期居住欧洲的种族,则以不亚于此的艺术底倾向见知于世。③ 一切这些,都是属于艺术史家谁也不当付之等闲的极重要的事实的。但是,在澳洲土人,薄墟曼,遏斯吉摩或古象的同时代者那里,艺术活动比有用的对象的生产先行了,在他们,艺术比劳动"古"了的这等事,是从那里发生的呢?这样的事,是那里也决不会发生的。全然是那反对。原始狩猎人的艺术活动的性质,分明证明着有用的对象的生产和一般地经济底活动,较艺术的发生为先行,因而在那上面,也捺着最鲜明的印记。焦克谛的画,是描着什么的呢?——那是狩猎生活的种种的光景。④ 显然是焦克谛最初从事于狩猎,其次才开始在绘画上,再现出自己的狩猎来。全然一样地,倘若薄墟曼是几乎专画着动物,孔雀,象,河马,鸿雁,以及其他的,那就因为动物在他们的狩猎生活上,充着绝大的决定底的脚色的缘故。在最初,人类对于动物站在一定的关系上了(开始狩猎它们了),其

① 关于澳洲土人的绘画,可看辉忒的 *Anthropologie der Naturvölker*, sechster Teil, S. 759 及以下,并看有兴味的 L·G·玛乔斯的论文, *The rock pictures of the Australian Aborigines in Proceedings and Transactions of the Queensland Branch of the Royal Geographical Society of Australia*, vv. X and XI. 关于薄墟曼的美术,则可看已曾由我引用了的弗立修的关于南美洲土人的著述,第一卷,四二五至四二七页。

② 可看 *Die Umsegelung Asiens und Europas auf der Vega* von A. E. Nordenskiold, Leipzig 1880, B. I, S. 463 及 B. II, S. 125. 127, 129. 135, 141, 231.

③ 可参照 *Die Urgeschichte des Menschen nach dem heutigen Stande der Wissenschaft*, von Dr. M. Hörnes, erster Halbband, S. 191 及以下, 213 及以下。和这相关联的许多事实,由 Mortiller 指示在他的 *Le Préhistorique* 中。

④ Nordenskiold, II Band, S. 123, 133, 135.

次——也正因为对于它们站在一定的关系上的缘故——则在他那里，生起要描写这些动物的冲动来。那么，什么比什么先行了的呢，劳动先于艺术，还是艺术先于劳动呢？①

不，敬爱的先生，我相信，倘若我们不将如次的思想，即劳动古于艺术的事，以及人类大抵先从功利底的观点，来观察对象和现象，此后才在自己对于它们的关系上，站在美底观点上的事，将这思想据为己有，则我们在原始艺术的历史上，恐怕什么也全然不会懂得的。

我想将许多——由我看来，是完全可以凭信的——这思想的证明，举在下一信里，但那大约要从研究分民族为狩猎，牧畜，农业民族这旧的举世所知的分类，是否合于我们的人种学底知识的现在的状态这一个问题开端了。

未另发表。

初收1930年7月上海光华书局版“科学的艺术论丛书”之一《艺术论》。

十三日

日记 星期。晴。上午得罗西信。未名社寄来《蠢货》五本。下午寄雪峰信并《艺术论》译稿一份。夜往街闲步。

十四日

日记 雨。午杨律师来，交北新书局第二期板税泉二千二百，即付以手续费百十。下午季市来。复罗西信并还稿二篇。晚收季志仁从法国寄来之 *Le Bestiaire* 一本，价八十佛郎。夜往内山书店。

---

① Fritsch, *Die Eingeborene Süd-Afrikas*, I, 436.

付雪峰校对费五十。付朝华社泉五十。

十五日

日记 雨。午后得雪峰信并还泉五十。下午达夫来。夜仍以泉交雪峰。

十六日

日记 晴。上午得侍桁信。得丛芜信。下午请照相师来为海婴照相。

致 韦丛芜

丛芜兄：

八日函收到。《近卅年英文学》于《东方》,《小说月报》都去问过,没有头绪,北新既已收,好极了。日内当将稿送去。

小峰说年内要付我约万元,是确的,但所谓“一切照”我“的话办”,却可笑,因为我所要求者,是还我版税和此后书上要贴印花两条,其实是非“照”不可的。

到西山原也很好,但我想还是不能休养的。我觉得近几年跑来跑去,无论到那里,事情总有这样多,而且在多起来,到西山恐怕仍不能避免。我很想被“打倒”,那就省却了许多麻烦事,然而今年“革命文学家”不作声了,还不成,真讨厌。

仰卧——抽烟——写文章,确是我每天事情中的三桩事,但也还有别的,自己恕不细说了。

迅 上 十月十六夜

十七日

日记 晴。上午代广平寄张维汉，谢敦南书各一包。午后修甫来。下午复侍桁信。复丛芜信。下午往内山书店买『若きソヴェトロシヤ』一本，泉二元。夜同三弟，贤桢及煜儿往街买物。

十八日

日记 晴。上午携海婴往福民医院检查，无病，但小感冒。下午赴街买吸入器及杂药品。晚得钦文信。

十九日

日记 晴。上午得叶永蓁信。午后往内山书店买小书两本，共泉一元四角也。下午寄小峰信，晚得复。夜出市买茶叶两筒。

二十日

日记 晴。星期。午后复小峰信。寄季市信。下午上街取照相，未成。魏金枝来。柔石得 Gibbings 信并木刻三枚以给我。得霁野信。

致 李霁野

霁野兄：

十六来信已到。来信所说《未名》，想是就月刊而言，我每期寄一点稿，是可以的，若必限定字数，就难说，因为也许为别的事情所牵，不能每月有一定的工夫。

北新纠葛，我是索取版税，现拟定陆续拔还，须于明年七月才毕，所以不到七月，还不能说是已“清”的。《奔流》停着，因为议定是将各投稿之稿费送来，我才动手编辑的先前许多投稿者，向我索取稿费，常常弄得很窘，而他们至今不送钱来，所以我也不编辑。昨我提议由我和达夫自来补完全卷，而小峰又不愿，他说半月以内，一定筹款云。

这几天上海有一种小报，说郑振铎将开什么社，绍介俄国文学，翻译者有耿济之曹靖华。靖华在内，我疑是谣言，我想他如有译作，大可由未名社出版，而版税则尽先筹给他。和投机者合作，是无聊的。

《未名》出起来，靖华能常寄稿件否？

迅 上 十月二十夜

二十一日

日记 晴。上午复霁野信。寄达夫信。午得友松信。夜同三弟往街买青森频果，在店头遇山上正义，强赠一筐，携之而归。

二十二日

日记 晴。上午得友松信。下午取海婴照相来。托蕴如买小床，药饵，火腿等，共用泉四十五元。夜得绍原信片，即复。得田夫信，即复。

致 江绍原

绍原先生：

惠示谨悉。《语丝》上的一篇杂感，当然是可以转载的，其中不知有误印字否，如有，希为改正，因为不见《语丝》，已有两月余了。又括弧中《全体新论》下，乞添入“等五种”三字。

《国人对于西洋医学方药之反应》，我以为于启发方面及观察中国社会状态及心理方面，是都有益处的。现在的缺点，是略觉散漫一点，将来成书时，卷首有一篇提纲和判断，那就好了。

迅　启上　十月廿二夜

二十三日

日记　晴。午后得季巿信。以海婴照相寄谢敦南及淑卿。下午往内山书店取『世界美術全集』(十)一本，又杂书二本，共泉八元二角。

二十四日

日记　晴。午后得淑卿信。得侍桁信并稿，即复。晚访久米治彦医士，为广平赠以绸一端。得罗西信，即复。得川岛信。

二十五日

日记　昙。午后寄还投《奔流》稿八件。下午往内山书店。晚得季志仁信并稿。得徐诗荃信，柏林发。友松来。

二十六日

日记　昙。午后寄母亲小说及历本，淑卿《奔流》及《朝华》，子佩《语丝》。下午朱君来。石民，衣萍，曙天，小峰，漱六来，并赠孩子用品。得王宗城信并稿。夜康农，友松来。倪文宙，张梓生来。

致 章廷谦

矛尘兄：

廿三日来信早到。双十节前后，我本想去杭州的，而不料生了病，是一种喉症，照例是医得快，两天就好了。许则于九月廿六日进了医院，我豫算以为十月十日，我一定可有闲空，而不料还是走不开，所以竟不能到杭州去。

许现在已经复原了，因为虽然是病，然而是生理上的病，所以经过一月，一定复原。但当出院回寓时，已经增添了一人，所以势力非常膨张，使我感到非常被迫压，现已逃在楼下看书了。此种豫兆，我以为你来上海时，必定看得出的，不料并不，可见川岛也终于不免有“木肤肤”之处。

“收心读书”，是很难的，我也从幼小时想起，至今没有做到，因为一自由，就很难有规则，一天一天的拖下去了。北京似乎不宜草率前去，看事情略定后再定行止，最佳，道路太远，又非独身，偶一奔波，损失不小也。青岛大学事诚如来信所猜，名单中的好些教授，现仍在上海。

小峰之款，已交了两期。第二期是期票，迟了十天，但在上海习惯，似乎并不算什么。至于《奔流》之款，则至今没有，问其原因，则云因为穷，而且打仗之故。我乃函告以倘若北新不能出版，我当自行设法印售，而小峰又不愿，要我再等他半月，那么，须等至十一月五日再看了。这一种杂志，大约小峰是食之无味，弃之不甘也。

杭州无新书，而上海则甚多，一到新学期，大家廉价，好像蜘蛛结网，在等从家里带了几文钱来的乡下学生，要将他吸个干净。我是从来不肯轻易买一本新书的。而其实也无好书；适之的《白话文学史》也不见得好。

迅　上　十月廿六夜。

斐君兄均此致候不另

二十七日

日记　星期。昙。上午得侍桁信。下午修甫，友松来，并赠毛线一包。

二十八日

日记 晴。上午寄矛尘信。寄淑卿信。午后季市来并赠海婴衣冒。收教育部编辑费三百。友松来。寄小峰信并稿。下午往内山书店买『図案資料叢書』六本，杂书三本，共泉十七元三角。

二十九日

日记 昙。午后达夫来。

三十日

日记 小雨。上午得罗西信。

三十一日

日记 小雨。上午寄霁野信并《文艺与批评》五本，还作者相片一张。午后友松来。夜律师冯步青来，为女佣王阿花事。

致 李霁野

霁野兄：

今天寄出《文艺与批评》共五本，其中一本送兄，三本请分送静，丛，素三兄，还有一本，则请并相片一张，送给借我相片的那一位，这相片即夹在书册中。

朝华社内部有纠葛，未名社的书，不要寄给他们了，俟将来再看。

迅 上 十月卅一日

十一月

一日

日记 晴。上午携海婴往福民医院诊察。午得矛尘信。夜得友松信。

二日

日记 晴。午后友松来，假以泉五百。下午往内山书店。杨骚来。汤爱理来。夜张梓生来。食蟹。

三日

日记 星期。晴。上午泽村幸夫赠『每日年鑑』一部。得梁耀南信。

四日

日记 昙。午后得杨律师信。晚得小峰信并书籍杂志。夜康农，修甫，友松来。康农赠孩子衣帽各一。雨。

五日

日记 昙。午后友松，修甫来。下午访杨律师。许叔和来访，未见。夜雨。

六日

日记 雨。上午携海婴往福民医院诊。午得侍桁信。晚得小峰信并《奔流》稿费二百，即复。收靖华所寄赠《契诃夫死后二十五年纪念册》一本。得黎锦明，陈君涵，陈翔冰，孙用，方善竟等信及稿。

七日

日记　昙。上午得杨维铨信。得汤爱理信。晚修甫，友松来，邀往中华饭店晚餐，并有侃元，雪峰，柔石。真吾赠芋头及番薯一筐。

八日

日记　晴。午后复汤爱理信。复矛尘信。下午往内山书店。夜蓬子来。

致 章廷谦

矛尘兄：

十月卅一日信早到。本应早答而竟迟迟者，忙也。斐君兄所经验之理想的衣服之不合用，顷经调查，知确有同一之现象。后来收到“未曾做过娘”的女士们所送之衣服几件，也都属于理想一类，似乎该现象为中国所通有也。

所谓忙者，因为又须准备吃官司也。月前雇一上虞女佣，乃被男人虐待，将被出售者，不料后来果有许多流氓，前来生擒，而俱为不佞所御退，于是女佣在内而不敢出，流氓在外而不敢入者四五天，上虞同乡会本为无赖所把持，出面索人，又为不佞所御退，近无后文，盖在协以谋我矣。但不佞亦别无善法，只好师徐大总统之故智，“听其自然”也。

小峰前天送来钱二百，为《奔流》稿费，余一百则云于十一日送来。我想，杂志非芝麻糖，可以随便切几个钱者，所以拟俟收足后，再来动手。

北京已非善地，可以不去，以暂且不去为是。倘长此以往，恐怕要日见其荒凉，四五年后，必如河南山东一样，不能居住矣。近日之车夫大闹，其实便是失业者大闹，其流为土匪，只差时日矣。农院如“卑礼厚币”而来请，我以为不如仍旧去教，其目的当然是在饭碗，因为无论什么，总和经济有关，居今之世，手头略有余裕，便或出或处，自由得多，而此种款项，则须豫先积下耳。

我和达夫则生活，实在并不行，我忙得几乎没有自己的工夫，达夫似乎也不宽裕，上月往安徽去教书，不到两星期，因为战事，又逃回来了。

迅　启上　十一月八日

斐君兄均此致候不另，密司许并嘱代笔问候。

致孙用

孙用先生：

北新书局办事很迟缓，先生的九月廿四日信及《勇敢的约翰》，他们于本月六日才送给我的。译文极好，可以诵读，但于《奔流》不宜，因为《奔流》也有停滞现象，此后能否月出一册，殊不可知，所以分登起来，不知何时才毕，倘登一期，又觉太长，杂志便不能“杂”了。

作者是匈牙利大诗人，译文又好，我想可以设法印一单行本，约印一千，托一书局经售，版税可得定价百分之二十(但于售后才能收)，不知　先生以为可否？乞示。倘以为可，请即将原译本并图寄下，如作一传，尤好(不知译本卷首有序否?)，当即为张罗出版也。

鲁迅　启上　十一月八夜

如回信，请寄“上海宝山路商务印书馆编译所周建人君收转”

九日

日记　昙。午后寄孙用信。下午雨。得吴曙天信。夜得王任叔信。

十日

日记　星期。晴。上午携海婴往福民医院诊察。午后得淑卿信，一日发。下午昙。复王任叔信。复吴曙天信。复陈君涵信并寄还稿。友松来。晚雨。得白莽信。

致 陈君涵

君涵先生：

前天才收到来信。那一篇《鬼沼》译本，询问数处，均未能出版。因为不知道　先生那时的回乡，是暑假还是毕业，所以不敢乱寄。今得来信，知仍在南京，午后已挂号寄上了，到希　察收。延搁多日，歉甚歉甚。

鲁迅　十一月十日

十一日

日记　晴。午后寄友松信。夜得小峰信并《奔流》稿费一百。

十二日

日记　晴。午后友松来。下午往内山书店。得友松信，即复。夜蓬子来并赠《结婚集》一本。

十三日

日记　晴。上午得汤爱理信。得汪馥泉信，即复。下午修甫，友松来，托其寄王余杞信并汇稿费十元。寄达夫信。晚杨骚，凌璧如来。夜理发。寄友松信。寄小峰信。

致 汪馥泉

馥泉先生：

来函敬悉。关于小说史事，久不留心，所以现在殊无新意及新得材料可以奉闻，歉甚。

清之吴县，疑即明之长洲，但手头无书可查，不能确说。请先生一查《历代地理韵编》（在兆洛《李氏五种》内），大约于其中当得确说耳。

迅　上　十一月十三日

十四日

日记　昙。上午携海婴往福民医院诊。得孙用信并世界语译本《勇敢的约翰》一本。下午寄淑卿信。得友松信，即复。往内山书店买『造型芸術社会学』，『表現派紋様集』各一本，共泉五元三角。

十五日

日记　雨。上午得丛芜信。得钦文信。得有麟信。下午陶晶孙，张凤举及达夫来。晚得达夫信。

十六日

日记　晴。上午得淑卿信，十二日发。得章廷骥信并稿，即复。

晚得小峰信并《语丝》。夜寄石民信。寄季志仁信。寄徐诗荃信。雨。

致 李霁野

霁野兄：

有寄靖华兄一笺，托他一些事情，不知地址，今寄上，希兄转寄为荷。日前寄上《文学与批评》一包，并还作者相片一枚，想已收到了罢。

迅 上 十一，十六

致 韦丛芜

丛芜兄：

十日信收到。素园兄又吐些血，实在令我忧念，我想他应该什么事也不问，首先专心静养才是。

《奔流》是停滞着，二卷五期，现已陆续付印了，此后大约未必能月出一期，因为北新不能按期付给稿费。

我毫没有做什么值得提起的事，仍是打杂；也不想往北平去。周刊的事，我一点都不知道。

迅 上 十一月十六夜

十七日

日记 星期。昙。下午达夫来。装火炉用泉卅二。

十八日

日记　晴。上午寄黄龙信并还稿。寄何水信并还稿。寄霁野信并附与靖华笺。寄丛芜信。携海婴往福民医院诊察。下午往内山书店买『ロシヤ社会史』一本，一元三角。得霁野信。买煤一吨，泉卅二。夜得丛芜信。友松来。

符拉迪弥尔·理定自传(并著作目录)

一八九四年二月三日生于墨斯科。到七岁，被送进拉萨来夫斯基东方语学院去，在那里学习了十年。父亲早已去世了，那时我是十四岁。于是便入了独立生活。确是从这些时候起，开手写了小短篇和短文——在契诃夫的强有力的感化之下。然而将这些都烧掉了。第五年级学生的一群，在故人干理赫·泰斯退文(他那时做着"黄金之群"的秘书)的主宰之下，组织了油印的——学生杂志《尝试》(*Pervie Optü*)。在那上面登载了短篇小说《夜间》和中学生式的——关于现代的批评的文章，但杂志在学生之间并不以为好。其次的短篇是不署姓名登在 *Wesna* 上，《夜之光》这短篇，是在 *Moskovskaia Gazeta* 上。一九一一年在学院卒业，几年间(夏和秋)生活于 Kurskaia 县(Lvovski 郡)的森林中。自己之作，真排了活字，是始于一九一五年，在 *Russkaia Misl*，*Sovremennik*，*Sovremennü Mir*，*Novaia Zhizni*，米罗留皤夫的 *Edemeshachinü Jurnal*，以及年鉴上。一九一七年，最初的短篇小说集《小事》出版了。在战争时中，卒业了墨斯科大学，赴西部战线，往来其间。在赤军的队中，东部西伯利亚和墨斯科，经过了革命。一九二二年到海外去——访了德国——是第三回。

著　作

《小事》　一九一七年，墨斯科的"Sovrenie Dni"书店印行。

《涨潮》　一九一八年，墨斯科的"Sovrenie Dni"书店印行。

《关于许多日子的故事》　一九二二年，柏林的"Ogoniki"书店印行。

《海流》　一九二三年，墨斯科的"L. Frenkel"书店印行；一九二五年再版。

《鼷鼠的工作日》　一九二三年，墨斯科的"L. Frenkel"书店印行；一九二五年，柏林的"Gelikon"书店再版。

《大陆》　一九二五年，"Lengiz"印行；一九二八年，"Giz"再版。

《北方》　一九二五年，"Lengiz"印行。

《地之燃烧》　一九二五年，墨斯科的"Prozhektor"印行。

《航行》　一九二六年，墨斯科及列宁格勒的"Giz"印行；一九二八年，同店再版。

《道路与里程》(《旅行杂记》与《日记》之一页。)　一九二七年，列宁格勒的"Priboi"印行；一九二八年，"Giz"再版。

《人类之子的故事》　一九二七年，墨斯科及列宁格勒的"Giz"印行；同年，同店再版。

《叛徒》　一九二八年，墨斯科及列宁格勒的"Giz"印行。

《著作集》五卷　一九二八至二九年，"Giz"印。(正在印行。)

这一篇短短的自传，是从一九二六年，日本尾濑敬止编译的《文艺战线》译出的；他的根据，就是作者——理定所编的《文学的俄国》。但去年出版的 *Pisateli* 中的那自传，和这篇详略却又有些不同，著作也增加了。我不懂原文，倘若勉强译出，定多错误，所以自传只好仍译这一篇，但著作目录，却依照新版本的，由了两位朋友的帮助。

一九二九年十一月十八夜，译者附识。

原载 1929 年 12 月 20 日《奔流》月刊第 2 卷第 5 期。
初未收集。

十九日

日记 晴。上午得石民信。得矛尘信。从德国寄来 *Neue Kunst in Russland* 一本，价三元四角。下午昙。往制版所托制版。晚秋田义一，卫川有澈来。夜修甫，友松来。

致孙用

孙用先生：

蒙赐函并《勇敢的约翰》世界语译本一本，均已收到。此书已和春潮书局说妥，将印入《近代文艺丛书》中了。

前次所寄的《过岭记》一篇，已定于《奔流》第五本上发表，兹寄上稿费十二元（留版权），希赴商务印书馆一取希[系]托周建人，以他的名义汇出，并将收条填好，函寄"上海宝山路商务印书馆编译所周建人收转"迅收为荷。

鲁迅　十一月十九夜

二十日

日记 昙。上午寄孙用信并稿费十二元。夜雨。

《奔流》编校后记(十二)

豫计这一本的出版,和第四本当有整三个月的距离,读者也许要觉得生疏了。这迟延的原因,其一,据出版所之说,是收不回成本来,那么,这责任只好归给各地贩卖店的乾没……。但现在总算得了一笔款,所以就尽其所有,来出一本译文的增刊。

增刊偏都是译文,也并无什么深意,不过因为所有的稿件,偏是译文多,整理起来,容易成一个样子。去年挂着革命文学大旗的"青年"名人,今年已很有些化为"小记者",有一个在小报上鸣不平道:"据书业中人说,今年创作的书不行了,翻译的而且是社会科学的那才好销。上海一般专靠卖小说吃饭的大小文学家那才倒霉呢!如果这样下去,文学家便非另改行业不可了。小记者的推测,将来上海的文学家怕只留着一班翻译家了。"这其实只在说明"革命文学家"之所以化为"小记者"的原因。倘若只留着一班翻译家,——认真的翻译家,中国的文坛还不算堕落。但《奔流》如果能出下去,还是要登创作的,别一小报说:"白薇女士近作之《炸弹与征鸟》,连刊《奔流》二卷各期中,近闻北新书局即拟排印单行本发卖,自二卷五期起,停止续刊。"编者却其实还没有听见这样的新闻,也并未奉到北新书局饬即"停止续刊"的命令。

对于这一本的内容,编者也没有什么话可说,因为世界上一切文学的好坏,即使是"鸟瞰",恐怕现在只有"赵景深氏"知道。况且译者在篇末大抵附有按语,便无须编者来多谈。但就大体而言,全本是并无一致的线索的,首先是五个作家的像,评传,和作品,或先有作品而添译一篇传,或有了评传而搜求一篇文或诗。这些登载以后,便将陆续积存,以为可以绍介的译文,选登几篇在下面,到本子颇有些厚了才罢。

收到第一篇《彼得斐行状》时，很引起我青年时的回忆，因为他是我那时所敬仰的诗人。在满洲政府之下的人，共鸣于反抗俄皇的英雄，也是自然的事。但他其实是一个爱国诗人，译者大约因为爱他，便不免有些掩护，将“nation”译作“民众”，我以为那是不必的。他生于那时，当然没有现代的见解，取长弃短，只要那“斗志”能鼓动青年战士的心，就尽够了。

绍介彼得斐最早的，有半篇译文叫《裴彖飞诗论》，登在二十多年前在日本东京出版的杂志《河南》上，现在大概是消失了。其次，是我的《摩罗诗力说》里也曾说及，后来收在《坟》里面。一直后来，则《沉钟》月刊上有冯至先生的论文；《语丝》上有 L. S. 的译诗，和这里的诗有两篇相重复。近来孙用先生译了一篇叙事诗《勇敢的约翰》，是十分用力的工作，可惜有一百页之多，《奔流》为篇幅所限，竟容不下，只好另出单行本子了。

契诃夫要算在中国最为大家所熟识的文人之一，他开手创作，距今已五十年，死了也满二十五年了。日本曾为他开过创作五十年纪念会，俄国也出了一本小册子，为他死后二十五年纪念，这里的插画，便是其中的一张。我就译了一篇觉得很平允的论文，接着是他的两篇创作。《爱》是评论中所提及的，可作参考，倘再有《草原》和《谷间》，就更好了，然而都太长，只得作罢。《熊》这剧本，是从日本米川正夫译的《契诃夫戏曲全集》里译出的，也有曹靖华先生的译本，名《蠢货》，在《未名丛刊》中。俄国称蠢人为“熊”，盖和中国之称“笨牛”相类。曹译语气简捷，这译本却较曲折，互相对照，各取所长，恐怕于扮演时是很有用处的。米川的译本有关于这一篇的解题，译载于下——

“一八八八年冬，契诃夫在墨斯科的珂尔修剧场，看法国喜剧的翻案《对胜利者无裁判》的时候，心折于扮演粗暴的女性征服者这脚色的演员梭罗孚卓夫的本领，便觉到一种诱惑，要给他写出相像的脚色来。于是一任如流的创作力的动弹，乘兴而真是在一夜中写成的，便是这轻妙无比的《熊》一篇。不久，这喜剧便在珂尔修剧场的舞台上，由梭罗孚卓夫之手开演了，果然得到非常的成功。为了作这成功的记念，契诃夫便将这作品(的印本上，题了)献给梭罗孚卓夫。"

J. Aho 是芬兰的一个幽婉凄艳的作家，生长于严酷的天然物的环境中，后来是受了些法国文学的影响。《域外小说集》中曾介绍过一篇他的小说《先驱者》，写一对小夫妇，怀着希望去开辟荒林，而不能战胜天然之力，终于灭亡。如这一篇中的艺术家，感得天然之美而无力表现，正是同一意思。Aho 之前的作家 Päivärinta 的《人生图录》(有德译本在 *Reclam's Universal Bibliothek* 中)，也有一篇写一个人因为失恋而默默地颓唐到老，至于作一种特别的跳舞供人玩笑，来换取一杯酒，待到他和旅客(作者)说明原因之后，就死掉了。这一种 Type，大约芬兰是常有的。那和天然的环境的相关，看 F. Poppenberg 的一篇《阿河的艺术》就明白。这是很好的论文，虽然所讲的偏重在一个人的一部书，然而芬兰自然的全景和文艺思潮的一角，都描写出来了。达夫先生译这篇时，当面和通信里，都有些不平，连在本文的附记上，也还留着"怨声载道"的痕迹，这苦楚我很明白，也很抱歉的，因为当初原想自己来译，后来觉得麻烦，便推给他了，一面也豫料他会"好，好，可以，可以"的担当去。虽然这种方法，很像"革命文学家"的自己浸在温泉里，却叫别人去革命一样，然而……倘若还要做几天编辑，这些"政策"，且留着不说破它罢。

Kogan 教授的关于 Gorky 的短文，也是很简要的；所说的他的作品内容的出发点和变迁，大约十分中肯。早年所作的《鹰之歌》有韦素园先生的翻译，收在《未名丛刊》之一的《黄花集》中。这里的信却是近作，可以看见他的坦白和天真，也还很盛气。"机械的市民"其实也是坦白的人们，会照他心里所想的说出，并不涂改招牌，来做"狮子身中虫"。若在中国，则一派握定政权以后，谁还来明白地唠叨自己的不满。眼前的例，就如张勋在时，盛极一时的“遗老”“遗少”气味，现在表面上已经销声匿迹；《醒狮》之流，也只要打倒“共产党”和“共产党的走狗”，而遥向首都虔诚地进“忠告”了。至于革命文学指导者成仿吾先生之逍遥于巴黎，“左翼文艺家”蒋光Y先生之养疴于日本(or青岛?)，盖犹其小焉者耳。

V. Lidin只是一位“同路人”，经历是平常的，如他的自传。别的作品，我曾译过一篇《竖琴》，载在去年一月的《小说月报》上。

东欧的文艺经七手八脚弄得糊七八遭了之际，北欧的文艺恐怕先要使读书界觉得新鲜，在事实上，也渐渐看见了作品的绍介和翻译，虽然因为近年诺贝尔奖金屡为北欧作者所得，于是不胜佩服之至，也是一种原因。这里绍介丹麦思潮的是极简要的一篇，并译了两个作家的作品，以供参考，别的作者，我们现在还寻不到可作标本的文章。但因为篇中所讲的是限于最近的作家，所以出现较早的如Jacobsen，Bang等，都没有提及。他们变迁得太快，我们知道得太迟，因此世界上许多文艺家，在我们这里还没有提起他的姓名的时候，他们却早已在他们那里死掉了。

跋佐夫在《小说月报》上，还是由今年不准提起姓名的茅盾先生所编辑的时候，已经绍介过；巴尔干诸国作家之中，恐怕要算中国最为熟识的人了，这里便不多赘。确木努易的小品，是从《新兴文学全集》第二十五本中横泽芳人的译本重译的，作者的生平不知道，查去年出版的V. Lidin所编的《文学的俄国》，也不见他的姓名，这篇上注着“遗稿”，也许是一个新作家，而不幸又早死的罢。

末两篇不过是本卷前几本中未完译文的续稿。最后一篇的下半，已在《文艺与批评》中印出，本来可以不必再印，但对于读者，这里也得有一个结束，所以仍然附上了。《文艺政策》的附录，原定四篇，中二篇是同作者的《苏维埃国家与艺术》和《关于科学底文艺批评之任务的提要》，也已译载《文艺与批评》中；末一篇是Maisky的《文化，文学和党》，现在关于这类理论的文籍，译本已有五六种，推演起来，大略已不难揣知，所以拟不再译，即使再译，也将作为独立的一篇，这《文艺政策》的附录，就算即此完结了。

一九二九年十一月二十日，鲁迅。

原载1929年12月20日《奔流》月刊第2卷第5期。
初收1935年5月上海群众图书公司版《集外集》。

二十一日

日记 晴。上午得杨骚信。晚修甫，友松来。

二十二日

日记 晴。上午携海婴往福民医院诊。午后复杨骚信。寄小峰信。下午往内山书店买雕刻照片十枚，二元。杨律师来，并交北新书店第三次版税千九百二十八元四角一分七厘。夜编《奔流》二之五讫。

二十三日

日记 晴。午后往制版所。下午衣萍，小峰来。杨骚来。夜蓬子来。雨。

二十四日

日记 星期。晴。夜友松来。得范沁一信。

二十五日

日记 晴。上午得淑卿信，二十二日发，附心梅叔信。午后得侍桁信。得孙用信。收本月份编辑费三百。下午刘肖愚来。以商务印书馆存款九百五十十元赠克士。夜复侍桁信。收《萌芽》稿费泉四十。汪静之来。

致孙用

孙用先生：

廿四惠示收到。《奔流》和"北新"的关系，原定是这样的：我选稿并编辑，"北新"退稿并酌送稿费。待到今年夏季，才知道他们并不实行，我就辞去编辑的责任。中间经人排解，乃约定先将稿费送来我处，由我寄出，这才动手编辑付印，第五本《奔流》是这新约成立后的第一次，因此中间已隔了三个月了。先生前一篇的稿费，我是早经开去的，现在才知道还是未送，模胡掉了。所以我想，先生最好是自己直接去问一问"北新"，倘肯自认晦气，模胡过去，就更好。因为我如去翻旧账，结果还是闹一场的。

鲁迅　十一月廿五日

二十六日

日记　晴。上午同广平携海婴往福民医院诊察，体重计三千八百七十格伦。下午往小林制版所取铜版。得王余杞信并稿。达夫来。寄心梅叔泉五十。寄季志仁信并泉五百法郎。晚许叔和及夫人，孩子来。

致王余杞

余杞先生：

函并大稿均收到。《奔流》稿费因第五本由我寄发，所以重复了。希于便中并附笺一并交与“景山东街未名社李霁野”收为感。

《奔流》因北新办事缓慢，所以第六本是否续出或何时能出，尚不可知。倘仍续印，赐稿当为揭载也。

迅　启上　十一月二十六日

二十七日

日记　晴。上午复王余杞信附与霁野笺。午后修甫，友松来。下午寄淑卿信并家用三百。往内山书店买书四本，共泉九元一角；又取『世界美術全集』(十一)一本，一元七角。晚雪峰来还泉十五。假柔石泉百。

二十八日

日记　晴。午后寄范沁一信。得季志仁信。下午望道来。得小峰信。

二十九日

日记　晴。午后同柔石往神州国光社，无物可买。往中美图书馆买 *Great Russian Short Stories* 一本，六元四角。夜译《洞窟》毕。

洞　窟

[苏联]E. 札弥亚丁

冰河，猛犸[1]，旷野。不知什么地方好像人家的夜的岩石，岩石

---

① Mammut，古代的巨兽，形略似象。——译者。

上有着洞穴。可不知道是谁，在夜的岩石之间的小路上，吹着角笛，用鼻子嗅出路来，一面喷起着白白的粉雪——也许，是灰色的拖着长鼻子的猛犸，也许，乃是风。不，也许，风就是最像猛犸的猛犸的冻了的呻吟声。只有一件事分明知道——是冬天。总得咬紧牙关，不要格格地响。总得用石斧来砍柴。总得每夜搬了自己的篝火，一洞一洞的渐渐的深下去。总得多盖些长毛的兽皮……

在一世纪前，是彼得堡街道的岩石之间，夜夜徘徊着灰色的拖着长鼻子的猛犸。用了毛皮，外套，毡毯，破布之类包裹起来的洞窟的人们，一洞一洞地，逐渐躲进去了。在圣母节[①]，玛丁·玛替尼支去钉上了书斋。到凯山圣母节[②]，便搬出食堂，躲在卧室里。这以后，就没有可退的处所了。只好或者在这里熬过了围困，或者是死掉。

洞窟似的彼得堡的卧室里面，近来是诺亚的方舟之中一样的光景——恰如洪水一般乱七八糟的净不净的生物，玛丁·玛替尼支的书桌，书籍，磁器样的好像石器时代的点心，斯克略宾[③]作品第七十四号，熨斗，殷勤地洗得雪白了的马铃薯五个，镀镍的卧床的格子，斧头，小厨，柴，在这样的宇宙的中心，则有上帝——短腿，红锈，贪饕的洞窟的上帝——铸铁的火炉。

上帝正在强有力地呻吟。是在昏暗的洞窟之中的火的奇迹。人类——玛丁·玛替尼支和玛沙——是一声不响，以充满虔诚的感谢的态度，将手都伸向那一边。暂时之间，洞窟里是春天了。暂时之间，毛皮，爪，牙，都被脱掉，通过了满结着冰的脑的表皮，抽出碧绿的小草——思想来了。

“玛德[④]，你忘记了罢，明天是……唔唔，一定的，我知道。你忘

---

① 十月一日。——译者。

② 十二月二十二日。——译者。

③ Aleksandr Skriabin(1871—1915)，俄国有名的音乐家。——译者。

④ 玛丁的亲爱称呼。——译者。

记了！”

十月，树叶已经发黄，萎靡，凋落了的时候，是常有仿佛青眼一般的日子的。当这样的日子，不要看地面，却仰起头来，也能够相信“还有欢欣，还是夏季”。玛沙就正是这样子。闭了眼睛，一听火炉的声音，便可以相信自己还是先前的自己，目下便要含笑从床上走起，紧抱了男人。而一点钟之前，发了小刀刮着玻璃一般的声音的——那决不是自己的声音，决不是自己……

“唉唉，玛德，玛德！怎么统统……你先前是不会忘记什么的。廿九这天，是玛理亚的命名日呵……”

铁铸的上帝还在呻吟着。照例没有灯。不到十点钟，火是不来的罢。洞窟的破碎了的圆天井在摇动。玛丁·玛替尼支蹲着——留神！再留神些！——仰了头，依旧在望十月的天空。为了不看发黄的，干枯的嘴唇。但玛沙却道——

“玛德，明天一早就烧起来，今天似的烧一整天，怎样！唔？家里有多少呢？书房里该还有半赛旬[①]罢？”

很久以前，玛沙就不能到北极似的书斋去了，所以什么也不知道。那里是，已经……留神，再留神些罢！

“半赛旬？不止的！恐怕那里是……”

忽然——灯来了。正是十点钟。玛丁·玛替尼支没有说完话，细着眼睛，转过脸去了。在亮光中，比昏暗还苦。在明亮的处所，他那打皱的，粘土色的脸，是会分明看见的。大概的人们，现在都显着粘土色的脸。复原——成为亚当。但玛沙却道——

“玛德，我来试一试罢——也许我能够起来的呢……如果你早上就烧起火炉来。”

“那是，玛沙，自然……这样的日子……那自然，早上就烧的。”

洞窟的上帝渐渐平静，退缩了，终于停了响动，只微微地发些毕

① 一赛旬约七立方尺。——译者。

毕剥剥的声音。听到楼下的阿培志绥夫那里，在用石斧劈船板——石斧劈碎了玛丁·玛替尼支。那一片，是给玛沙看着粘土一般的微笑，用珈琲磨子磨着干了的薯皮，准备做点心——然而玛丁·玛替尼支的别一片，却如无意中飞进了屋子里面的小鸟一般，胡乱地撞着天花板，窗玻璃和墙壁。"那里去弄点柴——那里去弄点柴——那里去弄点柴。"

玛丁·玛替尼支穿起外套来，在那上面系好了皮带。（洞窟的人们，是有一种迷信，以为这么一来，就会温暖的。）在屋角的小厨旁边，将洋铁水桶哗啷地响了一下。

"你那里去，玛德？"

"就回来的。到下面去汲一点水。"

玛丁·玛替尼支在冰满了溢出的水的楼梯上站了一会，便摆着身子，长嘘了一口气，脚镣似的响着水桶，下到阿培志绥夫那里去了。在这家里，是还有水的。主人阿培志绥夫自己来开了门。穿的是用绳子做带的外套，那久不修刮的脸——简直是灰尘直沁到底似的满生着赭色杂草的荒原。从杂草间，看见黄的石块一般的齿牙，从齿牙间，蜥蜴的小尾巴闪了一下——是微笑。

"阿阿，玛丁·玛替尼支！什么事，汲水么？请请，请请，请请。"

在夹在外门和里门之间的笼一样的屋子——提着水桶，便连转向也难的狭窄的屋子里，就堆着阿培志绥夫的柴。粘土色的玛丁·玛替尼支的肚子，在柴上狠狠地一撞，——粘土块上，竟印上了深痕。这以后，在更深的廊下，是撞在厨角上。

走过食堂——食堂里在着阿培志绥夫的雌儿和三匹小仔。雌头连忙将羹碟子藏在擦桌布下面了。从别的洞窟里来了人——忽然扑到，会抓了去，也说不定的。

在厨房里捻开水道的龙头，阿培志绥夫露出石头一般的牙齿来，笑了一笑。

"可是，太太怎样？太太怎样？太太怎样？"

“无论如何，亚历舍·伊凡诺微支，也还是一样的：总归不行。明大就是命名日了，但家里呢……”

“大家都这样呵，玛丁·玛替尼支。都这样呵，都这样呵，都这样呵……”

在厨房里，听得那误进屋里的小鸟，飞了起来，霍霍地鼓着翅子。原是左左右右飞着的，但突然绝望，拼命将胸脯撞在壁上了。

“亚历舍·伊凡诺微支，我……亚历舍·伊凡诺微支，只要五六块就好，可以将你那里的(柴)借给我么？……”

黄色的石头似的牙齿，从杂草中间露出来。黄色的牙齿，从眼睛里显出来。阿培志绥夫的全身，被牙齿所包裹了，那牙齿渐渐伸长开去。

“说什么，玛丁·玛替尼支，说什么，说什么？连我们自己的家里面……你大约也知道的罢，现在是什么都……你大约也知道的罢，你大约也知道的罢……”

留神！留神——再留神些罢。玛丁·玛替尼支亲自收紧了自己的心，提起水桶来。于是经过厨房，经过昏暗的廊下，经过食堂，出去了。在食堂的门口，阿培志绥夫便蜥蜴似的略略伸一伸手。

“那么，晚安……但是，玛丁·玛替尼支，请你不要忘记，紧紧的关上门呀，不要忘记。两层都关上，两层呵，两层——因为无论怎么烧也来不及的！”

在昏暗的处处是冰的小房子里，玛丁·玛替尼支放下了水桶。略一回顾，紧紧地关上了第一层门。侧着耳朵听，但听得到的只是自己身体里的干枯的柴瘠的战栗，和一下一下分成小点的多半是寒噤的呼吸。在两层的门之间的狭窄的笼中，伸出手去一碰——是柴，一块，又一块，又一块……不行！火速亲自将自己的身体推到外面，轻轻地关了门。现在是只要将门一送，碰上了闩就好。

然而——没有力气。没有送上玛沙的“明天”的力气。在被仅能辨认的点线似的呼吸所划出的境界上，两个玛丁·玛替尼支们就开始了拼命的战争——这一面，是和斯克略宾为友的先前的他，知道着“不行”这件事，但那一面的洞窟的玛丁·玛替尼支，是知道着“必要”这件事的。洞窟的他，便咬着牙齿，按倒了对手，将他扼死了。玛丁·玛替尼支至于翻伤了指甲，推开门，将手伸进柴堆去，——壹块，四块，五块，——外套下面，皮带间，水桶里，——将门砰的一送，用着野兽一般的大步，跑上了楼梯。在楼梯的中段，他不禁停在结冰的梯级上，将身子帖住了墙壁。在下面，门又是呀的一声响，听到遮满灰尘似的阿培志绥夫的声音。

“在那边的——是谁呀？是谁呀？是谁呀？”

“是我呵，亚历舍·伊凡诺微支，我——我忘记了门——我就——回过去，紧紧的关了门……”

“是你么？哼……为什么会干出这样的事来的？要再认真些呵，要再认真些。因为近来是谁都要偷东西的呀。这就是你，也该明白的罢，唔，明白的罢，为什么会干出这样的事来的？”

廿九日。从早上起，是到处窟窿的旧棉絮似的低垂的天空，从那窟窿里，落下冰来了。然而洞窟的上帝，却从早上起就塞满了肚子，大慈大悲地呻吟起来——就是天空上有了窟窿，也不要紧，就是遍身生了牙齿的阿培志绥夫查点了柴，也不要紧——什么都一样。只要捱过今天，就好了。洞窟里的“明天”，是不可解的。只有过了几百年之后，才会懂“明天”呀，“后天”呀那些事。

玛沙起来了。而且为了看不见的风，摇摇摆摆，像先前一般梳好了头发。从中央分开，梳作遮耳的鬓脚。那宛如秃树上面，遗留下来的惟一的摇摇不定的枯叶一样。玛丁·玛替尼支从书桌的中央的抽屉里，拿出书本，信札，体温计这些东西来。后来还拿出了一个不知是什么的蓝色小瓶子①，但为要不给玛沙看见，连忙塞回原地方去了——终于从最远的角落里，搬了一只黑漆的小箱子来。在那

① 在欧美，凡盛毒药的瓶，例用蓝色的。——译者。

底里，还存着真的茶叶——真的，真的——真正实在，一点不错的茶叶！两个人喝了茶。玛丁·玛替尼支仰着头，听到了完全和先前一样的声音——

“玛德，还记得我的蓝屋子罢。不是那里有盖着罩布的钢琴，钢琴上面，有一个树做的马样子的烟灰碟子的么？我一弹，你就从背后走过来……”

“是的，正是那一夜，创造了宇宙的，还有出色的聪明的月貌，以及莺啭一般的廊下的铃声。”

“还有，记得的罢，玛德，开着窗，外面是显着碧绿颜色的天空——从下面，就听到似乎简直从别的世界里飘来的，悠扬的手风琴的声音。”

“拉手风琴人，那个出色的拉手风琴人——你现在在那里了？”

“还有，河边的路上……记得么？——树枝条还是精光的，水是带了些红色。那时候，不是流着简直像棺材模样的，冬天的遗物的那蓝蓝的冰块么。看见了那棺材，也只不过发笑——因为我们是不会有什么死亡的。记得么？”

下面用石斧劈起柴来了。忽然停了声响，发出有谁在奔跑，叫喊的声音。被劈成两半了的玛丁·玛替尼支，半身在看永远不死的拉手风琴人，永远不死的树做的马，以及永远不死的流冰，而那一半身，却喘着点线一般的呼吸，在和阿培志绥夫一同点柴的数目。不多久，阿培志绥夫就点查完毕，在穿外套了。而且浑身生着牙齿，猛烈地来打门了。而且……

“等一等，玛沙，总，总好像有人在敲我们的门似的。”

不对，没有人。现在是还没有一个人。又可以呼吸，又可以昂着头，来听完全是先前一样的声音。

黄昏。十月廿九日是老掉了。屹然不动的，老婆子似的钝滞的眼——于是一切事物，在那视线之下，就缩小，打皱，驼背了。圆天井低了下来，靠手椅，书桌，玛丁·玛替尼支，卧床，都扁掉了。而卧床上面，则有完全扁了的，纸似的玛沙在。

黄昏时候，来了房客联合会的干事绥里诃夫。他先前体重是有六普特[①]的，现在却减少了一半，恰如胡桃在哗啷匣子[②]里面跳来跳去似的，在上衣的壳里面跳。只有声音，却仍如先前，仿佛破钟一样。

"呀，玛丁·玛替尼支，首先——不，其次，是太太的命名日，来道喜的。那是，怎么！从阿培志绥夫那里听到的……"

玛丁·玛替尼支被从靠手椅里弹出去了。于是橐橐地走着，竭力要说些什么话，说些什么都可以……

"茶……就来——现在立刻……今天家里有'真的'东西哩。是真的呵！只要稍微……"

"茶么？我倒是香槟酒合式呵。没有？究竟是怎么了的！哈，哈，哈，哈！可是我，前天和两个朋友，从霍夫曼氏液做出酒来了。实在是笑话呀！狠狠的喝了一通。

"但是那朋友，却道'我是徐诺维夫呵，跪下呀。'唉唉，笑话笑话。

"后来，回到家里去，在战神广场上，不是一个男人，只穿了一件背心，从对面走来了么，唔，自然是真的！你究竟是怎么了的？这一问，他不是说，不，没有什么，不过刚才遭了路劫，要跑回华西理也夫斯基岛去么。真是笑话！"

扁平的纸似的玛沙，在卧床上笑起来了。玛丁·玛替尼支亲自紧紧地绞紧了自己的心，接着更加高声地笑——那是因为想煽热绥里诃夫，使他始终不断，再讲些什么话……

绥里诃夫住了口，将鼻子略哼一下，不说了。觉得他在上衣的壳里左右一摇，便站了起来。

---

① 重量名，四十磅为一普特。——译者。

② 一种孩子的玩具。——译者。

“那么，太太，请你的手，Chik！唔，你不知道么？是学了那些人们的样，将 Chest Imeju Klanyatsa 减缩了的呀，Ch. I. K. 唉唉，真是笑话！”①

在廊下，接着是门口，都起了破钟一般的笑声。再一秒钟，这样地就走呢，还是……

地板好像摇摇荡荡，玛丁·玛替尼支觉得脚下仿佛在打旋涡。浮着粘土似的微笑，玛丁·玛替尼支靠在柱子上。绥里诃夫嗡嗡的哼着，将脚塞进大的长靴里面去。

穿好长靴，套上皮外套，将猛犸的身子一伸，吐了一口气。于是一声不响，拉了玛丁·玛替尼支的臂膊，一声不响，开了北极一般的书斋的门，一声不响，坐在长椅子上了。

书斋的地板，是冰块。冰块在可闻和不可闻之间，屑索的一声一开裂，便离了岸——于是滔滔地流着，使玛丁·玛替尼支的头晕眩起来。从对面——从辽远的长椅子的岸上，极其幽微地听到绥里诃夫的声音——

“首先——不，其次，我也敢说，那个什么阿培志绥夫这虫豸，实在是……但是你自己也明白的罢，因为他居然在明说，明天要去报警察了……实在是虫豸一流的东西！我单是这样地忠告你。你现在立刻，现在立刻到那小子这里去，将那柴，塞进他的喉咙里去罢。”

冰块逐渐迅速地流去了。扁平的，渺小的，好容易才能看见的——简直是木片头一般的玛丁·玛替尼支，回答了自己。但并非关于柴——是另外一件事。

“好，现在立刻。现在立刻。”

“哦，那就好，那就好！那东西实在是无法可想的虫豸，简直是

---

① Chest imeju klanyatsa 是应酬的常套语，有“幸得恭敬作礼”之意。“那些人们”指共产党员，因为常将冗长的固有名词，仅取头一字缩成一个新名，所以绥里诃夫以为“笑话”。——译者。

虫豸呵，唔唔，自然是的……”

洞窟里还昏暗。粘土色的，冷的，盲目的玛丁·玛替尼支，钝钝地撞在洪水一般散乱在洞窟里的各种东西上。忽然间，有了令人错愕的声音，是很像先前的玛沙之声的声音——

“你同绥里诃夫先生在那边讲什么？说是什么？粮食票？我是躺着在想了的，要振作一下——到什么有太阳光的地方去……阿呀，这样磔磔格格地在弄什么东西呀，简直好像故意似的。你不是很知道的么——我受不住，我受不住，受不住！”

像小刀在刮玻璃。固然，在现在，是什么也都一样。连手和脚，也成了机器似的了。一上一下，都非像船上的超重机模样，用绳索和辘轳不可。而且转动辘轳，一个人还不够，大约须有三个了。玛丁·玛替尼支一面拼命地绞紧着绳索，一面将水壶和熬盘都搁在炉火上，重燉起来，将阿培志绥夫的柴的最后的几块，抛进火炉里面去。

“你听见我在说话没有？为什么一声不响的？你在听么？”

那自然并不是玛沙。不对，并不是她的声音。玛丁·玛替尼支的举动，逐渐钝重起来了。——两脚陷在索索地崩落的沙中，转动辘轳，就步步觉得沉重。忽然之间，搭在不知那一个滑车上的绳索断掉了，起重机——手，便垂了下来。于是撞着了水壶和熬盘，哗拉拉的都落在地板上。洞窟的上帝，蛇一般吱吱地叫。从对面的辽远的岸——卧床里，发出简直是别人似的高亢的声音来——

“你是故意这样的！那边去罢！现在立刻！我用不着谁——什么什么都不要！那边去罢！”

十月廿九日是死掉了。——还有永远不死的拉手风琴人，受着夕阳而发红的水上的冰块，玛沙，也都死掉了。这倒好。不像真的“明天”，阿培志绥夫，绥里诃夫，玛丁·玛替尼支，都没有了，倒是好的，这个那个，全死掉了，倒是好的。

在远处什么地方的机器之流的玛丁·玛替尼支，还在做着什么事。或者，又烧起火炉来，将落在地上的东西，拾进熬盘里，烧沸那水壶里的水，也说不定的。或者，玛沙讲了句什么话，也说不定的——但他并没有听见。单是为了碎话和撞在小厨，椅子，书桌角上所受的陈伤，粘土在麻木地作痛。

玛丁·玛替尼支从书桌里，将信札的束，体温计，火漆，装着茶叶的小箱子——于是又是信札，都懒懒地拖出来。而在最后，是从不知那里的最底下，取出了一个深蓝色的小瓶子。

十点钟。灯来了。完全像洞窟的生活一样，也像死一样，精光的，僵硬的，单纯而寒冷的电气的灯光。并且和熨斗，作品第七十四号，点心之类在一处，是一样地单纯的蓝的小瓶子。

铁铸的上帝，吞咽着羊皮纸一般地黄的，浅蓝的，白的，各种颜色的信札，大慈大悲地呻吟起来了。而且使水壶的盖子格格地作声，来通知它自己的存在。玛沙回过了头来。

"茶烧好了？玛德，给我——"

她看见了。给明亮的，精光的，僵硬的电气的光所穿通了的一刹那间，火炉前面，是弯着背脊的玛丁·玛替尼支。信札上面，是恰像受了夕阳的水那样的红红的反射，而且那地方，是蓝的小瓶子。

"玛德……玛德……你已经……要这样了？……"

寂静。满不在意地吞咽着凄苦的，优婉的，黄的，白的，蓝的，永远不死的文字——铁铸的上帝正在呼卢呼卢地响着喉咙。玛沙用了像讨茶一样，随随便便的调子，说：

"玛德，玛德！还是给我罢！"

玛丁·玛替尼支从远处微笑了。

"但是，玛沙，你不是也知道的么？——这里面，是只够一个人用的。"

"玛德，但是我，反正已经是并不存在的人了。这已经并不是我了——我反正……玛德，你懂得的罢——玛德。"

唉唉，和她是一样的，和她是一样的声音……只要将头向后面一仰……

“玛沙，我骗了你了。家里的书房里面，柴什么是一块也没有了。但到阿培志绥夫那里去一看，那边的门和门的中间……我就偷了——懂了么？所以绥里诃夫对我……我应该立刻去还的，但已经统统烧完了——我统统烧完了——统统！”

铁铸的上帝满不在意地假寐了。洞窟的圆天井一面在消没，一面微微地在发抖。连房屋，岩石，猛犸，玛沙，也微微地在发抖。

“玛德，如果你还是爱我的……玛德，记一记罢！亲爱的玛德！”

永远不死的树做的马，拉手风琴人，冰块。还有这声音……玛丁·玛替尼支慢腾腾地站起来了。好容易转动着辘轳，慢腾腾地从桌上拿起蓝的小瓶子，交给了玛沙。

她推掉毯子，恰如那时受了夕照的水一般，带着微红，显出灵敏的，永远不死的表情，坐在卧床上。于是接了瓶子，笑起来了——

“你看，我躺着想了的，也不是枉然呵——我要走出这里了。再给我点上一盏电灯罢——哪，那桌子上的。是是，对了。这回是，火炉里再放进些什么去。”

玛丁·玛替尼支看也不看，从桌上抓起些什么纸来，抛在火炉里。

“好，那么……出去散步一下子。外面大概是月亮罢——是我的月亮呵，还记得么？不要忘记，带着钥匙。否则，关上之后，要开起来……”

不，外面并没有月亮。低的，暗的，阴惨的云，简直好像圆天井一般，而凡有一切，则是一个大的，寂静的洞窟。墙壁和墙壁之间的狭的无穷的路，冻了的，昏暗的，显着房屋模样的岩，而在岩间，是开着照得通红的深的洞窟。在那洞窟里，是人们蹲在火旁边。轻轻的冰一般的风，从脚下吹拂着雪烟，不知道是什么，最像猛犸的猛犸的伟大而整齐的脚步，谁的耳朵也听不见地，在白的雪烟，石块，洞窟，蹲着的人们上面跨过去。

原载1931年1月10日《东方杂志》第28卷第1号。署名隋洛文译。

初收1933年1月上海良友图书印刷公司版“良友文学丛书”之一《竖琴》。

三十日

日记　晴。上午同广平携海婴往福民医院诊察。下午寄徐诗荃以《奔流》,《语丝》及《野草》共一包。往内山书店买书三本,三元四角。得范沁一信。

十二月

一日

日记 星期。晴。下午得钦文信。牙痛。

二日

日记 晴。上午复钦文信。复季志仁信。以书籍及杂志寄季市，淑卿。夜雨。

三日

日记 雨。上午得刘肖愚信。下午修甫来。夜译《恶魔》毕。

恶　魔

［苏联］高尔基

当凋零和死灭的悲哀时节的秋季，人们辛辛苦苦地苟延着他的生存：

灰色的昼，呜咽的没有太阳的天，暗黑的夜，咆哮的风，秋的阴影——非常之浓的黑的阴影！——这些一切，将人们包进了沉郁的思想的云雾，在人类的灵魂里，惹起对于人生的隐秘的忧闷来。在这人生上，绝无什么常住不变的东西，只有生成和死灭，以及对于目的的永远的追求的不绝的交替罢了。

当暮秋时，人们往往不感到向着拘禁灵魂的那沉思的黑暗，加以抗争的力……所以凡是能够迅速地征服那思想的辛辣的人们，是都应该和它抵抗下去的。惟这沉思，乃是将人们从憧憬和怀疑的混沌中，带到自觉的确固的地盘上去的惟一的道路。

然而那是艰难的道路……那道路，是要走过将诸君的热烈的心脏，刺得鲜血淋漓的荆棘的。而且在这道路上，恶魔常在等候你们。他正是伟人瞿提（Goethe）所通知我们的，和我们最为亲近的恶魔……

我来谈一谈这恶魔吧——

恶魔觉得倦怠了。

恶魔是聪明的，所以并不总只是嘲笑。他知道着连恶魔也不能嗤笑的事象，在世上发生。例如，他是决不用他锋利的嘲笑的刀子，去碰一碰他的存在这俨然的事实的。仔细地查考起来，就知道这样受宠的恶魔，与其说是聪明，其实原是厚脸，留心一看，他也虚度了最盛的年华，正如我们一样。但我们是未必去责备的——我们虽然决不是孩子了，然而也不愿意拆掉我们的很美的玩具，来看一看藏在那里面的东西。

当昏暗的秋夜，恶魔在有坟的寺院界内彷徨。他觉得倦怠，低声吹着口笛，并且顾盼周围，看能寻到什么散闷的东西不能。他唱起吾父所爱诵的听惯的歌来了——

素秋一来到，
木叶亦辞枝，
火速而喜欢，
如当风动时。

风萧萧地刮着，在坟地上，在黑的十字架之间咆哮。空中渐渐绷上了沉重的阴云，用冷露来润湿死人的狭隘的住宅。界内的可怜的群树呻吟着，将精光的枝柯伸向沉默的云中，枝柯摩抚着十字架。于是在全界内，都听到了隐忍的悲泣，和按住似的呻吟——听到了阴惨的沉闷的交响乐。

恶魔吹着口笛，这样地想了——

“倘知道这样天气的日子，死是觉得怎样，倒也是有趣的，死人总浸透着湿气……即使死于痛风之后，得了魔力，……一定总是不舒服的罢……叫起一个死人来，和他谈谈天，不知道怎样？一定可以散闷罢……恐怕他也高兴罢……总之，叫他起来罢！唔，记得我有一个认识的文学家，埋在不知那里的地里……活的时候，是常常去访问他的……使一个认识的人活过来，算什么坏事呢。这种职业的人们，要求大概是非常之多的。我们真想看一看坟地可能很给他们满足。但是，他在那里呢？”

连以无所不知出名的恶魔，到寻出文学家的坟为止，也来来往往：徘徊了好些时……。

“喂，先生！”他喊着，敲了他认识的人睡在那下面的沉重的石头。“先生，起来罢！”

“为什么呢？”从地里发出了被按住着似的音。

“有事呵。……”

“我不起来……”

“为什么不起来的？”

“你究竟是谁呀？”

“你知道我的……”

“检查官么？”

“哈哈哈哈！不是的！”

“一定……是警官罢？”

“不是不是！”

“也不是批评家罢？”

“我——是恶魔呵……”

“哦！就来……”

石头从坟里面推起，大地一开口，骸骨便上来了，完全是平常的骸骨，和学生解剖骨骼时的骸骨，看去几乎是一样的。不过这有些肮脏，关节上没有铁丝的结串。眼窝里是闪烁着青色的磷光。骸骨从地里爬了上来，拂掉了粘在骨上的泥土。于是使骨骼格格地响着，仰起头骨，用了青的冷的眼色，凝眺着遮着灰色云的天空。

“日安！你好呵！”恶魔说。

“不见得好呀，”著作家简单地回答了。他用低声说话，响得好像两块骨头，互相摩擦，微微有些声音一般……。

“请宽恕我的客套罢。”恶魔亲密地说。

“一点不要紧的……但是你为什么叫我起来的呢？”

“我想来邀邀你，一同散步去，就为了这一点。”

“阿，阿！很愿意……虽然天气坏得很……”

“我以为你是毫不怕冷的人。”恶魔说。

“那里，我在还是活着的时候，是很恼着重伤风的。”

“不错。我记起来了，你死了的时候，是完全冰冷了的。”

“冷，是当然的！……我一生中，就总是很受着冷遇……”

他们并排走着坟和十字架之间的狭路。从著作家的眼里，有两道青光落在地上，给恶魔照出道路来……细雨濡湿着他们，风自由地吹着著作家的露出的肋骨，吹进那早已没有心脏的胸中。

“到街上去么？”他向恶魔问。

“街上有什么趣味呢？”

“是人生呵，阁下。”著作家镇静着说。

“哼！对于你，人生还是有着价值么？”

“为什么会未必有呢？”

“什么缘故？”

“怎样地来说明才好呢？人们，是总依照了劳力多少，来估计东西的……假如人们从亚拉洛忒山的顶上，拿了一片石来，那么，这石片之于人们，大约便成为贵重品了……”

“实在是可怜的东西呵！”恶魔笑了。

“然而，也是……幸福者呀！”著作家冷然地答道。

恶魔默默地耸一耸肩。

他们已经走出界内，到得两边排着房屋，其间有深的暗黑的一条路上了。微弱的街灯，分明地在作地上缺少光明的证据。

“喂，先生！”暂时之后，恶魔开始说。“你在坟里，是在做什么的？”

“住惯了坟的现在，倒也很耐得下去了……但在最初，却真是讨厌得毛骨悚然呵。将棺盖钉起来的粗人们，竟将钉打进我的头骨里去。自然，那不过是小事……然而总是不舒服的。仗了我的头的力量，虽然，常常在人们之间流了些毒害，但对于要加害于我的脑髓的欲望，我却只看作怀挟恶意的象征主义罢了。后来，是虫豸们光降了。畜生！虫豸们就慢慢地吃起我来。”

“那是毫不作怪的！”恶魔说。“那不能当作恶意，——因为在湿地里浸过的身子，决不是可口的东西呵……”

“我究竟有多少肉啊！那是不足道的！”著作家说。

“总之，非吃完这些不可，与其说满足，倒是不舒服的命运哩……老话里就有，说是烂东西会招苍蝇呀。”

“它们明明吃得很可口的……”

“在秋天，坟地可潮湿么？”恶魔问。

“是的。颇潮湿……但这也惯了……比起这来，倒是对于走过界内，还来注目于我的坟墓的各色各样的人们相，却令人气愤。土里面，躺着的不知有多少……我自己……我的周围的一切东西，是都不动弹的——我毫没有时间的观念……”

“你在泥土里，躺了四年了，不，不久，就要五年了哩。”恶魔说。

“是么？那么……这之间，有三个人跑到我的坟前来过了……是使我烦乱的访问。该死的东西！他们里面的一个，竟简单地否定了我的存在，他跑了来，读过墓碑铭，便断然地说道，‘这人死掉了……这人的东西，我什么也没有看过……但是谁都知道的名字呵——我的年青时候，有一个同姓的人，在我的街上玩着犯禁的赌博的。’就是你，也不见得高兴罢。我是十六年间，接连地印在销路很旺的杂志上，而且活着的时候,就发表了三种著作的。”

“你死后,还出了第二版了哩。”恶魔说。

“请你听罢!……其次,是来了两个人,一个说,‘唉唉!这就是那人么?’别一个便回答道,‘是那人呀。’‘那人活着的时候,实在也是很时行的——他们都时行的……’‘不错,我记起来了。’……‘躺在这土里的,真不知多少人呵……俄罗斯的大地,实在是富于才干呀……’这样地胡说着,蠢才们就走了……温言不能增加坟地的热度,我是知道的。也并不愿意听温言……无论那一种,都令人难受。多么想骂一通小子们啊!”

“想是痛骂一场了罢。”恶魔笑了。

“不,那不行……二十一世纪一开头,便连死人们也非忽然喜欢论争不可,那是不成样子的。就是对于唯物论者,也太厉害呀。”

恶魔又觉无聊,想了——

“这著作家,当活着的时候,总是高高兴兴,去参与新郎的婚礼和死人的葬礼的罢。在一切全都死掉了的现在,他的名誉心却还活在他里面。在人生,人类究竟有什么意义呢?只有他的精神,是有意义的。而且惟有这意义,值得赏赞和服从……唉唉,人类,是多么无聊呵!”……

恶魔正要劝著作家回到他的坟里去的时候,他的头里又闪出一种意见了。他们走到四面围着长列的屋宇的开朗的广场。天气低低地靠在广场上,看去好像天就休息在屋脊上一样,而且用了阴沉的眼,俯视着污浊的地面似的。

“喂,先生,”恶魔开口了,并且高兴似的将身子弯到著作家那边去。“你不想会一会你的夫人:看她什么情形么?”

“能会不能,自己是决不定的。”著作家缓缓地回答道。

“唉唉,你是从头到底死掉了呀!”恶魔要使他激昂起来,大声说。

“唔,为什么呢?”著作家一面说,一面夸耀似的使他的骨骼格格地作声。“并不是我愿意……是说，恐怕我的女人，不来会我了罢……即使会见我——也未必认识哩！”

“那是一定的！”恶魔断定说。

“因为我离家很久的时候，我的女人就不爱我了，所以这么说的。”著作家说明道。

屋宇的围墙忽然消失了。或者倒是屋宇的围墙成了透明，好像玻璃了，著作家能够看见了体面的屋子的内部——屋子里面，非常明亮，优雅宜人……。

“多么出色的屋子呵！倘使我这样地住起来，恐怕至今还不会死掉……”

“我也中意了，”恶魔笑着说。“这屋子，并不化掉许多钱——大约三千……”

“呵……委实不贵么？……我记起来了。我的庞大的著作，弄到了八百十五卢布……而这是几乎做了一整年……但住在这里的究竟是什么人呢？”

“就是你的太太。”恶魔回答说。

“多么……呵……多么体面……说是她的东西……而且这位太太……那就是我的女人么？”

“是的啊……你瞧，她的丈夫也在着哩。”

“她漂亮了……阿阿，穿的是多么出色的衣服。是她的丈夫么？是很庸碌的丑相的小胖子，但看来倒仿佛是一个好好先生……实在好像是什么也不懂的汉子似的！况且平平常常……然而那样的脸，是为女人们所心爱的哪……”

“倘若你愿意，为你浩叹一声罢！”恶魔说，并且恶意地看着著作家那边。但著作家却神往于这情景了。

“他们多么畅快，多么活泼！他们俩彼此玩乐着生活……她爱那男人不爱呢，你大约知道的罢？”

“唔唔，很……”

“那个男人是做什么的?”

“时行杂志的贩卖人……”

“时行杂志的贩卖人……”著作家慢腾腾地复述了一回。于是暂时之间,不说一句话。恶魔看着他,满足地笑起来了。

“喂,这些事,可中你的意呢?”他问。

“我有孩子……他们……是活着的。我知道。我有两个孩子——一个男孩和一个女孩……那时候,我想过了的——男孩子长大起来,是会成一个切实的人的罢……”

“切实的人,世上多得很……世上所想望的,是完全的人。”恶魔冷冷地说。于是唱起勇壮的进行曲来了。

“我想——商人这东西,一定是看透了一切的教育家。而我的儿子……”

著作家的空虚的头骨,悲哀地摇了一摇。

“看一看那男人紧抱着她的样子罢!他们正显着称心满意之处哩。”恶魔大声说。

“实在……他……那商人,是有钱的么?”

“比我还穷。但那女人,是有钱的……”

“我的女人么?她怎样赚了钱的?”

“卖了你的著作呵。”

“阿阿,”著作家说。于是用了他露出的空虚的头骨,慢慢地点了几点。

“阿阿,原来!可见我大半也还在给一个什么商人作工哩。”

“的确,那是真的。”恶魔满足地加添说。

著作家望着地土,对恶魔道——

“领我回到坟里去罢。”

周围都昏暗,在下雨。空中罩着沉重的云。著作家格格地摇着骨骼,开快步跑向他的坟地里去了,恶魔随在后面,吹着嘹喨的好调子……

自然，读者大概是不会满足的。读者已经餍足于文学。连单为满足读者而写的人们，也很难合读者的趣味了。在此刻，因为我毫没有讲到关于地狱的事，读者也许要觉得不满。读者真相信死后要赴地狱，所以要在生前听一听那里的详情。但可惜我关于地狱，却一点有趣的事也不能说。为什么呢，就因为地狱这东西，是不存在的——人们所容易地想起，描写的火焰地狱这东西，是不存在的。但倘是充满着恐怖的别样的事情，我却能够讲……

医生对诸君一说“他死了”，便立刻地……诸君跨进了无限的晃耀的领域。这就是诸君的错误的意识的领域。

诸君躺在坟里，狭小的棺里。可怜的人生，就如车轮的旋转一般，在诸君的面前展开去。从意识到的第一步，到诸君的人生的最后的瞬间，人生动得太慢，于是人们绝望了。诸君将知道在生前暗暗地挂在自己之前的一切，便是诸君生前的虚伪和迷谬的罢。对于一切思想，诸君将另行详审，注目于各各错误的步武的罢——诸君的全生活，将在一切个体里从新复活的罢——诸君一知道诸君所曾经走过的道上，别人也在行走，焦躁地相挤，相欺，则诸君的苦恼，也还要加添的罢，而且诸君还将懂得，明见，即使做了这些一切事，结局他不过和时光一同，经验到度了这样空虚的没有灵魂的生活，是怎样地有害的罢。

即使诸君看见了别人的疾趋于他们的衰灭，诸君也不能训戒他们——诸君自己不能开一句口，也不能有什么法——援救他们的愿望，将在诸君的精神里，毫无结果而消掉的……。

诸君的生活，这样地经过于诸君之前，而人生一到终局之际，那经过便又从新开始。诸君将常常看见……诸君的认识的劳作，将没有穷期……决没有穷期……而诸君的可怕的苦恼，是万万没有终局的。

这一篇，是从日本译《戈理基全集》第七本里川本正良的译文重译的。比起常见的译文来，笔致较为生硬；重译之际，又因为时间匆促和不爱用功之故，所以就更不行。记得 *Reclam's Universal-Bibliothek* 的同作者短篇集里，也有这一篇，和《鹰之歌》（有韦素园君译文，在《黄花集》中），《堤》同包括于一个总题之下，可见是寓言一流，但这小本子，现在不见了，他日寻到，当再加修改，以补草率从事之过。

创作的年代，我不知道；中国有一篇戈理基的《创作年表》，上面大约也未必有罢。但从本文推想起来，当在二十世纪初头，自然是社会主义信者了，而尼采色还很浓厚的时候。至于寓意之所在，则首尾两段上，作者自己就说得很明白的。

这回是枝叶之谈了——译完这篇，觉得俄国人真无怪被人比之为"熊"，连著作家死了也还是笨鬼。倘如我们这里的有些著作家那样，自开书店，自印著作，自办流行杂志，自做流行杂志贩卖人，商人抱着著作家的太太，就是著作家抱着自己的太太，也就是资本家抱着"革命文学家"的太太，而又就是"革命文学家"抱着资本家的太太，即使"周围都昏暗，在下雨。空中罩着沉重的云"罢，戈理基的"恶魔"也无从玩这把戏，只好死心塌地去苦熬他的"倦怠"罢了。

一九二九年十二月三日，译讫附记。

原载 1930 年《北新》半月刊第 4 卷第 1、2 期合刊特大号。

初收 1934 年 10 月上海春光书店版《恶魔》。

四日

日记 晴。上午寄小峰信。得叶永蓁信。携海婴往福民医院诊察，衡其体重，计四千一百十六格兰，医师言停服药。午后周正扶等来迓往暨南学校演讲，下午归。得小峰信并《语丝》。晚往内山书店买『近代劇全集』一本，一元四角。

五日

日记　晴。午后修甫，友松来。下午同柔石往天主堂街看法文书店。往内山书店买『康定斯基芸術論』一本，八元二角。夜友松来。

六日

日记　晴。无事。夜雨。

七日

日记　雨。似微发热，服阿司匹林两片。

八日

日记　星期。雨。下午柔石赠信笺数种。出街买频果，蒲陶。

九日

日记　雨。上午得素园信片。得侍桁信。下午出街买稿纸及杂志两本，用泉四元。夜夏康农及其兄来访。

十日

日记　晴。午后往内山书店买『グリム童話集』（六）一本，五角。寄侍桁原稿纸三百枚。夜得小峰信，即复，并附译稿一篇。

十一日

日记　晴。无事。

十二日

日记　昙。午前修甫来并交白龙淮信。午后得淑卿信，五日发。叶永蓁来。

十三日

日记　昙。上午复白龙淮信。复淑卿信。午后得林林信并稿。夜雨。

十四日

日记　昙。下午得徐诗荃信，十一月廿二日发。晚雨。似感冒发热。

十五日

日记　星期。雨。下午服阿司匹林二片。下午贺昌群及其夫人，孩子来。梁耀南来，未见，留盈昂所寄赠之《古骸底埋葬》一本而去。晚得小峰信并《语丝》及《呐喊》，《彷徨》合同，即复。夜雨霰。

十六日

日记　雨。午后托三弟汇寄金鸡公司泉三十元四角并发信片，定书二种。

十七日

日记　晴，冷，下午昙。往内山书店买书五本，共泉二十二元。晚小峰遣人持信来，即付以《呐喊》书面铸板一块，《彷徨》纸板一包，二书版税证各五千。

十八日

日记 雨。上午内山书店送来书两本，计泉十三元五角。

十九日

日记 雨。无事。

二十日

日记 晴。上午收霁野所寄《四十一》序一篇。得扬州中学信，午后复。下午往内山书店买文艺书三本，共泉十元五角。夜似发热。

契诃夫与新时代*

[俄国]Lvov—Rogachevski

迦尔洵(Garshin)临死的几星期之前，读完了登在杂志 *Russkaia Mysl* 上的契诃夫的短篇 *Stepi*(《草原》)，欢喜雀跃，为新出现的天才的文藻之力，鲜活，新颖所蛊惑了。

他带着这短篇到处走，庆贺俄国文学界生了新作家，说道"觉得我心中的疡肿，好像破掉了。"

契诃夫的笔力，和那文体的手法的新颖，是杰出到这样，但那手法，却于亘契诃夫以前的文学的两期，已加准备，在都介涅夫(Turgeniev)的"散文诗"里，在迦尔洵的作品里，在凯拉连珂(Korolenko)的作品里，都显现着的。

然而，都人士契诃夫，是最近俄国文学的富于才能的表白者。普式庚(Pushkin)专服事艺术，乌司班斯基(Uspenski)专服事真理，契诃夫则能使真理和艺术，融合起来。而政治底倦怠的氛围气和都会生活的新倾向，都在他的作品的形式和内容上，刻了深的阴影。

真理与艺术的融合，是最近俄国文学的特色。

我大讽刺家而且是果戈理（Gogol）的继承者的萨尔替珂夫（Sartikov 即 Sichedrin），做完《斑斓的信札》，于一八八九年瞑目了，而契诃夫的《斑斓的故事》，则以一八八六年出世，分明地表示了是果戈理和萨尔替珂夫的继承者。

关于一八八九年萨尔替珂夫之死，他寄信给普列锡且耶夫云，“我哀悼萨尔替珂夫之死。他是强固而有威权的人物。精神底奴隶而卑劣的中性的智识者们，由他之死而失掉顽强执拗的敌手了。谁也能摘发他们的罪过，但会公然侮蔑他们者，只有萨尔替珂夫而已。”

契诃夫自己，对于带着奴隶性和诈伪底精神的中性的智识者的丑污的行为，也曾加以抗争。但契诃夫的态度，并非雪且特林的“侮蔑之力”，也非果戈理的“苦笑”，是将哀愁和对于西欧的文化生活的憧憬之念，作为要素的。而在他的哀愁的底里，则有优婉的玩笑，燃着对于疲惫而苦恼的人们和尽力于社会底事业的优秀的智识者，例如乡下医生和村校教员等的柔和的同情之念。

最初，他是写着没有把握的短篇的，但在一八八七年，作 *Panihida*，印许多小篇，名曰《黄昏》，在一八八八年，著戏曲 *Ivanov*，一八九〇年，《忧郁的人们》这创作集出版了。在这些作品中，他所比较对照了的人物，是疲于生活，陷于神经过敏，被无路可走的黑暗的时代所抓住了的人们，以及自以为是的半通，装着安闲的假人和空想天雨粟式幸福的市人等。

如《或人的话》里的恐怖主义者，精神上负了伤，为非文化底俄国生活所苦恼的亚斯德罗夫和伊凡诺夫式人物的描写，是契诃夫得意的胜场。

契诃夫虽经轻视了自己的处女作，以为恰如“蜻蜓”的生活上，缺少不得的“苍蝇和蚊子”似的东西，但渐渐也觉到自己的特色，一八八五年寄给朋友拉扎来克·格鲁辛斯基的一封信里，写道，“我迄今所写的东西，经过五年至十年，便被忘却的罢，但我所开拓了的路，却怕要完全遗留的。这一点，是我的惟一的功绩。”

将在俄国社会的黄昏时，静静地扬了声音的这诗人，俄国自然是决不忘记的。他特记了自己所开拓的路，也是至当之事，是俄国的生活，引他到这新路上去的。

到一八八〇年为止，自由人文士的作品，为时代思潮所拘，作品的内容，带着一定的党派底倾向，大抵中间是填凑，而装饰外面的体裁，作家所首先焦虑者，只在所将表现的问题，而不在将内容怎样地表现。

然而契诃夫，据戈理基之说，则是内面底自由的文士，既注意于表现法，那内容也并不单纯，且有意义。他在所作的《半楼人家》里，笑那显有偏倚底倾向丽达（小说的女主角），又在《鸥》里，描写颓废派的德烈普莱夫和民众主义者的德里戈林，而对比了各自不同的倾向和特色。

契诃夫自己虽然是医生，是科学者，但以可惊的自由，讲了圣夜的美观，且述圣语之美。

> “我怕那些在我所写的辞句之间，寻特殊的倾向，而定我为自由主义者，或保守主义者的人们。我不是自由主义者，也不是保守主义者，也不是渐进论者，也不是教士，也不是不问世事者，我只想做一个自由作家，但所恨是没有做那样作家的才能。”

这是他自己的话，但他却比谁都积极地主张了内面底自由。

倘若以格来勃·乌司班斯基（Gleb Uspenski）为对于美景，闭了眼睛，以抑制自己的文艺欲，将自己的情操，表现于窘促的形式，如密哈罗夫斯基之言，不衣合于艺术家的华美的色彩之衣，仅以粗服自足，则契诃夫是将马毛织成之衣和铁锁解除脱卸，而热爱了色彩鲜秾音声嘹亮的艺术的。

在六十年代的作品中，留在“事业”的痕迹，他们的艺术，是达到日的的手段，而表现的样式，则是达到目的的工具，但契诃夫的作品中，却有思索的痕迹。他所要的，不是艺术的分离主义（Separatism），即从实生活的分离，而只在脱掉了一定的束缚的艺术的自由独立。他以为文艺的要素，是在“个人的自由观念”的。

对于艺术的这新的态度，和无路可走的八十年代的氛围气，是有密接的关系的，当时的社会解体，人们个个分立，敦厚的人情，是扫地一空的状态了。

契诃夫式观念，即酿成于这样的氛围气里，他是脱掉一切思想底倾向的束缚，解放了自己的才能的作家。

对于这新艺术观，旧时代的评论家一齐攻击契诃夫了。受这攻击之间，都人契诃夫便极猛烈地痛击都会的恶习，以白眼来看世事的他，却觉醒了冷淡于社会现象者的眼，切望美和光明的生活的到来，不带什么一定的倾向的他，又将俄国实社会的倾向，比谁都说明得更锋利，暴露出国家的基础的丑态和空虚，描写了外省的都市中，所以连两个正直的人也没有之故。“俄罗斯的国基，是纪元八六二年奠定了的，但真的文化底生活，却还未曾开始”者，是从契诃夫的一切作品中所发的声音。

契诃夫决不为要动读者之心，故意写些异常的事。托尔斯泰批评安特来夫（Leonid Andreev）道，“他想吓我，然而并不怕，”但关于契诃夫。我们却想说，“他不吓我们，然而很怕人。”

为探求创作上的新路径，契诃夫所作为参考资料者，是摩泊桑（Maupassant）的作品。“摩泊桑早说过，旧式的写法已经不行了。只要试去读我古典文学家中的毕闪斯基（Pisemski）或阿思德罗夫斯基（Ostrovski）的作品就好。一读，那就会知道只是多么陈腐而常套的文句的罢。”这是契诃夫常常对人说起的。

都介涅夫，凯拉连珂，迦尔洵，都时时写了散文诗似的最小短篇，至于契诃夫，却以那短篇为主要的东西。

“我开了创作最短篇的路，但最初，将原稿送到编辑所去，往往连原稿也不看，简直当作傻子。”这是契诃夫的述怀。

在创作的初期，契诃夫之文，那简洁和速成，尤为显著。

在急遽的创作和有暇时候的创作，是全不相像的。处女作时代的他，于创作短篇，从未曾费过一昼夜以上，如格里戈罗微支（Grigorovitch）所推奖了的 *Egel*，是在浴场里写的。

然而他的文体的简洁，在单句中把握要点的能力，表现刹那之感的巧妙等，在他一生涯中没有衰。

他的长篇，大抵和迦尔洵，凯拉连珂，札易崔夫（Zaytsev）的长篇一样，常常难以说是成功，在篇中出现的多数的人物，不能统一，如那《谷间》，则如他自己所说，陷于百科全书式了。

因为惯于只写“始”和“终”的短篇了，有记载“中间的事情”的必要时，他似乎觉得倦怠，省去赘辞枝句，“简短到能够简短地”者，是他的文体的基本。

而契诃夫却有发见单纯而最吃紧，并且适当的句子的才能。例如在“我们歇歇罢，歇歇罢，”“总得活，总得活，”“墨斯科去罢，”“我错了，错了，”“我用尽了精神，”“我是鸥呀，”“随便罢”等的句子里，不但他所描出的人物的个性而已，也含着暗示时代精神的深的可怕的意义。

我文豪提了这样的手法，跨进都会的新生活去了。而都人士则连不愿意听他的话的人们，也至于谛听了他的话。

他的小说 *Stepi* 中之所记，是或一寒夜，向站在篝火旁边以御寒的一团人们之处，来了一个和所爱的女子约定了的男人，但先为人们所看见的，并非他的脸，也非衣服，而是口角所含的微笑。在社会生活的 Stepi 上，夹在冷得发抖的人们中，契诃夫之所观察者，并非外貌，乃是内在的精神，即不是脸，不是衣服，而是那微笑。

倘读他的短篇《哀愁》，《空想》，《爱》，和《路上》等，便明白他的观察是在那一面的罢。

莱夫·托尔斯泰批评契诃夫说——

“将作为艺术家的契诃夫，和向来的我们的文人都介涅夫，陀思妥夫斯基，以及我相比较，是困难的。……契诃夫之文，具有印象派文人之所有似的，自己独特的样式。他的文章，恰如毫不选择，任取身边的颜料，涂抹起来，涂抹了的线，又仿佛毫不互相联络，但略略走远一看，便发生可惊的感触，成着出色的图画，就有这样的趣致。”

对于契诃夫的手法，恐怕谁也不能再下更好适切而贵重的批评了罢。

和契诃夫交好的画家，有莱维丹(Levitan)。莱维丹不但见了自然，是感到了的，不但写了自然，是依感觉而描了的。他又察知自然的奥妙，窥见了在自然的怀里的诗底机因。我契诃夫就常常和这样的画家在 Bapkin 过夏，将他的素描，郑重地藏在 Yalta(Krimea 南岸)的别墅中。

小说《农奴们》中的四月的景色的描写，不用一些美辞丽句，也不用整齐的叙述法，只有粗粗的几条线罢了。即宽广的港口，飞翔其上的雁和鹤，如火的夕阳和金色的云，春水所浸的丛莽，还有小小的教会堂，所写的只有这些物象，然而从茹珂夫市，入于广漠的自然之怀的阿里喀(小说的女主角)眺望夕阳和浩荡的水的时候，已不禁滔滔泪下了。……在这粗略的描写中，是跃动着春气的。

契诃夫涂抹了手头的颜料，描出整然的光景来，然而那捉住心绪和情调，加以表现的手段却一样，便是将一定的律动和音乐底谐调，给与小说及剧诗。

他选择了于读者的耳朵也很容易听到的句子和感叹词。

在短篇《黑教士》中，音乐冲动了主角凯惠林的错觉，而契诃夫的创作力，也因音乐受了冲动了。他和凯惠林一同，受了我们俗子所难以懂得的所谓“神圣的谐调”的影响，而将那调子，移入于自己的文章的律动中。

契诃夫的作品里，充满着乐曲和朗朗的谐音，他有十分的权能，可以将巴理蒙德(Balmont)的“和我的谐音相匹敌者，是没有的，决没有的”的话，适用于自己的作品上。

契诃夫将那短篇，并非用笔写出，是用梵亚林弹出来的。读他的作品，有并不在读，而在听着莫明其所从来的音乐之感。而这音乐，则几乎常常带着哀调，那趣致，恰如手持“洛希理特的梵亚林”的犹太的乐人，使听者感泣似的。

契诃夫在叙景中，在剧诗中，都移入音乐去，一八九五年寄给什尔谛微支的信里说，“你能感得自然，但不能悉照所感，将自然表出。你所创作的短篇中的自然的描写，到正如音乐的谐调，给人心以快感一样，那描写为要给读者以或种心情，有了力量的时候，这才得到成功。”

《黑教士》的故事的轮廓，以及身披黑衣，不戴帽子，系着绳带的中世纪的教士的出现的光景，是怎么样的呢？

乐园——这是丕梭慈基似的园艺家的作工的舞台，有蓊郁的森林和湛着碧水的池之处，是戈谛克式的古寺的境内。在适于黑教士说话的这古寺里，科学的热狂者和“黑教士”在谈天。

人和自然，涌出共通的气分，生出谐调来，浮起于两者的谈话之间，就能够将这捉住。

然而契诃夫的叙景，除印象派的手法之外，即使发生气分的谐调之外，还有一种特色。这便是着重于和一切环境的联络。

短篇《故乡》的女主角这样地说着，“说是自然和音乐的快感是一个世界，实际生活是别一世界呀。这一来，幸福和真理，就该在实生活以外的处所了。那么，最要紧的是不要生活。去和那无边际的又宽又美的大野融合，倘这样，是舒服的罢。”

在别的小说《谷间》里，则不辨卢布的真假，而且杀掉婴儿那样的未同化人，和断了联络的自然，两相对照着。

当深夜中，两手抱着婴儿的死尸，彳亍而行的母亲理波的可怜的模样，是到底难以忘掉的，但其时，有鹃啼莺唱，池里是交错着蛙声。

这夜，苦闷了的母亲，将隐在胸中的母性爱发露了。自然也如人的说话一般说了话，而孤独的人，则感到和环境的绝缘，仿佛被拉开了自然的Goncert(合奏)。

这夜的自然，作者更这样地描写着——

> “了不得的喧嚷，鸟儿，连蛙儿，也以一刻千金之思，叫而又叫，歌而又歌。因为一切生物的生命，只有一回，没有两回，所以也无怪其然的。”

嫌恶夸张的人为底演戏的观念，印象派的手法以及和环境的联络维持的尊重等，是决定了契诃夫对于旧剧，即动作的剧诗的态度的，而同时又催促了契诃夫式剧，即心绪的剧诗的出现。

莱夫·托尔斯泰伯曾称契诃夫为难以比较的杰出的文豪，但于作为戏剧作家的他，却不佩服。因此他的做戏剧作家的能否，便成了一般批评的箭垛，那批判，以锐利而有热的形式而显现了。

一八九七年他的《海鸥》上演时，他寄给了友人珂尼一封这样的信——

> “观览完了的这夜和那第二天，我的朋友们便样样地批评，以为《海鸥》一上舞台，是无聊，不能懂，没意义的等等。请你想一想我的立场罢——这是连梦里也没有想到过的陷阱。我抱惭衔恨，满心怀疑，离了彼得堡。我这样想，假如我写了满是可怕的缺点的剧曲而上演了，则便是我失了一切的观察力，要之，是我的机械已经坏掉了。”

后来，各报章的剧评家们同声赞美了契诃夫的编剧上的才能的时候，珂尼便驰书以祝福《海鸥》的作者；乌鲁梭夫公则称这剧诗为“俄国文学上的杰作”，在给巴理蒙德的信里，叙述着《海鸥》上演之际所感到的欢喜之情。

这样子，评论的趋向就一变，契诃夫的剧曲，竟至于被看作艺术上的最近的名篇了，但要而言之，是他们评论家于个人底心情之外，自己的心底经验之外，忘却了还有别的时机，即社会发达上的别的时机在。

这别的时机，便是以大众为对手的时机，是一切社会层的集团底心理状态，各层之间的相互关系，服从和斗争等，成为新剧曲的主旨（thema）的时机，然而捉住这主旨的天才底编剧家却还未出现。

契诃夫的戏剧，是被蹂躏了的意志，无活动，忧郁的情调的戏剧，那剧中的主要人物，是失了可以取法的理想，惟服从于刹那底心情的，要之，是时代精神的反映。

契诃夫是厌恶克理罗夫，思派晋斯基，纳惠旬，古内迪支和司服林一派的作品的现代剧的，一八八八年十一月七日寄给锡且格罗夫的信里说——

> "现代剧是都会的恶病的发疹伤寒。这病，是必须用扫帚来一扫的，观之以为乐，真是出奇。"

契诃夫曾借了《寂寞的历史》的老教授之口，发表着同样的思想，又借了《白鹄之歌》里的优伶斯惠德罗连陀夫之口，述怀说，优伶是别人的慰乐的玩物，奴隶，小丑。然而动作剧的拥护者们，是以为契诃夫对于克理罗夫，思派晋斯基的剧曲的攻击，是一向未中肯綮的，《海鸥》就恰如对于他们之说的契诃夫的回答，所以就惹起了批判的风潮。

在彼得堡的亚历山大剧场，因为没有会扮《海鸥》的新演员，失败了，但在墨斯科的艺术剧场，是成功的，这剧场的幕上，飞着的海鸥，被象征为一个的标帜。

契诃夫自己所不喜欢的剧曲《伊凡诺夫》上，是显现着新剧曲的样式的。

这戏剧的主角，不是伊凡诺夫，也不是赛莎，乃是人烟稀少的僻壤的氛围气的寂寥和沉闷。并且并无长的独白和高尚的会话，而惟偶然说出的一言一语，和选出的句子，幻象似的扩散，使场面紧张起来。

“猫头鹰在叫，”是生肺病的赛拉所常说的话，但这猫头鹰，是表象深刻的寂静的，比起“穿着灰色衣的或人”来，更为可怕，而且富于实在性。

契诃夫的短篇的乐调，集中于契诃夫的剧曲里，剧中的各语皆发响，各句皆融合于全体的旋律中。

《三姊妹》的人物，即被遗忘，含在这剧曲中的谐调，却不能忘却，永久地浸透于人的精神的。《三姊妹》的最后之际，并非伴着雷声和裂音的平常的结局，乃是心的寂灭那样的最后的谐音。读者试记起那联队离开寂寞的小市的瞬间就好了，契勃忒威庚送了萨柳努易用决斗枪杀了为人很好的空想家的男爵的信息来，男爵的新妇伊里娜一面啜泣，一面说道“我知道了的，知道了的，”玛沙反复着自己之说，道“总得活，总得活”，契勃忒威庚喃喃地说道“由他去罢，由他去罢”，安特莱在摇那载着波毕克的乳母车，阿里喀像讲昏话似的，低语着“如果知道着的呢，知道着的呢。”……而军乐的曲子，则逐渐地离远去，静下来。……

走远的联队的军乐，地主的弦子声，街头马车的铃声，老人菲勒司的“忘了我走掉了”的断肠之语，远处竖坑里的落下的桶子声，猫头鹰的啼声，樱树园里的斧声，这些，是开契诃夫的心情的剧曲的锁匙。

曾在艺术剧场，扮演过德烈普来夫（《海鸥》中的人物）的玛耶荷里特（Myerhold），在《剧场》这一篇文章中，关于契诃夫的剧曲，说了很贵重的意见，曰，“契诃夫描写心情的秘法，是藏在他的言语的律动里的。在艺术剧场初练习他的剧曲时，在场的演员们听出了这律动了。”

所以玛耶荷理特曾以确信，说艺术剧场的演员们，在舞台上表演了契诃夫的律动。

这契诃夫的律动，亘二十年间，成着艺术剧场的传统的精神。这剧场的干部，到明白了对于新时代的新俄国的新看客，所以难于演出契诃夫的律动的原因，计费了从一九一七年到二二年的五年间的岁月。

在乐天底创造底现代，契诃夫的剧曲，丧失了舞台上的现实性了。

原载1929年12月20日《奔流》月刊第2卷第5期。
初未收集。

二十一日

日记　雨雪。上午得陈元达信并稿。

二十二日

日记　星期。晴。上午党修甫来并赠《茶花女》两本。午后刘肖愚来。晚雪峰为买来『ロシヤ社会史』(2)一本，价一元。夜作杂文一篇。

我和《语丝》的始终

同我关系较为长久的，要算《语丝》了。

大约这也是原因之一罢，“正人君子”们的刊物，曾封我为“语丝派主将”，连急进的青年所做的文章，至今还说我是《语丝》的“指导者”。去年，非骂鲁迅便不足以自救其没落的时候，我曾蒙匿名氏寄给我两本中途的《山雨》，打开一看，其中有一篇短文，大意是说我和孙伏园君在北京因被晨报馆所压迫，创办《语丝》，现在自己一做编辑，便在投稿后面乱加按语，曲解原意，压迫别的作者了，孙伏园君却有绝好的议论，所以此后鲁迅应该听命于伏园。这听说是张孟闻先生的大文，虽然署名是另外两个字。看来好像一群人，其实不过一两个，这种事现在是常有的。

自然，"主将"和"指导者"，并不是坏称呼，被晨报馆所压迫，也不能算是耻辱，老人该受青年的教训，更是进步的好现象，还有什么话可说呢。但是，"不虞之誉"，也和"不虞之毁"一样地无聊，如果生平未曾带过一兵半卒，而有人拱手颂扬道，"你真像拿破仑呀！"则虽是志在做军阀的未来的英雄，也不会怎样舒服的。我并非"主将"的事，前年早已声辩了——虽然似乎很少效力——这回想要写一点下来的，是我从来没有受过晨报馆的压迫，也并不是和孙伏园先生两个人创办了《语丝》。这的创办，倒要归功于伏园一位的。

那时伏园是《晨报副刊》的编辑，我是由他个人来约，投些稿件的人。

然而我并没有什么稿件，于是就有人传说，我是特约撰述，无论投稿多少，每月总有酬金三四十元的。据我所闻，则晨报馆确有这一种太上作者，但我并非其中之一，不过因为先前的师生——恕我僭妄，暂用这两个字——关系罢，似乎也颇受优待：一是稿子一去，刊登得快；二是每千字二元至三元的稿费，每月底大抵可以取到；三是短短的杂评，有时也送些稿费来。但这样的好景象并不久长，伏园的椅子颇有不稳之势。因为有一位留学生（不幸我忘掉了他的名姓）新从欧洲回来，和晨报馆有深关系，甚不满意于副刊，决计加以改革，并且为战斗计，已经得了"学者"的指示，在开手看 Anatole France 的小说了。

那时的法兰斯，威尔士，萧，在中国是大有威力，足以吓倒文学青年的名字，正如今年的辛克莱儿一般，所以以那时而论，形势实在是已经非常严重。不过我现在无从确说，从那位留学生开手读法兰斯的小说起到伏园气忿忿地跑到我的寓里来为止的时候，其间相距是几月还是几天。

“我辞职了。可恶!”

这是有一夜，伏园来访，见面后的第一句话。那原是意料中事，不足异的。第二步，我当然要问问辞职的原因，而不料竟和我有了关系。他说，那位留学生乘他外出时，到排字房去将我的稿子抽掉，因此争执起来，弄到非辞职不可了。但我并不气忿，因为那稿子不过是三段打油诗，题作《我的失恋》，是看见当时“阿呀阿唷，我要死了”之类的失恋诗盛行，故意做一首用“由她去罢”收场的东西，开开玩笑的。这诗后来又添了一段，登在《语丝》上，再后来就收在《野草》中。而且所用的又是另一个新鲜的假名，在不肯登载第一次看见姓名的作者的稿子的刊物上，也当然很容易被有权者所放逐的。

但我很抱歉伏园为了我的稿子而辞职，心上似乎压了一块沉重的石头。几天之后，他提议要自办刊物了，我自然答应愿意竭力“呐喊”。至于投稿者，倒全是他独力邀来的，记得是十六人，不过后来也并非都有投稿。于是印了广告，到各处张贴，分散，大约又一星期，一张小小的周刊便在北京——尤其是大学附近——出现了。这便是《语丝》。

那名目的来源，听说，是有几个人，任意取一本书，将书任意翻开，用指头点下去，那被点到的字，便是名称。那时我不在场，不知道所用的是什么书，是一次便得了《语丝》的名，还是点了好几次，而曾将不像名称的废去。但要之，即此已可知这刊物本无所谓一定的目标，统一的战线；那十六个投稿者，意见态度也各不相同，例如顾颉刚教授，投的便是“考古”稿子，不如说，和《语丝》的喜欢涉及现在社会者，倒是相反的。不过有些人们，大约开初是只在敷衍和伏园的交情的罢，所以投了两三回稿，便取“敬而远之”的态度，自然离开。连伏园自己，据我的记忆，自始至今，也只做过三回文字，末一回是宣言从此要大为《语丝》撰述，然而宣言之后，却连一个字也不见了。于是《语丝》的固定的投稿者，至多便只剩了五六人，但同时也在不意中显了一种特色，是：任意而谈，无所顾忌，要催促新的产生，对于有害于新的旧物，则竭力加以排击，——但应该产生怎样的“新”，却并无明白的表示，而一到觉得有些危急之际，也还是故意隐约其词。陈源教授痛斥“语丝派”的时候，说我们不敢直骂军阀，而偏和握笔的名人为难，便由于这一点。但是，叱吧儿狗险于叱狗主人，我们其实也知道的，所以隐约其词者，不过要使走狗嗅得，跑去献功时，必须详加说明，比较地费些力气，不能直捷痛快，就得好处而已。

当开办之际，努力确也可惊，那时做事的，伏园之外，我记得还有小峰和川岛，都是乳毛还未褪尽的青年，自跑印刷局，自去校对，自叠报纸，还自己拿到大众聚集之处去兜售，这真是青年对于老人，学生对于先生的教训，令人觉得自己只用一点思索，写几句文章，未免过于安逸，还须竭力学好了。

但自己卖报的成绩，听说并不佳，一纸风行的，还是在几个学校，尤其是北京大学，尤其是第一院（文科）。理科次之。在法科，则不大有人顾问。倘若说，北京大学的法，政，经济科出身诸君中，绝少有《语丝》的影响，恐怕是不会很错的。至于对于《晨报》的影响，我不知道，但似乎也颇受些打击，曾经和伏园来说和，伏园得意之余，忘其所以，曾以胜利者的笑容，笑着对我说道：

“真好，他们竟不料踏在炸药上了！”

这话对别人说是不算什么的。但对我说，却好像浇了一碗冷水，因为我即刻觉得这“炸药”是指我而言，用思索，做文章，都不过使自己为别人的一个小纠葛而粉身碎骨，心里就一面想：

“真糟，我竟不料被埋在地下了！”

我于是乎“彷徨”起来。

谭正璧先生有一句用我的小说的名目，来批评我的作品的经过的极伶俐而省事的话道：“鲁迅始于‘呐喊’而终于‘彷徨’”（大意），我以为移来叙述我和《语丝》由始以至此时的历史，倒是很确切的。

但我的“彷徨”并不用许多时，因为那时还有一点读过尼采的*Zarathustra*的余波，从我这里只要能挤出——虽然不过是挤出——文章来，就挤了去罢，从我这里只要能做出一点“炸药”来，就拿去做了罢，于是也就决定，还是照旧投稿了——虽然对于意外的被利用，心里也耿耿了好几天。

《语丝》的销路可只是增加起来，原定是撰稿者同时负担印费的，我付了十元之后，就不见再来收取了，因为收支已足相抵，后来并且有了赢余。于是小峰就被尊为“老板”，但这推尊并非美意，其时伏园已另就《京报副刊》编辑之职，川岛还是捣乱小孩，所以几个撰稿者便只好搿住了多睐眼而少开口的小峰，加以荣名，勒令拿出赢余来，每月请一回客。这“将欲取之，必先与之”的方法果然奏效，从此市场中的茶居或饭铺的或一房门外，有时便会看见挂着一块上写“语丝社”的木牌。倘一驻足，也许就可以听到疑古玄同先生的又快又响的谈吐。但我那时是在避开宴会的，所以毫不知道内部的情形。

我和《语丝》的渊源和关系，就不过如此，虽然投稿时多时少。但这样地一直继续到我走出了北京。到那时候，我还不知道实际上是谁的编辑。

到得厦门，我投稿就很少了。一者因为相离已远，不受催促，责任便觉得轻；二者因为人地生疏，学校里所遇到的又大抵是些念佛老妪式口角，不值得费纸墨。倘能做《鲁宾孙教书记》或《蚊虫叮卵脬论》，那也许倒很有趣的，而我又没有这样的“天才”，所以只寄了一点极琐碎的文字。这年底到了广州，投稿也很少。第一原因是和在厦门相同的；第二，先是忙于事务，又看不清那里的情形，后来颇有感慨了，然而我不想在它的敌人的治下去发表。

不愿意在有权者的刀下，颂扬他的威权，并奚落其敌人来取媚，可以说，也是“语丝派”一种几乎共同的态度。所以《语丝》在北京虽然逃过了段祺瑞及其吧儿狗们的撕裂，但终究被“张大元帅”所禁止了，发行的北新书局，且同时遭了封禁，其时是一九二七年。

这一年，小峰有一回到我的上海的寓居，提议《语丝》就要在上海印行，且嘱我担任做编辑。以关系而论，我是不应该推托的。于是担任了。从这时起，我才探问向来的编法。那很简单，就是：凡社员的稿件，编辑者并无取舍之权，来则必用，只有外来的投稿，由编辑者略加选择，必要时且或略有所删除。所以我应做的，不过后一段事，而且社员的稿子，实际上也十之九直寄北新书局，由那里径送印刷局的，等到我看见时，已在印钉成书之后了。所谓“社员”，也并无明确的界限，最初的撰稿者，所余早已无多，中途出现的人，则在中途忽来忽去。因为《语丝》是又有爱登碰壁人物的牢骚的习气的，所以最初出阵，尚无用武之地的人，或本在别一团体，而发生意见，借此反攻的人，也每和《语丝》暂时发生关系，待到功成名遂，当然也就淡漠起来。至于因环境改变，意见分歧而去的，那自然尤为不少。因此所谓“社员”者，便不能有明确的界限。前年的方法，是只要投稿几次，无不刊载，此后便放心发稿，和旧社员一律待遇了。但经旧的社员绍介，直接交到北新书局，刊出之前，为编辑者的眼睛所不能见者，也间或有之。

经我担任了编辑之后，《语丝》的时运就很不济了，受了一回政府的警告，遭了浙江当局的禁止，还招了创造社式“革命文学”家的拚命的围攻。警告的来由，我莫名其妙，有人说是因为一篇戏剧；禁止的缘故也莫名其妙，有人说是因为登载了揭发复旦大学内幕的文字，而那时浙江的党务指导委员老爷却有复旦大学出身的人们。至于创造社派的攻击，那是属于历史底的了，他们在把守“艺术之宫”，还未“革命”的时候，就已经将“语丝派”中的几个人看作眼中钉的，叙事夹在这里太冗长了，且待下一回再说罢。

但《语丝》本身，却确实也在消沉下去。一是对于社会现象的批评几乎绝无，连这一类的投稿也少有，二是所余的几个较久的撰稿者，这时又少了几个了。前者的原因，我以为是在无话可说，或有话而不敢言，警告和禁止，就是一个实证。后者，我恐怕是其咎在我的。举一点例罢，自从我万不得已，选登了一篇极平和的纠正刘半农先生的“林则徐被俘”之误的来信以后，他就不再有片纸只字；江绍原先生绍介了一篇油印的《冯玉祥先生……》来，我不给编入之后，绍原先生也就从此没有投稿了。并且这篇油印文章不久便在也是伏园所办的《贡献》上登出，上有郑重的小序，说明着我托辞不载的事由单。

还有一种显著的变迁是广告的杂乱。看广告的种类，大概是就可以推见这刊物的性质的。例如“正人君子”们所办的《现代评论》上，就会有金城银行的长期广告，南洋华侨学生所办的《秋野》上，就能见“虎标良药”的招牌。虽是打着“革命文学”旗子的小报，只要有那上面的广告大半是花柳药和饮食店，便知道作者和读者，仍然和先前的专讲妓女戏子的小报的人们同流，现在不过用男作家，女作家来替代了倡优，或捧或骂，算是在文坛上做工夫。《语丝》初办的时候，对于广告的选择是极严的，虽是新书，倘社员以为不是好书，也不给登载。因为是同人杂志，所以撰稿者也可行使这样的职权。听说北新书局之办《北新半月刊》，就因为在《语丝》上不能自由登载广告的缘故。但自从移在上海出版以后，书籍不必说，连医生的诊例也出现了，袜厂的广告也出现了，甚至于立愈遗精药品的广告也出现了。固然，谁也不能保证《语丝》的读者决不遗精，况且遗精也并非恶行，但善后办法，却须向《申报》之类，要稳当，则向《医药学报》的广告上去留心的。我因此得了几封诘责的信件，又就在《语丝》本身上登了一篇投来的反对的文章。

但以前我也曾尽了我的本分。当袜厂出现时，曾经当面质问过小峰，回答是“发广告的人弄错的”；遗精药出现时，是写了一封信，并无答复，但从此以后，广告却也不见了。我想，在小峰，大约还要算是让步的，因为这时对于一部分的作家，早由北新书局致送稿费，不只负发行之责，而《语丝》也因此并非纯粹的同人杂志了。

积了半年的经验之后，我就决计向小峰提议，将《语丝》停刊，没有得到赞成，我便辞去编辑的责任。小峰要我寻一个替代的人，我于是推举了柔石。

但不知为什么，柔石编辑了六个月，第五卷的上半卷一完，也辞职了。

以上是我所遇见的关于《语丝》四年中的琐事。试将前几期和近几期一比较，便知道其间的变化，有怎样的不同，最分明的是几乎不提时事，且多登中篇作品了，这是因为容易充满页数而又可免于遭殃。虽然因为毁坏旧物和戳破新盒子而露出里面所藏的旧物来的一种突击之力，至今尚为旧的和自以为新的人们所憎恶，但这力是属于往昔的了。

十二月二十二日。

原载1930年2月1日《萌芽月刊》第1卷第2期，副题作《"我所遇见的六个文学团体"之五》。

初收1932年9月上海北新书局版《三闲集》。

二十三日

日记 晴。下午杨律师来并交北新书局第四期版税千九百二十八元四角一分七厘，至此旧欠俱讫。夜假柔石泉百。

二十四日

日记 晴。下午收杨慧修所寄《华北日报附刊》两本。林庚白来，不见。

二十五日

日记 晴。上午得史沫特列女士信，午后复。寄修甫信。下午寄淑卿信并明年正，二月份家用泉三百。得侍桁信。夜秋田义一偕一人来，未问其名姓。夜雨。

二十六日

日记　雨。上午复侍桁信。寄中华书局信，索《二十四史》样本。下午寄神户版画之家信。往内山书店买书三本，共泉十六元二角。晚林庚白来信谩骂。真吾来并赠冬笋。雪峰来并交《萌芽》稿费二十七元。

二十七日

日记　小雨。午后得杨维铨信。下午史沫特列女士，蔡咏裳女士及董绍明君来。董字秋士，静海人，史女士为《弗兰孚德报》通信员，索去照相四枚。

二十八日

日记　昙。午后修甫来。夜小雨。

二十九日

日记　星期。昙。上午内山书店送来『世界美術全集』(二七)一本，价二元也。午后同真吾，柔石及三弟往商务印书馆豫定《清代学者象像[传]》一部四本，十八元；并取所定购 *Bild und Gemeinschaft* 一本，七角。往北新书局为谢敦南购寄《语丝》第一至第四卷全部，又《坟》及《朝花夕拾》各一本。夜马思聪，陈仙泉来，不见。寄徐诗荃信。寄陈元达信并还译稿一篇。

三十日

日记　昙。上午得杨骚信。午后往内山书店买『王道天下之研究』一本，十一元；又『改造文庫』二本，六角。夜真吾为买原文《恶之华》一本来，一元二角。

三十一日

日记 昙。上午寄还岭梅诗稿。收编辑费三百，本月分。下午往内山书店买『美術叢書』三本，『日本木彫史』一本，杂书两本，共泉二十三元。夜濯足。

书帐

グレコ一本　二・〇〇　一月五日

生レ出ル悩ミ一本　一・一〇　一月六日

或ル女二本　二・二〇

詩と詩論第一冊一本　一・六〇　一月七日

グウルモン詩抄一本　三・〇〇

R・S主義批判一本　一・一〇

ソウ゛ェト学生日記一本　一・一〇

右側の月一本　一・八〇

ドン・キホーテ二本　四・〇〇　一月九日

Einführung in die Kunstgeschichte 一本　七・〇〇　一月十七日

Scandinavian Art 一本　一三・〇〇

アルス美術叢書三本　六・〇〇　一月十八日

小さき者へ一本　〇・八〇　一月二十日

長崎の美術史一本　一〇・〇〇　一月二十一日

南欧の空一本　二・五〇

独逸文学二本　五・〇〇

The Best French Short Stories 二本　一〇・七〇　一月二十四日

三余札记二本　〇・六〇

G. Craig's Woodcuts　一本　六・一〇　一月三十日

世界美術全集(20)一本　一・六〇

森三千代詩集一本　作者贈　一月三十一日　八三・六〇〇

草花模様二本　八・八〇　二月八日

Künster-Monographien 三本　十二・〇〇　二月十三日

銀砂の汀一本　一・三〇

独逸文学三辑一本　二・四〇　二月十四日

GUSTAVE DORÉ 一本　一二・〇〇　二月十五日

日本童話選集(3)一本　四・一〇　二月十七日

ラムラム王一本　一・七〇

景正德本娇红记一本　盐谷节山寄赠　二月二十一日

殉難革命家列伝一本　一・一〇　二月二十八日

史的一元論一本　二・二〇

改造文庫三本　〇・四〇　四六・〇〇〇

雛一帖二十七枚　还讫　三月二日

唐宋大家像伝二本　一・〇〇

水滸伝画譜二本　一・二〇

名数画譜四本　五・〇〇

海僊画譜三本　三・三〇

世界美術全集(21)一本　一・七〇

Outline of Literature 三本　二〇・〇〇　三月七日

J. Austen 插画 Don Juan 一本　一五・〇〇

ソウ゛ェトロシア詩選一本　〇・七〇　三月八日

Das Holzschnittbuch 一本　三・二〇

詩と詩論(3)一本　一・六〇　三月十六日

欧西[西欧]図案集一本　五・五〇

Photograms of 1928 一本　三・四〇　三月十九日

輪廓図案一千集一本　四・三〇
唯物史観研究一本　三・三〇
国史補三本　二・八〇　三月二十二日
皇明世説新語八本　二・八〇
改造文庫一本　〇・五〇　三月二十八日
文芸と法律一本　三・一〇
コクトオ詩抄一本　三・一〇
美術概論一本　二・八〇
世界美術全集(22)一本　一・六〇　三月三十日
常山貞石志十本　八・〇〇　三月三十一日　九四・〇〇〇
詩と詩論(二辑)一本　一・六〇　四月四日
書斎の消息一本　〇・八〇
近代劇全集(27)一本　一・四〇
図画醉芙蓉三本　五・二〇　[四月五日]
佛说百喻经二本　一・二〇
表現主義の彫刻一本　一・二〇　四月七日
現代欧洲の芸術一本　一・一〇　四月十三日
厨川白村集(3)一本　六・四〇　豫付全部
粕谷独逸語学叢書二本　三・六〇　四月十五日
郁文堂独和対訳叢書三本　三・四〇
ソヴェト政治組織一本　七[〇]・九〇　四月十八日
欧米ポスター図案集一帖　一・二〇
Petits Poèmes en Prose 一本　二六・〇〇　四月二十三日
厨川白村集(5)一本　先付
フオードかマルクスか　一・〇〇　四月二十六日
イヴァン・メストロヴィチ一本　三・六〇
Animals in Black and White 四本　五・六〇　四月二十九日

六四・二〇〇

史的唯物論及例証二本　一・四〇　五月二日

壊滅一本　〇・八〇

世界美術全集(9)一本　一・七〇　五月四日

Short Stories of 1928 一本　六・〇〇　五月七日

PETER PAN 一本　五・六〇

応用図案五百集一本　三・八〇　五月八日

工芸美論一本　一・七〇

新興文芸全集(23)一本　一・一〇　五月十日

厨川白村全集(2)一本　五月十七日　豫付

A History of Wood-Engraving 一本　五月二十日　二四・〇〇

六朝墓铭拓本七种八枚　七・〇〇　五月二十一日

插画本項羽と劉邦一本　四・六〇　五月二十七日　　五六・七〇〇

Quelques Bois　一帖十二枚　六・〇〇　六月五日

Hermann Paul 传一本　四・〇〇

Vigny 诗集一本　二五・〇〇

Valéry　致友人书一本　三〇・〇〇

Les Idylles de Gessner　七・五〇

Le Jaloux Garizalès 一本　一二・〇〇

世界美術全集(25)一本　一・七〇　六月七日

現代の美術一本　三・八〇

フランドルの四大画家論一本　三・四〇

古希臘風俗鑑一本　二・一〇

プレハノフ論一本　一・五〇

DESERT 一本　一・五〇

鑑賞画選一帖八十枚　五・八〇　六月十一日

露西亜現代文豪傑作集二本　二・四〇　六月十二日

世界性慾学辞典一本　三・二〇　六月十六日

全訳グリム童話集四本　一・九〇
オルフエ一本　二・二〇
グンクゥールの歌麿一本　五・七〇　六月十九日
Animals in Black and White 二本　三・三〇　六月二十三日
全相平话三国志三本
三国志通俗演义二十四本　一〇・八〇
プレハーノフ選集二本　三・五〇　六月二十四日
西比利亜から満蒙へ一本　四・〇〇
厨川白村全集(1)一本　先付　六月二十六日
世界美術全集(26)一本　一・七〇
自由と必然一本　〇・九〇
赤い子供一本　〇・六〇
ソ・ロ・漫画、ポスター集一本　四・七〇
東西文芸評伝一本　三・六〇
詩と詩論(4)一本　二・〇〇
動物学実習法一本　一・〇〇
チエホフとトルストイの回想一本　〇・九〇　六月三十日

一五八・四〇〇

Pravdivoe Zhizneopisanie 一本　靖华寄来　七月三日
Pisateli 一本　同上
創作版画第五至第十辑五[六]帖　六・〇〇　七月五日
唯物史観一本　〇・九〇　七月六日
グリム童話集(5)一本　〇・五〇
ハウフの童話一本　一・五〇
漁夫とその魂一本　〇・七〇
革命芸術大系一本　七月九日　一・一〇
曼殊遗墨第一册一本　小峰赠　七月十日
老子原始一本　三・三〇　七月十九日

裂地と版画一帖六十四枚　五・〇〇
観光紀遊三本　李秉中寄赠　七月二十二日
マルクス主義批評論一本　一・八〇　七月二十五日
プロレタリア芸術教程(Ⅰ)一本　一・二〇
新らしい言葉の字引一本　二・四〇
伊太利ルネサンスの美術一本　三・六〇　七月二十六日
文芸復興一本　二・六〇
袋路一本　一・八〇
世界美術全集(3)一本　一・八〇　七月二十七日
郭仲理画椁拓本影片十二枚　兼士寄赠　七月二十八日
厨川白村全集(4)一本　先付　七月三十日　三四・二〇〇
版画第十一十二辑二帖二十枚　一・八〇　八月三日
外套一本　素园寄赠
小百梅集一本　一・九〇　八月六日
言語その本質、発達及起原一本　九・六〇　八月八日
Les Artistes du Livre 五本　三七・〇〇　八月二十七日
Le Nouveau Spectateur 二本　季志仁寄赠
高蹈紫葉二会聯合図録一本　世界文艺社寄赠
茜窗小品二本　二・四〇
世界美術全集(32)一本　一・七〇　八月三十一日　五四・四〇〇
近代短篇小说集一本　一・二〇　九月九日
新興文学集一本　一・二〇
厨川白村集(六)一本　预付　九月十日
社会科学の豫備概念一本　二・四〇　九月十一日
読史叢録一本　六・〇〇
支那歴史地理研究一本　四・四〇　九月十六日
支那歴史地理研究続編一本　六・四〇
景印明刻闺范四本　广平赠　九月二十日

世界美術全集(三十三)一本　一・八〇　九月二十五日
図案資料叢書五本　六・五〇　九月二十八日
史的唯物論ヨリ見タル文学一本　一・七〇
露西亜革命の豫言者一本　三・五〇
文学と経済学一本　二・六〇
詩人のナプキン一本　二・五〇　　　　四〇・二〇〇
弁証法等二本　一・五〇　十月七日
鑑賞画選八十枚一帖　六・五〇
Flower and Still-life Painting 一本　四・九〇　十月八日
My Method by the leading European Artists 一本　四・九〇
Bliss：Wood Cuts 一本　〇・七〇
Le Bestiaire 一本　八・〇〇　十月十四日
若きソヴェト・ロシヤ一本　二・〇〇　十月十七日
レーニンの幼少時代一本　〇・七〇　十月十九日
チェホフ書簡集一本　〇・七〇
R. Gibbings 木刻三枚　柔石交來　十月二十日
世界美術全集(10)一本　一・八〇　十月二十三日
エピキュルの園一本　二・八〇
文化社会学概論一本　三・六〇
図案資料叢書六本　八・四〇　十月二十八日
世界観としてのマルキシズム一本　〇・五〇
コムミサール一本　二・二〇
支那の建築一本　六・二〇　　　　五四・四〇〇
契诃夫死后廿五年纪念册一本　靖华寄赠　十一月六日
造型芸術社会学一本　一・三〇　十一月十四日
表現紋様集一帖百枚　四・〇〇
ロシヤ社会史(1)一本　一・三〇　十一月十八日
Neue Kunst in Russland 一本　二[三]・四〇　十一月十九日

雕刻照象信片十枚　二・〇〇　十一月二十二日
史的唯物論一本　一・四〇　十一月二十七日
芸術と無産階級一本　一・六〇
最新独和辞典一本　四・五〇
かくし言葉の字引一本　一・六〇
世界美術全集(11)一本　一・七〇
Great Russian Short Stories 一本　六・四〇　十一月二十九日
マルクス主義批判者の批判一本　二・〇〇　十一月卅日
文芸批評史一本　〇・七〇
現代美術論集一本　〇・七〇　　　　四一・三〇〇
近代劇全集(30)一本　一・四〇　十二月四日
カンヂンスキイ芸術論一本　八・二〇　十二月五日
グリム童話集(六)一本　〇・五〇　十二月十日
Plato's Phaedo 一本　二五・四〇　十二月十六日
The Seventh Man 一本　五・〇〇
支那古代経済思想及制度一本　九・六〇　十二月十七日
詩の起原一本　六・六〇
近代唯物論史一本　二・〇〇
文学理論の諸問題一本　二・四〇
プロレタリア芸術教程(2)一本　一・四〇
画譜一千夜物語(上)一本　一一・〇〇　十二月十八日
蠹魚之自伝一本　二・五〇
滞欧印象記一本　三・〇〇　十二月二十日
グオルゲ・グロッス(上)一本　三・八〇
芸術学研究(1)一本　二・七〇
ロシヤ社会史(2)一本　一・〇〇　十二月二十二日
考古学研究一本　九・〇〇　十二月二十六日
ボオドレール研究一本　三・五〇

機械と芸術との交流一本　三・七〇
世界美術全集(27)一本　二・〇〇　十二月二十九日
清代学者象传四本(豫约)　一八・〇〇
Bild und Gemeinschaft 一本　〇・七〇
王道天下之研究一本　一一・〇〇　十二月三十日
改造文庫二本　〇・六〇
Les Fleurs du Mal 一本　一・二〇
労農ロシア戲劇集一本　一・五〇　十二月卅一日
大旋風一本　一・五〇
美術叢書三本　一二・〇〇
日本木彫史一本　八・〇〇　　　　一五九・二〇〇

总计八八六・四〇〇，

平匀每月用泉七三・八六六……

本年

岸呀　柳呀

新泻港

[日本]蕗谷虹儿

泪，潺湲上，滴滴的心，
柳，杨柳呀，水，在看哪，

我也是，从那条桥
啼哭着
啼哭着，走去呀。

泪，船的缆，荡着空的船，
岸呀，柳呀，故乡呀，别了。

未另发表。据手稿编入。
初未收集。